Bill Granger

VERRÄTER-POKER

Aus dem Amerikanischen übersetzt
von Bodo Baumann

BASTEI
LÜBBE

BASTEI-LÜBBE-TASCHENBUCH
Band 10 679

Deutsche Erstveröffentlichung
Titel der Originalausgabe: THE BRITISH CROSS
Erschienen bei Crown Publishers, Inc., New York

Printed in Western Germany 1986
Einbandgestaltung: K.K.K.
Titelbild: Mall Photo-Desigen
Satz: ICS Computersatz GmbH, Bergisch Gladbach
Herstellung: Ebner Ulm
ISBN 3-404-10679-2

Der Preis dieses Bandes versteht sich
einschließlich der gesetzlichen Mehrwertsteuer

Vorbemerkung

Ein sehr tapferer Mann namens Raoul Wallenberg unternahm es, mitten im Zweiten Weltkrieg Juden zu retten, die in den Todeslagern der Nazis hingerichtet werden sollten. Er war schwedischer Nationalität und offiziell ein Neutraler in diesem Krieg; der Erbe einer vermögenden und einflußreichen Bankiersfamilie, die heute noch großen Einfluß in Schweden besitzt. Wallenberg nützte seine mannigfaltigen Beziehungen zur Unterstützung seiner Mission der Barmherzigkeit.

Wallenberg arbeitete in Budapest. Mit Bestechung, Einflußnahme auf Behörden und durch die Ausgabe schwedischer Pässe an ungarische Juden gelang es ihm, schätzungsweise mehr als einhunderttausend Menschen vor dem Vernichtungslager zu retten. In einigen Fällen hielt er sogar die Todeszüge in den Güterbahnhöfen an und schüchterte das Zugpersonal ein, daß es seine menschliche Fracht wieder in die Freiheit entließ.

Wallenberg war in geheimen, subtilen Verhandlungen von den Vereinigten Staaten zu dieser Mission überredet worden.

In den letzten Tagen des Krieges zog die sowjetische Armee zuerst in Budapest ein. Wallenberg wurde von den Sowjets verhaftet und verschwand hinter ihren Linien.

Einige glaubten, die Verhaftung sei ein Mißverständnis gewesen. Andere meinten, Wallenberg wäre dem professionellen Verfolgungswahn der MGB – dem sowjetischen Geheimdienst, der nun Komittee für Staatssicherheit (KGB) genannt wird –, zum Opfer gefallen. Die Sowjets hielten Wallenberg vermutlich für einen amerikanischen Spion.

Nach vielen Protesten der Familie Wallenberg, der schwedischen und der amerikanischen Regierung – obwohl die offiziellen Proteste nicht gerade energisch vorgetragen wurden – gab die Sowjetunion eine Erklärung heraus, daß Raoul Wallenberg 1947 in einem sowjetischen Gefängnis gestorben sei. Unglücklicherweise habe man seine Leiche vernichtet, und daher gab es, von den Erklärungen der sowjetischen Behörden abgesehen, keine Beweise für seinen Tod.
Seit der schriftlichen Stellungnahme durch die Sowjets sind Dutzende von Gefangenen aus dem Archipel Gulag entlassen worden und berichteten, sie hätten Wallenberg noch lebend gesehen. Trotz der Brutalität des sowjetischen Gefängnissystems ist es nicht ungewöhnlich, daß Gefangene im Gulag zwanzig, dreißig oder sogar vierzig Jahre Zwangsarbeit lebend überstehen.

Die bulgarische Geheimpolizei tritt als stellvertretendes Vollzugsorgan des KGB bei gewissen Spionage- und Sabotageakten im Westen auf. 1982 wurden die Bulgaren beschuldigt, im Auftrag des KGB einen Mordanschlag auf Papst Johannes Paul II ausgeführt zu haben. Sie bestritten das.
Fünfzig Jahre lang hat Finnland seine Unabhängigkeit nur durch einen schwierigen politischen Balanceakt zwischen der Sowjetunion und dem Westen bewahrt. In Geheimdienstkreisen ist man überzeugt, daß die Sowjetunion einen nicht geringen Einfluß auf die inneren Angelegenheiten ihres Nachbarstaates Finnland ausübt.
Seit vierzig Jahren ist der Britische Geheimdienst durchlöchert von sowjetischen Spionen und Verrätern. 1982 sickerte die Nachricht durch, daß die Sowjets einen Nachrichtendienstmann im elektronischen Horchposten und Computerzentrum von Cheltenham, der von den Engländern und Amerikanern gemeinsam betrieben wird, umgedreht hatten.

Diese Tatsachen schlagen sich in diesem Buch nieder.

An aged man is but a paltry thing,
A tattered coat upon a stick, unless
Soul clap its hands und sing, and louder sing
For every tatter in its mortal dress,

WILLIAM BUTLER YEATH

He is an Englishman!
For he himself has said it.
And it's greatly to his credit,
That he is an Englishman!

W. S. GILBERT

1
Helsinki

Dunkle, bleierne Wolken hingen drohend in der Luft; doch seit vier Tagen hatte es nicht mehr geschneit, und die Straßen waren endlich passierbar. Die Ziegelmauern der alten Straßen wirkten vom Frost wie aufpoliert und glitzerten in der blassen Sonne. Kälte türmte sich auf Kälte; Bö auf Bö, und der Wind, der unerwartet um die Ecke heulte, rempelte gegen die Fußgänger, die sich auf den tückisch glatten Bürgersteigen kaum halten konnten. Die Straßenbahnen kreischten auf den Schienen, wenn sie um die Ecke rumpelten, in die Mannerheimintie einbogen und mit ihren stählernen Rädern Geräusche erzeugten, die einem kälter und schmerzlicher vorkamen als die Berührung von gefrorenem Metall mit der bloßen Hand. Jedes Geräusch in der betäubenden Kälte dieser Stadt mutete wie ein erstickter Schrei an; jeder laute Ton schabte an den Nerven, weil die schallschluckende Schneedecke abgeräumt war und sich als schmutziger Wall am Bordstein entlangzog. Blaß und düster zogen die Tage herauf, welkten wieder dahin und wurden kaum beachtet, weil sie die düstere Melancholie des dunklen finnischen Winters nicht aufhellen konnten und die Sonne wie ein totes Gestirn am Himmel hing, das einem anderen, weit entfernten Planetensystem anzugehören schien. Die Nächte waren lang und sternenlos: bei Sonnenuntergang trieb der Wind graue Wolken über den flachen Finnischen Meerbusen und den zugefrorenen Hafen und verhängte mit ihnen den Himmel, bis keine Ritze mehr blieb, durch die das Licht der Sterne oder des Mondes dringen konnte.

Devereaux erwachte im Dunklen.

Er blinzelte ein paarmal, doch es blieb dunkel. Er sah auf

seine Armbanduhr. Er erwachte jeden Morgen um die gleiche Zeit; nur hell wurde es morgens nie.
Das Zimmer war überheizt; aber dagegen ließ sich nichts machen. Devereaux lag nackt auf dem Bett, nur bis zum Bauchnabel zugedeckt. Ein Windstoß fuhr gegen die Fensterscheiben; das klang wie das Wimmern einer verdammten Seele, die bei ihm Wärme und Zuflucht suchte.
Sieben Uhr, dachte Devereaux. Sieben Uhr morgens wollte er zu dieser Dunkelheit nicht sagen. Das war eine Glaubensfrage. Vielleicht war das der Morgen, an dem es nie mehr Tag wurde. Mit einem spöttischen Lächeln setzte er sich über die Dunkelheit und seine eigene Depression hinweg. »Die trübe Zeit«, nannten die Skandinavier dieses schreckliche Katakomben-Dasein in den langen, schwarzen Wintermonaten.
Devereaux tastete nach der Nachttischlampe und knipste sie an. Der Raum wurde in ein gelbes Licht getaucht, welches das Gefühl, in ewiger Nacht zu leben, nur noch verstärkte. Er stützte sich im Bett auf und starrte ins Nichts; er wartete auf den ersten rötlichen Streifen der Dämmerung hinter seinem Fenster.
Sieben Wochen Helsinki, und mit jedem Tag wurden seine Bewegungen träger, als wäre er in einem Traum gefangen. Er hatte sich daran gewöhnt, seine Zeit in dieser Stadt wie ein Gefangener zu verbringen. Er hatte alle seine Sinne abgeschaltet. Er erhoffte oder versprach sich nichts, ließ die Tage gleichgültig an sich vorüberziehen, ohne sie im Kalender anzustreichen oder die Wochen zu zählen, die er hier schon verbracht hatte. Aus Angst, daß die langen bitteren Nächte noch unerträglicher würden, konnte man sich auch nicht an dem kurzen Gastspiel des Tageslichts erfreuen; er begann zu begreifen, daß der Winter den Charakter der Finnen geprägt hatte und ihren Stoizismus, ihre stumme Leidensfähigkeit erklärte. Auf den Straßen von Helsinki gab es nie Gedränge.

Sieben Wochen.
Devereaux starrte auf den finsteren Himmel vor dem Fenster. Da war immer noch keine Spur von Morgendämmerung.
Keine Botschaft von Hanley, keine Antworten auf die Fragen, die er ihm gestellt hatte. In der vierten Woche – es mußte die vierte Woche gewesen sein, überlegte Devereaux, aber sicher war er sich dessen nicht – hatte er neues Geld angefordert. Und zwei Tage später hatte ihn im Postfach an der Wand hinter dem Empfangspult des Presidentii-Hotels ein kleines Kuvert erwartet. Wieder keine Anweisungen, keine Botschaft, keine Ermahnungen – nur das Geld und eine Quittung, die er unterschreiben mußte, daß ihm das Geld ausgehändigt worden war. Wenigstens war es ein Kontakt; und diese anonyme Überweisung hatte ihm für den Rest des Tages ein wenig Auftrieb gegeben. Er hatte fast so etwas wie Glück empfunden, wie ein Gefangener, der absehen kann, wann seine Einzelhaft zu Ende geht.
Da!
Er richtete den Blick wieder auf das Fenster und lag ganz still, erfüllt von einer seltsamen Erwartung, die angenehm und unangenehm zugleich war.
Allmählich nahm der dunkle Himmel eine purpurrote Färbung an, und die Dächer der Gebäude draußen vor dem Hotelzimmerfenster bekamen Säume von der gleichen Farbe. Und dann sah er, wie die Röte den Horizont spaltete und eine kalte Wintersonne heraufkam. Er lächelte, schlug die Decke zur Seite und setzte die Füße auf den braunen Teppich; wenigstens dieser Morgen war anders als sonst. Vielleicht bedeutete er tatsächlich das Ende seiner Wartezeit und seiner Isolation. Denn bald würde er sich auf den Weg machen zur unterirdischen Ladenzeile und den Kontakt herstellen. Und vielleicht würde dieser Kontakt zu einer Entscheidung führen.

Aber er wollte sich nicht zuviel davon versprechen. Hoffnung tat weh.
Er drehte die Wasserhähne im Badezimmer auf, und das Wasser trommelte dumpf gegen die aus Fiberglas geformte Duschwanne. Als das Wasser fast kochend heiß war und der Raum sich mit Dampf füllte, trat er in die Kabine und versuchte die Kälte, die er in sich spürte, zu vertreiben.

An dem Morgen, als es begann, hackte Devereaux auf dem Plateau hinter dem Blockhaus Holz, damit er gewappnet war für den Schnee, der noch an diesem Tag herunterkommen mußte.
Er hatte Hanley nicht erwartet; denn Hanley hatte sich noch nie hierher in die Berge von Virginia verirrt, wo Devereaux sein Haus hingestellt hatte. »Eigentlich ist es kein Haus«, hatte Hanley einmal scherzhaft zu dem Alten gesagt, »vielmehr eine Höhle, in der Devereaux sich verkrochen hat.«
Der Berg war nicht sehr hoch, dafür aber sehr einsam gelegen und nur über eine schmale, unbefestigte Straße zu erreichen, die sehr steil zu der Stelle führte, wo Devereaux' Haus im Wald versteckt war. Vom Fenster der Blockhütte aus konnte man die Straße in ihrer ganzen Länge überschauen und den einzigen Zugang zum Berg beobachten, während derjenige, der sich auf der Straße näherte, überhaupt nichts sah.
Devereaux hatte seine Axt beiseite gelegt, als er sah, daß der schwarze Wagen nicht mehr der Hauptstraße folgte, die ihn nach Front Royal geführt hätte, einer kleinen Stadt, die sechs Meilen weiter den Zugang zu den Blue Ridge Mountains bewachte.
Er schaute zu, wie sich der Wagen langsam die schneebedeckte Fahrspur heraufquälte. Einmal kam er kurz vom Weg ab und wäre fast in die Schlucht gestürzt, die mit Tannen und Birken bestanden war. Als Devereaux nicht mehr ausschließen konnte, daß die schwarze Limousine den Gipfel

des Berges erreichen würde, ging er in das Blockhaus und nahm die doppelläufige Remington von ihrem Platz an der Wand. Er klappte die Läufe herunter, schob zwei rote Schrotpatronen in die Kammern und ließ die Läufe wieder einrasten. Er holte eine Schachtel mit den gleichen Patronen aus einer Schublade seiner Kommode aus Fichtenholz.

Dann stellte sich Devereaux mit seiner Flinte vor die Tür und sah zu, wie der Wagen sich die tückische Steigung heraufarbeitete und fünfzig Schritt vor dem Blockhaus anhielt. Da entsicherte Devereaux die beiden Läufe.

Die ersten Schneeflocken trieben über die Tannen hin.

Hanley kletterte aus den Fond, schloß die Wagentür und legte die letzten Meter der Kletterpartie zu Fuß zurück. Er trug einen schwarzen Überzieher, einen kleinen schwarzen Hut, einen reinweißen Wollschal und schwarze Handschuhe. Sein Gesicht war blaß, und selbst das mühselige Klettern am gefrorenen Hang konnte dieser Blässe nichts anhaben.

Zehn Schritte vor dem Haus blieb er keuchend stehen, als sähe er die Flinte zum ersten Mal. Er blinzelte zu Devereaux hinauf, sagte jedoch kein Wort.

Devereaux legte die Sicherheitsflügel wieder um und deutete mit der Waffe auf den Wagen.

»Henderson sitzt am Steuer«, sagte Hanley, als er die stumme Frage erriet. »Er hat nicht die leiseste Ahnung, worum es geht.«

»Weiß er, daß Sie zu mir wollten?«

»Nein, nicht einmal darüber habe ich ihn aufgeklärt. Hätte ich gewußt, was das für eine Straße ist, hätte ich darauf bestanden, daß wir uns in Front Royal treffen. Warum haben Sie die Straße nicht befestigen lassen? Man kommt ja kaum mit dem Wagen bis zu Ihnen herauf!«

»Aus diesem Grund habe ich sie gelassen, wie sie ist.«

»Hier haben Sie sich also eingenistet.«

Devereaux sagte nichts. Sie standen sich unter einem kleinen

Vordach auf dem nackten, gefrorenen Boden gegenüber. Hanley schlug die in Handschuhen steckenden frierenden Hände gegen die Schultern. »Wollen Sie mich nicht in Ihre Behausung bitten?«
Devereaux sagte immer noch nichts. Er hatte fast zwanzig Jahre lang für Hanley in der Abteilung R gearbeitet. Diese Zeit hatte weder Devereaux' Verachtung für seinen Leitoffizier gemildert noch Hanleys auf Verwirrung gründendes Mißtrauen vor dem Agenten abgebaut, den er zu betreuen hatte. Sie lebten durch einen dünnen Draht verbunden, über einem dunklen Abgrund ohne Sicherheitsnetz.
»Dann sollen wir also hier stehenbleiben und uns zu Tode frieren?«
Hanley versuchte bei dieser Bemerkung ein Lächeln auf die Lippen zu zwingen, doch Devereaux antwortete nicht gleich. Nach einer Weile fragte er: »Warum sind Sie hergekommen?«
»Es muß sich um eine wichtige Sache handeln«, sagte Hanley mit einer Spur von Sarkasmus. Der Berg hüllte sich unter dem fallenden Schnee in winterliches Schweigen. Die größeren Tiere schliefen oder waren tot. Das Rehwild war in die Täler gezogen; die Bären schnarchten in schmutzigen Höhlen; die Vögel waren fortgeflogen. Nur die Eichhörnchen und die Beutelratten, die im Schnee noch immer nach Beute suchten, hatten den verschneiten Hängen ihre Spuren aufgedrückt.
Devereaux kam zu einem Entschluß. Das Schrotgewehr locker in der rechten Hand, stieß er die aus rohem Holz gezimmerte Tür auf. Hanley folgte ihm ins Innere. Der Raum wurde an beiden Enden von zwei kleinen Lampen erleuchtet und in der Mitte vom Kamin, in dem die Flammen über prasselnden Scheiten an den Steinen emporleckten.
Devereaux drehte sich um und sah zu, wie Hanley sich umständlich seiner Handschuhe entledigte, den Hut abnahm

und den Mantel, säuberlich zusammengefaltet, über einen Tisch hinter der großen roten Couch legte, deren Sitzfläche dem Kamin zugewandt war. Devereaux stand an der gemauerten Wand und hängte das Schrotgewehr wieder an den Haken. Dann ging er zu einer kleinen Küchenbar und goß sich ein Glas Wodka ein.
Hanley war schmächtig, ein kleiner, korrekter Mann. Seine Hände waren so weiß, als wären sie aus Elfenbein geschnitzt. Seine Finger waren ungewöhnlich lang. Wenn er mit seiner monotonen Nebraska-Stimme sprach, plätscherten die Worte so ruhig dahin, als könne man von diesem Mann weder Höhen noch Tiefen erwarten. Er war wie ein Teich im Winter: flach und still.
»Einer von der Opposition hat die Fühler nach uns ausgestreckt.«
Devereaux sagte nichts. Er nippte an seinem polnischen Wodka. Die Flasche war vor einer Stunde noch eiskalt gewesen, hatte sich aber erwärmt, während er draußen Holz hackte. Der Wodka wärmte ihn jetzt.
»Einer ihrer Jungs«, sagte Hanley. Er setzte sich nicht, weil Devereaux sein Glas im Stehen trank. »Einer ihrer Jungs will die Seite wechseln.«
Devereaux stellte sein Glas ab. Er war Mitte Vierzig, doch mit seiner immer noch straffen, immer noch kräftigen Figur eine Erscheinung, die Vitalität ausstrahlte. Sein Gesicht war hart, seine Augen grau, ausdruckslos und verschlossen. Es war kein schönes Gesicht; dafür war es zu hart und zu faltig, aber es hatte etwas Bezwingendes. Seine Haare waren fast grau, aber so grau waren sie schon gewesen, als er zwanzig war. Seine Finger waren eckig und seine Hände breit. Er war kein großer Redner. Sein Leben war eine einzige Täuschung, und wer viel redet, verrät zu oft seine Persönlichkeit und macht sich unglaubwürdig. Wenn er redete, waren seine Worte scharf und unerbittlich wie Glas.
Jetzt redete er: »Warum sind Sie hergekommen?«

»Weil wir etwas besprechen müssen.«
»Asien«, sage Devereaux. »Sie erinnern sich doch noch an unsere Abmachung?«
»Alles zu seiner Zeit. Das klappt schon.«
»Tatsächlich?«
»Ich habe mein Versprechen nicht vergessen.«
Das Versprechen hatte er ihm schon bei der Mitterrand-Sache gegeben. Hanley stand in seiner Schuld. Als kommissarischer Direktor der Abteilung R hätte er diese Schuld längst abtragen können.
Devereaux war schon als Asienexperte zur Abteilung gekommen. Hanley hatte ihn von seinen asiatischen Studien an der Columbia-Universität in New York weggeholt und nach Vietnam geschickt. Dort arbeitete er für die Abteilung, bis er 1968 einen Fehler machte. Er prophezeite Beginn und Ausgang der Tet-Offensive. Damit habe er seine Schuldigkeit getan, hieß es. Man schickte ihn wieder nach Hause und ließ ihn in der westlichen Welt herumgondeln, die er verabscheute. Nur in Asien fühlte er sich zu Hause, in der tropischen Hitze der Dschungelnächte; bei Leuten, die in Dutzend verschiedenen Sprachen und Dialekten palavertern, in diesem Klima ausgesuchter Höflichkeit, die nur Tarnung war für eine raffinierte Verstellung, hinter der man doch nur wieder eine schlichte Wahrheit entdeckte. Aus dieser Welt war er nun fünfzehn Jahre verbannt gewesen. Bis zu dieser Mitterrand-Geschichte, als sich Hanley endlich in der Lage sah, ihm das Ende seines Exils zu versprechen; daß er zurückkehren könnte in die einzige Welt, die er schon immer zu seiner Heimat machen wollte.
Hanley hatte ihm sein Wort gegeben. Hanley sagte, er habe sein Versprechen nicht vergessen.
»Was interessieren mich Russen, die ihre Fühler ausstrekken«, sagte Devereaux. »Wir hatten etwas abgemacht.«
»So einfach geht das nicht«, sage Hanley, und sie wußten nun beide, daß es ein leeres Versprechen gewesen war.

»Diese russische Geschichte«, sagte Hanley.
Einen Moment herrschte Schweigen. Was hatte es schon für eine Bedeutung, wenn ihm Hanley sein Wort gegeben hatte? Oder daß er jetzt log? Die Abteilung hatte sie beide an die Leine gelegt. Hanley war an sein Schaltpult gefesselt, und Devereaux zappelte als Agent in ihrem Netz. zwanzig Jahre, und was sie verband, war eine Lüge. Vielleicht war das genug. Devereaux starrte auf den Mann mit dem blassen Gesicht und den schütteren Haaren. Er betrachtete dessen weiße lange Hände und merkte, daß Hanley ihm leid tat.
Oder vielleicht tat er sich nur selbst leid.
»Der Überläufer – sucht er eine Verwendung bei uns?«
Hanley schüttelte den Kopf. »Er möchte aus seinem Versteck heraus.«
»Hat er etwas in der Hand, daß er uns Bedingungen stellen kann?«
»Nicht, daß ich wüßte«, sagte Hanley. »Aber wir sind neugierig.«
»Warum?«
»Der Fall hat einige ungewöhnliche Aspekte.«
»Wo steckt der Bursche jetzt?«
»Hinter den eigenen Linien«, antwortete Hanley.
»Und wo liegt das Problem?«
Hanley hatte ihm mit keinem Wort ein Problem angedeutet; doch daß es Probleme gab, konnte Devereaux schon aus der Lüge schließen, die Hanley ihm gegenüber verwendet hatte. Und aus der Tatsache von Hanleys ungewöhnlicher Reise zu Devereaux Exil in die Blue Ridge Mountains.
»Wir hätten gern Klarheit. Über seine Absichten.«
Devereaux griff wieder nach der Flasche mit dem polnischen Wodka und mixte sich einen Longdrink. Er bot Hanley nichts an. Keiner der beiden Männer hatte bisher Platz genommen.
»Es ist nie etwas klar.«

»Langley hat im letzten August mit diesem Burschen eine große Pleite erlebt. Sie kennen doch die Geschichte.«
»Ja, mit diesem Verschlüsselungsspezialisten.«
»Ein sehr ungeschicktes Verfahren. Damit haben wir unseren Maulwurf verraten, den wir in den Apparat des Zentralkomitees hineingeschmuggelt hatten.«
»Ja«, sagte Devereaux. Der CIA-Maulwurf war in der Gefängniszelle von zwei KGB-Beamten, die ihn verhören sollten, ermordet worden. Die beiden KGB-Beamten waren wegen ihrer übereifrigen Befragung des Gefangenen anschließend getadelt worden. »Ein bedauerliches Versehen.«
»Ja, sehr bedauerlich«, gab ihm Hanley, sich Devereaux' Unaufrichtigkeit anpassend, recht. »Langley kann sich solche Fehler leisten; wir jedoch nicht. Ich brauche Ihnen ja nicht erst zu sagen, daß die Abteilung zu nahe am Rand eines Abgrundes lebt. Es sind gefährliche Zeiten für uns alle.«
»Ja, das müssen Sie mir nicht erst sagen.«
Hanley verzog das Gesicht. »Sie werden sarkastisch«, sagte er, in seine pedantische Art verfallend. »Wir wollen nur das Risiko beim Kontakt so gering wie möglich halten.«
»Für die Abteilung«, sagte Devereaux.
Hanley machte ein überraschtes Gesicht. »Natürlich für die Abteilung.«
Devereaux schwieg und wartete.
»Es ist ein heikles Geschäft.«
Zum ersten Mal mußte Devereaux über Hanleys Worte lächeln. Es war ein unbehagliches Lächeln. Hanley war Chef der Einsatzabteilung, was bedeutete, daß er nie selbst im Einsatz gewesen war. Einsatz verlangte Handlung, Aktion, und jede Aktion war für die etablierten Bürokraten mit Gefahren und politischen Risiken verbunden. Hanley hätte als Bürokrat am liebsten gar nichts unternommen, hätte sich gewünscht, daß der sowjetische Überläufer keine Fühler

ausstreckte; da das jedoch geschehen war, war eine Reaktion notwendig geworden; selbst wenn diese Reaktion nur zu dem Ergebnis führte, daß das Vortasten des Russen keine Konsequenzen hatte und man daher nichts unternehmen mußte.

Im Schatten des schwacherleuchteten Raumes und im tanzenden Widerschein der Flammen an den Wänden konnte Hanley das Lächeln seines Gesprächspartners nicht sehen.

»Wir wollen das Risiko beim Kontakt auf ein Minimum reduzieren. Er gehört nicht zu der Sorte Leute, die es nötig haben, die Seite zu wechseln, verstehen Sie? Deswegen möchte ich, daß Sie Maß nehmen, ihn ausloten. Wir brauchen ein paar Daten für unsere Entscheidung.«

»Sie hören sich an wie ein Mann, der für einen Konzern die Werbetrommel rührt.«

»Ja«, sagte Hanley, der sich plötzlich geschmeichelt fühlte. »Ich glaube, so etwas Ähnliches sind wir auch.«

»Was verlangen Sie also von mir?«

»Unser Überläufer im Wartestand kommt aus einem sensiblen Bereich des Apparates unserer Widersacher. Jedoch nicht aus einem Bereich, der für uns von besonderem Interesse wäre. Daher fragt man sich sofort: Warum will er sich von der Opposition trennen? Und warum will er mit Hilfe unserer Abteilung aus seinem Machtbereich heraus?«

»Langley ist natürlich mißtrauisch gegenüber Abtrünnigen von der Opposition, nachdem er sich erst im letzten August die Finger verbrannt hat«, antwortete Devereaux.

»Genau. Daher hat uns die Opposition vernachlässigt. Vielleicht ist unsere Abteilung so scharf auf einen kleinen Coup, daß wir den Überläufer nicht so genau unter die Lupe nehmen.«

»Und das könnte bedeuten, daß wir uns einen Doppelagenten in den Pelz setzen.«

»Dieser Gedanke ist mir auch schon gekommen.«

Devereaux stellte sein leeres Glas beiseite und ging zum

Kamin. Er nahm einen rußigen Schürhaken und schob einen Kloben Eichenholz auf den Rost zurück. Dabei legte er unverbranntes Holz frei, und die Flammen prasselten bis in den Kamin hinein.
»Wo kommt er her?«
»Aus Leningrad. Er hat einen ziemlich hohen Posten im Gulag.«
Devereaux wandte sich vom Feuer ab, den Schürhaken noch in der Hand. Seine Augen zeigten zum erstenmal Interesse. »Eigenartig«, sagte er.
»Ja, nicht wahr? Ignorieren können wir ihn offensichtlich nicht. Doch wer hat schon Interesse am Archipel Gulag?«
»Sagen Sie das ja nicht zu einem Vertreter der Menschenrechtsorganisation.«
»Wenn sie auf meine Meinung Wert legten, gäbe ich Ihnen das gerne schriftlich«, erwiderte Hanley steif. »Es gibt keine Geheimnisse im Archipel Gulag – keine Geheimnisse, die sich für uns bezahlt machten. Wir haben den Beweis erbracht, daß Häftlinge aus dem Gulag an der Erdgasleitung gearbeitet haben, und diese Information an alle Geheimdienste weitergegeben und so eine Propagandafront gegen die Opposition in Europa errichtet ... Mit welchem Ergebnis?« sagte er schmollend. »Null. Die Sowjetunion hält sich Sklaven und Zwangsarbeiter; und niemand macht sich deswegen die Hände naß. Wir haben den Tatbestand ermittelt. Wollen wir noch mehr darüber wissen? Diese Kenntnisse bringen uns nichts ein.«
Devereaux starrte Hanley einen Moment an und legte dann den Schürhaken beiseite. »Warum hat sich dieser Bursche unsere Abteilung ausgesucht?«
»Ja, warum? Diese Frage müssen Sie uns beantworten.«
»Gehe ich schwarz hinein?« Schwarz war die Bezeichnung für Untergrund und Illegalität.
»Nein.« Hanley ging zum Kamin und hielt die Hände über das Feuer, obwohl ihm die Kälte in der Holzhütte nichts

ausmachte. In seinem Büro, das im Bauch des Landwirtschaftsministeriums in der Vierzehnten Straße in Washington versteckt war, sorgte Hanley Sommer wie Winter für eine gleichbleibende Temeperatur von sechzehn Grad Celsius. Die Flammen verliehen seinen bleichen Zügen etwas Farbe.

»Die Operation sagt Ihnen zu?« fragte Hanley leise.

»Nein. Sie sagt mir überhaupt nicht zu«, antwortete Devereaux frostig. »Aber ich habe gar keine Wahl, oder?«

Nein, dachte Hanley, du hast keine andere Wahl. Du hattest nie eine andere Wahl.

»Sein Name ist Tartakoff. Sie räumen ihm ein gewisses Vertrauen ein, das heißt, eine gewisse Bewegungsfreiheit. Auch das gibt uns zu denken. Nachdem Andropow an die Macht gekommen war, hatte Tartakoff rasch Karriere gemacht. Auch das erscheint uns fragwürdig. Er ist erst sechsundvierzig. Viel zu jung für solche Gunstbeweise der Opposition.«

»Sie wissen ja schon eine Menge.«

»Zu viel. Alles heikle Fakten.« Hanley runzelte die Stirn. »In der nächten Woche macht er einen Einkaufsbummel nach Helsinki.«

»Von Leningrad aus?«

Hanley nickte. »Sie können ihn bei Stockmann treffen. Waren Sie schon mal in Helsinki?«

»Einmal, 1966, auf dem Rückflug nach Vietnam.« Devereaux wollte offenbar nicht gern daran erinnert werden. Die Worte klangen so monoton wie bei einem sprechenden Computer. »Ich hatte etwas in Kopenhagen zu erledigen, das in Verbindung mit meinem Geschäft in Da Nang stand. Sie erinnern sich?«

»Vage.«

»Ich bin mit einer Maschine der Japanischen Fluggesellschaft über die Sowjetunion zurückgeflogen.«

»Das war aber riskant.«

»Ich war akkreditierter Journalist.«
»Natürlich wußten die Russen, was Sie wirklich waren.«
»Das kratzt mich nicht. Ich verbrachte eine lange Nacht in Helsinki.«
»Er ist verheirtatet; doch die Frau hat er uns gegenüber nicht erwähnt. Er kauft für sie ein paar Schmucksachen bei Stockmann. Er möchte raus aus der Sowjetunion. Er hat zwei Jahre in Paris gelebt. Das war Anfang der siebziger Jahre.«
»KGB.«
»Selbstverständlich.«
»Was hat er uns zu verkaufen?«
»Gegenwärtig nur sich. Das reicht uns nicht. Ich möchte, daß Sie ihm auf den Zahn fühlen und heraufinden, was er für uns einfädeln könnte.«
»Was sage ich ihm?«
Hanley starrte ins Feuer, als wäre er von den Flammen fasziniert. Er hatte als Kind in Omaha gelebt, und das lag schon so lange zurück, daß die Erinnerung daran wie ein Bruchstück aus dem Traum eines fremden Mannes war. Ein Feuer in einem Kamin, und draußen einer dieser bitterkalten Winterstürme von Nebraska. Er sah Schiffe, die im Feuer zusammenstießen; die Schiffe waren die Scheite, die Flammen waren der Tod. Er konnte die Männer schreien hören, als sie in die See stürzten.
»Sie können ihm alles sagen, was Sie wollen. Versprechen Sie ihm das Blaue vom Himmel herunter. Das ist ohne Bedeutung. Nutzen Sie die Zeit, um festzustellen, was er uns wert ist.«
»Es bleibt also nur bei Versprechungen?«
Hanley blinzelte und wandte widerstrebend den Blick vom Feuer ab. Er konnte nun trotz der Schatten ganz deutlich das spöttische, kalte Gesicht seines Gesprächspartners sehen. Die Kälte in den grauen Augen ließ ihn erschaudern.
»Ich muß wieder nach Washington zurück«, sagte Hanley. »Mir erschien das die beste Lösung zu sein. Ich dachte mir,

wenn ich Sie nach Washington riefe, geschähe das unter falschen Vorzeichen. Ich meine damit Ihren Asien-Tick. Das läßt sich nicht so einfach deichseln, Devereaux.«
»Sie sind ein Lügner, Hanley.«
Hanley schwieg eine Weile. Als er die Sprache wiederfand, war sie präzise und knapp im Stil eines Bürokraten, der für alle und jedes eine Antwort parat hat: »Nehmen Sie diesen Tartakoff in die Mangel. Wenn er uns nichts verspricht, haben wir keine Verwendung für ihn. Man muß sich doch in der Mitte zwischen zuviel und zuwenig treffen können.«
»Doch bis dahin sitzt er in der Falle.«
»Ja. Der einzig zufriedenstellende Aspekt dieser Affäre.«
»Ohne uns kommt er nicht heraus.«
»Ohne uns käme er nicht lebend bis Paris.«
»Wie lange soll er zappeln?«
Hanley zuckte mit den Achseln. »Solange es dauert. Solange wir es für notwendig halten.«

Sieben Wochen und drei Treffs mit dem sowjetischen Überläufer namens Tartakoff; aber keine Nachricht von der Abteilung.
Am Nachmittag würde er sich in dem aus rotem Granit errichteten Zentralbahnhof die englischsprachigen Zeitungen besorgen. Er würde nicht wagen, sie zu rasch zu lesen. Er würde sie auskosten – wie ein Kind, das sich einen Teil seiner Schokolade für den Augenblick aufspart, wo sie ihm noch besser schmeckt. Er schlenderte ziellos durch die Straßen der Stadt, bis er die Straßennamen auswendig hersagen konnte. Er ging hinunter zum Hafen, wo bei gutem Wetter der Gemüsemarkt im Freien abgehalten wurde. Ein klobiger Sakralbau, eine Kathedrale im russischen Stil, blickte von einem Hügel hinunter auf die stillen Kais und das Packeis, das bis in die Ostsee hinausreichte. Für einige Schiffe wurde eine Fahrrinne aufgebrochen. Die Fähre der Silja-Reederei verließ allabendlich pünktlich den Hafen und

dampfte gen Westen. Fünfzehn Stunden später würde sie in Stockholm anlegen.
Helsinki lag keine zweihundert Kilometer von der Westgrenze der Sowjetunion entfernt. Ein Kanal in der Glotze, die in Devereaux' Zimmer im Presidentii stand, war vom sowjetischen Fernsehen belegt. Wenn ihn die Langeweile manchmal zu sehr plagte, saß er vor der Flimmerkiste und schaltete diesen Kanal ein. Dann sah er sich stundenlang die endlosen Propagandafilme an, die von der heldenhaften sowjetischen Arbeiterschaft handelten. Oder die endlosen Diskussionen über die Planerfüllung. Die Bilder waren verzerrt, weil die Finnen diesen Kanal störten. Trotzdem schaute sich Devereaux das Programm so lange an, bis ihm das stumpfsinnige Porträt aus dem Leben eines Sowjetbürgers, das ihm die Mattscheibe vermittelte, die nächste lange Winternacht in Helsinki erträglicher machte.
Vom Fenster seines Hotelzimmers im dritten Stock des Presidentii blickte Devereaux auf eine Baugrube, die man im Sommer ausgehoben hatte. Der Frost hatte die Baustelle lahmgelegt. Aus gefrorenen Lachen ragten Betonwände, die auf Fels gebaut waren, empor.
Nachdem er die Aussicht genossen hatte, trank er in der kahlen, zugigen Hotelbar im Foyer finnischen Wodka oder besuchte eine dieser lärmenden Tavernen an der Peripherie der Mannerheimintie, dem Einkaufszentrum von Helsinki. Im Keller des Hotels gab es eine Sauna und ein kleines Schwimmbecken für die Gäste. Tag für Tag mietete er sich dort eine Badehose und schwamm so lange im Becken auf und ab, bis er Muskelkrämpfe bekam. Dann saß er ganz allein in der Sauna und sog die Hitze in sich ein wie ein Schwamm das Wasser, während er die Augen schloß und von der Zeit träumte, als er noch nicht im kalten, ungemütlichen Westen im Exil leben mußte. Er träumte von Asien und seiner blutroten Sonne, von Bauern, die auf den Feldern zwischen den wassergefüllten Furchen kauerten und ihrem

uralten Tagewerk nachgingen. Doch mit der Zeit wurde die Hitze in der Sauna selbst für ihn unerträglich, und er unterbrach seine Träume, um sich erneut in das kalte Wasser des Beckens zu stürzen und so lange zu schwimmen, bis seine Kräfte restlos verbraucht waren und er endlich schlafen konnte.

Vier Berichte an Hanley und eine abschließende Wertung.

Und immer noch kein einziges Wort von Hanley.

In der Einsamkeit seiner Blockhütte in Virginia hatte Devereaux noch immer Trost gefunden. Da brauchte er keinen Gesprächspartner oder irgendwelche menschlichen Kontakte. Doch hier fand er sich nicht in einer freiwilligen Isolation. Er fühlte sich eingesperrt, abgeschoben, kaltgestellt, in schweigende Ketten gelegt.

Und so kam es auch dazu, wie er erst viel später begriff, daß er die Einladung einer Prostituierten annahm, die ihn eines Freitags um Mitternacht in der Lobby-Bar des Presidentii angesprochen hatte. Sie hieß Natali und erzählte ihm, daß sie halb russischer, halb schwedischer Abstammung sei. Ihr Haar war schwarz und ihre Augen von einem schläfrigen Blau. Sie hatte, wie sie ihm sagte, ihn für einen Engländer gehalten.

Natürlich konnte Natali eine Falle sein. Er war sich dessen sofort und auch später wieder bewußt. Doch er hatte sich danach gesehnt, mit ihr zu plaudern, und als er sie mit auf sein Zimmer nahm, war er sehr sanft mit ihr umgegangen, hatte sich im Schlaf an sie geschmiegt, um ihre Nacktheit zu spüren und sie unter den Laken nicht zu verlieren. Er hatte sie geküßt, weil auch sie ihn küssen wollte. Doch er hatte sie festgehalten wie ein Kind, das sich an ein Versprechen klammert.

Natali hatte mit gewölbtem Rücken an seiner Brust gelegen, so daß er jeden Knochen unter der blassen, milchigen Haut spüren konnte. Er hatte ihre Brustwarzen geküßt. Um im Liebesakt hatte er sie so fest an sich gedrückt, daß sie fürchtete, er würde ihr den Brustkorb eindrücken.

»Wer bist du?« hatte sie ihn einmal zwischendurch gefragt,

und er hatte sich einen Namen ausgedacht. Als sie ihn am Morgen verließ. wußte er, daß er fest geschlafen und nicht unter dieser ständigen inneren Kälte gelitten hatte, die mit dem Winter nichts zu tun hatte.
Auf seiner Uhr war es sieben Uhr fünfzehn, als er am einundfüfzigsten Wintermorgen in diesem Hotel seine Duschkabine verließ. Er rasierte sich langsam, jedoch nicht sorgfältig. Im Geist sah er immer noch Natali vor sich, und dann diesen Tartakoff – einen nun verzweifelten Tartakoff –, den er in zwei Stunden in der riesigen unterirdischen Ladenstraße treffen sollte, die sich vom Hauptbahnhof bis zur Innenstadt hinzog.
Wer bist du?
Devereaux starrte auf sein Spiegelbild und zog das Rasiermesser vorsichtig vom Kinn über die Kehle hinunter, ehe er die Klinge unter heißem Wasser abspülte. Es ist nicht wichtig, hatte er sie zuerst abwimmeln wollen. Doch dann hatte er ihr einen der in seinem Gedächtnis gespeicherten gestohlenen Namen genannt.
Tartakoff hatte man zappeln lassen.
Heute vormittag würde Devereaux die Seile kappen. Sinnlos, dieses Spiel noch länger fortzusetzen. Er würde es beenden, schließlich mußte es jemand tun.
Das Tageslicht begann sich endlich durchzusetzen. Das Rot der Morgendämmerung war zu einem bläßlichen Gelb geworden, das den Himmel überflutete. Männer und Frauen, mit Bündeln bepackt, trafen aus den Vororten auf dem Busbahnhof gegenüber dem Hotel in der Innenstadt ein. Blubbernd sprühten sich die Busse gegenseitig schwarzen Qualm vor die Scheiben.
Aus den Wänden neben dem Eingang zum Bahnhof hatte man heroische Figuren aus dem roten Granit herausgehauen. Devereaux betrat den Bahnhof durch einen Nebeneingang und ging langsam an Zeitungsstand vorbei, wo die *Londoner Times* einträchtig neben der *Prawda* lag. Er

schlenderte durch die Halle zu den Stufen, die hinunterführten in das interirdische Einkaufszentrum, das man unter den Straßen von Helsinki aus dem Fels gesprengt hatte.
Diese unterirdische Ladenzeile war eine finnische Antwort auf den Winter. An der niedrigen Decke hingen nur Funzeln; und trotzdem herrschte hier viel helleres Licht als über der Erde. Leute in schweren Pelzen und Wollmänteln gingen mit trüben, melancholischen Gesichtern an ihm vorbei. Auf Schritt und Tritt wurde man von dem Geruch frischgerösteten Kaffees verfolgt, der aus Dutzenden von Läden kam.
Devereaux stand eine Weile vor dem Fenster der Kaffeestube, wo der Treff stattfinden sollte, und musterte die Gesichter der Insassen.
Als diese Musterung zu seiner Zufriedenheit ausfiel, ging er hinein und setzte sich auf einen Hocker an die Theke. Er bestellte Kaffee und benutzte dafür eines von den ungefähr hundert finnischen Worten und Redewendungen, die er sich selbst beigebracht hatte.
Der Kaffee war schwarz und bitter, aber dennoch willkommen. Die Gäste in seiner Nähe trugen dicke Mäntel. Ein Mann mit rotem Gesicht und kleinen schwarzen Augen schwitzte heftig in der Dampfbadatmosphäre, die hier herrschte, behielt aber dennoch seinen Überzieher an, während er den heißen Kaffee in sich hineinschüttete. Erdhafte Gerüche erfüllten den Laden. Schweres Essen, dunkler Kaffee, Schweißgeruch, schwerer Atem.
Da entdeckte Devereaux den Russen, ließ sich jedoch nicht anmerken, daß er den Überläufer gesehen hatte.
Tartakoff war mit einem schwarzen Pelzmantel und einer schwarzen Pelzkappe bekleidet, eine große, grobknochige Gestalt mit einem breitflächigen Gesicht. Er schien, das Gesicht dem Tresen zugewandt, ins Leere zu starren. Er sah so lange in diese Richtung, bis er sicher war, daß Devereaux ihn bemerkt hatte. Dann drehte er sich um, als wäre ihm dieser Laden zu voll.

Devereaux legte eine Zehn-Markka-Note auf den Tresen. Die Serviererin fischte sie ihm unter den Fingern weg, als habe sie die ganze Zeit nur auf sein Geld gelauert. Devereaux wählte den vorderen der beiden Ladeneingänge und ging dann um die Schaufenster herum in einen Korridor hinein, in den sich der Russe zurückgezogen hatte.
Da Korridor war leer. Er verband die Ladenstraße mit dem Hinterausgang eines Kaufhauses, das um diese Zeit noch nicht geöffnet hatte. Hier war es ganz still, doch keine zehn Schritte entfernt gingen Tausende von Leuten vorbei, traten den Matsch auf den Fliesen breit, plätscherten Stimmen wie ein Wasserfall.
»Wie lautet die Antwort?« fragte der Russe mit seinem holprigen Akzent. Er sprach zwar gut Englisch, aber seine Worte kamen so schnarrend, als müßten sie erst ein Gitter in seinem Schlund passieren.
»Es gibt keine Antwort«, sagte Devereaux.
»Zur Hölle mit dir, Briefträger.«
Schon beim ersten Kontakt hatte Devereaux klargestellt, daß er nur ein Bote sei. Damit hatte er zu verstehen geben wollen, daß er keine Vollmachten habe und jede Entscheidung an einem anderen Ort und ohne Devereaux Dazutun getroffen würde.
»Sie müssen eben Vorbehalte haben«, sagte Devereaux.
»Ich weiß, warum ihr so lange zögert. Wegen dieser Geschichte mit dem Chiffrierspezialisten.« Tartakoff lächelte. »Ich kenne den Vorgang.«
»Dann weißt du ja, weshalb wir auf der Hut sein müssen.«
»Ich werde mich an die Briten wenden, wenn ihr . . .«
»Du wirst dich nicht an die Briten wenden«, konterte Devereaux gelassen.
»Warum nicht, Briefträger?«
»Weil der britische Geheimdienst ein Sieb ist. Ehe diese Woche zu Ende wäre, hätten dich deine Leute in London umgelegt.«

Tartakoffs Gesicht hatte eine häßliche rote Farbe bekommen. Er ballte die Hände zu Fäusten. Aber das war nur eine Reaktion ohnmächtiger Wut.
»Ja, Briefträger. Du hast recht. Das würde mir passieren.«
Die beiden Männer standen sich eine Weile schweigend gegenüber.
»Jedesmal, wenn ich zum Treff komme, riskiere ich mein Leben.«
»Ich habe keine Instruktionen erhalten.«
»Aber was muß ich denn tun, damit ihr euch endlich entscheidet?«
»Keine Ahnung«, meinte Devereaux achselzuckend.
»Ein Briefträger. Ja. Das ist alles, was du bist.«
Devereaux starrte den Russen an. Warum konnte der Russe ihm nicht von den Augen ablesen, was er zu erwarten hatte? Nichts.
»Ich bin ständig in Lebensgefahr«, wiederholte Tartakoff. Jetzt konnte man die Verzweiflung aus seiner Stimme heraushören.
Devereaux wartete stumm. Tartakoff war nicht dumm. Er weigerte sich nur, seine Situation zu begreifen. Hanleys hartnäckiges Schweigen war bereits eine Entscheidung. Es ging nur noch darum, den Kontakt für immer abzubrechen.
»Was verlangt ihr von mir? Welchen Preis?«
»Tartakoff«, sagte Devereaux geduldig, »wollen Sie denn nicht verstehen . . .«
»Ich verstehe, Laufbursche; aber das kann ich nicht akzeptieren . . .« Einen Moment versagte Tartakoff die Stimme. »Wenn ihr mir nicht traut, kannst du es mir doch sagen!«
Doch Devereaux sagte nichts mehr.
»Was muß ich tun? Was muß ich euch bringen?«
Devereaux hatte sich mit einer halben Drehung abgewendet und starrte auf die kahlen Wände neben sich. Die Kacheln waren auf den kalten Fels gemörtelt, der das Fundament der ganzen Stadt bildete. Dieser Tunnel war häßlich, das Licht

kalkig, und doch spendete es mehr Trost und Wärme als draußen die Wintersonne.
»Briefträger?«
Devereaux wandte sich wieder dem Russen zu und fixierte ihn mit seinen kalten grauen Augen. Er konnte nichts für diesen Renegaten tun. Er empfand kein Mitleid für ihn oder für sich selbst. Man hatte sie ja beide zappeln lassen, und nun wurde es höchste Zeit, den Strick durchzuschneiden, an dem sie hingen.
»Tomas Crohan.«
Devereaux reagierte nicht. Er blieb so ruhig stehen wie eine Statue. Der Name sagte ihm gar nichts. Er fand es nur eigenartig, daß ihm der Russe einen irischen Namen nannte. Das lähmte ihn eine Sekunde lang.
Tartakoff war zu einem Entschluß gekommen. Das las er ihm von den Augen ab. Sie waren hart und herausfordernd. »Der Mann ist in Leningrad. Ich bin für ihn zuständig. Er befindet sich in meinem Gewahrsam. Sag ihnen das. Sag das deinen Leuten, die mir eine Antwort verweigern. Sag ihnen, daß ich Tomas Crohan in meiner Gewalt habe.«
»Wer ist Tomas Crohan?«
»Das weißt du nicht? Ihr habt ihn für tot gehalten. Offiziell ist er auch tot. Aber er lebt. Und diesen Mann würdet ihr nur zu gern aus Rußland herausholen. Nur verläßt er Rußland nicht ohne Tartakoff. Ich serviere euch diesen Mann.«
Tartakoff faßte nach Devereaux Ärmel. Seine Hand war schwer. »Melde ihnen das, Briefträger«, sagte er, das letzte Wort verächtlich betonend. »Melde ihnen, daß ich doch noch eine Mitgift mitbringen kann. Sag ihnen, daß Tomas Crohan lebt und ich ihn mitnehme zu euch. Das sind die Bedingungen, und darauf werden wir uns einigen.«
»Warum? Was für ein Interesse sollten wir an diesem Mann haben?«
»Du nicht, Briefträger. Du bist nicht wichtig genug für diesen Handel. Aber deine Leute – die werden sich die Finger lecken nach ihm. Der nächste Treff muß am kommenden Montag

erfolgen. Bis dahin müßt ihr meine Bedingungen akzeptieren. Ich kann nicht noch einmal nach Helsinki reisen. Ich bin schon zu oft hiergewesen.« Tartakoff hielt immer noch Devereaux' Ärmel fest.
»Wer ist dieser Tomas Crohan?«
Tartakoff lachte und ließ Devereaux Mantel los.
Devereaux wartete.
»Ein Mann«, sagte Tartakoff, »der schon lange im Gefängnis sitzt.« Er lächelte. »Ein Mann, der von den Toten auferstehen wird.«

2

Cheltenham, England

»Herein«, sagte eine klare und selbstbewußte Stimme. Mowbrey öffnete ängstlich die Tür. Er war noch nie in Wickhams Büro gewesen. Und seines Wissens hatte es noch keiner seiner Kollegen betreten.
Wickham blickte am entfernten Ende des Raumes von seinem Queen-Anne-Schreibtisch auf mit der gutmütigen Nachsicht eines Mannes, der bei einer schwierigen Arbeit gestört wurde. Tatsächlich war er weder gutmütig noch ein schwerbeschäftigter Mann.
»Ja, Mowbrey?«
»Mr. Wickham, ich dachte, ich sollte mit dieser Sache direkt zu Ihnen . . .«
»Sache?«
»Bei der Sonderüberwachung, die wir im Augenblick vornehmen . . .« murmelte Mowbrey.

Das breite, rotwangige Gesicht verlor seinen wohlwollenden Ausdruck. »Sie sind bei der Sonderüberwachung? Ich kann mich nicht erinnern, daß Ihr Name bei der Sicherheitsüberprüfung erwähnt wurde.«

»Doch, Sir. Seit dem ersten Januar bin ich der Abteilung zugeteilt.« Mowbrey hatte ein dünnes, farbloses Gesicht mit hohen Wangenknochen und einer Nase, die ein wenig schräg saß.

»Nun?«

Wickham schob einen Aktendeckel zur Seite, als müsse er erst einmal Platz schaffen auf seinem Schreibtisch für die Papiere, die Mowbrey ihm eventuell vorlegen wollte. Diese Geste war jedoch nur ein Täuschungsmanöver. Seine Beflissenheit sollte seine mangelnde Kompetenz verschleiern. Dieses Verhaltensmuster war typisch für Wickham, der sich durch Schlauheit, Arroganz und Faulheit auszeichnete. Seine Position bei »Auntie« war weniger ein Verdienst seiner Fähigkeiten, sondern mehr eine Konzession an seinen Namen. Wickham war der zweite Sohn des neunten Grafen von Bellefair.

»Sir, wir arbeiteten gerade nach dem gekoppelten Monitor-Verfahren. Sie wissen ja, was ich meine. Wir zeichnen den üblichen Funksprechverkehr der Russen auf und vergleichen ihn im Computer mit den Routineaufzeichnungen des amerikanischen Funksprechverkehrs . . .«

»Darüber darf nicht gesprochen werden. Nicht einmal in diesem Büro«, warnte Wickham seinen Untergebenen.

»Sir«, fuhr Mowbrey beharrlich, wenn auch ein wenig eingeschüchtert fort. Verschwommen nahm er wahr, daß an der Wand, wo eigentlich ein Fenster hingehörte, ein gerahmtes Faksimile-Gemälde von Monet hing. Ein Fenster wäre auch sinnlos gewesen, da alle Räume der Abteilung in einem Tiefgeschoß untergrebracht waren, neun Meter tief unter einer grünen Wiese. Noch weideten die Kühe in diesem Vorort von Cheltenham. Sie ahnten wohl nicht, daß

sie sich ihr Futter auf dem Dach einer Computer-Spionagezentrale der NATO suchten, auf einer der beiden von der Nordatlantischen Verteidungsorganisation mit modernsten Geräten ausgerüsteten elektronischen Lauschstationen.
»Sir«, setzte Mowbrey neu an, »wir hatten zum erstenmal Erfolg mit diesem Verfahren. Der Konnektor ist ein Personennamen.«
»Großartig, Mowbrey. Aber wovon reden Sie eigentlich?«
Wickhams Frage fiel ein wenig barsch aus, was jedoch nur verschleiern sollte, daß er vermutlich wenig Ahnung hatte von dem, was in seiner Abteilung vorging. Nach dem jüngsten Spionageskandal in der elektronischen Lauschzentrale von Cheltenham war seine Abteilung in aller Eile eingerichtet worden. Die Medien hatten nichts über diesen Skandal berichtet. Das kam daher, daß der Doppelagent sich längst in die Sowjetunion abgesetzt hatte, ehe ihm der britische Geheimdienst auf die Schliche kam.
Dem Namen nach war Wickham Leiter dieser Sonderabteilung. Deshalb meinte Mowbrey, er müsse mit seiner Information zuerst zu Wickham gehen. Mowbrey war so ehrgeizig wie Wickham arrogant.
»Es war ein Yankee-Signal von Delta Z . . .«
»Mowbrey – Gott gab uns die englische Sprache, damit wir uns klar und deutlich ausdrücken.«
»Entschuldigung, Sir. Die Amerikaner setzten gestern in ihrem Sonderposten in Stockholm ein verschlüsseltes Signal ab, das sich nach einem Namen erkundigte. Tomas Crohan.«
»Und?«
»Als ich das amerikanische Signal aufzeichnete, Sir, wurde ich stutzig. Wir hatten in den letzten Monaten ja ziemlich planlos im Äther gefischt, um die Anlage auszuprobieren . . .«
»Ja, ja.«
»Tomas Crohan. Mir fiel der Name sofort auf. Die Ortho-

graphie und so. Wie kommt ein irischer Name nach Stockholm? Eigenartig, habe ich mir gedacht und besorgte mir einen Fünf-Minuten-Anschluß für den Schnüffler . . .«

»Schnüffler?«

»Der Dokumentencomputer des Ministeriums, Sir. Die neue Code-Bezeichnung kam zu Weihnachten heraus, Sir. Sie müssen das Memorandum bekommen haben . . .« Langsam begann Mowbrey zu begreifen, daß Wickham ein inkompetenter Schwachkopf war.

»Ja, natürlich. Diese verdammten Codes werden dauernd geändert. So was imponiert den Amerikanern. Mit dieser Geheimniskrämerei wollen wir ihnen beweisen, daß wir genau wissen, was wir tun. Nur bezweifle ich, daß das funktioniert.«

»Sir, Schnüffler schickte mir auf meine Anfrage eine Gegenfrage. Der Name sei Verschlußsache, und Schnüffler wollte meine Identität wissen und so weiter. Tat sehr geheimnisvoll. Ich wäre fast vom Hocker gefallen, Sir. Tomas Crohan hat eine uralte Karteinummer und ist immer noch eine geheime Verschlußsache nach dem Gesetz des letzten Weltkrieges. Selbst ich komme nicht an die Akte heran, obwohl ich für strenggeheime Dienstsachen zugelassen bin . . .«

»Wann hat Ihre letzte Sicherheitsüberprüfung stattgefunden?«

»Vor sechs Monaten, Sir, als ich mich um eine Versetzung in Ihre Dienststelle bewarb. Sie haben mich gründlich durchleuchtet, kann ich Ihnen versichern, besonders nach der Affäre Prine und all die anderen . . .«

»Ja. Wir müssen das nicht weiter vertiefen. Was, sagten Sie eben, hat Ihre Neugierde geweckt?«

»Sir, da kam dieses verschlüsselte Signal von den Yankees in Stockholm, die nur einen Namen zur Überprüfung weitergaben. Ich habe diesen Namen noch nie gehört – Sie vielleicht, Sir?«

»Ich wüßte nicht, wo.«

»Und als ich den Namen durch den Dokumentenspeicher jage, bekomme ich eine freche Antwort vom Computer, der meine Personalien verlangt und wissen will, warum ich überhaupt eine Anfrage an ihn richte. Nach dem Tanz, den der veranstaltete, würde es mich nicht wundern, wenn ein paar Leute von der Inneren Sicherheitsabteilung hier aufkreuzten und mich in die Mangel nähmen. Deswegen bin ich ja auch zu Ihnen gekommen, Sir. Die Innere Sicherheitsabteilung muß ja nicht unbedingt wissen, wofür wir die Spezialabteilung eingerichtet haben. Doch wenn die anfangen, mich zu verhören, werde ich wahrscheinlich die verschlüsselte amerikanische Depesche aus Stockholm erwähnen müssen, die wir aufgezeichnet haben, und das könnte peinliche Folgen haben.«
Wickham klopfte sich mit dem Bleistift gegen die Unterlippe und dachte einen Moment über dieses heikle Problem nach. Das war eine typische Angewohnheit von ihm. Er kaute an Bleistiften und Kugelschreibern herum, wenn er sich überfordert fühlte; und die Überreste dieser Tätigkeit lagen in all seinen Schreibtischschubladen wie Leichen von kleinen Insekten.
»Haben Sie darüber schriftliche Unterlagen?«
»Sir.« Mowbrey händigte ihm drei Blätter aus: das verschlüsselte amerikanische Original aus Stockholm, das am Samstag in der Station aufgezeichnet worden war; den entschlüsselten Text der Depesche und die Klassifizierung des verwendeten Codes. Es handelte sich dabei um »Aram Eins«, einen einfacheren Code, was bedeutete, daß die Anfrage nicht der höchsten Geheimstufe unterlag. Da das skandinavische Telefonsystem für seine Abhörfreundlichkeit berüchtigt war, konnte man den Ursprung der amerikanischen Depesche schwerlich ermitteln. Die Russen, die Dänen, die Norweger, die Finnen, die Schweden und die Amerikaner hatten so viele elektronische Zapfstellen in dem riesigen skandinavischen Territorium zwischen Arktis und

Ostsee eingerichtet, daß oft eine einzige Telefonleitung von zwei oder mehreren rivalisierenden Geheimdiensten zugleich abgehört wurde.
Auf dem zweiten Blatt Papier stand Mowbreys Routineanfrage an den Schnüffler. Das dritte Blatt enthielt die kühle Antwort des Computers.
Ja, dachte Wickham, das war kein Routinefall, sondern etwas für höhere Chargen. Zweifellos etwas, das die Kompetenz von Mowbrey überschritt.
Er sah den jüngeren Mann an und brachte ein Lächeln zustande. Der freundlich herablassende Wickham stand wieder auf der Bühne, nachdem er für einen Augenblick aus der Rolle gefallen war.
»Eine merkwürdige Geschichte, meinen Sie nicht auch?«
»Jawohl, Sir, das meine ich, und deshalb kam ich damit auch direkt zu Ihnen.«
»Und was weiß Miss Ramsey davon?«
Violet Ramsey war Einsatzleiterin der amerikanischen Sektion in der Spezialabteilung und die Vorgesetzte, die Mowbrey in dieser Angelegenheit eigentlich zuerst hätte ansprechen müssen.
»Sir, ich kam direkt zu Ihnen, und Miss Ramsey muß ja nichts davon erfahren. Es handelte sich um einen Probelauf unserer Maschinen, Sir. Offiziell hat die Sonderabteilung noch keine Zapfstelle für Stockholm eingerichtet. Das war ein Versuchsballon, den ich selbst gestartet habe.«
»Tatsächlich?«
Mowbrey zog die Lippen auseinander, um mit einem bescheidenen Lächeln seine Eigenmächtigkeit zu überspielen. Leider erzielte er mit den beiden schwarzen Augenzähnen im Oberkiefer nicht den gewünschten Erfolg.
»Also weiß niemand in der Spezialabteilung von dieser Depesche?«
»Nein, Sir. Nur Sie, Sir, und natürlich der Schnüffler.«
»Um den Schnüffler kümmere ich mich schon«, sagte Wick-

ham. Obwohl von Natur ein Faulpelz, hatte er doch inzwischen einen vagen Eindruck von der Wichtigkeit der Sache, die Mowbrey ihm vorgetragen hatte. Vielleicht ließ sich damit eine Beförderung herausschinden; vielleicht bot sich hier eine Chance für einen guten Auslandsposten innerhalb der »Auntie«-Organisation. »Was haben Sie dem Schnüffler geantwortet?«

»Gar nichts, Sir. Ich hielt es für besser, meine Computereingabe abzuschalten und Ihnen die Sache mündlich vorzutragen.«

»Schön, Mowbrey. Lassen Sie Ihre Papiere hier, ich werde die Sache für Sie weiterverfolgen. Ich bin sicher, wir werden etwas finden und das Rätsel lösen, warum sich der Computer so geheimnisvoll bei diesem ... wie war der Name doch gleich wieder ... Kelly?«

»Crohan, Sir. Tomas Crohan.«

»Ach ja.«

Drei Stunden später hatte es Wickham geschafft, ein Duplikat der Anfrage an den Schnüffler, die Identität von Tomas Crohan betreffend, anzufertigen und in den Computer einzugeben. Knapp zwanzig Minuten später wiederholte der Computer die Fragen, die er Mowbrey gestellt hatte, doch diesmal identifizierte sich Wickham, gab seine Dienstgradnummer und den Code seiner leitenden Position durch und begehrte zu wissen, warum er in der Angelegenheit von Tomas Crohan keine Auskunft bekam.

Schnüffler gab keine Antwort auf seine Frage.

Das ging Wickham so sehr gegen den Strich, daß er kurz nach vier beschloß, den Computer auszumanövrieren.

Die Kühe oben waren längst in ihren Stall zurückgetrieben worden, und die Abenddämmerung nistete bereits am Rand des Himmels, als Wickham die Tür seines Büros absperrte. Er holte das blaue Telefon aus dem mit einem Sicherheitsschloß versehenen Kasten vom Grunde seines Schreibti-

sches. Er wählte keine Nummer, hob nur den Hörer ab und wartete.
»Ja?« Eine blasse Frauenstimme mit Londoner Akzent.
»George, bitte.«
»Einen Moment.« Ein Summen in der Leitung, dann eine andere Stimme, diesmal von einem Mann.
»Wer ist dort?«
»Bluebird«, antwortete Wickham.
»Ja, das habe ich mir schon gedacht. Ich wollte Sie gerade anrufen.« Die Stimme von »George« war so rauh wie ein kiesbestreuter Spazierweg in Kew Gardens.
»Tatsächlich?« Wickham war ehrlich überrascht. Man merkte es seiner Stimme an.
»Ist da etwas in Ihrer Spezialabteilung gewesen?«
»Entschuldigung, was soll in meiner Abteilung gewesen sein?«
»Sie wissen genau, wovon ich rede. Von Crohan. Sie haben in den letzten fünf Stunden zweimal die gleiche Anfrage an Schnüffler gerichtet. Warum haben Sie sich beim erstenmal nicht identifiziert? Sie hätten uns eine Menge Ärger erspart.«
»Ich – das habe ich nicht geahnt.«
»So? Ich wette, das ist nicht das erstemal, daß Sie so was sagen.«
Schweigen.
»Also, Bluebird, wie kamen Sie auf diesen Namen? Nach so einer langen Zeit?«
»Sir, es handelt sich um eine streng geheime Angelegenheit . . .«
»Ja, verdammt noch mal. Was soll dieser Hinweis? Ich bin die höchste Geheimhaltungsstufe, über mir gibt es keine mehr.«
»Ich bitte um Entschuldigung, George.«
»Wo haben Sie diesen Namen aufgeschnappt?«
Wickham fühlte sich total entnervt und in seinem eigenen Ehrgeiz gefangen. Warum hatte er die ganze Geschichte

nicht Miss Ramsey überlassen? Zum Henker mit diesem Mowbrey. Doch nun hatte er die Sache an sich gezogen und mußte sie auch zu Ende bringen.
»Ein Signal, Sir. Eine Art Probelauf in meiner Abteilung. Ich dachte, wir sollten uns etwas von ihrem . . . Spaghetti holen . . .«
Spaghetti war der Jargonausdruck der Lauschposten für die Millionen und Abermillionen von Bruchstücken des Fernsprechverkehrs, der geheimen und drahtlosen Nachrichtenübermittlung, die tagtäglich in solchen Situationen wie Cheltenham aufgefangen wurden. Angesichts der Fülle von Gesprächen, Anweisungen, Nachrichten und zuweilen echten Geheimnissen, die durch den Äther schwirrten, wären die Abhörspezialisten von »Auntie« überfordert gewesen, wenn sie dieses Material gründlich hätten sieben und jene Fragmente herauspicken müssen, die wirklich von Bedeutung waren. So stocherten sie nur fleißig in der ihnen täglich servierten Schüssel voller Spaghetti, fischten zuweilen auch wertvolles Material heraus, während andere nicht minder wichtige Fragmente gar nicht erst entdeckt wurden, da die erdrückende Menge des Materials eine gründliche Sichtung nicht zuließ.
»Amerikanische Spaghetti?«
»Jawohl, Sir. Woher wissen Sie . . .«
»Wofür, zum Henker, bräuchten wir wohl Ihre Sonderabteilung, wenn sie uns nicht die amerikanischen Quellen anzapft!«
Wickham war geschockt, daß George so offen von seinem Aufgabenbereich redete. Sie sprachen zwar auf einem abhörsicheren Telefon; aber selbst innerhalb der Abteilung wurde über dieses Projekt nie gesprochen. Schließlich waren die Yankees Verbündete. Tatsächlich arbeiteten amerikanische Verbindungsoffiziere im oberirdischen Bürokomplex mit ihren britischen Kollegen von »Auntie« einträchtig zusammen. Daß sich hinter dem Spitznamen »Auntie« – »Tant-

chen“ – das Referat für Sonderfälle des britischen Außenministeriums versteckte, war ein offenes Geheimnis in Cheltenham. Wickhams Sonderabteilung war jedoch ein in diesem Geheimnis begrabenes Geheimnis. Und daß seine Abteilung den verschlüsselten Funkverkehr der Amis abhörte, war so geheim, daß man darüber nicht einmal laut nachdenken durfte.
»Woher kam das Signal?«
»Aus Stockholm, Sir.«
»Stockholm?«
»Jawohl, Sir.«
»Verflixt.«
»Wie war das, Sir?«
»Ich habe nichts gesagt, Bluebird. Können Sie mir versichern, daß sich außer Ihnen niemand mit diesem Funkspruch befaßt hat?«
Wickham log, ohne zu erröten. Er hatte lebenslange Übung im Mogeln. »Jawohl, Sir.«
»Gut. Und ich fordere Sie hiermit auf, die ganze Sache sofort wieder zu vergessen.«
»Zu vergessen?«
»Sie haben richtig gehört: Vergessen.« Kies knirschte wieder in der Leitung. »Falls Sie Notizen darüber haben, vernichten Sie sie. Restlos. Nicht ein Schnipselchen darf übrigbleiben. Und kein Wort darüber zu dritten, wenn Sie sich nicht das Genick brechen möchten.«
»Sir . . .«
»Gute Nacht, Bluebird.«
Die Leitung war tot.

Der Wagen wartete mit laufendem Motor. Weiße Wölkchen stiegen am Heck des Jaguars auf und tanzten in der Abendbrise. Die Scheinwerfer waren auf den Eingang des bescheidenen Bürohauses gerichtet, das ein Stück entfernt von der Hauptstraße durch Cheltenham auf der grünen Wiese stand.

Das unterirdische »Tantchen«, in dem die Abhörzentrale eingerichtet war und wo der Mann mit Codenamen Bluebird sein Büro hatte, besaß sechs Ausgänge. Nach den neuesten Sicherheitsbestimmungen mußten die Leute der verschiedenen Abteilungen umschichtig jeden Monat andere Aus- und Eingänge benutzen. Das stiftete einige Verwirrung, und keiner von den Betroffenen hätte sich gewundert, wenn Wickham am Entwurf dieses Systems mitgearbeitet und sich dann souverän darüber hinweggesetzt hätte. In der Tat verließ Wickham seit zwei Jahren jeden Abend seine Arbeitsstelle durch denselben Ausgang.

»Rogers – dieses Dusseltier«, schimpfte er laut, als er aus dem dunklen Korridor herauskam und die Scheinwerfer des Jaguar auf sich gerichtet sah. Rogers war sein Chauffeur, in der Regel zuverlässig. heute abend jedoch wegen eines Motorschadens auf der M4 mit erheblicher Verspätung vorgefahren. Und nun vergaß er auch noch, die Scheinwerfer abzublenden, empfing ihn mit einer Lichtflut, die ihm als Chef einer Geheimdienstabteilung nur peinlich sein konnte. Obendrein konnte er in diesem grellen Licht kaum etwas sehen. Wickham hielt die Hand abschirmend über die Augen und begab sich über den knirschenden Schnee zu seinem Dienstwagen.

Er öffnete die hintere Wagentür und ließ sich in das Polster der Sitzbank fallen.

Zum Glück war es im Wagen angenehm warm.

»Rogers, Sie müssen heute etwas kräftiger als sonst auf die Tube drücken. Maggie erwartet um acht Gäste.«

Rogers nickte nur und legte den Gang ein.

Wickham seufzte und griff nach dem *Telegraph*, der neben ihm auf der Sitzbank lag. Er hatte noch keine Zeit gehabt, die Morgenzeitung zu lesen. Er knipste die Leselampe im Fond an. In der Rückenlehne von Rogers' Sitz war auch eine kleine Bar versteckt. Man mußte nur an einer Lasche ziehen, und das Ding klappte herunter.

Der Jaguar bog von der Hauptstraße auf die Schnellstraße ein und fuhr Richtung Norden.
Maggie hatte endlich etwas Passendes aufgetrieben, nachdem sie sechs Monate lang mehr schlecht als recht in einer Mietwohnung in Cheltenham gelebt hatten. Das Haus war zwar nicht sonderlich komfortabel, aber genau das, was Maggie sich unter einer standesgemäßen Behausung vorstellte. Maggie hatte sich höhere Ziele im Leben gesteckt als ihr Mann. Unerreichbare Ziele vermutlich, wenn man bedachte, daß Wickhams Bruder, erster Anwärter auf die Grafenwürde, erst fünfzig und kerngesund war. In Anbetracht der Langlebigkeit, deren sich zahlreiche Familienmitglieder erfreuten, war die Wahrscheinlichkeit gering, daß Wickham selbst einmal zu Amt und Würden gelangen konnte. Trotzdem war Wickham mit seinem Leben nicht unzufrieden. Wenn er ehrlich sein wollte, war sein Posten in der Lauschzentrale von »Tantchen« gar nicht so langweilig, sondern eine ihn restlos ausfüllende Lebensaufgabe. In den Augen der Leute war er ein bedeutender Mann, nicht so eine Marionettenfigur im Oberhaus, die es aus eigener Kraft zu nichts gebracht hätte. Wenn er die Privilegien, die er geerbt, mit denen zusammenrechnete, die er sich selbst erworben hatte, konnte er mit seinem Dasein ganz zufrieden sein.
»Achtung«, rief Wickham zerstreut, als der Jaguar durch eine Kurve schlidderte. Das sagte er jedesmal an dieser Stelle, denn der Wagen schlidderte im Winter immer in dieser Kurve. Und Rogers erwiderte dann jedesmal, es sähe ganz danach aus, als ob es heute nacht noch mehr Frost gäbe.
Seltsam.
Wickham raschelte mit der Zeitung.
Seltsam.
»Rogers?«
Keine Antwort. Wickham blinzelte im schwachen Licht der Leselampe. Er bemerkte, daß Rogers Haare im Nacken eine

Idee zu lang waren. Alle Chauffeure der Dienststelle hatten merkwürdige Vorstellungen von körperlicher Hygiene. Ihre Autos waren meist gepflegter als sie selbst. Das hatte auch Maggie festgestellt, als sie Tulliver feuern mußten.

»Rogers?«

»Ja, Sir?»

Der Chauffeur blickte ihn im Rückspiegel an.

Na also, dachte Wickham. Nun siehst du es selbst. Es ist Rogers. Was hast du nur für merkwürdige Gedanken, alter Knabe?

»Ich dachte, Sie wollten mir sagen, es würde heute nacht noch mehr Frost geben«, sagte Wickham lächelnd.

»Richtig, Sir. Ich rechne damit.«

»Möglich.« Dieses Thema interessierte Wickham nicht weiter. Er las die Mordgeschichte auf Seite drei. Da konnte man sich auf den guten alten *Telegraph* verlassen. Er brachte jeden Tag einen hübschen Mordbericht auf dieser Seite. Wickham fand die gelegentlichen Einblicke in das Leben der Londoner Unterwelt faszinierend, obwohl er das Maggie gegenüber nie erwähnte. Zu brutal, würde sie gesagt haben. Zu vulgär.

Und dann hielt der Wagen plötzlich an.

Er blieb mitten auf der verlassenen Straße stehen.

»Rogers?«

»Sir?« Der Chauffeur hatte sich umgedreht.

»Warum halten wir hier an?«

»Da ist wieder etwas mit dem Motor nicht in Ordnung, Sir.«

»Verflixt! Den haben Sie doch erst heute nachmittag reparieren lassen!«

»Schon.«

»Er scheint doch ganz ruhig zu laufen!«

»Nein, Sir. Etwas ist nicht in Ordnung. Lassen Sie mich mal nachsehen.«

Wickham vertiefte sich ärgerlich wieder in seine Mordgeschichte. Eine Frau war in der Portobello Road vergewal-

tigt, dann gefesselt und schließlich mit einem Messer zerstückelt worden. Eine besonders brutale Geschichte.
»Sir?«
Wickham legte die Zeitung zum zweitenmal beiseite. Er sah zu Rogers hoch, der den hinteren Wagenschlag geöffnet hatte.
»Was ist denn jetzt schon wieder?«
»Tut mir leid, Sir. Sie waren nicht der Schlechteste. Ich mochte Sie recht gern. Aber Sie müssen mich verstehen, Sir.«
»Verstehen?«
»Ich hätte mir gewünscht, es wäre nie dazu gekommen, Sir.«
»Was soll ich verstehen?«
»Sie und die gnädige Frau waren wirklich nett zu mir«, sagte Rogers mit unbehaglicher Stimme.
Wickham sah ihn mit zusammengekniffenen Augen an. »Was faseln Sie da? machen Sie die Tür wieder zu!«
»Das kann ich nicht, Sir.«
»Sie *können* nicht?«
»Würden Sie bitte mitkommen, Sir?«
Wickham bekam rote Ohren, jetzt begann er sich wirklich zu ärgern. »Hören Sie mal . . .«
»Sir.«
Und dann sah Wickham die graue Pistole in Rogers Hand. Langsam, wie im Traum, öffnete Wickham die Tür auf seiner Seite. Er stieg aus dem Jaguar, der immer noch mitten auf der menschenleeren Straße vor sich hintuckerte. Und dann sah er die Lichter, die ungefähr hundert Meter von der Straße entfernt aufblitzten.
»Dort hinüber, Sir.«
Er ließ sich über die Straße schubsen. Es hatte seit einer Woche nicht mehr geschneit; doch der blaue Himmel hatte strengen Frost gebracht, und der Schnee knirschte unter seinen Füßen. Komischerweise mußte er daran denken, daß er sich die Schuhe ruinierte, wenn er über das verschneite

Feld gehen mußte. Warum tat er es dann? Er spürte die Pistole im Rücken.
»Ihnen wird nichts passieren, Sir«, sagte Rogers mit unglücklicher Stimme.
»Was hat das alles zu bedeuten!« Doch Wickham stellte die Frage wie ein Mann, der die Antwort bereits kannte.
Der andere Wagen hatte die Scheinwerfer abgeschaltet und wirkte wie ein schwarzes Ungetüm. Rogers öffnete die Tür im Fond.
Zwei Ausländer saßen darin. Ihre Anzüge paßten nicht zu ihrer Figur, und einer von ihnen trug einen grauen Hut, der längst außer Mode war. Wickham achtete auf solche Dinge. Er wurde in den Fond hineingestoßen und ließ sich auf die Vinylsitze fallen, die sich kalt anfühlten. Er haßte kalte Automobile. Er bestand jedesmal darauf, daß sein Wagen vorgeheizt wurde, ehe er sich zum Einsteigen bereitfand, selbst wenn er es eilig hatte.
»Leben Sie wohl, Sir.«
Rogers ging bereits wieder über das Feld zum Jaguar zurück. Was würde er sagen? Was würde er Maggie erzählen? Was konnte er sich von der Zukunft erwarten?
»Sehen Sie mich an. Was soll das bedeuten? Wissen Sie denn nicht, wer ich bin?«
Der Mann am Lenkrad drehte sich um. Seine Züge waren ausdruckslos, seine Augen kleine schwarze Kohlen, die niemals Feuer fingen. Seine Krawatte war zu fest geknotet an seinem dicken Hals.
»Natürlich, Mr. Wickham.« Sein Akzent war hart, slawisch. »Wir wissen sehr genau, wer Sie sind.«
Und der andere Mann lächelte.

3

Amsterdam

Die beiden Männer saßen an dem geschwungenen Ende der kleinen Bar neben der Lobby im Victoria-Hotel. Vor dem Fenster hatte der Sturm, der mit der Morgendämmerung von der Nordsee hereingekommen war, mit dem verblassenden Nachtmittagslicht wieder nachgelassen. Am Damrak, der Straße, die das Hotel vom Kanal trennte, war der Schnee zu kleinen Matschhügeln zusammengeschoben. Im Flockenwirbel hörte man die Straßenbahnen nicht mehr, die sich traumwandlerisch die schnurgeraden glitzernden Schienen hinunterbewegten. Auf den Kanälen waren keine Boote, auf den Straßen keine Menschen.

»Was ist das für ein Geschäft?«

»Wir kommen gleich dazu, Antonio.« Der zweite Mann war rundlich und wirkte so gemütlich wie ein Kavalier von Rubens. Tatsächlich war er kein Holländer, sondern ein Bulgare, der das obskure bulgarische Reisebüro in Amsterdam leitete, wo es kaum jemanden nach einem Urlaub in Bulgarien gelüstete. Das spielte keine Rolle. Er hatte andere Aufgaben wahrzunehmen.

»Wenn wir so viel Zeit haben, warum mußte ich dann Hals über Kopf von Paris hierher, noch dazu in einem gottverdammten Schneesturm?«

»Der Schnellzug hatte Verspätung.«

»Sollte er nicht – bei dem vielen Schnee?«

Der erste Mann nahm wieder einen Schluck Heineken aus dem schweren Tulpenglas. Seine Erscheinung war nicht weniger unangenehm als seine Stimme. Seine schwarzen Augen saßen tief hinter seinen dunklen Zügen. Nichts an seiner Erscheinung verriet Gewalttätigkeit oder Prominenz.

Antonio hatte ein schwaches Kinn und dünne Lippen. Aber es war kein schwaches Gesicht, nur geheimnisvoll. Und Lippen, die schweigen konnten wie ein Grab.

»Der Job, Penev.«

»Trinken Sie erst noch ein Bier.«

»Was ist es für ein Job?«

»Es ist ein kompliziertes Geschäft, Kamerad.«

Die Vertraulichkeit, die diese Anrede enthielt, verdroß Antonio; aber er sagte nichts. Er klopfte mit der Fußplatte des Bierglases auf die Theke, um den Barkeeper herbeizurufen, der sich in einem anderen Raum aufhielt. Die Barfenster klapperten im Wind.

»Ich werde das Kind schon schaukeln.«

»Wenn wir das nicht wüßten, hätten wir Sie nicht gerufen.«

Antonio lächelte. »Hat die Sache einen Haken?«

»Möglich. Vielleicht kommt der Haken erst später hinzu.«

»Wo bleibt denn dieser verfluchte Barkeeper?« Antonio klapperte abermals mit dem Bierglas auf der hölzernen Theke. Antonio war nicht sein richtiger Name. Sein richtiger Name war bei seiner Taufe in das Kirchenregister der Stadt Reggio in Kalabrien eingetragen worden. Dort war er geboren. Aber das Taufregister mit seinem Namen war schon vor langer Zeit gestohlen worden. Und in Rom, wo alle Personalakten italienischer Staatsangehöriger archiviert wurden, war sein richtiger Name gelöscht worden. Seither hieß er für alle, die privat oder geschäftlich mit ihm zu tun hatten, Antonio. Ein süßer Name, hatte eine seiner Freundinnen gesagt. So süß wie der Duft von Blumen bei Begräbnissen.

Der Barkeeper, ein untersetzter, dunkler und mürrischer Typ, erschien im Durchgang, und Antonio pochte wieder mit dem Glas auf den Tresen. Mit einer Grimasse schob sich der Barkeeper hinter die Theke und fragte auf holländisch, obwohl sich die beiden Gäste englisch unterhielten:

»Sie wollten noch ein Bier?«

Penev blickte den Barkeeper scharf an. Er begriff, daß der Mann die Sprache gewechselt hatte, um seinen Gesprächspartner zurechtzuweisen. Er bestellte auf holländisch noch ein Bier.
»Also noch eins«, sagte der Barkeeper wieder auf englisch zu Antonio.
»Was sonst?« schnaubte Antonio. »Hat Ihre Bude noch was anderes zu bieten? Schenken Sie vielleicht Mädchen aus?«
»Sie sind unverschämt«, antwortete der Barkeeper mit der sprichwörtlichen Direktheit eines Amsterdamer Bürgers. Einen Moment starrte ihn Antonio an, als wäre er eine graue Maus, die sich in ein warmes Hotel verirrt hatte. Seine schwarzen Augen waren blankes Eis. Der Barkeeper drehte sich um, bückte sich, holte eine grüne Flasche unter dem Tresen hervor, stellte sie vor Antonio auf die Bar und öffnete sie. Dann starrte er Antonio wortlos an.
»Worauf warten Sie denn noch?« sagte Antonio. »Auf ein Trinkgeld? Schreiben Sie das Bier auf meine Rechnung.«
Sekunden später waren sie wieder allein am Tresen.
»Also – was ist es für ein Geschäft, Penev?«
»Eigentlich sind es zwei. Das eine ist einfach, das andere etwas komplizierter.«
»Wo findet es statt?«
»Das erste Geschäft erledigen Sie in Dublin. In den nächsten zwei Tagen. Unbedingt vor Donnerstag. Sie verstehen?«
»Wie soll ich es abwickeln?«
»Als Unfall. Es soll möglichst nach einem Unfall aussehen.«
Die Rubens-Figur mit dem bulgarischen Namen kostete schmatzend den Gin-Tonic, der vor ihr stand. Dann schlürfte er ihn. »Das Objekt in Dublin dürfte keine Probleme aufwerfen. Keiner aus der Branche.«
»Und der andere?«

»Erfahrener Profi. In Helsinki. Erst Dublin, dann das Helsinki-Geschäft.«
»Eine wärmere Stadt konnten Sie mir wohl nicht aussuchen?«
Penev lächelte nicht. Trotz seiner behäbigen Rundlichkeit hatte er keinen Sinn für Ironie oder Sarkasmus. Er war der Standort-Agent des bulgarischen Geheimdienstes (Abteilung für auswärtige Angelegenheiten) und Operationsleiter für Sonderunternehmen in Nordeuropa. Für solche Einsätze wurden freischaffende Hilfskräfte angeheuert. Antonio war so ein freischaffender Mörder und Terrorist, der sich in der Vergangenheit als zuverlässig erwiesen hatte. Die bulgarische Geheimpolizei war für das sowjetische Komitee für Staatssicherheit, das KGB, das bevorzugte Vollzugsorgan für Mordaufträge.
»Besteht ein Zusammenhang zwischen beiden Geschäften?«
»Meines Wissens ja. Doch so genau weiß ich es auch nicht. Es würde Ihnen wenig nützten, zu viel über Ihren Auftrag zu wissen.«
»Das entscheide ich, Penev. Zunächst zu Dublin . . .«
»Ich wiederhole« keiner aus der Branche. Ein Priester. Ungefähr siebzig Jahre alt. Es steht alles im Personalbogen.«
»Was für einen Unfall möchten Sie haben?«
»Das überlasse ich Ihnen. Die Zeit wird nicht ausreichen, daß Sie etwas Raffiniertes vorbereiten können. Ich dachte da an den Trick mit dem Regenschirm . . .«
»Nein. Ich müßte zu nahe an das Objekt heran. Ich werde mir etwas anderes ausdenken.«
»Der Profi in Helsinki . . .«
»Ja. Was ist mit ihm?«
»Mit dem können Sie nach Gutdünken verfahren.«
»Die Beschreibung des Objekts?«
»Mittelalter. Erfahrener Profi.«
»Arbeit er auf eigene Rechnung?«

»Er arbeitet für eine Organisation.« Penev nippte wieder an seinem Drink.
»Ich könnte ihm die Eier abschneiden und sie ihm in den Mund stecken.« Antonio lächelte, und Penev wurde blaß wie ein Laken. »Das habe ich mal in Marseille gemacht. Nicht für Ihren Haufen. Damals arbeitete ich für die Mafia; sie wollten einen Denunzianten aus dem Verkehr ziehen. Sie haben einen Slangausdruck dafür, den Sie nicht verstehen werden und der sich auch kaum übersetzen läßt. Der Vogel singt, der Denunziant auch. Der schwierigste Teil meiner Aufgabe wäre die Beschaffung des Vogels gewesen. Sie wollten die Sache rasch erledigt haben, und ich sagte zu ihnen: ›Nun, dann habe ich keine Zeit dazu, mich hinzusetzen, auf einen Vogel zu lauern, ihn zu töten und dann so lange mit mir herumzutragen, bis ich ihm die Krähe in den Mund stopfen kann, wenn ich ihn abserviert habe.‹ Und da dachte ich mir, ich säble ihm einfach die Eier ab und stopfe sie ihm ins Maul. Und tatsächlich erfüllte das den gleichen Zweck.«
»Nichts in dieser Richtung.«
»Dann drück' ich ihm die Luft ab oder schneid' ihm die Kehle durch.«
»Ich will die Details gar nicht wissen.«
»Er wohnt in der Botschaft?«
»Nein, im Presidentii. Sein Foto finden Sie im zweiten Umschlag. Wenn Sie sich das Material eingeprägt haben, müssen Sie es vernichten.«
»Klar.«
»Sie wickeln die Aufträge nach den üblichen Vertragsbedingungen ab.«
»Plus Spesen.«
»Selbstverständlich. Länger als eine Woche sollten Sie dazu nicht brauchen.«
Das Rütteln an den Fenstern gemahnte sie wieder an den Sturm draußen. Über die Stadt brach allmählich die Nacht

herein. In den verwinkelten Straßen um den Nieuwmarkt und gegenüber beim Zee dijk auf dem anderen Kanalufer würden jetzt bald die Huren aufstehen, in ihren zugigen Kabuffs ein karges Frühstück einnehmen und mit ihren Zuhältern und Beschützern das Geschäft besprechen. Die Bars würden öffnen und auf die Strichmädchen warten — und die Jungs, die gleiche Dienste leisteten. Eine Kundschaft aus etwa fünfzig verschiedenen Ländern würde sich einfinden, die wußte, was man hier für sein Geld bekommen konnte. Denn trotz Kultur und Kunstmuseen war Amsterdam noch immer eine alte Hafenstadt an einer grauen, ständig aufgewühlten See, eine Vergnügungsstätte für Matrosen, die sich auf derbe Weise zerstreuen wollten. Ein Hauch bitterer Melancholie war in der Stadt zu spüren, die einer großen maritimen Vergangenheit nachtrauerte und in der Gegenwart in Glanz und Schönheit aber ohne rechte Aufgabe lebte. Und ihre ursprüngliche Lebensfreude flakkerte nur noch nachts in den Vergnügungsviertel auf und ging nicht über ein paar geflüsterte Zärtlichkeiten, ein paar Stunden bezahlter Wärme und Wonnen hinaus.

»Warum hängen die beiden Geschäfte zusammen, Penev?«

»Warum wollen Sie das wissen, Antonio?«

»Weil ich meinen Kopf hinhalte. Und weil ich Ihnen nicht blind vertraue, obwohl ich bisher immer brav mitgespielt habe. Deswegen will ich es wissen.«

Penev sagte nichts.

»Der Türke sollte in eurem Auftrag den Papst beseitigen . . .«

»Das ist nicht bewiesen.«

»Ich bin kein Rechtsanwalt«, sagte Antonio höhnisch. »Einen solchen Job hätte ich nie übernommen.«

»Aus Angst nicht?«

»Ja.«

»Aus Angst um Ihre Seele?« Penev lächelte.

»Nur weil ich den Papst hätte umbringen sollen? Unsinn.

Dazu gehört nicht viel. Aber die Sache wurde ganz verkehrt aufgezogen. Der Türke war ein Idiot, sich auf dem Petersplatz selbst eine Falle zu stellen. Und ich an seiner Stelle hätte euch nicht getraut. Nicht bei einem Auftrag solcher Größe. Wäre er entwischt, hättet ihr ihn liquidiert.«

»Wir halten stets unser Wort.«

»Ein Bulgare weiß nicht, was Ehre ist.«

»So; aber Sie wissen das.«

»Wo bleibt da der Zusammenhang?«

»Kommen wir auf das Geschäft zurück. In Dublin werden Sie keine Probleme haben. Wenn die Sache klappt, werden Sie vielleicht in zwei Wochen noch einmal nach Irland reisen müssen, um ... um ein anderes Geschäft zu erledigen.«

»Warum vergeben Sie den Auftrag in Irland nicht an Ihre eignen Leute? Das begreife ich nicht. In Dublin muß es doch mindestens hundert Sowjetagenten geben.«

»Ich habe meine Anweisungen. Sie lauten, daß ich einen Freischaffenden unter Vertrag nehmen soll.«

»Also schön.« Antonio nahm die beiden Umschläge von der Bar und schob sie in die Tasche seines schwarzen Mantels. Nachdem er sein Glas leergetrunken hatte, sagte er: »Penev, ich will heute nacht eine Frau haben. Deichseln Sie das.«

»Ich bin kein Zuhälter ., . .«

»Nun sagen Sie mir nur nicht, was Sie sind.«

»Sie könnten zu weit gehen.«

»Ich bin schon zu weit gegangen. Warnen Sie mich nicht. Niemals. Sie können eine Ihrer Agentinnen schicken, wenn sie nicht häßlich ist. Ich werde ihr keine Geheimnisse verraten.« Antonio lächelte und rutschte von seinem Barhokker. »Vielleicht werde ich ihr ein bißchen weh tun wollen; doch das wird sie überleben.«

»Was für ein Mann sind Sie eigentlich?«

»Ich sagte Ihnen in Paris, daß ich etwas Koks brauche. Ich hatte Probleme, es mir in Paris . . .«
»Ja, der Schnee ist im ersten Umschlag. Ich bin kein Zuhälter . . .«
»Ich weiß genau, was Sie sind. Sie könnten mein Zwillingsbruder sein, Penev.« Antonio schob beide Hände in die Manteltaschen. »Ich bin müde. Der Zug hatte Verspätung. Ich möchte jetzt ein kleines Nickerchen machen. Schicken Sie mir eine Frau aufs Zimmer. Sie kennen ja die Zimmernummer. Etwas Junges. Nicht eine von Ihren alten bulgarischen Säuen. Sagen Sie ihr, es dauert die ganze Nacht, okay?«

4
London

Ely verharrte einen Moment, ehe er die ausgetretenen Stufen zum Eingang des Mietshauses an der entlegenen Seite des Platzes unweit der Pall Mall hinaufstieg. Es waren nur sieben Stufen bis zur gläsernen Eingangstür, doch die Mühe, sie zu erklimmen, schien dem Agenten in keinem Verhältnis zu dem Ergebnis zu stehen.
Nachdem er endlich oben war, drückte er auf den Klingelknopf. Der automatische Türöffner summte, und er betrat eine kalte Eingangshalle, die mit einem schmutzigen roten Teppich ausgelegt war. Am anderen Ende der düsteren Halle saß ein junger Mann hinter einem Schreibtisch, dem Standardmodell für britische Regierungsbehörden. Der Mann schien für Ely ein Prototyp aller Hotelportiers zu sein, die er in seinem Leben kennengelernt hatte.

Der junge Mann sah hoch, und Ely zeigte ihm das obligatorische Kärtchen aus Plastik mit seinem Konterfei. Ely – wie lange hieß er jetzt so? Was hatte sein Name schon zu bedeuten?
Er lächelte über den ernsthaften jungen Mann, der das Kärtchen erst sorgfältig studierte, ehe er es zurückgab. Ely war früher mal »Gemstone« gewesen und davor 0047, als in den Anfangstagen von »Tantchen« laut Vorschrift jeder eine Nummer tragen mußte. Damals hatte ja noch nicht einmal die Abteilung einen Namen gehabt, wenn er sich richtig erinnerte. Code folgte auf Code, Namen auf Namen, und die Identität aller Männer von »Auntie« war unter dem Schutt ihrer eigenen Geschichte begraben.
»Die Identität aller Männer ist unter dem Schutt ihrer eigenen Geschichte begraben«, sagte Ely zu dem jungen Angestellten.
»Wie war das bitte?«
»Es war nichts. Nur eine Blödelei.«
»Sie müssen sich am Ende des Monats eine neue Karte beschaffen, Sir.«
»Noch schärfere Sicherheitsbestimmungen? Oder sollen nur die Drucker beschäftigt werden?«
»Das weiß ich nicht, Sir.«
»Nein, vermutlich nicht. Wahrscheinlich weiß es keiner von uns.«
Schweigen. Ely fühlte sich traurig; doch die Traurigkeit gehörte schon so lange zu seinem Wesen, daß sie etwas Vertrautes hatte wie ein alter Freund, der zuviel trinkt oder zuviel redet oder im unpassenden Moment Gedichte zitiert; zu dieser Gattung alter Freunde hätte Ely gehört, wenn er sich so etwas Triviales wie Freundschaft hätte leisten können.
»Ich bin für heute morgen zu Q bestellt.«
»Soll ich durchrufen, daß Sie jemand abholt?«
»Ich kenne den Weg.«

»Den Lift können Sie leider nicht benutzen. Der ist nicht in Ordnung.«
»Natürlich«, sagte Ely sanft. »Und ist es kein Defekt, dann ist es die Dienstvorschrift für Fahrstuhlführer. Oder vielleicht eine neue Sparmaßnahme der Regierung.«
Der Angestellte nickte wieder geistesabwesend wie ein Hotelportier, der nicht auf das Gerede eines fremden Gastes eingehen kann.
Ely seufzte und ging zur Treppe. Sie war mit dem gleichen scheußlichen roten Teppich belegt, der den ausgetretenen Fußboden in der Eingangshalle bedeckte. Das Gebäude war sehr alt und baufällig; zum Beispiel sickerte Wasser durch die Decke des Archivs, was Ely schon am ersten Tag entdeckte, als er in den Innendienst versetzt wurde. Armes altes England, hatte er damals gedacht.
Armes altes England, dachte er jetzt, während er auf die erste Stufe trat, sich auf die zweite hinaufzog, dann auf die dritte, die vierte . . .
Q residierte im dritten Stock des zweiten Gebäudes. Alle Gebäude an der Südseite des kleinen Platzes in der Nähe von Pall Mall bildeten einen zusammenhängenden Häuserblock, und man hatte die Zwischenwände durchgebrochen. Was sich zunächst so bescheiden darstellte, war in Wirklichkeit eine recht umfangreiche Behörde.
Ely hielt auf dem zweiten Treppenabsatz an, um Luft zu holen. Mit schmächtigen Händen, aber nur geringem Kraftaufwand hielt er sich an dem Treppengeländer aus Eichenholz fest. Er war fast fünfzig, ein hohes Alter für einen noch aktiven Agenten, ein wahrhaft biblisches Alter für einen Agenten, der sich nach einer aktiven Verwendung im Außendienst zurücksehnte. Seine Schultern hingen nach unten, und sein Gesicht wirkte so ausgemergelt, als habe er sich erst vor kurzem liften lassen. Als Ausdruck seiner jugendlichen Eitelkeit blieb ihm sein hellblonder Schnurrbart mit den gezwirbelten Enden eines Gardeoffiziers, was

den ausgezehrten Ausdruck seines Gesichtes Lügen strafte. In seinen klaren blauen Augen lag stets ein spottlustiges Zwinkern. Seine Stimme klang piepsig, und manche, die ihn nach seinem Aussehen und seinem Organ beurteilten, hätten ihn für einen beliebten Schulmeister gehalten, der die Zwistigkeiten zwischen Schülern und Lehrer stets zu schlichten vermochte.

Tatsächlich wurde er in den oberen Rängen von »Tantchen« der Schlichter genannt. Er leimte die Sachen, die zerbrochen waren. Er setzte die Scherben zusammen. Oder sollte man besser von ihm in der Vergangenheitsform reden? Daß er der Schlichter gewesen war? Zuweilen, wenn er tötete, wurde seine Stellenbeschreibung sehr großzügig ausgelegt, um dem Resultat gerecht zu werden. Ely würde gesagt haben, daß ein Schlichter, der töten mußte, am Ende nur versagt hatte. Vielleicht war das die Erklärung. Er hatte nur versagt.

»Er erwartet Sie schon.« Die Frau war noch keine fünfundzwanzig, und Ely bemerkte, daß sie bereits begonnen hatte, ihr einst so blühendes, ländliches Aussehen mit dem scheußlichen Make-up zu verderben, das sie erschreckend dick auftrug. Ihr Name war Mary, und sie war nicht besonders hell, was Q sehr entgegen kam, der nichts davon hielt, sich mit intelligenten und ehrgeizigen Leuten zu umgeben. »Ich brauche Mitarbeiter, die machen, was man ihnen anschafft«, hatte er einmal mit anzüglicher Schärfe Ely gegenüber bemerkt. Ely wußte ganz genau, was Q gerne von ihm hätte.

»Danke, Mary.« Höflich, ohne besondere Betonung, der alte, in Ehren ergraute Angestellte, der die Kollegen stets zuvorkommend im Büro behandelte.

»Guten Morgen«, sagte er, als er in das Zimmer des Alten kam.

Tatsächlich war er nicht gut. Der Wind rüttelte an den Fenstern. Regen steckte in den grauen, brütenden Wolken über der alten Stadt. Der Raum war kühl – alle Büros in der Zentrale von »Tantchen« waren entweder zu kalt oder zu heiß, ließen die Feuchtigkeit durch oder hatten einen anderen Dauerschaden – und Q hatte in einer Ecke einen kleinen Gasofen brennen. Er saß hinter einem Queen-Anne-Schreibtisch direkt neben der Heizung. Es gab nur noch einen zweiten Stuhl in dem kahlen Zimmer, und der stand vor dem Schreibtisch, ziemlich weit weg vom Feuer. Es war nicht angenehm, an einem kalten Tag von Q zu einem Interview bestellt zu werden.

»Nehmen Sie Platz«, sagte Q.

Ely setzte sich.

»Wir brauchen einen Schlichter«, sagte Q.

Ely hörte das mit Erstaunen. Er hatte den Job vor zwei Jahren in Wien verpatzt, gründlich verpatzt. Tompkins, der erste Mann unter Q, hatte ihn vom Haken geholt, aber nicht gratis. Tompkins hatte ihn von seinem Außenposten abberufen und in den Innendienst der Zentrale versetzt, wo er unter Miss Marple Akten schlichten durfte. Es war eine Bestrafung im Fegefeuer, aber wenigstens keine Vertreibung aus dem Dienst. Tompkins war sein Freund gewesen. Tompkins hatte erklärt, Ely habe die Sache nicht absichtlich verpatzt, sondern nur Pech gehabt. Ely wußte, daß das eine Lüge war, auch wenn das Tompkins nicht wußte. Ely hatte versagt, weil seine Nerven versagt hatten. Er hatte sich zum erstenmal mit Schande bedeckt. Er hatte eine Handlung unterlassen, die das Unternehmen gerettet hätte, und das Leben von sechs Menschen obendrein.

Er zeigte keine Gefühlsregungen, während er Q zuhörte.

»Vor zwei Tagen ist einer unserer Leute in Cheltenham verschwunden.«

Ely sagte nichts. Er sah das Ende des Fegefeuers vor sich. Er ging wieder an die Front. Doch erfüllte ihn auch das kalte Grausen, wenn er an sein Versagen vor zwei Jahren in Österreich dachte.

»Er arbeitete in der Sonderabteilung. Ich will das nicht weiter vertiefen – was die Abteilung macht, meine ich. Aber er hatte eine Anfrage an den Schnüffler gerichtet, ehe er verschwand. Eine merkwürdige Anfrage, scheint mir.« Q trug eine graue Wollweste. Er hatte tiefblaue Augen und war glattrasiert. Seine weißen Haare waren in der Mitte gescheitelt. Er trug eine randlose Brille. Von diesem Mann ging etwas so Kaltes aus, daß Ely die Kälte, die er empfand, nicht nur auf die jahreszeitlich bedingte Kühle im Zimmer zurückführte.

»Ich weiß nicht, was dieser Code bedeutet, Sir.«

»Wirklich nicht? Ich dachte, Sie hätten die Qualifikation als Geheimnisträger.«

»Möglich; doch man hat mich nicht an diesem Ding ausgebildet.«

»Nun, diese verdammten Sicherheitsmaßnahmen kehren sich am Ende gegen uns selbst, nicht wahr? Es beginnt damit, daß man dem Gegner nicht traut, und dann führt es dazu, daß wir den Amerikanern nicht mehr trauen, und am Ende trauen wir uns selbst nicht mehr.«

»Jawohl, Sir«, gab ihm Ely mit gedämpfter Stimme recht, weil offenbar eine Zustimmung von ihm abverlangt wurde. Er verstand nur ausnahmsweise, was der Alte sagte, wenn dieser sich in philosophische Betrachtungen erging.

»Schnüffler ist der Hüter unserer geheimsten Dokumente. Ein Datenspeicher. Er ging, wie man so schön sagt, vor zwei Jahren ans Netz und reicht jetzt bis zum Krim-Krieg zurück ... Eine großartige, platzsparende Einrichtung ...«

»Ja.«

»Er heißt Wickham.«

»Wer, Sir?«

Q runzelte die Stirn. Ely strapazierte seine Geduld. »Der Mann, der verschwunden ist, natürlich.«

»Aber wie hieß der Mann, über den er vom Computer Auskünfte verlangte?«

»Tomas Crohan. Er wollte wissen, was wir über Tomas Crohan haben.«
»Warum?«
»Das sagte er uns nicht. Er sprach mit George; doch George glaubt, er habe ihn angeschwindelt. George wollte der Sache gerade auf den Grund gehen, als Wickham verschwand. Noch in derselben Nacht. Der Chauffeur wollte ihn zur üblichen Zeit vom Büro abholen, aber er war nicht da. Der Chauffeur wartete eine Stunde, rief dann Wickhams Frau an, und dann gab es ein großes Heulen und Zähneklappern. Das ist alles, was wir wissen.«
»Nun, tatsächlich wissen Sie noch mehr.«
»Wirklich?«
»Tomas Crohan. Warum machte dieser Name so einen Wirbel?«
»Ich sagte Ihnen doch schon, daß George . . .«
»Ja. Aber weshalb hat der Name einen solchen Eindruck auf George gemacht?« Ely sprach behutsam, fast schüchtern. George war der Codename für den Leiter der elektronischen Dokumentenzentrale von »Tantchen«. Q war nominell Georges Vorgesetzter; doch weil Q keinen blassen Schimmer von Elektronik und keine Ahnung von Computern hat, leitete George mit einem weitreichenden Grad von Unabhängigkeit seine Abteilung.
Q zog wieder die Stirn kraus. »Ich glaube nicht, daß ich Ihnen das im Augenblick sagen kann, Ely. Es geht nicht nur darum, daß Wickham verschwunden ist, sondern auch, daß wir heute morgen eine Routinemeldung von unserem Stationsleiter in Dublin erhalten haben. Darin taucht der gleiche Name auf.«
»Tomas Crohan? In welchem Zusammenhang?«
»Ich weiß nicht. Zum Henker mit Parker.«
»Penny Parker?«
»Ja, der. Sind Sie ihm schon mal über den Weg gelaufen?«
»Wir haben vor zehn Jahren gemeinsam an einer schwarzen Sache gearbeitet. Penny Parker ist jetzt in Dublin?«

»Ja, Abhörstation. Vor einer Woche hatte er einen Ausgabenbeleg damit gerechtfertigt, daß er ein sowjetisches U-Boot der T-Klasse vor der Küste von Blasket beobachtete.«
»Eine Insel?«
»Ja, ungefähr fünf Meilen von Great Blasket entfernt.«
»Rechtfertigte das seine Ausgaben?«
»Ich plaudere wohl aus dem Nähkästchen, wenn ich Ihnen verrate, was mich so wahnsinnig ärgert an den Agenten im Außendienst. Sie haben sich so sehr daran gewöhnt, der Opposition ein X für ein U vorzumachen, daß sie schon mit uns so verfahren, als gehörten wir zur Opposition.«
»Also glauben Sie ihm nicht«, meinte Ely behutsam.
»Was ich glaube, ist nicht wichtig. Daß die sowjetische Marine im Nordatlantik operiert, sogar vor der Küste unseren teuren Vetters, ist ja längst kein Geheimnis mehr. Mich interessiert lediglich, was Parker in einem entlegenen Winkel des Landes auf einer Insel zu suchen hatte, als er sich um seine Pflichten in Dublin hätte kümmern müssen.«
»Welcher Zusammenhang besteht zwischen dieser obskuren Insel und Tomas Crohan?«
Q schwenkte mit seinem Drehsessel herum und betrachtete das wache, zischelnde Gasfeuer hinter sich. Ely den Rücken zeigend – ein für ihn charakteristischer Akt von Unhöflichkeit –, fuhr er mit seiner dürren Stimme fort: »Es scheint keinen zu geben. Nur ein merkwürdiges Zusammentreffen von Zufällen. Wickham schnappte diesen Namen bei dem Probelauf seiner Geräte auf, mit denen er den geheimen Funksprechverkehr der Amerikaner anhört. In Skandinavien.«
Da verstand Ely plötzlich. Er begriff, daß sich ein großes Problem am Horizont abzuzeichnen begann und daß Q sich damit nicht die Hände schmutzig machen wollte. Q tat ihm diesmal keinen Gefallen; er verlangte, der er in einem weit entlegenen Zimmer etwas unter einen Teppich kehren sollte.

Noch schlich Q wie eine Katze um den heißen Brei herum, dem Feuer zugewandt, so daß er der Notwendigkeit enthoben war, Elys Reaktionen auf seine Worte zu beobachten und dem Agenten sein Gesicht zu zeigen.
»Unser Außenagent in Stockholm geht der Sache nach. Er befaßt sich mit der Angelegenheit, seit wir zum erstenmal Wind davon bekommen haben; daß die Yanks einen Sonderagenten nach Helsinki geschickt haben.«
»Ich begreife noch immer nicht ganz den Zusammenhang«, sagte Ely und hob die Stimme etwas an, für den Fall, daß der mangelnde Augenkontakt zwischen ihm und dem Boß auch akustisch die Verständigung beeinträchtigte.
»Nein. Keiner versteht ihn. Selbst George ist ratlos. Ein ratloser George – kaum zu fassen.« Q hielt inne, als wäre ihm dieser Aspekt ganz neu. »Ich weiß nicht, warum sie so viel Gedöns um einen . . . einen Namen aus der Vergangenheit machen und . . .«
»Wer ist Tomas Crohan?«
»Wer *war* Tomas Crohan? Käme der Wahrheit näher.«
»Wer war es dann?«
»Ein Mann irischer Nationalität und vor dem Krieg ein heftiger Parteigänger der Nazis. Irgendwie bekamen ihn die Amerikaner in die Finger und verwendeten die Neutralität seines Landes, das in Wahrheit mit den Nazis symphatisierte, um ihn in Wien einzuschleusen. In Ihren alten Amtsbezirk.«
Q schwang heftig herum und blickte Ely wieder an. Er wollte sehen, welche Wirkung er mit der Erwähnung Wiens bei ihm erzielt hatte.
Ely reagierte nicht. Er spürte den Schmerz, als er an sein Versagen erinnert wurde, doch der Schmerz hatte sich tief in ihn eingegraben. Dort lebte er wie ein Bandwurm in seinem Körper; er mästete sich in seinem Fleisch und zehrte ihm die Wangen aus. Doch äußerlich war Ely immer noch der Profi, immer noch der Schlichter. Seine Augen zuckten nicht. Sein Schnurrbart schien sich noch mehr zu sträuben.

»Was passierte?« erkundigte sich Ely mit unverändert sanfter Stimme.
»Die Rote Armee marschierte in Wien ein, ehe Crohan die Stadt verlassen konnte. Sie verhafteten ihn und gaben ihm zu verstehen, er sei ein antisowjetischer amerikanischer Spion. Nun kann man ja nicht bestreiten, daß er sich in gewisser Hinsicht als amerikanischer Agent betätigt hat. Doch die Amerikaner beharrten auf ihrem Standpunkt, er sein in rein humanitärer Mission in Wien gewesen . . .«
»Wie Wallenberg.«
»Ja, vermutlich gibt es eine Parallele zwischen ihm und Wallenberg. Jedenfalls starb er 1946 in sowjetischem Gewahrsam.«
»Und nun taucht sein Name wieder auf.«
»Ja. Ein amerikanischer Agent in Helsinki, Penny Parker, der in Dublin Unsinn verzapft, und diese vertrackte Geschichte mit Wickham. Sie haben ihn erst vor sechs Monaten unter die Lupe genommen und ihm eine Unbedenklichkeitsbescheinigung ausgestellt.«
»Und?«
»Nichts. Keine Mätresse in Pimlico, keine Abartigkeiten, keine Neigung, in Soho die Puppen tanzen zu lassen. Nichts als ein guter, langweiliger, nüchterner Bursche, von dessen Sorte wir noch mehr in unserem Dienst gebrauchen könnten.«
Wieder dieser versteckte Tadel, und abermals reagierte Ely nicht darauf. Seine blauen Augen fingen die Spiegelreflexe der randlosen Gläser auf, durch die ihn der Alte anstarrte. Draußen begann es zu schneien, eine tückische Mischung aus Hagel und Regen. Ein Schnee, der über die Scheiben schabte wie eine Katze, die sich kratzend Zugang zum Haus verschaffen wollte.
»Ich verstehe, daß ein Zusammenhang zwischen Wickham und diesem Namen Crohan besteht. Doch wie brachte Penny Parker den gleichen Namen ins Spiel?«

»Auf sehr geheimnisvolle Weise, was typisch ist für Parker und weshalb ich ihn auch als Agenten in Dublin stationiert habe. Die Iren lieben Verschwörer, und Parker ist einer von ihnen. Er drückte sich nicht besonders klar aus; doch seine Botschaft erwähnte einen Priester. Jemand, der Informationen über diesen Burschen Crohan besitzen soll.«
»Q?«
»Ja?«
»Was schwebt Ihnen bei dieser Aktion vor?«
»Informationen. Ich weiß nicht; aber wir bräuchten Informationen.«
»Kann ich unsere Akten über Crohan einsehen? Ich meine, das war doch Wickhams Begehren, nicht wahr?«
»George verwaltet sie . . .«
»Wird er mir die Akte zeigen?«
Es folgte ein so langes Schweigen, daß man es als Antwort auslegen konnte. Ely wartete trotzdem.
»Sie sind laut Gesetz fünfzig Jahre unter Verschluß.«
»Sie können mich kaum als Vertreter des *Daily Express* bezeichnen«, erwiderte Ely.
»Ich habe Ihnen im wesentlichen die Geschichte erzählt. Den Rest können Sie sich aus den üblichen Archivunterlagen zusammensuchen.«
»Q, warum sind wir an dem Fall interessiert?«
»Muß ich Ihnen diese Frage beantworten? Genügt es nicht, daß wir interessiert sind? Heftig interessiert. Weniger an Crohan, sondern mehr an der Klärung, warum sein Name plötzlich mit alarmierender Häufigkeit auftaucht und warum die Yanks sich wie ein Geier auf diesen Namen stürzen. Und warum, zum Henker, dieser Wickham verschwinden mußte, nachdem er sich nach Crohan erkundigt hatte.«
»Ich werde zuerst nach Dublin gehen, um mit Parker zu sprechen«, sagte Ely.
»Ja.« Der Direktor von »Tantchen« lehnte sich vor, die

Hände vor sich auf dem Schreibtisch zusammenfaltend. Diese treuherzige Geste war so offensichtlich, daß Ely überzeugt war, der Alte wollte ihn belügen.
»Dieser Crohan interessiert uns nicht sonderlich. Das sind alte Kamellen. Uns intersssiert, herauszufinden, wer da ein Spielchen mit uns treibt. Die Amerikaner? Die Opposition? Oder gar die Iren? Obwohl ich stark bezweifle, daß letztere über die entsprechenden Geheimdienstleute verfügen, die unser System unterwandern könnten.«
»War nicht sehr schwierig in den letzten Jahren, unsere Geheimdienste zu unterwandern«, erwiderte Ely. Wieder klangen seine Worte behutsam, doch eine gewisse Schärfe war unverkennbar, die an die Zeit erinnerte, als er noch nicht mit dem Job in Wien Schiffbruch erlitten hatte.
»Ely, ich gebe Ihnen eine Chance. Ich werde nie mehr die Wiener Affäre aufs Tapet bringen. Sie haben es Ihrem Freund Tompkins zu verdanken, daß Sie Ihre Haut retten konnten, als Sie den Job vermasselten. Ich bin überzeugt, daß Sie diesmal mein Vertrauen nicht enttäuschen werden.«
Ely schwieg dazu.
»Also, dann viel Glück!«
Ely stand auf. Er starrte den Alten, der für ihn Q war, eine Weile an und entschloß sich dann, die Karten auf den Tisch zu legen: »Was Sie wirklich wollen, ist Schweigen, nicht wahr?«
»Was wollen Sie damit sagen?«
»Ich meine, Sie möchten gar nicht, daß man einer Sache auf den Grund geht. Sie wollen nur, daß diese Angelegenheit vom Tisch kommt.«
Q betrachtete ihn durch die randlosen Gläser und legte vor seinen Lippen die Fingerspitzen zusammen, daß seine Hände ein Zelt bildeten. Er dachte lange nach, ehe er antwortete.
»Sie haben eine ungeschminkte Ausdrucksweise, Ely.«

»Ja. Eine Klärung war notwendig, fürchte ich. Ich muß wissen, was verlangt wird.«
»Selbstverständlich. Der Schlichter muß seinen Auftrag kennen.« Es folgte eine Pause. »Kitten Sie, Ely. Da ist etwas zerbrochen. Reparieren Sie das und sorgen Sie dafür, daß wieder Ruhe einkehrt.«
»Und wenn es nicht gekittet werden kann?«
Q zeigte ein frostiges Lächeln. »Dann schaffen Sie es in die Abfalltonne. Letztendlich landen doch alle zerbrochenen Sachen auf dem Müll, nicht wahr?«

5
Dublin

Der Aer Lingus 747 *»St. Brendan«* schwebte über die winterlich braunen Felder von Wicklow County. Sie befand sich im Landeanflug auf den Flughafen von Dublin. Die Transatlantik-Reise war wie immer eine Strapaze gewesen. Rita Macklin streckte sich gähnend, während das graue Morgenlicht wie ein Film auf den Fenstern der halbleeren riesigen Maschine lag.
In der Nacht hatte sie keinen Schlaf gefunden, obwohl die Reise über den nächtlichen Atlantik so glatt wie immer verlaufen war. Da die Maschine nur halb besetzt war, hatte Rita sich quer über drei Sitze gelegt, war jedoch immer wieder von Bruchstücken eines Alptraums aus dem Schlaf gerissen worden. Von trüben Gedanken, die sie geplagt hatten wie ein Fieber.
Rita Macklin rieb sich die grünen Augen und schüttelte sich

die halblangen roten Haare aus dem Gesicht. Sie rieb ihre Wangen, bis sie etwas Farbe bekamen. Sie wirkte jünger, als sie tatsächlich war – im Herbst wurde sie dreißig –, doch für die meisten Leute war die Frage nach ihrem Alter unwesentlich, wenn sie ihr markantes Gesicht mit den eigenwilligen Zügen betrachteten. Sie war keine Schönheit, nicht im landläufigen Sinne: Dafür waren ihre Kiefer zu kräftig. Und der Überbiß, die zu weit vorspringenden Schneidezähne, verliehen ihr ein aggressives Aussehen, was man normalerweise als ästhestischen Makel empfand. Doch eben diese Schönheitsfehler, die ihrem Gesicht und ihrer Figur anhafteten, diese Abweichungen von der Norm, machten sie gerade in den Augen von Männern, die vor solchen Frauen nicht zurückschreckten, zu einer höchst reizvollen Erscheinung.

Für Devereaux zum Beispiel.

»Verdammt«, flüsterte sie vor sich hin, während sie unter ihren Sitz faßte, um ihre Handtasche herauszuholen.

In ihren Alpträumen der vergangenen Nacht hatte Devereaux eine wichtige Rolle gespielt. Nur gab es dafür überhaupt keinen Grund. Er hatte überhaupt nichts mit dem Auftrag zu tun, der sie nach Dublin führte. Seit er ihr vor drei Jahren den Laufpaß gegeben hatte, hatte sie Devereaux nicht mehr gesehen.

»Verdammt«, sagte sie abermals, ohne jede Veranlassung, und die matronenhafte Stewardeß in dem grünen Kostüm und mit dem frommen Gesicht einer Nonne, die soeben durch den Mittelgang ging, blieb stehen und fragte, ob etwas nicht in Ordnung sei.

»Nein. Ich habe nur laut nachgedacht«, erwiderte Rita Macklin, und die Stewardeß setzte ihren Weg zum Heck der Maschine fort.

Warum hatte sie heute nacht ein halbes Dutzend mal von Devereaux geträumt? In einem dieser Träume hatte sie mit ihm geschlafen. Sie hatte sich ihm hingegeben wie damals im

Motelzimmer in Clearwater Beach in Florida, als sie zum erstenmal intim wurden. Sie hatte damals geglaubt, er sei von der Zeitung. Bis diese schreckliche Nacht kam, als sie von zwei Killern am Strand gehetzt wurde und feststellen mußte, daß Devereaux ein Agent des Geheimdienstes war, der sie nur als Köder benutzte, um an das geheime Tagebuch eines alten Priesters namens Leo Tunney zu kommen.

Das war's dann auch.

Das alles hatte sich in ihrer Erinnerung mit ihrem jetzigen Auftrag zu einem komplizierten Muster verwoben. Denn hier in Dublin wollte sie ebenfalls einen alten Priester interviewen, einen irischen Priester, der möglicherweise Auskunft geben konnte über einen Mann namens Tomas Crohan.

Devereaux. Zum Teufel mit ihm!

Sie merkte, daß der Zorn sie überflutete. Sie fuhr sich so heftig mit der Bürste durchs Haar, daß ihr die Tränen kamen.

Als sie schließlich wußte, wer Devereaux wirklich war, hatte ihr das nichts ausgemacht. Doch er rückte nicht mit der Sprache heraus, selbst als sie bereits überzeugt war, daß er sich in sie verliebt hatte. Er hatte sie im letzten Moment weggeschickt, und sie hatte sich in drei Jahren harter Arbeit von ihm kurieren wollen und der Versuchung widerstanden, sich seinetwegen falschen Hoffnungen hinzugeben. Schließlich arbeiteten sie ja in derselben Stadt, und als Reporterin eines Magazins wäre es für sie ein Leichtes gewesen, seinen Aufenthalt zu ermitteln, falls sie das wünschte. Und er hätte ebensoleicht feststellen können, wo sie zu erreichen war, falls er sie haben wollte. Priester und Spione, dachte sie, während sie die Bürste wieder in die Handtasche gleiten ließ. Die Crew fuhr das Fahrgestell aus, und am Nordrand der alten irischen Stadt Dublin rückte der bescheidene Flughafen ins Blickfeld.

Priester, Spione und schlimme Träume waren bei der nächtlichen Atlantiküberquerung ihre Gesellschafter gewesen.

Sobald Rita Macklin den Zoll passiert hatte, wechselte sie etwas Geld, ging in die Telefonzelle und wählte die Nummer des Geistlichen, den zu interviewen sie dreitausend Meilen weit geflogen war.
Pater Cunningham lebte als Pensionär am Südrand von Dublin. Er hatte im St.-Adrians-Stift, das jenseits der Ring Road lag, ein Zimmer.
Eine Haushälterin meldete sich und gab das Gespräch einem anderen Priester weiter, der eine junge, mißtrauische Stimme hatte. Der alte Pater Cunningham habe noch nie einen Anruf bekommen, behauptete er. Ob sie vielleicht eine Verwandte aus Amerika sei?
»Ja«, log Rita unbekümmert. Es schepperte, als der Hörer abgelegt wurde. Dann Geräusche im Hintergrund. Schließlich eine alte, nörglerische irische Stimme:
»Wer sind Sie denn?«
»Rita Macklin.«
»Hab' keine Verwandte mit so 'nem Namen.«
»Aber Mrs. Fitzroy hat Ihnen doch aus Chikago geschrieben.«
»So, hat sie das?«
»Mrs. Fitzroy bat mich, Sie zu besuchen.«
»So, das wollte sie? Und Sie kommen mitten im Winter nach Dublin? Nur um einen alten Mann zu besuchen? Warum?«
»Es geht um den Vetter von Mrs. Fitzroy. Mrs. Fitzroy meinte, Sie könnten ihr helfen, ihren Vetter wiederzufinden.«
»Sie meinen ihren Vetter Tomas Crohan? Den wird sie bei den Engeln antreffen. Oder beim Teufel.«
»Demnach glauben Sie, daß er tot ist«, erwiderte Rita mit

gelassener Stimme. Mrs. Fitzroy hatte sie gewarnt. An den alten Pater Cunningham heranzukommen wäre nicht einfach. »Warum?«

»Ich bin ein alter Mann, Miss Macklin. Ich kann mich an nichts mehr erinnern, und das ist die Wahrheit. Lebendig oder tot – was macht das schon? Bald werde ich selbst sehen, wie es um ihn steht.«

Rita biß sich auf die Unterlippe und starrte auf den grünen Münzapparat vor sich. Sie würde sich von dem alten Priester nicht abweisen lassen. Das kam überhaupt nicht in Frage. Nur mußte sie die richtige Masche finden, damit sie ihn herumkriegte. Die Geschichte hatte sie nicht mehr losgelassen, seit Mrs. Fitzroy in ihrer Redaktion in Washington aufgetaucht war, sich mit ihr in das Sprechzimmer des Magazins gesetzt und angefangen hatte, ihr eine lange und phantastische Story von ihrem Vetter zu erzählen, der Tomas Crohan hieß.

»Hochwürden«, sagte sie mit der ehrfürchtigen Stimme eines braven katholischen Mädchens, »ich bin eine amerikanische Journalistin. Ich komme soeben aus Washington. Sie wissen ganz genau, daß Mrs. Fitzroy sich an mich gewandt hat. Sie hat Ihnen das in einem Brief mitgeteilt. Ich habe eine Kopie von diesem Brief. Ich habe mindestens ein dutzendmal versucht, Sie telefonisch zu erreichen. Aber Sie ließen sich verleugnen.«

»Woher nehmen Sie die Zuversicht, daß ich Ihnen jetzt entgegenkomme?«

»Ich habe einen Ozean überquert, um mit Ihnen sprechen zu können.«

»So? Ist die Sache so wichtig für Sie, Miss Macklin?«

»Wichtig genug. Wichtig für Mrs. Fitzroy . . .«

»Aha. Catherine Guilhoolie – Ihre Mrs. Fitzroy – war schon immer ein stures Mädchen. Stur wie ein Maultier, das sich auf dem Weg zur Molkerei auf die Straße legt, obwohl die frische Milch noch vor dem Mittagsläuten dort sein

muß ...« Dieser pastorale Vergleich war zu hoch für Ritas Begriffsvermögen, obwohl sie ahnte, was er damit meinte.
»Miss Macklin, Sie verfügen doch in Ihrem Land über Quellen, die Ihnen alles liefern, was Sie über Tomas Crohan erfahren wollen. Ich möchte nicht damit belästigt werden ...«
»Aber Sie haben doch Mrs. Fitzroy in den letzten sechs Monaten ein halbes Dutzend Briefe geschrieben, in denen Sie Andeutungen machten, was mit Tomas Crohan passiert sein könnte.«
»Miss Macklin, das müssen Sie einem alten Mann nachsehen. Die Betrachtung der Vergangenheit ist für mich tröstlicher als die Beschäftigung mit der Gegenwart. Selbst ein Priester hat Angst vor der Ewigkeit, wenn er ihr schon so nahe ist, daß er gleichsam ihr Gewand berühren kann. Sind Sie katholisch?«
»Ja.«
»Ah, amerikanische Katholikinnen sind durchaus nicht dasselbe. Absolut nicht. Das weiß ich aus eigener Erfahrung. Ich habe so manche von Ihrer Sorte als Seelsorger kennengelernt. Das können Sie mir glauben.« Dann ein Gemurmel.
»Wo war ich stehengeblieben? Ach ja. Sie können alles, was Sie über Tomas Crohan wissen wollen, von Ihren Landsleuten erfahren ...«
»Damit meinen Sie wohl die Central Intelligence Agency, wie?«
»Ihren Geheimdienst. Den meine ich in der Tat. Habe ich das nicht bereits selbst Mrs. Fitzroy vorgeschlagen?«
»Ich ging zu unserem Geheimdienst, berief mich auf das Grundrecht der Informationsfreiheit und wollte Einblick in die Akten von Tomas Crohan nehmen. Man wollte sie mir nicht zeigen. Akten, die vierzig alt sind ...«
Der alte Mann lachte am anderen Ende der Leitung. »Und weshalb, meinen Sie, wollte man Ihnen keinen Einblick in die Akten gewähren?«

»Weil die CIA etwas zu verbergen hat.«
»Sie sind ein helles Kind.«
»Wenn Sie nur mit sich reden ließen . . .«
»Da gibt es nichts, worüber wir reden könnten.«
»In Ihrem letzten Brief erwähnten Sie einen Engländer in Dublin, der Sie hartnäckig verfolgt hatte. Er wollte von Ihnen etwas über Tomas Crohan erfahren.«
»So, habe ich das geschrieben?«
»Auch von diesem Brief habe ich eine Kopie.«
»Mrs. Fitzroy hat Ihnen wohl nichts verheimlicht, wie?«
»Ein Engländer namens Parker, schrieben Sie. Das hört sich nach einem Spion an.«
»So, hört sich das so an? Sie haben wohl Erfahrungen mit Spionen, wie?«
»Ich kenne einige«, sagte sie.
»Und als clevere Journalistin sind sie nun hinter dieser Geschichte her, um daraus eine Sensationsstory für Ihre Zeitung oder das Fernsehen zu machen.«
»Ich möchte wissen, was aus Tomas Crohan geworden ist. Irgendwo muß ich schließlich mit meinen Ermittlungen anfangen. Ich will bei Ihnen anfangen«, sagte sie mit leicht erhobener Stimme, während sich ihre Augen und Wangen mit dem wachsenden Ärger dunkler färbten. »Ich werde die Wahrheit über Crohan herausfinden, darauf können Sie sich verlassen. Und wenn Sie mir nicht dabei helfen wollen und ich umsonst herübergeflogen bin, kehre ich eben wieder zum Ausgangspunkt zurück und beginne von neuem. Ich lasse mich nicht entmutigen. Auch nicht von Ihnen.«
Darauf blieb es eine Zeitlang stumm in der Leitung, und Rita fürchtete bereits, der Priester habe den Hörer wieder abgegeben.
Schließlich sagte die alte Stimme: »Gott gebe seiner Seele Ruhe.«
»Demnach sind Sie überzeugt, daß er tot ist.«
»So gut wie sicher. Im Krieg . . . Das ist schon so lange her;

aber für mich ist es, als wäre es erst gestern gewesen. Das gehört zu den Eigentümlichkeiten des Alters, Miss Macklin, daß die weit zurückliegenden Jahre Ihnen gegenwärtiger sind als das, was Sie eben erst vor dem Frühstück erlebt haben.«

Rita wartete. Sie spürte, wie sich eine Tür öffnete. Sie half mit sanften Worten nach, aus Angst, sie könnte die Klinke abbrechen, wenn sie zu heftig drängte.

»Was geschah im Krieg?«

»Schreckliches, Miss Macklin. Schlimme, furchtbare Dinge, die sich nicht nur auf das Schlachtfeld beschränkten. Tomas Crohan war nicht sehr beliebt bei den Engländern, o nein; aber auch unter den Leuten der ehemaligen De-Valera-Regierung weinen ihm die wenigsten eine Träne nach. Er war ein Hitzkopf, ein verdammter Atheist, was man ihm allerdings nachsehen muß in Anbetracht seiner Jugend ... Wir kommen alle mal in die Anfechtung, den Glauben zu verlieren. Aber er war durch und durch ein Patriot und kein Mann, der seine Gesinnung zu Markte trägt. Wäre er schon alt genug gewesen bei dem Aufstand 1916, hätte er den Sturm auf das verdammte Postamt selbst angeführt. Das hätte er«, versicherte ihr der alte Priester mit stolzer Stimme, als er sich an die Oster-Rebellion gegen die britische Herrschaft in Irland erinnerte. »Nur dürfen Sie nicht glauben, daß er ein jugendlicher Wirrkopf gewesen sei, Miss Macklin. Er war nur verblendet von seiner Ungeduld und seinem Ehrgeiz. Der Teufel hätte sich gehütet, mit ihm zu paktieren, aus Angst, er könnte dabei die Hölle verlieren. So gerissen war er. Und auch rücksichtslos. In dieser Hinsicht standen ihm die Amerikaner allerdings kaum nach. Die konnten uns ja nicht in Ruhe lassen während des Krieges, haben nie den Sinn der irischen Neutralität kapiert. Die haben nicht begriffen, daß die Engländer uns schon viel zu lange dazu mißbraucht hatten, ihre verdammten Kriege für sie zu führen. Hatten wir nicht schon genug in unseren roten

Röcken für die Briten geblutet? Ja, und Tomas war ein *boyo*, ein unverfälschter Ire. Möchte nur wissen, wie er mit jedem zurechtkam . . .«

»Sie waren doch selbst in der Regierung damals . . .«

»Ehe ich den schwarzen Rock anzog«, sagte der Priester und seufzte. »Ich kannte sie alle. Ich kannte Crohan, und ich kannte Catherine Guilhoolie. Heute sind sie in alle Winde verstreut. Und ich wußte zuviel . . .«

»Sie waren in der Abwehr tätig . . .«

»Könnte sein.«

»Mrs. Fitzroy ist überzeugt, daß sie für den Geheimdienst tätig waren.«

»Was fängt eine Frau damit an? Das bringt sie nicht weiter.«

»Sie war auch die ganzen Jahre über davon überzeugt, daß Tomas Crohan noch am Leben ist. Und dann schreiben Sie ihr Briefe und machen Andeutungen, daß Sie Näheres wüßten . . . Wir brauchen einen Hebel, Hochwürden, den wir bei der amerikanischen Regierung ansetzen könnten, um herauszufinden, was mit Crohan passiert ist.«

»Und wo nehmen Sie einen Hebel her, den Sie bei den Roten ansetzen könnten?«

»Sie glauben, er ist noch ein Gefangener der Sowjetunion?«

»Das habe ich mit keinem Wort gesagt«, erwiderte der alte Priester. »Wo steigen Sie eigentlich in Dublin ab?«

»Im Buswell-Hotel.«

»Ah, nicht übel. Ich hatte selbst an einen Ausflug in die Stadt gedacht. Mir steht der Sinn nach einem hübschen Lunch im Shelbourne. Kennen Sie das Shelbourne-Hotel?«

»Nein, ich kenne gar nichts in dieser Stadt.«

»Schmutziges Dublin«, sagte der Priester. »Aber das Shelbourne ist ein großartiges Plätzchen, nur einen Häuserblock von Ihrem Zimmer entfernt, gleich gegenüber von Stephens Green, wissen Sie? Ich werde mir dort gegen zwölf einen Tisch geben lassen, dachte ich. Und ich werde

Ausschau halten nach einem Mädchen mit roten Haaren und grünen Augen, das mit mir Tee trinkt oder auch was Stärkeres . . .«

»Also kommen wir beide doch ins Gespräch?«

»Ich bin ein alter Mann, mit dem Sie Nachsicht üben müssen. Man kann heutzutage nicht vorsichtig genug sein bei der Wahl seiner Gesprächspartner. Nehmen Sie diesen Parker als Beispiel. Ich weiß, daß er ein verdammter englischer Spion ist. Das konnte ich riechen. Also dann um zwölf.«

Die Verbindung wurde nun unterbrochen, und Rita stand noch eine Weile da, den grünen Hörer in der Hand. Es war ihr gelungen, die Tür einen Spalt aufzudrücken; doch dahinter war es immer noch dunkel, und es hing ganz allein von dem alten Mann ab, ob er Licht in die Sache bringen wollte. Da gab es so viel, was sie nicht wußte. Die Geschichte hatte sich vor ihr entfaltet wie eine endlose Suite dunkler Zimmer, in denen man gerade nur so viel sehen konnte, daß man weiterfand zur nächsten Tür, die sich ebenfalls wieder in einen dunklen Raum öffnete.

Sie legte auf und nahm die Tasche mit den Sachen, die sie zum Übernachten brauchte. Dann durchquerte sie das Flughafengebäude und ging zum Taxistand. Es war gerade erst neun geworden.

Drei Jahre zuvor hatte Rita Macklin eine Story veröffentlicht, in der sie das geheime Tagebuch eines totgesagten Priesters, der vor Jahren im Dschungel Asiens verschollen war, in Verbindung brachte mit sowjetischen Raketenbasen, die insgeheim entlang der chinesischen Grenze eingerichtet wurden. Die Geschichte war eine Sensation. Am nächsten Tag standen Zeitungsverleger und das Fernsehen bei ihr auf der Matte und wollten sie unter Vertrag nehmen.

Inzwischen hatte sich Rita Macklin in einen amerikanischen Geheimdienstagenten namens Devereaux verliebt. Nachdem sie ihre Story über die Raketenbasen abgeliefert hatte, nutzte sie die Bedenkzeit, ehe sie sich für eines der Angebote entscheiden wollte, dazu, Devereaux davon zu überzeugen, daß sie ihn liebte. Doch Devereaux zog sich von ihr zurück, obwohl sie auch heute noch überzeugt war, daß er ihre Gefühle erwidert hatte. Nur erstickten seine Emotionen unter dieser kalten, dunklen Last von Bitterkeit, die ihn ausfüllte und nichts mehr übrigließ als den nakten Selbsterhaltungstrieb.

Sie hatte schließlich das Angebot des Magazins angenommen, wenn schon aus keinem anderen Grund, dann der Bezahlung wegen. Dort hatte sie sich in Arbeit vergraben, weil sie als Reporterin noch nie auf der faulen Haut gelegen hatte. Ihre Story von dem alten Missionar, Pater Tunney, dessen Tagebuch ihre Recherchen auf die geheimen Raketenbasen in Asien lenkte, hatte natürlich zur Folge, daß sie monatelang mit Tips überschwemmt wurde, wo noch andere alte Männer vermißt wurden, die Tagebücher geschrieben hatten. Man bot ihr Tagebücher an, aus denen angeblich hervorgehen sollte, daß die Kirche mit den Kommunisten eine konspirative Verbindung eingegangen sei, oder gab ihr die Adressen von alten Männern, die angeblich von so einer Verschwörung wußten. Daß sich aus diesen Tips keine Renner machen ließen, wußte sie sehr genau; aber Journalisten sind ja immer gezwungen, sich durch Berge solcher Hinweise und Vorschläge hindurchzuwühlen, die eine noch unentdeckte journalistische Goldmine versprechen. Doch als schließlich das Material erschöpft und die Quellen ausgetrocknet waren, wandte sich Rita Macklin anderen Themen zu, die sie für das Magazin recherchierte und sie weit wegführten von der Welt der Spionage und der internationalen Verschwörungen.

Bis eine ältliche Dame namens Catherine Fitzroy aus Chikago anreiste und ihr eines Nachmittags von Mac vorgestellt wurde, der sie in ihr kleines Büro in der Redaktion des

Magazins brachte. Mac war bei ihrem Magazin Ressortchef für Nachrichten, eine sanfte und lakonische Seele, das genaue Gegenteil von Kaiser, der sie ursprünglich nach Washington geholt hatte, damit sie in dessen kleiner, schmuddeligen Presseagentur arbeiten sollte. Mac war Absolvent der Universität Yale, was jedermann wußte und er selbst mit keinem Wort erwähnte. Seinem Akzent nach hätte seine Wiege entweder in Maine oder im südlichen Virginia stehen können. Er war Ritas Rabbi geworden, ihr Lotse und Fürsprecher in der verwickelten politischen Organistation des Magazins, und das nur aus dem Grund, weil er sie für die beste Reporterin hielt, die ihm jemals über den Weg gelaufen sei.

»Ich möchte Sie mit Mrs. Fitzroy bekannt machen«, hatte er an jenem Nachmittag vor fast sechs Wochen gesagt. »Mrs. Fitzroy will Ihnen die Geschichte von einem Verwandten erzählen, von dem man nicht weiß, ob er noch lebt oder bereits tot ist. Jedenfalls wird er seit vierzig Jahren vermißt. Mrs. Fitzroy, das ist Rita Macklin . . .«

»Ich wollte mit Ihnen sprechen«, hatte Mrs. Fitzroy gesagt, während sie Rita kräftig die Hand drückte, »weil ich Ihre Arbeit kenne. Sie haben doch diesen Priester aufgetan, der dieses geheime Tagebuch führte, nicht wahr? Alle Chikagoer Zeitungen brachten damals Ihre Story.«

»Vielen Dank«, hatte Rita erwidert, während sie sich Mrs. Fitzroys kräftigem Händedruck überließ. Gleichzeitig hatte sie Mac einen Blick zugeworfen. »Wer, zum Henker, ist diese Person?« schien dieser Blick zu fragen.

»Mrs. Fitzroy ist eine gute Bekannte von Mr. Camper«, hatte Mac die unausgesprochene Frage beantwortet und damit ihren Background beleuchtet. Carton Camper war nämlich der Herausgeber des Magazins. »Mrs. Fitzroy kam zu Mr. Camper mit der Bitte, ihr Anliegen mit Ihnen zu besprechen. Mr. Camper hielt das für eine gute Idee. Ich meine das auch, Rita.«

»Oh, Miss Macklin, ich weiß sehr wohl, daß es sich um eine schmutzige politische Geschichte handelt, die ich Ihnen vortragen möchte«, hatte Mrs. Fitzroy ohne viel Umschweife erklärt, »Und ich bin sicher, Sie halten mich für eine schrullige alte Dame, die sich damit wichtig machen will. Vielleicht haben Sie recht damit. Aber hören Sie mir einfach zu, und wenn Sie glauben, es lohnt sich nicht, die Sache aufzugreifen, sagen Sie es frei heraus. Dann fliege ich mit dem nächsten Flugzeug nach Chikago zurück und werde Sie nie mehr belästigen.«
Da hatte Rita lächeln müssen und Mrs. Fitzroy in das Konferenzzimmer gebeten, wo sie ihr zwei Stunden lang fasziniert zuhörte, während die alte Dame Familienfotos hervorkramte und vergilbte Zeitungsausschnitte von ihrem irischen Vetter, der 1944 plötzlich von der Bildfläche verschwunden war, als er für das OSS, das Office of Strategic Services, tätig war, dem Vorläufer der CIA.
Ihr Vortrag war für Rita dermaßen interessant, daß sie schon am folgenden Tag ein Gesuch an die CIA richtete, in dem sie sich auf das Recht der Informationsfreiheit berief und Einsicht in das Archiv begehrte. Die Akte Crohan mußte ja inzwischen vierzig Jahre alt sein.
Das brachte sie nun wiederum mit einem gewissen Mr. Wallace zusammen, einem jüngeren Beamten der CIA, der sie an einem sonnigen Winternachmittag in Langley, Virginia, in der CIA-Zentrale in Empfang nahm, ihr einen Kaffee in der Kantine spendierte und sie anschließend in einen fensterlosen und schallisolierten Raum führte, wo er ihr vier Minuten lang auseinandersetze, warum sie die Akte nicht einsehen könne.
»Miss Macklin, ich möchte rückhaltlos offen zu Ihnen sein.«
»Ich bin vom Gegenteil überzeugt. Dieser Fall ist vierzig Jahre alt und hat längst Schimmel angesetzt. Ich habe Sie um Einsicht in Akten gebeten, die noch aus dem letzten

Weltkrieg stammen. Selbst die Briten geben nach einer vierzigjährigen Wartezeit ihre Kriegsgeheimnisse preis.«

»Aber es gibt wirklich nichts, was wir preisgeben könnten.«

»Dann lassen Sie mich die Akte studieren, damit ich mir selbst ein Urteil bilden kann.«

»Warum sind Sie an dieser Geschichte interessiert, Miss Macklin?«

»Warum sind Sie daran interessiert, die Geschichte zu verheimlichen!«

In diesem Stil war es noch eine Weile weitergegangen.

Als sie im Archiv der *Washington Post* nachforschen wollte, fand sie dort nicht ein einziges Wort über Tomas Crohan, weil man die Zeitungsausschnitte aus dem Aktendeckel entfernt hatte. Sie ließ sich in der Bibliothek die gesammelten Zeitungen aus den fraglichen Monaten des Jahres 1944 und 1945 geben und fand in mühsamer Kleinarbeit heraus, daß Tomas Crohan angeblich von sowjetischen Behörden verhaftet wurde, als die Russen 1945 in Wien einmarschierten. Aber warum hielt er sich dort auf? Und welche Verbindung hatte er zu den Amerikanern? Und warum war die Sache so wichtig, daß sie vierzig Jahre später immer noch in Langley unter Verschluß gehalten wurde?

Im Archiv ihres Magazins fand sie in der dürftigen Akte einen Ausschnitt mit dem Eingeständnis der Russen, daß sie Crohan verhaftet hatten, dieser jedoch 1946 im Gefängnis gestorben sei. Das Magazin charakterisierte Crohan als einen »irischen Heißsporn der Vorkriegszeit, der enge freundschaftliche Beziehungen zu den Nazigrößen um den Führer« unterhielt und der »in den kritischen Tagen« des Krieges sich »kompromißlos für die irische Neutralität einsetzte«.

Ein paar Schnipsel, und dazu natürlich noch die ungewöhnlichen Briefe, die Mrs. Fitzroy von Pater Cunnigham,

einem Freund aus ihren Kindertagen, erhalten hatte, in denen er etwas von dunklen Machenschaften der Amerikaner andeutete, für die Crohan mißbraucht worden sei.
Für Rita war das Material interessant genug, daß es sie Tag und Nacht beschäftigte, und als sie Mac fragte, ob sie nach Irland zu Cunningham fliegen dürfte, um mit ihren Recherchen voranzukommen, hatte er eigentlich gar keine Wahl. Er hatte gelächelt und gesagt: »Das ist Erpressung, nicht wahr? Nur weil eine Empfehlung von Camper dahintersteht, werde ich Ihnen die Reise genehmigen müssen.«
»Sie werden doch einen Flug nach Irland in dieser Jahreszeit nicht als Vergnügungsreise bezeichnen.«
»Ich nicht; aber ich bin ja auch kein Masochist.«

***

»Wickeln Sie sich gut ein, sonst holen Sie sich den Tod«, sagte die Haushälterin, Mrs. Ryan, die um den alten Pater Cunningham herumscharwenzelte wie eine Mutter, die ihren Jungen auf den täglichen Gang zur Schule vorbereitet.
Der alte Priester ließ sie murrend gewähren. Nachdem sie ihm den Mantel zugeknöpft und den Schal um den Hals geknotet hatte, schob er sie sanft zur Seite und sagte: »Ich werde bis zwei wieder zurück sein.«
»Das will ich hoffen«, sagte Mrs. Ryan, die Hände in die Hüften gestemmt. »Warum haben Sie diese Person nicht hierherbestellt, möchte ich wissen?«
»Ah, und bekomme ich hier vielleicht eine bessere Mahlzeit als im Shelbourne-Hotel? Noch dazu ein Essen, für das sie bezahlen wird? Auch ist sie vermutlich ein hübsches Ding. Ich möchte nicht, daß Ihr Anblick sie zu Tode erschreckt.«
So hackten sie giftig aufeinander los bis zur Haustür des St.-Adrian-Stifts. Mrs. Ryan hielt dem alten Mann die Tür auf und warf sie heftig hinter ihm ins Schloß, während

Cunningham vorsichtig, die Hand am Geländer, die schlüpfrigen Stufen der Vortreppe hinunterging.
Der Himmel öffnete gerade wieder seine Schleusen. Ein Windstoß fuhr durch die enge, düstere Dublin Street und trieb den Regen vor sich her. Auf dem Bürgersteig bildeten sich Eisblumen.
Zwischen zwei am Bordstein geparkten Autos machte der alte Priester einen Schritt auf die Fahrbahn hinaus und blieb dann wieder stehen. Er sah in beide Richtungen, obwohl es sich um eine Einbahnstraße handelte. Cunningham war von Natur ein vorsichtiger Mann.
Dann begann er die Straße zu überqueren, und ein kleiner schwarzer Ford Escort, der in einer Doppelreihe geparkter Wagen auf ihn gelauert hatte, schoß plötzlich nach vorn. Der Alte nahm die Bewegung aus dem Augenwinkel wahr. Er drehte sich, starrte auf den Wagen und wußte, was im nächsten Moment passieren würde. Eigenartigerweise überfiel ihn keine Panik. Es schien, als hätte er sich schon innerlich auf so etwas vorbereitet, seit er sich dazu entschlossen hatte, sein jahrzehntelanges Schweigen zu brechen, und seinen ersten Brief an Catherine Fitzroy zur Post brachte.
In diesem Moment sprach er ein Gebet für die Seele von Tomas Crohan, weil er fest daran glaubte, daß Crohan nicht mehr am Leben sei. Dann empfand er so etwas wie Erleichterung bei dem Gedanken, daß er Crohan schon in wenigen Sekunden wiedersehen würde.
Er spürte nicht einmal den Aufprall.
Er merkte nur, daß er flog und von den Gesetzen der Schwerkraft und den Fesseln der Sterblichkeit befreit wurde. Tatsächlich flog er, als der Wagen ihn von hinten rammte, quer über die Straße. Der Fahrer des Wagens versuchte nicht zu bremsen oder gar anzuhalten. Der Priester flog über den schmalen Bürgersteig hinweg mitten in das Schaufenster eines Fischhändlers. Unzählige scharfe Glassplitter zerfetz-

ten seinen Priesterrock und schälten ihm das welke Fleisch von den Knochen, obwohl er schon tot genug war. Er war längst tot, ehe seine sterblichen Überreste auf den weißen Kacheln der Auslage hinter der zerschmetterten Scheibe landeten. Inzwischen hatte Antonio das Ende der Einbahnstraße erreicht, bremste kurz, sah nach links und bog dann in die Hauptstraße ein.

Eine halbe Stunde später passierte Antonio die Paßkontrolle im Dubliner Flughafen. Er bestieg die Linienmaschine nach Kopenhagen ungefähr zur selben Zeit, als die Polizei die Leiche von Pater Cunningham aus dem Fischgeschäft tragen ließ und Rita Macklin von einer weinenden Haushälterin namens Ryan erfuhr, daß Hochwürden Cunningham auf dem Weg zu ihr verstorben sei.

Es sei ein Unfall gewesen, ein schrecklicher, tragischer Unfall, setzte Mrs. Ryan hinzu, als sie Rita Macklin telefonisch von dem Tod ihres Interviewpartners unterrichtete.

Rita Macklin sagte kein einziges Wort, weil sie plötzlich in sich eine schreckliche Kälte spürte. Sie fühlte sich plötzlich sehr müde, und zum erstenmal seit drei Jahren, als sie dem anderen, nur totgesagten Priester auf der Spur gewesen war, hatte sie wieder Angst.

Sie sagte kein Wort zu Mrs. Ryan, weil es nichts zu sagen gab.

Nur – daß es bestimmt kein Unfall gewesen war.

6
Helsinki

Kulak starrte auf die Leiche hinab, die halb vergraben im Schnee der Baugrube lag. Zu viele Polizisten hatten im Schnee herumgetrampelt. Die Hälfte davon hatte er weggejagt. Den Rest verwendete er für die Spurensicherung am Fundort.
Er bückte sich und schlug die Decke zurück, die über die Leiche gebreitet war.
Die Frau war weiß wie ein Laken, erstarrt in der Haltung, in der sie den Tod gefunden hatte. Die Arme waren weggestreckt vom Körper wie bei einer zerbrochenen Schaufensterpuppe. Die Augen standen offen. Die Zunge hing heraus wie ein Lappen. Man hatte sie ausbluten lassen.
Der Schnitt verlief zwischen den Brüsten hindurch, und man hatte sie bis zum Geschlechtsorgan hinunter aufgeschlitzt. Sie war nackt.
»Wo hat man sie ermordet?« fragte Kulak, während er immer noch auf ihr Gesicht hinuntersah.
»Keine Ahnung.«
»Welche Örtlichkeiten kämen als Tatort in Frage? Sie sehen doch, hier gibt es kaum Blutspuren.«
»Der Mörder hat sie in Plastik eingewickelt.«
»Personalien?«
»Natali Kkonhn. Eine Prostituierte, polizeilich registriert.«
»Wo hat sie gearbeitet?«
»In den besseren Hotels. Sie war gar nicht so übel.«
Kulak deckte die Leiche wieder zu und stand auf. »Gar nicht so übel? Haben Sie mit ihr gepennt?«
»So habe ich es nicht gemeint.« Das Gesicht von Ahakn war schmal und mürrisch. Seine schwarzen Augen sahen Kulak

nie an, wenn der mit ihm sprach. Kulak mochte ihn nicht besonders; Ahakn war ehrgeizig, und sein Ehrgeiz machte ihn zu einem schlechten Polizisten.
»Wo hat sie in der letzten Nacht gearbeitet?«
»In einem ihrer üblichen Jagdreviere. Im Presidentii.«
»Mit wem hat sie zusammengearbeitet?«
»Sie hatte mal einen Zuhälter, den sie jedoch abschaffte. Sie war lesbisch. Ihre Freundin lebt in Stockholm. Wir haben Briefe von ihr in ihrer Wohnung gefunden.«
»Sie sind alle lesbisch. Eine Lesbierin würde so etwas nie mit ihr gemacht haben.«
»Tatsächlich nicht?« fragte Ahakn. Der Hauch eines Lächelns verwandelte sein mürrisches Gesicht zu einer Grimasse.
»Ja, Ahakn, tatsächlich nicht«, sagte Kulak mit einem müden Unterton in seiner barschen Stimme. »Lassen sie die Leiche ins gerichtsmedizinische Institut schaffen, dann wollen wir mit den Ermittlungen im Hotel anfangen. Überprüfen Sie das Hotelregister, reden Sie mit der Hotelleitung, und seien Sie ausnahmsweise mal diskret, wenn Sie glauben, daß Sie das fertigbringen. Es ist ein sehr wichtiges Hotel. Wichtig für Helsinki. Ich möchte keine Klagen von der Direktion zu hören bekommen über einen tölpelhaften Polizisten, der die Gäste nachts aus dem Bett holt.«
Ahakn wollte etwas erwidern, ballte statt dessen jedoch nur die Fäuste. Kulak war gebaut wie ein Bulle mit feistem Nacken, feisten Armen und feisten Händen. Doch sein Gesicht hatte etwas seltsam Feinfühliges, sogar Friedliches. In seinen Augen spiegelten sich selten Gefühle, höchstens Verachtung. Er machte den Eindruck eines Mannes, der ständig erzürnt war über etwas, doch nie die Männer, mit denen er zusammenarbeitete, zur Zielscheibe seines Zorns machte.
Natali. Was für eine sinnlose Vergeudung! Er sprach in Gedanken mit der Leiche, die unter ihrer Decke schon als

Tote erfroren war, hier im Schnee der Baugrube. Bist du Anfang oder Ende von etwas? Ist es dein ehemaliger Zuhälter gewesen, oder einer deiner Kunden? Was für eine Dummheit, dir so etwas gefallen zu lassen, Natali. Dich auf so gräßliche Weise umbringen zu lassen, Natali. Sehr dumm.
Er fühlte in diesem Moment einen schwelenden Zorn auf die tote Frau zu seinen Füßen und auf sich selbst, als habe er durch ein Pflichtversäumnis ihren Tod verschuldet. Das war natürlich Unsinn, und bei logischem Nachdenken wußte er das auch. Doch in seinen Gedärmen nagte ein unglaubliches Schuldgefühl, das er nicht einfach verdrängen konnte. Es würde auch noch anhalten, wenn er den Mörder fand, der sie so erbärmlich zugerichtet hatte.
Er blickte zu Ahakn hoch, der ihn anstarrte.
»Soll ich Ihnen erst eine schriftliche Einladung schicken? Trauen Sie sich zu, das Hotel ohne fremde Hilfe zu finden?«
Ahakn sagte nichts, schob nur schmollend die Unterlippe vor und drehte sich um.
Ahakn wußte, daß er jetzt keine patzige Bemerkung machen durfte, Kulak war wütend, rechtschaffen wütend. Ahakn konnte nicht begreifen, daß Kulak beim Anblick eines Toten jedesmal so aufgewühlt war. Zum Glück war es ihm nie in den Sinn gekommen, Kulak nach dem Grund zu fragen.

Devereaux saß am entfernten Ende der Theke in der Bar neben der Eingangshalle des Presidentii. Die Bar hatte keine Fenster, und an der Theke vergaß man den Winter draußen. Außer ihm saß nur noch ein Gast an der gegenüberliegenden Querseite des rechtwinkligen Tresens. Vor einer halben Stunde hatte er dort Platz genommen. Seither hatte er Devereaux beobachtet, wenn er nicht so tat, als läse er in der *Times*. Es war eine Ausgabe vom Tag zuvor.
Ein Kontakt war offenbar unvermeidlich. Devereaux kannte die Symptome. Er überlegte, was für eine Geschichte ihm

dieser Mann wohl erzählen würde. Ob sie plausibel klingen würde, glaubwürdig oder so fadenscheinig, daß die Täuschung schon an ihrer mangelnden Überzeugungskraft scheiterte.
Vier Tage waren vergangen, seit er Tratakoff zuletzt gesehen hatte. Nichts hatte sich inzwischen getan, und doch hatte er das Gefühl, als säße er im Auge eines ungeheuren Wirbelsturms, der sich irgendwo über dem sowjetischen Renegaten zusammenbraute.
Der Name Tomas Crohan wurde von Washington mit totaler Funkstille beantwortet – mit einem so tiefen und frostigen Schweigen, daß das an sich schon eine Antwort war, die weitgehende Schlüsse zuließ. Es war wie das Schweigen in der Kirche nach einem Gebet.
Hanley und die Abteilung hatten nicht reagiert. Und Tartakoff hatte sich ebenfalls nicht mehr gemeldet.
Devereaux man sein Glas Wodka von der Theke und nippte daran. Aus den Augenwinkeln sah er, daß der Mann der gegenüberliegenden Schmalseite des Tresens aufstand.
Devereaux wartete, während die Augen dieses Mannes ihn nicht losließen, als er mit seinem Getränk um den Tresen herumkam. Er benimmt sich wie ein Amerikaner, dachte Devereaux; sieht aber nicht aus wie ein Amerikaner. Er hatte ein mageres Gesicht und fiel durch seine elegante Kleidung auf. Er trug einen Abendanzug, was in Anbetracht der Tageszeit seltsam war. Es war erst später Nachmittag, und sie waren die einzigen Gäste in der Bar. Es schien so, als hoffte der Mann, mit seiner Kleidung einen guten Eindruck auf Devereaux zu machen.
»Entschuldigen Sie. Ich habe Sie schon mal hier in der Bar gesehen. Amerikaner? Mein Name ist Sims.«
Devereaux sagte kein Wort. Er starrte den Mann nur an. Sein Schweigen war so kalt und abweisend wie ein Eisberg.
»Haben Sie etwas dagegen, wenn ich mich zu Ihnen setze?«
»Nein.«

»Sims. Von der British-Suomi-Export. Ich verbringe hier meinen jährlichen Winterurlaub.«
»Ich auch«, sagte Devereaux.
Der Mann neben ihm runzelte die Stirn. Was hatte er denn von mir erwartet? dachte Devereaux.
»Ich wollte mich nicht aufdrängen«, sagte Sims.
»Klar. Sie wohnen hier im Hotel?«
»Diesmal ja. Deshalb habe ich Sie ja auch schon in der Bar bemerkt. Den ganzen Tag redet man nur mit diesen stumpfsinnigen Finnen. Da ist man froh, wenn man sich auch mal mit seinesgleichen unterhalten kann.«
»Ich bin Amerikaner«, sagte Devereaux.
»Nun ja, aber unter der Haut sind wir doch Vettern«, erwiderte Sims, sich rasch seiner Antwort anpassend, als fürchtete er, der Gesprächsfaden könnte sonst abreißen. »Sind Sie geschäftlich hier?«
»Zum Vergnügen.«
Sims starrte ihn an und brachte schließlich ein Lächeln zustande. »Im Winter hat Helsinki aber in dieser Hinsicht wenig zu bieten.«
»Ich liebe den finnischen Winter.«
»Ah, Sie fahren Ski?«
»Nein. Ich liebe nur seine Kälte. Man hat keine Probleme, sich das Eis für seinen Wodka zu besorgen.«
»Ich verstehe.« Das Lächeln erstarb.
»Was exportieren Sie denn?«
»Asia-Tafelgeschirr und Asia-Glaswaren. Marimekko-Stoffe. Es gibt einen unwahrscheinlich guten Markt dafür, und wir haben ein hübsches, kleines, gut florierendes Unternehmen.«
»Sie haben hier eine Niederlassung?«
»Nein. Wir beziehen nur vom Hersteller. Unsere Büros befinden sich in Kensington Mews in London. Kennen Sie London?«
»Ein wenig.»

»Sie sind Geschäftsmann?«
»Jeder ist Geschäftsmann.«
Der Schatten eines Stirnrunzelns.
»Ich wollte nicht neugierig sein.«
»Natürlich wollten Sie neugierig sein.«
»Wie meinen Sie das?«
»Sie sind mir heute morgen gefolgt, als ich zu Fuß vom Hotel zum Bahnhof ging. Ich machte einen Spaziergang nach Upsala, und Sie waren direkt hinter mir.«
Der andere bekam plötzlich ein rotes Gesicht. Das hätte ein Warnsignal sein können; doch Devereaux bewegte sich nicht, während er sprach. Er sah Sims nicht einmal an. Er starrte auf das Glas mit finnländischem Wodka, das vor ihm auf dem Tresen stand.
»Sie sind nicht besonders gut«, sagte Devereaux schließlich.
»Was meinen Sie denn damit?«
»Das, was ich bereits sagte. Die Beschattung heute morgen. Dafür sind Sie nicht geeignet. Wenn man Sie hierhergeschickt hat, hält man die Sache hier wohl nicht für sehr wichtig. Oder Sie sollten absichtlich patzen. In Ihrem Job, meine ich.«
»Die Yanks haben ein Talent, überall anzuecken«, sagte Sims.
»Und die Engländer haben die Begabung, stets in ihre alten Fehler zu verfallen«, erwiderte Devereaux.
Sims stand abrupt von seinem Hocker auf; doch Devereaux hielt ihn am Ärmel fest. Der Barkeeper, der am anderen Ende der Theke Gläser polierte, drehte sich um, weil er seine beiden Gäste im Auge behalten wollte.
»Und daß Sie hier aufgekreuzt sind, hat mir noch mehr verraten«, sagte Devereaux. »Ich habe Sie weder gestern noch vorgestern hier in der Bar gesehen.«
»Nicht besonders aufmerksam von Ihnen«, zischte Sims. »Ich observiere Sie nämlich schon eine Woche lang.«
»Und weshalb?«

»Weil wir wissen, wer Sie sind.«
»Wer bin ich denn?«
»Gedächtnisschwund? Oder nur verwirrt?«
»Sagen Sie Ihren Meistern, sie sollen das nächstemal jemand schicken, der sein Handwerk wenigstens halbwegs beherrscht.«
»Lassen Sie mich los!«
»Klar.« Devereaux legte die Hand wieder auf die Theke. »Sagen Sie Ihren Leuten zu Hause, sie sollen keinen schikken, der sich anzieht wie ein Gigolo. So was muß ja auffallen.«
»Das werden Sie vielleicht noch bereuen.«
»Das bezweifle ich.«
Der Engländer suchte nun einigermaßen die Haltung zu bewahren uznd zog sich mit seinem Glas wieder an das entfernte Ende der Theke zurück. Er stellte das Glas auf den Tresen ab, schob eine Fünf-Markka-Note als Trinkgeld über die Bar und ging die drei Stufen zur Lobby hinauf, wo ein Ehepaar in mittleren Jahren sich an den Spielautomaten vergnügte.
Devereaux starrte dem Engländer hinterher. Doch der ging weiter bis zu den Glastüren und verließ das Hotel. Hirnrissig, dachte Devereaux. Draußen herrschten um die achtzehn Grad minus. Sims trug nicht mal eine Weste unter dem Dinnerjackett. Devereaux lächelte zum erstenmal.
»Gab es Ärger, Sir?« erkundigte sich der Barkeeper.
Devereaux sah ihn an. »Ein Schwuler.«
»Tatsächlich?«
»Tatsächlich.«
Der Barkeeper blickte mit gerunzelten Brauen zur Seite. Er blieb nun in Devereaux' Nähe und polierte Gläser, die er erst vor fünf Minuten blankgerieben hatte. Devereaux nahm das zur Kenntnis, konnte jedoch nichts dagegen unternehmen. Der Kontakt war hergestellt worden. Hanley hatte nicht erwarten können, daß er, Devereaux, sieben Wochen

in einem Hotel herumsaß, ohne daß jemand über die Tatsache stolperte, daß sich ein Sonderagent in Helsinki aufhielt. Selbst einem Strohkopf wie Sims mußte das auffallen.
Schön, dachte er. Höchste Zeit, wieder zu verschwinden. Höchste Zeit, Hanley wissen zu lassen, daß das Spiel vorbei war.
Er fühlte plötzlich eine Erleichterung wie seit sieben Wochen nicht mehr.
Das Spiel war kein Versteckspiel mehr.
Wenn die Briten ihn enttarnt hatten, wußte jeder über ihn Bescheid. Tartakoff kam nun nicht mehr heraus aus seinem Machtbereich. Tomas Crohan, wer auch immer das sein mochte, würde ein Gefangener des Gulag bleiben.
»Ich hätte gern noch einen Wodka«, sagte Devereaux. Der Barkeeper nahm das leere Glas und ersetzte es durch ein volles.
Höchste Zeit für Hanley, zu erfahren, daß seine Tarnung geplatzt und er nun nicht mehr der richtige Mann für diesen Job war. Wenn die Abteilung sich selbst an der Nase herumführen wollte, konnten sie ja einen anderen herschicken.
Hanley hätte eigentlich wissen müssen, daß ein Aufenthalt von sieben Wochen an einer so exponierten Stelle wie Helsinki zu lange war. Hanley konnte doch nicht so naiv sein, anzunehmen . . .
Und dann, mit einem kalten Schauer, der seiner guten Laune einen starken Dämpfer versetzte, kam Devereaus die Erleuchtung, daß Hanley das von Anfang an gewußt hatte.

***

Der alte Mann unter der dünnen Zudecke spürte, wie sich die Kälte auf sein ungeschütztes Gesicht legte. Er schloß eine Sekunde lang die Augen, als könnte die völlige Dunkelheit ihm Wärme spenden. Er versuchte, sich an die alten Träume zu erinnern, die ihn bisher immer getröstet hatten.

Doch der Wind heulte durch die Ritzen der Fenster im alten Flügel des Krankenhauses und brach die Tür zu seinem Unterbewußtsein auf, so daß dort kein Platz mehr blieb für angenehme Träume.
Der alte Mann öffnete die Augen wieder. Erschauernd wikkelte er die Decke fester um den dürren Leib.
Im Korridor vor dem Saal des Gefängniskrankenhauses brannte eine einzige Glühbirne. Er starrte auf den Glühfaden, bis sich schimmernde, farbige Kringel um den Glaskolben bildeten. Sie drehten sich wie Ringe um einen fernen Planeten.
Er hörte im Dunkeln ringsum das Stöhnen der Schlaflosen. Der Alte wartete darauf, daß die Tablette endlich wirkte und ihn aus diesem Krankenzimmer entfernte, ihn befreite von diesem Heulen und Stöhnen und ihm einen langen Traum bescherte. Träume füllten sein halbes Dasein aus und machten die andere, die reale Hälfte seiner Existenz erträglicher. Was er träumte, durfte er keinem anderen erzählen, aus Angst, die Träume würden ihn fortan meiden. Und dann hatte er nichts mehr, was ihm half, die andere, seine reale Existenz zu ertragen.
Er konnte unvermittelt in seine Träume verfallen, daß er selbst am Tag in diesen Zustand hinüberzugleiten vermochte. Seine Tagträume hatten ihn seit jeher beschützt. Einmal, als sie mitten im Winter in Sibirien Baracken bauen mußten – es war so kalt gewesen, daß das Holz wie Glas splitterte –, hatte er sich tagelang an einen Traum erwärmt, der selbst nachts nicht abriß. Er hatte damals, solange der Traum andauerte, tagelang kein Wort gesprochen. Er hatte nichts bemerkt von der Kälte und den schrecklichen Dingen, die sich in seiner Umgebung ereigneten, weil der Traum für ihn die Wirklichkeit gewesen war.
Nun, da er alt war und schon so lange mit seinen Träumen gelebt hatte, kam er sich vor wie ein betagter Freier, der behutsam um seine Träume werben muß, da er fürchtete, sie

würden sonst zu einem anderen flüchten. Er hatte die Schwester bestochen, damit sie ihm abends noch eine Tablette extra gab. Die doppelte Dosis mußte ja irgendwann wirken und ihn in den Schlaf versetzen. Und der Schlaf – wenn alles gutging – würde ihn mit seinen Träumen zusammenbringen, die angenehm warm waren, hell und voller Schönheit. Alpträume bekam er nie. Alpträume erlebte er nur am Tag in seiner realen Existenz. Seine Träume waren immer nur angenehme Erlebnisse.
War er schon so verrückt wie die anderen?
Er schloß die Augen. Das war eine Frage, der er sich morgen stellen würde, nachdem er bei seinen Träumen gewesen war.
Und tatsächlich konnte der alte Mann nach einer Weile den heulenden Wind vor den Fenstern des Leningrader Gefängniskrankenhauses nicht mehr hören.

7

Washington, D. C.

»Was wissen Sie über einen Mann namens Crohan?«
Die Frage war an diesem Morgen zum erstenmal gestellt worden. Er wiederholte sie nun, um das Gespräch zu eröffnen.
»Was Tinkertoy über ihn weiß, meinten Sie wohl, Hanley?«
Hanley machte ein Gesicht, das gekränkt und zugleich nachsichtig wirkte. Mrs. Neumann trieb wieder mal ihr Spielchen mit ihm.
Mrs. Neumann war Abteilungsleiterin für Computer- oder Datenbankrecherchen in der Sonderabteilung R. Sie war das

Gedächtnis dieser Abteilung und in gewisser Beziehung auch das Gewissen des Einsatzleiters, falls überhaupt ein Gewissen verlangt wurde. Mrs. Neumanns Computer versorgten Hanley mit Daten aus Vergangenheit und Gegenwart, und Mrs. Neumann erklärte ihm dann, was diese Daten bedeuteten.

Sie saßen an einem Tisch in der Nähe des Fensters ihrer Sonderkantine, die für die Abteilung im zweiten Stock des Landwirtschaftsministeriums in der Vierzehnten Straße eingerichtet worden war.

Vor dem Fenster, das in seiner Wuchtigkeit an eine Schießscharte erinnerte, war ein kalter und klarer Himmel zu sehen. In der tristen, olivgrün gestrichenen Kantine bestand das Essen aus dem üblichen Einerlei, serviert aus Warmhaltebottichen aus rostfreiem Stahl, während vor und hinter dem Ausgabeschalter Plastiktabletts und Teller mit mächtigem Getöse ausgegeben oder wieder eingezogen wurden. Hanley bedauerte außerordentlich, hier essen zu müssen. Er nahm sonst meist seinen Lunch in einem stillen, kleinen Lokal ein, ein Stück weiter die Vierzehnte Straße hinunter. Dort ließ er sich jeden Mittag einen Cheeseburger (ohne Zwiebeln) servieren und trank stets einen trockenen Martini dazu. Doch die Umstände waren heute so ungewöhnlich, daß sie eine Verabredung zum Lunch mit Mrs. Neumann erforderlich machten. Und Mrs. Neumann, auf ihre Weise ebenso ein Gewohnheitstier wie Hanley, war nicht dazu zu bewegen, vor Büroschluß auch nur einen Fuß vor die Tür des alten Ministerium-Gebäudes zu setzen.

»Das Haschee ist gar nicht so übel«, sagte sie mit der lustbetonten Miene eines Menschen, der seine Eßgewohnheiten rechtfertigen muß. Sie stocherte mit der Gabel in der fettigbraunen Mixtur auf ihrem Teller und harpunierte zwischen Karotten und Kartoffeln etwas Angeschmortes, Würfelförmiges, das an Fleisch erinnerte.

Hanley stocherte inzwischen in dem Salat herum, der vor

ihm stand. Sein Magen grummelte vor Protest. Hanley hatte ihn noch nicht einmal probiert. Sein Magen wollte nicht einsehen, weshalb er heute auf seinen Cheeseburger und seinen trockenen Martini verzichten sollte. Hanley empfand Mitleid mit seinem Verdauungstrakt, als handle es sich um einen alten Freund, für den schwere Zeiten angebrochen waren.

»Ja, Mrs. Neumann. Was hat Tinkertoy uns über Tomas Crohan zu berichten?«

»Tatsächlich sollten wir nicht so viel Fleisch essen. Nicht jeden Tag. Leo macht zur Zeit Diät und läßt jeden zweiten Tag das Essen ganz ausfallen.«

»Ich bin froh, das zu hören.«

»Das wären Sie nicht, wenn Sie mit ihm leben müßten.« Mrs. Neumann legte die Gabel auf den Tellerrand und beschwor Leos Bild vor ihrem geistigen Auge herauf. »Leo ist ein süßer Mann; aber ich werde ihn davon überzeugen müssen, daß diese Diät uns nur schadet. Sie wird entweder seinen Magen oder mich ruinieren. An den Fastentagen sitzt er herum und knurrt mich an. Sein Magen macht dieselben schrecklichen Geräusche wie Ihrer eben. Ich verstehe ja, daß er dafür genausowenig kann wie Sie, Hanley; aber es nervt einen. Besonders, wenn sein Fastentag auf einen Sonnabend fällt. Wir haben Gäste, und Leo knurrt sie an.«

»Mrs. Neumann, ich finde das Thema ›Verdauung Ihres Gatten‹ als Tischgespräch hervorragend geeignet.«

»Also gut, Hanley.« Sie nahm wieder ihre Gabel auf. »Dann unterlassen wir eben die leichte Konversation.« Ihre Stimme glich einer Raspel, die über altes Holz streicht. Sie litt an chronischer Heiserkeit, und wenn sie sich artikulierte, dann entweder im Flüsterton oder als Reibeisen, oder sie hatte es so eilig beim Sprechen, daß sie fast alle Silben verschluckte. Lydia Neumann war eine hübsche Frau in mittleren Jahren, die große Gesten liebte und Baumwollkleider mit großen Mustern. Ihre kurzen schwarzen Haare hatten einen Stufen-

schnitt, den sie ihrem Mann verdankte, nicht weil er Geld sparen wollte, sondern weil das Haareschneiden eine prikkelnde intime Atmosphäre zwischen ihnen erzeugte, die sie an die Zeit erinnerte, als sie beide noch jung und heftig ineinander verliebt gewesen waren, Daß sie sich nach Ansicht ihrer Freunde noch immer so liebten wie vor fünfundzwanzig Jahren, hätten sie beide mit großem Erstaunen zur Kenntnis genommen. Leo hatte den vagen Verdacht, daß seine Frau eine wichtige Rolle in einer Agentur spielte, von der er wenig wußte. Er hatte sie mit väterlicher Herablassung behandelt, was ihren Job anbelangte, bis zu der Affäre vor zwei Jahren in Paris, als seine Frau von ihrem Schreibtisch weg gekidnappt wurde. Dieser Vorfall hatte ihn so tief beeindruckt, daß er schwor, vierzig Pfund abzuspekken. Daß beides in einem ursächlichen Zusammenhang stand, begriff niemand, der die Neumanns nicht gut kannte. Sie war Chefin der Computer-Analyse – im Fachjargon ihrer Abteilung kurz Comp An genannt.
Und Tinkertoy war ihr Schoßhund, ihr primärer Datenspeicher.
»Tinkertoy verwies mich in dieser Angelegenheit auf die Konkurrenz.«
»Auf Langley?«
»Ja. Auf deren Archiv, wo sie den ganzen Plunder noch aus der Zeit aufheben, ehe sie 1947 ihren Betrieb aufnahmen. Die alten OSS-Unterlagen und einiges, was Wild Bill Donovan vorher wahllos an Dokumenten zusammengetragen hat. Ich rief die Dame an, die dort meine Position wahrnimmt.«
»In Langley? War das klug von Ihnen?«
Sie warf ihm einen scharfen Blick zu. »Sie sagten, es wäre reine Routine. Wie Sie wissen, arbeiten wir mit der CIA ja von Zeit zu Zeit zusammen. Wir haben schließlich die gleiche Regierung.«
»Ich bin mir nicht so sicher, daß die CIA der gleichen

Meinung ist wie Sie, ganz zu schweigen von der NSA oder den Jungs vom nationalen Verteidigungsrat.«
»Ich weiß, worauf Sie anspielen. Erinnern Sie sich noch an die Geschichte in Hamburg, die Langley verpatzt hat?«
»Der Nachlaß liegt noch auf meinem Schreibtisch«, antwortete Hanley. Mit einem kurzen Satz gab ein Bürokrat dem anderen zu verstehen, wie lästig ein Vorgang war:
»Ich kann die Akte leider von keinem anderen bearbeiten lassen.«
»Das interessante Ergebnis meiner Anfrage war, daß die CIA behauptet, sie hätten absolut nichts über Crohan in ihrem Archiv. Ich konnte leider nicht mit Mrs. Carruthers sprechen. Die ist normalerweise meine Ansprechpartnerin bei der CIA. Sie hat ein paar Tage Urlaub. Mrs. Carruthers kann keine drei Worte geradeaus reden. Ist das nicht komisch? Sie ist Chefin von hundertfünfzig Leuten und zweihundert Maschinen und kann kaum ihren Namen richtig schreiben.«
»Mrs. Neumann«, unterbrach Hanley sie, »mit wem haben Sie gesprochen?«
»Mit einem gewissen Wallace. Er sagte, er würde sie in ihrer Abwesenheit vertreten. Er wollte wissen, warum wir etwas wissen möchten.«
»Über Crohan?«
»Natürlich.«
»Und was haben Sie ihm geantwortet?«
Mrs. Neumann schluckte eine Morrübe hinunter und lächelte diabolisch.
»Was werde ich ihm wohl geantwortet haben, Hanley!«
»Ich begreife das nicht«, sagte Haley fast zu sich selbst. Es war nicht das erstemal, daß er das gesagt oder gedacht hatte, seit er Devereaux nach Helsinki in Marsch setzte.
»Essen Sie auf, Mann. Sie haben ja schließlich auf diesen Lunch bestanden«, forderte Mrs. Neumann ihn auf. Sie fand Gefallen an ihrem Tischgespräch, weil sie sah, daß es Hanley in Verwirrung versetzte.

»Ich hatte Hunger«, meinte Hanley schmollend.
»Das sehe ich.«
Hanley schob den kaum berührten Teller von sich. »Ungenießbar.«
»Diese mäklerischen Beamten«, sagte Mrs. Neumann. Sie griff nach Hanleys Salatteller und zog ihn zu sich hinüber. »Ich hatte den Eindruck, er war sehr interessiert an unserem Geschäft.«
»Wallace?«
»Ja.«
»Haben Sie unter Berufung auf den Paragraphen achtunddreißig die Akte von ihm angefordert?«
»Nein.« Mrs. Neumann blieb eine Weile stumm. Sie versenkte ihre Gabel in die Überreste ihres Haschees, als dächte sie darüber nach, ob sie weiteressen oder was sie Hanley als nächstes sagen sollte. Plötzlich sah sie auf. »Da geht etwas Eigenartiges vor, Hanley. Bei der Konkurrenz in Langley, meine ich. Ich erzählte diesem Wallace, der Name wäre als Querverweis in unserem Datenspeicher aufgetaucht und wir hätten keine Akte darüber. Das hat ihn nicht zufriedengestellt; er kann meinetwegen zur Hölle gehen. Was könnte er schon mit dieser Auskunft anfangen? Und da wir schon beim Thema sind – was fange ich damit an?«
»Genau.«
»Sie haben mir gar nichts erzählt«, sagte sie.
»Ich weiß«. Er kramte in den Geheimnissen herum, aber er verstand sie nicht und zögerte, sie preiszugeben, bis er wußte, was sie wirklich bedeuteten. Jedes Geheimnis war eine geladene Kanone, und wenn sie abgefeuert wurde, verlangte sie eine Aktion. Hanley hatte sich in der Sache festgefahren.
»Das ist ja ein schönes Arbeitsessen«, sagte sie.
»Ich sollte es Ihnen sagen.«
»Ganz, wie Sie wollen, Hanley. Offenbar ist es ja Ihr Sorgenkind.«

Mrs. Neumann war die einzige Person in der Zentrale, die ihn, abgesehen vom Alten, nur mit seinem Nachnamen ansprach. Es war keine Respektlosigkeit von Mrs. Neumann, denn sie rief jeden Mann, ob sie ihn duzte oder nicht, nur bei seinem Nachnamen und wäre selbst auch nicht beleidigt gewesen, wenn man sie schlicht und einfach als »Neumann« angeredet hätte.

»Wir empfingen vor knapp einer Woche eine Botschaft von einem unserer Leute in Helsinki. Sie platzte mitten in eine Routineangelegenheit hinein. Sie kam unerwartet.« Die Worte kamen zögernd und langsam. »Sie deutete auf die Existenz von Tomas Crohan hin, der immer noch von den Sowjets im Gulag festgehalten wird.«

»Wer ist Tomas Crohan?«

»Ich erinnere mich. Vage. Kurz nach dem Krieg, als ich zu dem Haufen kam, munkelte man von einer Operation im Nazi-Österreich . . . Einige von den alten Hasen der OSS sprachen darüber. Dann wurde die Organisation aufgelöst und wir alle an andere Dienststellen versetzt, bis Truman die CIA zusammenbastelte.«

»Eine faszinierende Geschichte des amerikanischen Geheimdienstes.«

Hanley sah sie scharf an. »Zum Henker mit Ihnen, Mrs. Neumann, ich wollte Ihnen nur etwas erklären.«

»Erklären Sie.«

»Ich hielt mit einigen unserer pensionierten Leute Rücksprache, nachdem ich seinen Namen routinemäßig durch den Dokumentenspeicher gejagt hatte . . .«

»Das hätten Sie mir ruhig sagen können.«

»Mrs. Neumann, Sie leiten ein riesiges Referat in der Abteilung. Die Sache erschien mir zu unbedeutend, um Ihnen davon zu berichten. Damals jedenfalls.«

»Was haben Ihnen die pensionierten Gespenster erzählt?«

»Genug, um daraus ein Puzzle zu machen.«

Sie wartete. Ihr Teller war sauber.

»Crohan. Er war Ire, vermutlich die treibende Kraft, die für den Fortbestand der irisch-republikanischen Armee in den späten dreißiger Jahren sorgte. Leidenschaftlich antibritisch, und seine bösen Gefühle wurden erwidert. Er war auch ein bißchen ein Nazi.«
»Scheint ja ein reizender Bursche zu sein.«
»Nun, man erklärte mir, das sei alles nur ein Ausfluß seines brennenden Hasses gegen die Briten gewesen. Irland verhielt sich im Krieg neutral – der irische Freistaat –, und in Dublin wimmelte es damals nur so von Nazis. Sie buhlten um die Gunst des De-Valera-Regimes, und sie benutzten das Land als Lauschposten, um unsere Operationen im Atlantik auszuspionieren. Nicht, daß wir nicht auch zur Stelle gewesen wären, um unseren Beitrag zu leisten. Wir knöpften uns die Iren vor, wiesen auf unsere Verbindungen hin und was wir noch so alles im Rücken hatten. Damit meine ich das Außenministerium und das OSS. Es war ein diffiziles Unternehmen. Während wir uns insgeheim die Iren vornahmen, um die Nazis in Irland zu bremsen, mußten wir uns gleichzeitig die Briten vom Leib halten. Sie bekamen regelrecht Tobsuchtsanfälle, wenn sie etwas von einer irischen Kooperation mit den Amerikanern hörten. Sie glaubten fest daran, wir würden hinter ihrem Rücken ein Komplott schmieden und den Iren die amerikanische Unterstützung für einen Einheitsstaat nach dem Krieg versprechen.«
»Haben wir es versprochen?«
»Ich habe nicht die leiseste Ahnung. Obwohl ich mir denken könnte, daß wir ihnen im Zustand der Nötigung alles mögliche versprochen haben.«
»Und wie hängt Crohan mit dieser Geschichte zusammen?«
»Er war ein perfekter Mann. Irischer Neutraler mit gültigen Visa für das von den Nazis besetzte Europa. Er konnte unser Agent werden.«
»Wie? Wann?«
»Das weiß ich nicht. Das Erinnerungsvermögen der alten

Männer hakt genau an diesem Punkt aus. Ich hoffte, Tinkertoy würde etwas darüber haben. Und dann hoffte ich, Sie könnten irtgendwie die Information in Langley lockermachen, da die CIA ja alle alten OSS-Akten in seiner Obhut hat. Es bekümmert mich, daß dieses . . . dieses Problem entstanden ist. Das unsere Recherchen nichts gebracht haben.«
Mrs. Neumann betrachtete ihn mit einem verschlagenen Blick. »Das ist der springende Punkt, nicht wahr, Hanley? Etwas haben sie gebracht. Das absolute Nichts.«
»Ich möchte nicht länger in dieser Angelegenheit im Dunklen tappen«, sagte Hanley. Der Ärger brachte einen rauhen Ton in seine farblose Nebraskastimme. Sie stammten beide aus dem Mittelwesten, wenn auch aus verschiedenen Staaten und verschiedenen Jahrzehnten, und beide pflegten sich mit einer anstößigen Direktheit auszudrücken, die andere beleidigt hätte und die beiden, trotz ihrer verschiedenartigen Temperamente, in der Abteilung R zueinander hinzog. In diesem Moment verstand Mrs. Neumann instinktiv, wie verloren Hanley sich vorkam.
»Was passierte mit Crohan?« fragte sie mit einem heiseren Flüstern.
»Er war in Wien, als die Sowjets einmarschierten. Er saß in der Falle; machte sich aber deswegen keine übertriebenen Sorgen. Schließlich waren wir ja alle auf der gleichen Seite. Die Russen nahmen ihn einfach fest, und er verschwand. Nach einem Jahr oder so bestätigten sie, daß sie ihn hatten, er jedoch – sehr bedauerlich – inzwischen verstorben sei.«
»Wallenberg.«
»Es gibt gewissen Parallelen«, gab Hanley zu, »aber was hatte Crohan für einen Auftrag? Und warum will Langley mit uns ein Spielchen treiben wegen einer Akte, die bereits vierzig Jahre alt ist?«
»Wie kam es überhaupt dazu, daß sein Name auftauchte?«
»Im Verlauf einer Routineoperation in Helsinki. Wir beka-

men einen kurzen Hinweis von unserem Mann, daß Crohan noch am Leben sei und jetzt in den Westen kommen könne.«

»Ist das zuverlässig?«

»Wenn es nicht zuverlässig ist, glaube ich nicht, daß wir uns bei dieser Sache in die Nesseln setzen könnten. Aber mir will das einfach nicht gefallen.«

»Warum nicht?«

»Es ist so unerwartet.«

»Das Leben ist voller Überraschungen«, sagte Mrs. Neumann.

»Nein, Mrs. Neumann, das ist es nicht. Es ist schrecklich vorhersehbar.« Er stemmte sich mit beiden Unterarmen auf die Tischplatte, seine Kaffeetasse zwischen den Ellenbogen, und beugte sich über die schmutzigen Teller und Schüsseln. »Wenn das Unerwartete passiert, ist es stets ein böser Schock. Ich hatte nicht mit einem Crohan gerechnet. Und darum weiß ich jetzt, daß sein Name Schlimmes verheißt.«

»Sie sind ein Pessimist.«

»Ein Realist, Mrs. Neumann. Und ein vorsichtiger dazu. Das alles riecht nach einer Falle.«

»Eine Falle für wen? Für unseren Agenten? Für die Abteilung?«

»Ich weiß es nicht. Warum diese Zurückhaltung bei der Konkurrenz? Die OSS verstehen nur insofern ihre Verantwortung, daß sie in ihrem Besitz sind. Langley hatte keinen Grund, die Sache zu verdunkeln . . .«

»Das ist die Natur der Bestie, Hanley. Das wissen Sie.«

»Ich habe mir gar nichts aus Helsinki erwartet.« Hanley biß sich auf die Unterlippe und kaute einen Moment darauf herum wie ein Schuljunge, der sich in einer Klassenarbeit mit einem schwierigen mathematischen Problem herumschlagen muß. Mrs. Neumann studierte ihn nicht ohne Sympathie. Etwas in ihren dunkelbraunen Augen deutete Belustigung an über sein Problem.

»Ich habe November dort hingeschickt«, sagte er schließlich.
Zum erstenmal zeigte Mrs. Neumann Betroffenheit. Sie kannte die Identität von »November«. Tatsächlich hatte einige der Decknamen in der Abteilung für Heiterkeit gesorgt, als bekannt wurde, wie sie zustande gekommen waren. Alle Agenten erster Ordnung und die Stationsleiter im Außendienst hatten die Namen von Monaten, Wochentagen und von anderen Zeiteinheiten als Code bekommen. Da gab es einen Winter, einen Sommer, einen März, ein Zwielicht. Nachdem das System eingerichtet war und funktionierte, entdeckte man, daß der GS-11 in der Abteilung, der das neue Codesystem ausgearbeitet hatte, ein praktizierender Astrologe war und seine Karten und Tabellen konsultiert hatte, ehe er den Agenten den zu ihnen passenden Codenamen zugeteilt hatte. Er erklärte diese Maßnahme damit, daß diese Namensführung »gute Vibrationen für die Abteilung versprach«. Jedenfalls war in jenem Haushaltsjahr kein Geld mehr da, um das System erneut zu ändern, und dann setzte eine Art von Gleichgültigkeit ein. November blieb November, weil sich keiner einen Vorteil davon versprach, wenn wieder etwas daran geändert wurde.
»Was sollte er denn dort ausrichten?«
»Nichts, Mrs. Neumann. Wir bekamen vor ein paar Monaten einen kurzen Hinweis, daß ein Charge vom KGB auf unsere Seite überwechseln wollte. Ich dachte, es könnte etwas daran faul sein. Langley hat ja, wie Sie wissen, sich im letzten Jahr an so was die Finger verbrannt. Ich beauftragte November damit, seine Glaubwürdigkeit zu überprüfen.«
»Unsinn«, sage Mrs. Neumann barsch. »Da hätten Sie jemand von der skandinavischen Außenstation schicken können. Diesen Burschen in Kopenhagen, der ist kompetent für so einen Job.«
»Sein Einsatz war berechtigt. Ich brauchte eine gründliche Prüfung.«

»Keine Mission für November.«
Hanley errötete. »Ja, verdammt noch mal. Ich wollte ihn aus dem Weg haben.«
»Warum, zum Kuckuck?« fragte sie betroffen.
»Um ihn vor Schaden zu bewahren.«
»Wie rührend von Ihnen«, meinte sie. »Wovor hatten Sie Angst?«
»Ich habe vor nichts Angst«, sagte er.
»Sie wollten Devereaux aus dem Weg haben«, sagte sie und brach damit die Geheimhaltungsbestimmung, indem sie an einem öffentlichen Ort einen echten Namen aussprach.
Die Kantine leerte sich nun rasch. Teller wurden mit lautem Klappern am Ausgabeschalter abgestellt und in das Spülwasser geworfen. Das von neun bis fünf arbeitende Dienstpersonal Washingtons beendete die Mittagspause.
»Ich legte ihn so weit entfernt von hier, wie ich konnte, auf Eis. Ein paar von den Kopfjägern können nicht vergessen, daß Devereaux im vergangenen Jahr trotz Galloway die Sache in Paris klärte und daß Galloway deswegen seinen Job verlor.«
Galloway war Konteradmiral Galloway, der die Abteilung R geleitet hatte, bis er über die Terroristenaffäre in Paris stolperte und deren Sabotageakt an den Computern in der Abteilung.
»Wer will ihm an den Kragen?«
»Der neue Boß. Er schob Devereaux für ein Jahr nach Jamaica ab, damit er dort die neue Regierung im Auge behalten sollte. Devereaux war immer ein guter Mann; doch er hat keinen Ehrgeiz mehr.«
»Das paßt nicht zu ihm.«
»Also gut, Mrs. Neumann. Ich gebe Ihnen eine andere Version. Er möchte einen Posten in Asien.«
»Und?«
»Der neue Mann sagt nein.«
»Warum?«

»Er will, daß Devereaux den Dienst quittiert.«
»Warum?«
»Weil Devereaux ist, was er ist. Er ist gefährlich.«
»Blödsinn. Wir sind doch keine Kindertagesstätte.«
»Ich schickte ihn nach Helsinki, weil ich ihn irgendwohin schicken mußte.«
»Sie schickten ihn nach Helsinki, damit er dort versauern sollte und endlich begreifen würde, daß er nie mehr aus dieser Sackgasse herauskommt.«
»Nie ist eine lange Zeit.«
»Sie waren sein Rabbi; es war Ihre Aufgabe, sich für ihn einzusetzen.«
»Was hätte ich tun sollen?«
»Ihren Arsch bedecken«, sagte Mrs. Neumann. Hanley schien einen Moment lang geschockt; doch das ging vorüber.
»Nun dieses Crohan-Problem. Wir müssen ihm eine Antwort geben.«
»Nein, das ist es nicht. Sie haben Angst, Devereaux könnte auch handeln, wenn Sie sich ausschweigen.«
»Richtig.«
»Also gut. Ziehen Sie ihn zurück. Führen Sie mit ihm ein Gespräch von Mann zu Mann. Legen Sie ihm die Gefühle des neuen Mannes offen. Er kann das verdauen, er ist stark genug. Lassen Sie ihn von Solstice aus Kopenhagen ablösen und sagen Sie Solstice, daß er in dieser Sache nichts unternehmen soll.«
»Sonnenwende ist aus der Tasche«, sagte Hanley, wieder in den Fachjargon verfallend. »Er ging wegen dieser sowjetischen Sache am Nordcap auf Tauchstation. Soweit ich weiß, ist er jetzt irgendwo schwarz in Rußland. Ich kann seinetwegen nicht den norwegischen Geheimdienst alarmieren, ohne auch alle anderen dort oben aufzuscheuchen, die Schweden inbegriffen.«
»Die Schweden können selbst mit einer Taschenlampe und

einer Landkarte ihren Hintern nicht finden«, schnaubte Mrs. Neumann mit ihrem rauhen Organ. »Die Sowjets stranden mit ihren Unterseebooten an ihrer Küste, und sie können sie nicht sehen.«

»Sie sehen, was sie sehen wollen«, erwiderte Hanley sanft, gleichsam als Kontrapunkt zu ihrem rauhen Flüstern.

»Also haben Sie vorläufig Devereaux am Hals.«

»Momentan ja. Ich möchte nur nicht, daß er etwas unternimmt.«

»Sagen Sie es ihm.«

»Nein. Dann wird er wissen, daß sein Auftrag für die Katz war. Zudem braut sich hier in der Zentrale etwas zusammen. Das kann ich fühlen.«

»In Ihren Knochen? Das ist nur das Alter, Hanley.«

»Nein. Erst dieser Überläufer. Dann bietet er uns ein Geschenk an, und als wir es unter die Lupe nehmen wollen, beginnt es zu stinken. Das ist eine Falle. Ich kann es riechen.«

»Was werden Sie also unternehmen?«

»Nichts, Mrs. Neumann. Überhaupt nichts.« Das war alles, was ihm als Antwort einfallen wollte.

8

Helsinki

Nichts.

Devereaux wartete am Rand der breiten Plaza in einem Torweg in der Nähe des Busbahnhofes. Er beobachtete den Eingang des staatlichen Spirituosenladens gegenüber. Nach-

mittags drängten sich die Finnen, betäubt von dem Winter und den dunklen Tagen, in dem großen, nüchternen Verkaufsraum und besorgten sich billigen Wodka, der trotzdem noch viel zuviel kostete. Abends konnten sie dann in der Dunkelheit ihren Geist betäuben wie tagsüber ihr Körper von der Kälte betäubt worden war. An den Schaufenstern des Ladens hingen Plakate, die vor den Gefahren des Alkoholmißbrauchs warnten. Die Plakate sollten das Gewissen des Staates beruhigen, der eine Menge Steuern an dem staatlichen Branntweinmonopol kassierte. Die hohe Branntweinsteuer machte den Alkohol so teuer, daß nur wenige Finnen es sich leisten konnten, ihren eigenen berühmten finnländischen Wodka zu trinken, der größtenteil exportiert wurde. Der Wodka, den sie konsumierten, war nicht auf Geschmack getrimmt, sondern nur auf Wirkung.
Eine Stunde war vergangen, ohne daß etwas geschehen war. Wenn es zu einem Kontakt kommen sollte – entweder mit Tartakoff oder Hanley –, würde man ihm das vor diesem Spirituosenladen signalisieren. Doch es war der achte Tag, an dem er vergeblich auf ein Zeichen wartete.
Nicht zum erstenmal in diesen zwei Monaten fühlte sich Devereaux in einen Zustand versetzt, der weder etwas Konkretes noch Reales an sich hatte. Seine wachen Momente in dieser bitterkalten Stadt verwandelten sich zunehmend in eine traumhafte Qualität. Vielleicht war es ein Alptraum. Manchmal, nach einer Nacht voller Träume, in denen ihn die Erinnerungen an tote Menschen plagten und an Katastrophen, die er in der Vergangenheit überlebt hatte, wachte er auf und glaubte, noch immer zu schlafen. In seiner letzten Botschaft an Hanley, die er tags zuvor aufgegeben hatte, hatte er den Kontakt mit einem Agenten erwähnt. Vermutlich sei er ein britischer Agent gewesen, doch so genau wisse er das nicht. Jedenfalls sei er enttarnt, teilte er Hanley mit, und dennoch dauerte das Schweigen an.
Vier Uhr nachmittags. Es wurde bereits dunkel. Die Stra-

ßenbeleuchtung wurde eingeschaltet, spendete jedoch nur blasses Licht. Die Leute begannen bereits die Läden und Büros entlang der Einkaufsstraßen zu verlassen. Binnen kurzem würde die Innenstadt von Helsinki wie ausgestorben sein.

Der Kontakt mit Hanley wurde durch das offizielle Washingtoner Mißtrauen gegenüber den Schweden und auch den Finnen zusätzlich erschwert. Man ging davon aus, daß alle Telefonleitungen regelmäßig abgehört wurden. Die übliche Route für Botschaften war die Post zu einem anonymen Briefkasten an einem sicheren Haus in Kopenhagen. Diese Post brauchte in der Regel einen Tag. Von Kopenhagen ging sie entweder mit Kurier oder als verschlüsseltes Radiosignal weiter in die Staaten.

Er hatte noch einen zweiten Weg gewählt. Er hatte sich in einem separaten, offenen Telegramm direkt an Hanley gewandt, das er an die Adresse in Fairfax, Virginia, schickte. Das war das letzte verzweifelte Mittel eines verzweifelten Agenten, der mit dieser außergewöhnlichen Methode Kontakt mit der Abteilung aufzunehmen suchte. Der Empfänger war »Mr. Dougherty«, der in einer schmuddeligen Pension in diesem Vorort von Washington wohnte.

MR. DOUGHERTY. BRAUCHE UMGEHEND ENTSCHEIDUNG ÜBER VERKAUFABSCHLUSS BEI ARABIA FÜR KALIFORNISCHES KAUFHAUS. DIXON

Das kalifornische Kaufhaus war der Ort in Santa Barbara, wo Überläufer »gelagert« wurden nach den ersten Orientierungsgesprächen in Maryland, bevor sie mit neuen Identitäten ausgestattet und auf sichere Plätze in den Vereinigten Staaten verteilt wurden. »Arabia« war der Name der finnischen Manufaktur, die Tafelgeräte aus Glas und Kristall herstellte, und das Telegramm paßte sich im Stil so weitgehend einer geschäftlichen Erkundigung an, daß Devereaux hoffte, es würde vor den kritischen Augen finnischer Zensoren bestehen können.

Um 16.15 Uhr war es bereits stockdunkel.
Devereaux gab für diesen Tag auf. Er lehnte sich in den Wind hinein, der heulend durch die Lücke zwischen dem Presidentii und dem Bürokomplex gegenüber über die Plaza fegte. Hätte der Russe mit ihm Kontakt aufnehmen wollen, wäre das verabredete Signal dafür der Einkauf einer Flasche finnländischen Wodkas zwischen drei und vier Uhr nachmittags im Spirituosenladen gewesen, die anschließend auf dem Gehsteig vor dem Geschäft abgestellt werden sollte. Das war nicht geschehen.
Er schob sich durch den Hoteleingang in die große quadratische Vorhalle der düsteren modernen Beherbungsstätte hinein. Er fror. Er froh in der letzten Zeit ständig, als habe sich der Winter in seinem Knochenmark festgesetzt.
Er ging links an den Aufzügen vorbei und stieg die Treppe zu den Saunaräumen hinunter.
Eine schwangere Frau saß hinter dem Pult im Vorraum und nickte ihm grüßend zu. Sie war dunkelhaarig und ihre Augen von einem sehr dunklen Blau. Sie trug eine Brille mit dicken Gläsern. Viele Frauen in Helsinki trugen so eine Brille.
Sie gab ihm eine blaue Badehose, ein Handtuch und den Schlüssel zu einem Wandschrank.
»Kalt heute, Mr. Dixon?«
»Nein, warm. Die Leute draußen laufen alle in Badehosen herum.« Sie lächelte, denn inzwischen war dieser Wortwechsel zu einem Ritual geworden, und er hatte eine seltsame Zuneigung zu dieser schwangeren Frau gefaßt, die Ulla hieß. Sie war der einzige menschliche Kontakt für ihn in Helsinki, und er pflegte ihn mit der Sorgfalt eines Mannes, der auf eine kleine Flamme bläst, damit das Feuer in einem Camp am Polarkreis nicht ausgeht.
Die Sauna war um diese Zeit immer leer.
Der regelmäßige Saunabesuch war für ihn ein Labsal. Er aalte sich in der Hitze, die seine Glieder von der lähmenden

Kälte befreite. Wenn er schwitzte, ging er in den Raum nebenan, sprang in das kleine Becken und schwamm bis zur Erschöpfung. Anschließend kehrte er wieder in die Sauna zurück und schlief dort ein.

Devereaux zog sich aus, streifte in der Umkleidekabine die blaue Badehose über und ging dann auf bloßen Füßen hinüber in den Duschraum, durch den man in die Sauna gelangte. Er sah blutige Sohlenabdrücke auf dem Boden.

Einen Moment stand er regungslos da.

Die Abdrücke stammten von Schuhsohlen und offenbar auch von nackten Füßen. Die Schuhspur führte zu einer Außentür, die sich zum Korridor hin öffnete. Er folgte ihr und blickte in den Korridor hinaus. Dort setzten sich die Abdrücke noch ein paar Schritte fort, ehe die blutige Spur endete. Das Blut an den Sohlen mußte trocken geworden sein. Die Schuhe gehörten zum Killer.

Devereaux wußte, daß ein Killer hier gewesen war.

Er drehte die Dusche in einer Kabine an, so daß das Wasser gegen die geflieste Wand trommelte.

Dann öffnete Devereaux die Tür zu Sauna.

Es roch nach warmem Blut.

Eine nackte Glühbirne erhellte die Kabine aus Holz. Warmes Blut – das erinnerte Devereaux an ein Schlachtfeld in Vietnam. Das lag schon so lange zurück – dieser warme, ekelerregend süße Geruch von Blut.

Die Holzwände waren vollgespritzt mit Blut, das immer noch von den Latten tröpfelte.

Landausgestreckt auf der Bank über der Heizung, der Tür zugedreht wie ein makabrer Butler, lag die Leiche des Engländers, der unter dem Namen Sims am Abend zuvor den Kontakt mit Devereaux hergestellt hatte.

Er war von der Brustwarze bis zur Blase mit einem Messer aufgeschlitzt worden. das Blut quoll aus seinem Körper heraus. Graue Gedärme hingen über den Rand der Bank.

Devereaux starrte auf das Gesicht des Toten. Die Augen

waren offen, die Zunge hing wie ein Lappen aus dem Mund. In der Nähe der Leiche stand ein Holzeimer mit Wasser. Das Blut hatte ihn bis zum Rand gefüllt.
Devereaux suchte nach der Tatwaffe. Sie befand sich nicht in diesem Raum. Er beugte sich über die Leiche und zog einen Schrankschlüssel aus der Tasche der Badehose, die neben der Leiche auf die Bank geworfen war. Der Schlüssel zum Wandschrank Nr. 112.
Devereaux floh aus der Sauna. Er schwitzte, obwohl ihm kalt war. Er trat unter die noch laufende Dusche und spülte sich das Blut von den Füßen. Er verließ die Duschnische, ohne das Wasser abzustellen. Er ging in die Umkleidekabine, holte das Handtuch aus dem Wandschrank und rieb sich trocken, während er die verschiedenen Möglichkeiten überdachte.
Die schwangere Frau Ulla am Pult im Vorraum mußte ihn beim Hereinkommen gesehen haben. War das der einzige Zu- oder Ausgang der Sauna? Hatte sie den Killer wirklich gesehen? Aber er wußte, daß Ulla auch Wäsche sortierte in dem kleinen Zimmer hinter dem Pult, wo sie die Handtücher und Badewäsche ausgab, und seltsamerweise auch Bier vom Faß zapfte. Der Killer hätte also ungesehen die Sauna betreten und wieder verlassen können, wenn er das Risiko einer Entdeckung auf sich nehmen wollte.
Ulla hatte ihn vielleicht dabei ertappt, wie er in die Sauna ging. Dann mußte sie das der Polizei erzählen. Sollte Devereaux hier in eine Falle tappen? War der Tote ein britischer Agent? War er an dieser Stelle und zu dieser Zeit ermordet worden, weil Devereaux regelmäßig zu dieser Nachmittagsstunde die Sauna zu benutzen pflegte? – Was bedeuten würde, daß jemand so viel Interesse für Devereaux entwickelt hatte, daß er ihm so lange nachspionierte, bis er dessen Gewohnheiten genau kannte.
Devereaux legte das Handtuch zur Seite und benutzte den Schlüssel, den er in der Sauna gefunden hatte, um das Schrankfach Nr. 112 zu öffnen.

Hose, Hemd, Pullover. Kein Jackett. Der Tote hatte das Hotel nicht verlassen. Devereaux suchte in den Taschen nach einem Ausweis. Vergeblich. Nur dreihundert Markka in Banknoten, etwas finnisches Wechselgeld und eine britische Zehn-Schilling-Münze. Und ein Schlüssel für Zimmer 612.

Devereaux zog sich rasch wieder an. Nach sieben Wochen der Untätigkeit übte die Entdeckung des toten Engländers in der Sauna seltsamerweise eine belebende Wirkung auf ihn aus. Er war überhaupt nicht entsetzt. Tote, die so zugerichtet waren, hatte er schon öfters gesehen. Gewisse Leute aus dem Mittelmeerraum, die für Bezahlung töten, pflegten auf diese seltsame, professionelle Weise ihre Opfer zu beseitigen.

Er steckte den Zimmerschlüssel für 612 in seine Hosentasche, warf seinen Mantel über den Arm und nahm die nasse Badehose und das Handtuch, das er aus dem Wandschrank des Ermordeten geholt hatte. Sein eigenes Handtuch ließ er auf den Fliesen vor dem Eingang zur Sauna zurück, wo das Duschwasser immer noch gegen die Kachelwand trommelte. Er ging den Korridor hinunter.

Ulla las in einem schwedischen Magazin. Es hatte einen bunten Umschlag aus Glanzpapier mit einer hellroten Überschrift.

»Sie sind schon fertig, Mr. Dixon?«

»Nein, Ulla«, sagte Devereaux sanft. »Aber in der Sauna liegt ein Toter.«

Sie wurde blaß. »Ich werde zu ihm gehen. Vielleicht ist er nicht tot. Ich bin in Erster Hilfe ausgebildet. Mit Wiederbelebungsversuchen . . .«

»Nein. Er starb keines natürlichen Todes. Er wurde umgebracht. Ermordet. Nein, Sie setzen sich wieder hin.«

»Aber ich muß zu ihm gehen.«

»Das müssen Sie nicht. Kam außer mir heute nachmittag noch jemand in die Sauna?«

»Nein. Nur Mr. Sims.«
»Ja. Das ist der Ermordete. Sonst noch jemand?«
»Nein. Aber ich war eine Weile im Wäschezimmer.«
»Das gehört zu Ihren Pflichten.« Wieder schwang in seinen knappen, kalten Bemerkungen ein gütiger Unterton mit. Sie war nicht in diese Sache verwickelt, dachte er. Er würde sie nicht in diese Sache hineinziehen, damit er sich heraushalten konnte.
»Sind Sie sicher, daß er tot ist?«
»Ganz sicher.«
»Dann gehört es auch zu meinen Pflichten, nach ihm zu sehen.«
»Nein, lassen Sie das. Sie sind schwanger. Denken Sie daran. Rufen Sie einfach die Polizei.«
»Ich werde . . .« Sie griff nach dem Telefon: aber Devereaux legte die Hand auf den Apparat. Er mußte ein paar Minuten für sich herausschinden, durfte die Frau aber nicht alleinlassen, falls sie doch in der Sauna nachsehen wollte und dort den Toten erblickte.
»Wir gehen nach oben. Ich möchte, daß Sie von der Lobby aus die Polizei verständigen. Wir können doch die Tür absperren, den Zugang zum Keller?«
»Ja.«
»Ich will Sie nicht allein hier unten lassen.«
Widerstrebend folgte sie ihm die Treppe hinauf, und sie sperrten oben in der Lobby die Tür zur Kellertreppe ab.
»Nehmen Sie den Apparat drüben in der Empfangsloge.«
»Wo wollen Sie hin, Mr. Dixon?«
»Nur einen Sprung auf mein Zimmer. Ich fühle mich nicht besonders. Nach ein paar Minuten bin ich wieder hier.«
Er verließ sie, nachdem er sie bis zur Mitte der Lobby begleitet hatte. Viel Zeit hatte er nicht. Sie mußte dem Personal von der Rezeption erklären, was passiert war, die Polizei anrufen, ihr die Tür zum Keller wieder aufsperren und sie zur Sauna begleiten. Alles in allem höchstens zehn

Minuten. Das reichte für eine Durchsuchung von Zimmer 612.

Devereaux drückte die Zimmertür auf. Da war ein kleines Stück Klebeband zwischen Schwelle und Tür, das abriß, als er die Tür öffnete. Ein einfaches Mittel, wenn man den Nachweis brauchte, daß jemand unbefugt in ein Zimmer eingedrungen war.
Das Radio war eingeschaltet. Es spielte amerikanische Rockmusik.
Devereaux sah sich im Zimmer um. Die Vorhänge waren zurückgezogen. Das Fenster blickte wie das seine auf die zugefrorene Baugrube hinaus, wo man angeblich vorgestern nacht die Leiche einer Frau gefunden hatte.
Devereaux öffnete den Kleiderschrank. Auf dem obersten Brett lag eine lederne Reisetasche. Devereaux öffnete den Reißverschluß und tastete an den Innennähten entlang, bis er fand, was er suchte. Ein Schlitz, den er mit den Fingern erweiterte. Er holte eine oblatendünne Falttasche heraus. Sie enthielt englische Banknoten, insgesamt zweitausend Pfund. Er steckte sie in seine Tasche. Er betrachtete die Karte in der Kunststoffhülle. Ein Gesicht war auf der Plastikkarte abgebildet.
Anthony Sims. Handelsvertreter. British-Suomi Export Ltd.
Er steckte die Karte in seine Tasche.
Da steckte noch eine Karte, die von der anderen verdeckt worden war. Sie glich einer Kreditkarte, nur fehlte der Aufdruck. Es waren auch keine Zahlen eingestanzt. Die Karte war einfarbig grau. Devereaux kannte ihren Verwendungszweck. Wenn man sie in einen Apparat steckte, der aussah wie ein Fahrscheinentwerfer, wurde die Karte lebendig und übertrug eine Botschaft auf einen Leseschirm. Die Botschaft war die Erkennungsnummer des britischen Geheimdienstagenten.

Ein Agent des britischen Geheimdienstes hatte offensichtlich versucht, Kontakt mit ihm aufzunehmen. Weshalb? Warum war er knapp vierundzwanzig Stunden später ermordet worden? Und warum sollte der Tatverdacht auf Devereaux fallen?

Und das penetrante Schweigen. Warum antwortete Hanley nicht? Ein Überläufer namens Tartakoff wollte einen Mann in den Westen mitbringen, der für tot galt und Tomas Crohan hieß. Und nun hängten sich auch die Briten dran.

Devereaux kam sich plötzlich unglaublich tölpelhaft vor. Als habe ihn tatsächlich die betäubende Langeweile der letzten Wochen, seine erzwungene Untätigkeit so sorglos gemacht, daß er blind in eine Falle getappt war. Er sollte den Toten in der Sauna finden, und er war so unaufmerksam gewesen, daß nicht nur Sims ihn beschatten konnte, sondern auch der Mann, der Sims getötet hatte.

Warum gab Tartakoff ihm kein Zeichen für den nächsten Kontakt? Warum gab Hanley ihm keine Antwort?

Devereaux drehte sich um und verließ lautlos das Zimmer. Er ging den leeren Korridor hinunter bis zum Getränkeautomaten, der in der Mitte des Flures stand. Er nahm die beiden Ausweiskarten und die lederne Falttasche wieder aus der Tasche, die er dem Toten abgenommen hatte. Er steckte die Banknoten und die Ausweise in die Ledertasche zurück und kippte den schweren Automaten an die Wand zurück. Dann schob er die Ledertasche unter den schweren Getränkespender und stellte den Automaten wieder darüber. Er nahm das Treppenhaus, dessen Zugang sich gleich neben dem Automaten befand, um in das Stockwerk zu gelangen, wo sein Zimmer lag. Wieder ging es einen leeren Korridor hinunter. Das Hotel schien leerzustehen, weil es auf seinen Korridoren immer so still war, obwohl es in Wirklichkeit von Handlungsreisenden ausgebucht war. Die Geräuscharmut verdankte es seiner

gediegenen Bauweise, mit dicken Wänden und Türen und schallschluckenden Fensterscheiben.
Er drehte den Schlüssel um und öffnete.
Da war jemand in seinem Zimmer.
Seit zwei Wochen trug er nicht einmal eine Pistole bei sich. Die Routine hatte ihn genauso abgestumpft wie das Wetter.
Es war dunkel im Zimmer, doch da war jemand. Die Leuchtziffern der Weckeruhr verrieten ihm das. Da war ein Schatten darauf gewesen.
Würde er das Messer benutzen?
Er fühlte sich wie eine Zielscheibe, als dunkle Silhouette vor dem hellen Flur. Vor seinem inneren Auge erschien die ausgeweidete Leiche von Sims auf der Saunabank.
»Mr. Dixon?«
»Wer ist da?«
»Oder wäre Ihnen Mr. Devereaux lieber?«
»Wer ist da?«
»Ich werde das Licht einschalten.«
Devereaux erwiderte nichts darauf. Die Lichter gingen an. Devereaux blinzelte. Vor ihm stand ein untersetzter Mann mit einem Stiernacken und Wulstfingern, die aus einer feisten Hand herauskamen. Der Mann trug einen dunklen Mantel. Das Gesicht war ausdruckslos, und seine Augen waren klein wie Anthrazitschrot.
Er hielt eine Pistole in der Hand, eine Walther PPK Automatik, mit der er auf Devereaux' Bauch zielte.
»Welcher Name ist echt? Dixon? Oder Devereaux?«
»Wer sind Sie?«
»Sie werden es uns letztendlich ja doch sagen müssen, verstehen Sie. Das sind die Spielregeln.« Sein Englisch war nicht akzentfrei, aber er sprach es mit einer ironischen Betonung, was eine gründliche Kenntnis dieser Sprache verriet.
Devereaux wartete ab.
»Mein Name ist Kulak«, stellte der feiste Mann sich vor.

»Ich bin die Polizei, Mr. Dixon oder Mr. Devereaux. Damit Sie mich nicht mißverstehen.«
Und langsam, ohne ein Wort zu sagen, ging Devereaux quer durchs Zimmer, bis er unmittelbar vor dem Mann stand. Sie starrten einander an; doch der Polizist namens Kulak senkte den Lauf der tödlichen schwarzen Waffe, die er locker in seiner massiven Hand hielt, nicht um einen Millimeter.

9

London

Wickham erwachte, spürte den Bart auf seinem Gesicht wie das Fell eines Tieres, das es sich auf seinem Kopf bequem gemacht hatte. Wie lange dauert das nun schon? Aber hier war die Zeit aufgehoben. Hier gab es keine Fenster, keinen Übergang von Tag und Nacht, keine Sonn- und Werktage. Er schlief, erwachte, schlief wieder, ohne Bedürfnis oder System. Er spürte, wie das Leben versickerte, als verblute er im Schlaf. Er starb, weil er schlief. Daher strengte er sich an, wach zu bleiben. Doch dieser unerträgliche Stumpfsinn zwang ihn dazu, sich in den Schlaf zu flüchten. Vielleicht würde das der Tod sein, dachte er unvermittelt; ein Schlaf, dem man sich am Ende freiwillig ergab, den man sogar herbeisehnte.
Die einzige Tür in dem fensterlosen, niedrigen Raum öffnete sich, und Wickham drehte sich, konnte sich jedoch nicht erheben, da er mit einem Handgelenk an das stählerne Bettgestell gefesselt war.
Der Mann war Victor. Er kannte ihre Namen nicht. Sie

hatten ihre Namen kein einziges Mal in seiner Gegenwart erwähnt; aber er hatte ihnen Namen geben müssen, damit er sie auseinanderhalten konnte. Victor war der barsche Typ. Victor hatte ihn in der ersten Nacht geschlagen. Ja. Es mußte nachts gewesen sein. Es war dunkel draußen, als Rogers den Wagen angehalten hatte. Rogers war ausgestiegen . . .

»Wickham. Stehen Sie auf und kommen Sie herüber zum Tisch.«

Victor nahm ihm die Handschelle ab. Es kitzelte, als das Blut in die Hand zurückströmte. Er ging zum Tisch und setzte sich. Er war nackt bis auf die Unterwäsche. Die hatte er anbehalten, aber nicht wechseln dürfen.

Er sah Victor an, sagte jedoch kein Wort.

Victor nahm die Fotos aus seiner Aktentasche und legte sie auf den Tisch. Er starrte Wickham an. Wickham sah auf die Fotos.

Abscheuliche Sachen.

Auf dem ersten Foto kniete er vor einem jungen Mann und kaute ihm einen ab. Die Identität des jungen Mannes konnte man nicht erkennen, aber es war eindeutig einKlo, in dem er den jungen Mann oral befriedigte; denn der junge Mann saß auf einer Toilettenschüssel. Das Foto war leicht unscharf, doch Wickham vermochte deutlich zu erkennen, wer da abgelichtet war.

Das zweite Foto war nicht weniger abscheulich.

»So etwas habe ich niemals getan.«

»Natürlich haben Sie das gemacht.«

»Niemand wird diesen Fotos glauben. Fotos lügen.«

»Können Sie sich immer an alles erinnern, was Sie getan haben?«

»Ich würde mich daran erinnern . . .« Er stockte. Selbstverständlich würde er sich daran erinnern können.

»Die Fotos wurden heute morgen an die Redaktion der *Sun* geschickt.«

»Sie werden diese Fotos nie veröffentlichen.«
»Natürlich nicht.«
»Was sollen dann diese Fotos?«
»Ich wollte sie Ihnen zeigen, ehe ein anderer sie Ihnen zeigt.«
»Wo haben Sie diese Fotos aufgenommen?«
»Ihre Klamotten hängen in diesem Schrank dort drüben. Ziehen Sie sich an. Wir müssen Sie nach Hause bringen.«
»Was?«
»Wir müssen Sie nach Hause bringen«, sagte Victor.
Erleichterung mischte sich mit Angst. Die Verbindung von beidem war ein Kälteschauer.
»Weshalb . . .«
»Ihre Klamotten, Mr. Wickham.«
Er zog sich langsam, sorgfältig an. Er fühlte sich müde und schmutzig. Er verstand das nicht. Sie wollten ihn wohl umbringen.
»Gut. Also hier, Mr. Wickham, habe ich eine Augenbinde. Ich werde Sie selbst hinunterbringen.«
»Wo sind wir?«
»Gehorchen Sie und fragen Sie nicht.«
»Aber was wird mit diesen Fotos?«
»Nichts wird mit diesen Fotos. Sie sprechen für sich.«
Sie sprechen für sich.
Wickham nahm die Binde fast dankbar entgegen. Victor führte ihn aus dem Zimmer. Er befand sich auf einer Treppe. Er stieß mit dem Schienbein gegen einen Geländerpfosten.
»Aufpassen«, sagte Victor.
Aber höchstwahrscheinlich hieß er gar nicht Victor . . .

10

Leningrad

Nachts brannte immer ein Licht im Korridor vor dem Krankensaal 7 der Station 9 der psychiatrischen Anstalt des KGB, die des Kresty-Gefängnis am Neva-Ufer angegliedert war – keine fünfhundert Meter vom Finland-Bahnhof entfernt, dessen Vorplatz vom Lenindenkmal beherrscht wurde. Das Licht wirkte eigenartig beruhigend, als lägen hier nur Kinder, die sich vor Geister fürchteten, welche sich in den dunklen Ecken des Korridors versteckten.
Eine ruhige Nacht gab es eigentlich nie auf dieser Station. Da gab es welche, die man nicht zum Schweigen bringen konnte, wenn sie sich mit ihren Träumen herumschlugen. Sie stöhnten im dunklen Saal und zuweilen schrien sie auch. Und da war das Schnarchen von solchen, die nicht träumten. Und da waren diese unerklärlichen Schreie, die aus anderen Stationen durch die dicken Wände drangen. Die Schreie, die von weither kamen, wirkten stets bedrohlicher. Zuweilen pflegten einige im Saal mitten in der Nacht aufzuwachen und fingen an zu weinen. Andere versuchten dann mit gemurmelten Drohungen die Weinenden wieder zum Schweigen zu bringen, was den Lärm nur noch verschlimmerte. Wäre nicht dieses beruhigende Licht dort draußen im Korridor gewesen, hätte der Gefangene, der jetzt wach auf dem Rücken lag und sich mit diesen chaotischen Geräuschen, die ihn umgaben, auseinandersetzte, glauben müssen, er sei verrückt geworden.
Selbst die Schreie kamen gegen dieses stille Licht nicht an. Und man konnte bei diesem Lärm sogar schlafen, weil es dieses tröstliche, mütterliche Licht dort draußen gab.

Sie hatten ihn vor einem Jahr und sechs Tagen hierherverlegt. Er hatte ein vorzügliches Gedächtnis.
War er geisteskrank?
Tomas Crohan lag auf seinem Bett und überlegte die Frage, die er sich selbst gestellt hatte: Bin ich geisteskrank?
Vielleicht. Sie hatten in dem Lager in Sibirien damals festgestellt, daß der Kommandant geisteskrank war. Sie hatten das eines Nachmittags ganz zufällig entdeckt, als sie das Lager besuchten und die Gefangenen nackt im Schnee arbeiten sahen. Der Kommandant hatte dem Kommissar, der das Lager besuchte, erklärt, daß die Leute in der Kälte ihre höchste Leistung brachten, und nackt wären sie am friedlichsten. Das Lager in Sibirien war lange nicht mehr besucht worden; aber als die Delegation aus Kiew, die das Lager inspizierte, mit eigenen Augen sah, welche Zustände im Lager herrschten, befahl sie, daß die Gefangenen in ihre Unterkünfte gehen sollten. Tomas Crohan hatte von einem Fenster aus mit Vergnügen beobachtet, wie die Besucher aus Kiew die Geisteskrankheit des Lagerkommandanten behandelt hatten.
Das war bestimmt ein Geisteskranker gewesen, dachte Crohan, während er ins Dunkel starrte, das nur durch eine nackte Glühbirne draußen im Korridor erhellt wurde.
In diesem Moment begann jemand zu weinen, und dann kamen die Flüche, die ihn einschüchtern sollten. Womit konnte man einen Mann einschüchtern, der nachts weinte, weil er aufwachte und feststellte, daß er sich im Kresty-Gefängnis befand, so nahe bei der Stadt Leningrad, und doch so so fern von ihr, daß er sie nie zu Gesicht bekommen würde, wenn er nicht in der Wellpappenfabrik beschäftigt wurde und wenigstens ihre schönen Türme durch ein Fenster über der Zuchthausmauer sehen konnte?
Da war jede Einschüchterung vergeblich.
Die Juden, die waren natürlich eine harte Nuß für die Behörden, wenn sie deren Spleen behandeln wollten.

Sie dachten, sie wären Juden. Das war die Erklärung, die ihm Kronenbourg gegeben hatte. Der war auch schon so lange inhaftiert wie Crohan. Kronenbourg stammte aus Elsaß-Lothringen, das, wie er behauptete, zu Deutschland gehörte, bis Crohan ihm nachwies, er sei gebürtiger Franzose. Kronenbourg hatte tagelang weinen müssen, weil er sich vielleicht geirrt hatte und möglicherweise französischer Staatsbürger sei, bis Crohan aus Mitleid nachgab und Kronenbourg wieder in dem Glauben bestärkte, daß er Deutscher sei. So hatte er wenigstens im Krieg nicht auf der falschen Seite gekämpft.
So wenige erinnerten sich noch an den Krieg. Es gab ja kaum noch Überlebende. Da konnte man Kronenbourg ruhig seinem Irrtum überlassen.
Crohan lächelte im Dunklen vor sich hin. Er war ein sehr magerer Mann; die meisten der älteren Gefangenen waren mager. Wenn man hier überleben wollte, hatte man nur als Dürrer eine Chance. Das war seine aus persönlicher Erfahrung abgeleitete Theorie, die er den anderen predigte, wenn er dazu aufgefordert wurde. Sein Schädel hatte an den Rändern die Hautfalten fast durchgescheuert. Er besaß eine hohe Stirn, weil er kaum noch Haare hatte. Seltsamerweise aber sprossen an manchen Stellen büschelweise dicke Schnurrbarthaare, die morgens beim Rasieren sorgfältig getrimmt werden mußten. Das Krankenhaus gestattete so einen Luxus wie das Rasieren und gab den Gefangenen die dazu benötigte Zeit und die erforderlichen Geräte. In dem sibirischen Lager, wo der Kommandant nachweisbar geisteskrank war, hatte er es nicht so glücklich angetroffen.
Die Juden. Er dachte nun über die Juden nach.
Was hatte Kronenbourg gesagt? Also, vieles von dem, was er sagte, war jedenfalls Ausfluß seines Antisemitismus. Kronenbourg wollte ein guter Nazi sein, was er, wie er glaubte, während des Krieges nicht gewesen sei. Schließ-

lich war er ja 1944 an der Ostfront den Sowjets lebend in die Hände gefallen.
Die Juden. Was für eine Erklärung hatte Kronenbourg ihm gleich wieder gegeben?
Crohan dachte angestrengt nach. Es war leichter, sich nachts zu konzentrieren, geborgen in der Dunkelheit und der relativen Wärme des Krankensaales, während der Winter draußen um die Mauern tobte. Schnee, Schnee und noch mal Schnee; es hörte nie zu scheien auf. Und doch war das Leben hier gar nicht so übel. Er hätte schon vor vielen Jahren geistesgestört sein sollen.
Aber schließlich hatte er nicht über seinen geistigen Zustand zu befinden.
Die Juden dachten, sie wären Juden, und das war der Beweis für ihre geistige Unzurechnungsfähigkeit. Wer wollte schon ein Jude sein? Nur ein Wahnsinniger.
Das war die Erklärung.
Crohan mußte wieder lächeln. Kronenbourg hatte das sauber formuliert.
»Was, wenn ich dir sagte, ich wäre ein Jude?«
»Aber du bist keiner. Du bist Ire.«
»Schön. Was wäre, wenn ich dir sagte, ich sei kein Ire?«
»Aber das bist du doch«, hatte Kronenbourg erwidert. »Jeder kann dir das ansehen.«
»Was, wenn ich dir sagte, ich wäre Engländer?«
»Aber das ist unmöglich. Wenn du Engländer wärst, könntest du aus diesem Laden heraus. Weil du nicht das wärst, was du denen erzählt hast. Außerdem würden wir dann Feinde sein, oder?« Kronenbourg hatte auf eine überlegene Art gelächelt, was Crohan ärgerte. Aber er hatte sich seit langem abgewöhnt, sich anmerken zu lassen, wenn er sich über die Eigenheiten anderer ärgerte, gleichgültig, ob das ein Gefangener war oder ein Lagerkommandant.
»Du bist während des Krieges auf unserer Seite gewesen.

Deswegen bist du ja hier«, hatte Kronenbourg nach einem unbehaglichem Schweigen gesagt.
»Was, wenn ich dir sagte, ich wäre Amerikaner?«
»Amerikaner? Aber dann hätten Sie dich abgesondert, dich zu den anderen Amerikanern gesteckt.«
»Was, wenn ich dir sagte, ich sei Schwede?«
»Wie Wallenberg? Ich habe von ihm gehört; aber er muß inzwischen gestorben sein.«
»Schön. Was, wenn ich dir erzählte, ich sei ein Deutscher?«
Kronenbourg hatte hier die Stirn gerunzelt und die spärlichen Überreste seiner Haare glattgestrichen wie ein Bauer, der trockenes Heu auf dem gefrorenen Boden ausbreitet.
»Du könntest kein Deutscher sein. Nimm mir das nicht krumm. Du bist mein Freund, Tomas. Aber wenn du Deutscher wärst, dann würdest du das nie geleugnet haben. Wer wollte nicht ein Deutscher sein?«
»Ein Jude«, hatte Tomas Crohan erwidert, und sie hatten beide gelacht, obwohl der Witz ein wenig zu hoch war für Kronenbourg.
Das war ein geistiges Problem, überlegte Crohan. Kronenbourg war kein übler Bursche, aber er hatte definitiv den Verstand verloren. In kleinen Dingen war er gut. Er steckte die Pappe in der Fabrik zu Kartons zusammen. Das war die niedrigste Arbeit, die dort verrichtet wurde.
Die Juden wollten nicht zugeben, daß sie geistesgestört waren.
Das ist das Problem, hatte Natasha Gulonow ihm einmal erzählt. Sie war die medizinische Assistentin, die ihnen jeden Morgen die Pillen gab. Diese Pillen waren eine Belohnung und eine Bestrafung zugleich. Die Pillen gaben einem das Durchhaltevermögen für den Tag, machten jedoch die Nacht unerträglich, und für die Nacht wurden keine Tabletten ausgegeben. Der Nacht stand man nackt gegenüber. Wie die Gefangenen, die damals im Lager, das von einem Verrückten geleitet wurde, Schnee schaufeln

mußten. Er war total plemplem gewesen. Fodoroff hatte er geheißen.
Crohan drehte sich in seiner Koje und betrachtete das Licht hinter den Reihen von Betten mit ruhelosen Schläfern.
Natasha Gulonow sagte, die Sowjetunion beherberge viele Völker und viele Sprachen. Nur die Juden schienen verrückt zu sein, sagte sie.
»Baptisten«, hatte Crohan erwidert.
»Was hast du gesagt?«
»Juden. Und Baptisten. Die drei Burschen, die wir vor sechs Jahren in Kiew in Block 19 hatten. Baptisten. Sie haben mich dreimal in der Baracke getauft.«
»Wahnsinn«, hatte Natasha Gulonow gesagt.
»So kam man wenigstens zu einem Bad«, hatte Crohan entgegnet. »Sie sammelten Regenwasser und tranken es nicht. Sie tauften alle Gefangenen, ehe sie starben. Ich wurde dreimal getauft.«
»Du solltest dich nicht über die Religion lustig machen.«
»Warum? Glauben Sie, Gott wird mir deshalb zürnen?«
»Es gibt keinen Gott.«
»Selbstverständlich nicht. Also gibt es keinen Grund, anzunehmen, daß er auf mich zornig werden könnte.«
»Aber dir bekommt so etwas nicht, Tomas.«
»Doktor ...«
»Ich bin kein Doktor. Noch nicht.«
»Die Juden sind verrückt«, hatte er gesagt. »Weil Sie Juden sein wollen?«
»Nein. Weil Sie den Staat nicht akzeptieren.«
»Ist jeder verrückt, der den Staat nicht akzeptiert?«
»Nein. Einige davon sind Verräter.« Sie sprach zu ihm, als ob er ein Kind wäre. Tomas Crohan war so etwas wie ein Schoßhund für sie. Manchmal erlaubte sie ihm, die Pillen an die Gefangenen zu verteilen. Einmal gab sie ihm ein kleines Schächtelchen mit Extrapillen, die er gegen Zigaretten eintauschen konnte.

»Ich akzeptiere den Staat«, hatte Tomas Crohan gesagt.
»Ja, ich weiß.«
»Wie kann ich da noch verrückt sein?«
Sie hatte sich an jenem Morgen von ihm abgewandt. »Komm mir nicht mit solchen Dingen. Geh, Tomas, du machst mich wütend.«
Die Juden hatten jedenfalls einen Instinkt dafür, wie man in den Lagern überleben konnte. Crohan vermochte nicht zu begreifen, wie manche plötzlich aufgeben wollten. Zum Beispiel dieser Finne. Wie hieß er doch gleich? Jedenfalls hatte er einen unaussprechlichen Namen gehabt. Man hatte ihn nach Novo Gordunow gebracht. Wann war das gewesen? Vor zehn Jahren? Ja, und er hatte so schrecklich getobt, daß sie ihn fast aus Notwehr erschossen hätten gleich bei der Einlieferung. Das hätte den Finnen zufriedengestellt. Er wollte es hinter sich bringen. Aber als sie ihn nicht erschossen, wurde er gleichgültig, sogar bei der Essensausgabe. Natürlich stahlen ihm die anderen Gefangenen sein Essen. Und seine Kleider. Wenn der Bursche sich deswegen nicht beschwerte, war das sein Pech. Der Finne starb noch im selben Sommer. Vor Oktober und ehe der erste Schnee fiel, starb kaum jemand in Novo Gordunow. Der Finne besaß keinen Instinkt für das Überleben. Wer sich nur zu gern von den Wächtern umbringen ließ, der war schon so gut wie tot. Ein Instinkt zum Überleben war gar kein so weitverbreitetes Talent. Und einfach war es auch nicht. Crohan konnte Vorlesungen zu diesem Thema halten und tat das auch von Zeit zu Zeit, um sich an ruhelosen Tagen abzulenken. Zum Beispiel war Widerstand zwecklos und daher unproduktiv. Wehre dich nicht; überlebe. Ein feiner, aber sehr wesentlicher Unterschied. Eine kluge Bemerkung, meinen Sie nicht auch?
Dunkelheit.
Crohan blinzelte; die sonst so ruhelose Abteilung war plötzlich still.

Crohan blinzelte abermals; konnte das Licht aber dennoch nicht mehr sehen. Und dann erkannte er die beiden Männer an der Tür zum Krankensaal, die das Licht verdeckten. Er drehte sich auf seiner Koje und starrte sie an. Der Saal war totenstill; alles Weinen, alle Schreie waren verstummt. Nächtliche Besucher, brachten immer Unglück mit. Manchmal führten sie Gefangene fort, und diese Gefangenen wurden danach nie wieder gesehen. Manchmal führten sie mit Patienten ein Mitternachtsexamen durch, wie man das nannte. Ein oder zwei Tage später wurde der erschöpfte Patient wieder in den Saal zurückgebracht, übersät von Blutergüssen, das Gesicht grauenhaft zugerichtet von den Faustschlägen der Examinatoren.

Sie waren an der Tür stehengeblieben, und nun begann einer, auf das Flüstern des Nachtschwester-Wächters hin, durch die ineinander verschachtelten Bettenreihen in den Saal vorzudringen.

Crohan kniff die Augen fest zu. Es war immer am besten, wenn man sich schlafend stellte. Nicht neugierig sein, sondern so tun, als wären die nächtlichen Besucher ein schlechter Traum, der zu Ende war, wenn man die Augen wieder aufmachte.

»Crohan.« Die Stimme war leise, aber barsch.

Mein Gott, dachte er, erschauerte und hielt die Augen geschlossen. Vielleicht war es nur ein Traum.

Er spürte die rauhe warme Hand an seiner Schulter. Er wurde in die Höhe gezogen. Er öffnete die Lider und sah über sich das starre Gesicht des nächtlichen Besuchers. Er hatte Stahlzähne, die im spärlichen Licht der Glühbirne draußen in seinem Mund glitzerten.

»Mitkommen«, sagte der.

»Was habe ich getan?«

»Mitkommen«, sagte der.

Irgendwie fanden Crohans Füße den kalten Fußboden. Binnen einer Minute war er draußen im Korridor unter der

Flurlampe. Er blinzelte, weil das Licht ihn blendete und sich die Angst wie eine Decke um seinen Körper legte. Aus dem dunklen Schlund des Krankensaals drangen wieder die nächtlichen Geräusche zu ihm hin, so tröstlich und so unerreichbar: Schreie und Geräusche der Männer, die im Dunklen weinten.

11

Dublin

Am selben Abend, als man Tomas Crohan aus dem Krankensaal der psychiatrischen Abteilung des Kresty-Gefängnisspitals in Leningrad herausholte und ein Mann namens Sims in einer Sauna in Helsinki ermordet wurde, beendete Rita Macklin ihre Recherchen im St.-Adrians-Stift und begann den langen Fußmarsch zur Baggot Street, um sich dort ein Taxi zu mieten, das sie in ihr Hotel zurückbringen sollte.

Es war nicht schwierig gewesen.

Pater Cunningham hatte in Irland keine Angehörigen, die sich um seinen Nachlaß stritten. Man wußte nur, daß er vage von einer »Freundin der Familie« gesprochen hatte, die angeblich in den Vereinigten Staaten in Chicago lebte. Rita Macklin überzeugte die Geistlichen des Stifts, daß sie diese »Freundin der Familie« sei. Nicht ein einziger zweifelte ihre Behauptung an, weil der alte Mann nichts hinterlassen hatte, was den Besitz des Stifts mehren konnte.

Tatsächlich war da nichts zu erben.

Doch Rita Macklin suchte ja nicht nach Wertsachen. Sie

stellte eine genaue Liste seiner Hinterlassenschaft auf, seine Kleider inbegriffen.
Daß sie sich zu diesem Zweck vier Tage lang im Stift aufhielt, erboste die Haushälterin, Mrs. Ryan, maßlos, schien jedoch die Geistlichen keineswegs zu stören. Soweit man Rita Macklin als hübsch bezeichnen konnte, verdankte sie das ihrer frischen Natürlichkeit. Ihre Schönheit beruhte auf Gesundheit und Erbanlagen, nicht auf teuren Cremes und Gesichtsmasken.
»Da sind wir wieder bei den Priestern«, hatte ihr Ressortchef gelacht, als sie ihn anrief.
Selbst Rita Macklin hatte trotz ihrer schmerzlichen Erinnerungen bei diesem transatlantischen Telefongespräch lächeln müssen. Das alte Thema. Vor fast drei Jahren hatte sie an der Story des alten Priesters namens Leo Tunney gearbeitet, der nach zwanzig Jahren wieder aus dem asiatischen Dschungel herausgekommen war und ein schreckliches Geheimnis mit sich herumschleppte. Er hatte es, bevor er starb, schließlich Rita anvertraut und damit das Leben dieser Frau in Gefahr gebracht. Doch so etwas konnte sich keinesfalls wiederholen; daß in beiden Fällen ein Priester eine Rolle spielte, war lediglich ein Zufall, dachte sie.
»Ich nehme seinen Nachlaß auf, versuche einen Hinweis zu finden . . .«
»Ich glaube, dir gesagt zu haben, daß du vorsichtig sein sollst«, sagte Mac, und seine Stimme klang so lässig und ruhig, daß sie ihn förmlich vor sich sah, wie er sich in seinem ledergepolsterten Drehstuhl zurücklehnte, den Hörer zwischen Schlüsselbein und Kinn, die Hände unter dem grauen Haarschopf im Nacken verschränkt.
»Ich bin vorsichtig.«
»Schaust in beide Richtungen, wenn du über die Straße gehtst?«
»Du meinst also, er wurde ermordet. Ein vorsätzlicher Unfall.«

»Wofür hältst du es denn?«
»Ich weiß nicht«, erwiderte, obwohl sie es in Wirklichkeit wüßte.
»In der realen Welt ist die Zahl der Zufälle beschränkt.«
»Bei Priestern nicht«, hatte sie geantwortet und wieder ein Kichern ausgelöst, das dreitausend Meilen weit über den Draht kam.
»Hast du etwas gefunden?«
»Ja und ein großes Nein.«
»Wofür steht das Ja?«
»Eine Gesprächsnotiz von einem Treffen, das zwei Wochen zurückliegt. Mit einem Mann namens Parker, der in Dublin wohnte. Parker: Das ist alles, was auf dem Zettel steht. Er glaubte, Parker wäre ein britischer Agent. Das hört sich ein bißchen phantastisch an, glaubst du nicht?«
»Du meinst, Geheimdienst, Spione und Dunkelmänner? Aber das ist es doch, wonach wir suchen, Rita.«
»Ja, aber weißt du, wie viele Parkers im Telefonbuch von Dublin stehen? Und was ist, wenn der Spion eine Geheimnummer hat?«
Wieder ein Kichern über den Draht. »Was willst du dagegen unternehmen?«
»Wenn ich mit der Sichtung des Nachlasses fertig bin, gehe ich zur britischen Botschaft und frage nach ihm.«
»Hältst du das für eine gute Idee?«
»Es ist die einzige Idee, die ich habe. Pack den Stier bei den Hörnern, wie Kaiser zu sagen pflegte.« Kaiser war ihr erster Arbeitgeber gewesen; ihr väterlicher Gönner, Mentor und ihr zynisches Gewissen.
»Vielleicht solltest du ihm nicht sofort das rote Tuch vor die Augen halten.«
»Oh, ich habe keine Angst vor einem britischen Geheimagenten. Solange er nicht ein russischer Doppelagent ist.«
»Was anscheinend für die Hälfte der britischen Agenten

zutrifft«, sagte Mac. »Also weisen alle Spuren auf diesen Tomas Crohan hin?«
»Ich weiß es nicht. Aber es sieht so aus. Ich schätze, ich habe ein größeres Vertrauen zu Zufällen als du. Ich messe ihnen eine größere Bedeutung bei, meine ich. Daß sie Verbindungen zwischen Dingen herstellen, die gar nicht miteinander verbunden sein sollten. Ich bin zum Flughafen in Dublin gefahren und habe alle Flugverbindungen nachgeprüft, die einem Killer zur Verfügung standen, der Dublin spätestens zwei Stunden nach Pater Cunninghams Tod wieder verlassen wollte. Ich strich die Flüge nach Shannon von der Liste. Ich hielt es für unwahrscheinlich, daß der Killer über einen anderen Flughafen wieder ins Land zurückkehren wollte. Ich denke, der Killer wollte raus aus Irland. Zwanzig Minuten nach dem Mord startete eine Maschine nach Belfast. Das war eine Möglichkeit. Und um zwölf ging eine Maschine nach Amsterdam. Und da war noch ein Auslandsflug – eine Maschine um zwölf Uhr fünfunddreißig nach Kopenhagen. Diese Spur ist am heißesten.«
»Kopenhagen? Nun begreife ich gar nichts mehr.«
»Pater Cunningham erwähnte in seinen Briefen einen Mann, der ihn vor einem Jahr besucht hatte. Dieser Besucher muß für ihn der Anlaß gewesen sein, sich noch einmal mit dieser Geschichte zu befassen. Der Besucher hieß O'Donnell und war ein Pensionär der ehemaligen Regierung De Valera, die in den vierziger Jahren während des Krieges die Geschicke des Freistaates lenkte. Von daher kannte er auch Cunningham. Nun, offenbar war es nur ein kurzes Wiedersehen, doch im Verlauf ihres Gespräches erwähnte Cunningham auch Crohan. Er sagte zu O'Donnell, er habe Crohan schon als Kind gekannt und soeben von dessen Kusine, Mrs. Fitzroy, die jetzt in Amerika lebte, einen Brief erhalten. Mrs. Fitzroy sei überzeugt, daß ihr Vetter noch im sowjetischen Gulag lebte.«
»Und?«

»Du weißt, du brauchst ein Stativ mit drei Beinen, damit deine Kamera eine bombensichere Unterlage hat. Bisher hatte ich nur zwei Beine: Mrs. Fitzroy und die Briefe, die Pater Cunningham ihr schickte. Nun glaube ich, das dritte Bein gefunden zu haben. Nur hat die Sache auch einen Haken.«

»Rita, du bewegst dich immer noch im Kreis herum.«

Sie merkte, wie atemlos sie war. Daß sie viel zu rasch in die Muschel des altmodischen Telefons sprach, das in einer Kabine neben der Lobby des kleinen Buswell-Hotels untergebracht war. Zuweilen schwankte Macs Stimme im Hörer, als käme sie auf den Wellen des Ozeans zu ihr herüber.

»Dieser O'Donnell, der inzwischen tot ist – er starb vor einem halben Jahr an Krebs –, dieser O'Donnell sagte damals, er wäre sich gar nicht so sicher, ob Mrs. Fitzroy nicht recht habe mit ihrer Vermutung. Er habe erfahren, wie er zu Cunningham sagte, daß Crohan in einem Gefängnishospital in Leningrad festgehalten würde.«

»War das nur eine Vermutung oder eine Erleuchtung, die ihm der Himmel eingab?«

Sie lächelte. »Nun, das ist ja der Teil, wo es interessant zu werden beginnt und frustrierend zugleich – der Teil, den ich nicht verstehen kann. Anscheinend gab es damals eine Verbindung zwischen dem britischen Geheimdienst und der irischen Sonderabteilung oder wer da auch immer für die nachrichtendienstliche Tätigkeit veranwortlich war. Dieser O'Donnell war ein Verbindungsmann zwischen beiden Apparaten. Cunningham hat das alles schriftlich niedergelegt, sich Notizen gemacht wie für eine Seminararbeit. Offenbar hat er sich sein Material immer wieder durchgelesen, als würde er genausowenig schlau daraus wie ich. Was ich inzwischen aus seinen Notizen herauszulesen glaube, ist folgendes: Die britische Regierung hat irgendwie erfahren, daß Crohan in der Sowjetunion noch am Leben ist. Und irgendwie waren sie gar nicht unglücklich, daß die irische

Regierung davon ebenfalls Kenntnis hat. Und meiner Ansicht nach weiß die CIA es auch, sonst hätte er nicht von Anfang an dieses Versteckspiel mit mir getrieben.«
Es folgte eine so lange Pause, daß Rita schon fürchtete, sie seien getrennt worden.
Endlich sagte Mac leise: »Warum? Warum, Rita, sollen sie das alles wissen und es doch geheimhalten?«
»Warum haben Vögel Flügel? Warum fällt es den Schweden so schwer, sowjetische Unterseeboote in ihren Hoheitsgewässern zu entdecken? Warum stornieren wir Lieferverträge für Weizen und setzen sie wieder in Kraft, obwohl sich gar nichts verändert hat? Warum passiert das alles?«
»Weil es nichts einbringt, wenn sie bestätigen, daß Crohan noch am Leben ist.«
»Das könnte ein Grund sein. Die Schweden haben sich ja nicht gerade ein Bein ausgerissen nach dem Krieg, um Wallenberg aus der Sowjetunion herauszuholen. Die Schweden mußten lernen, sich mit den Russen gutzustellen, obwohl sie das gar nicht wollten. Und Wallenberg stammte aus einer großen, einflußreichen Familie – einer weitaus bedeutenderen Familie als Tomas Crohan.«
»Und was bringt uns das alles?« fragte Mac.
»Das weiß ich nicht.«
»Zum Glück hast du ja Zeit. Wir sind ein reiches Magazin und unterstützen nur zu gern Leute mit verrückten Ideen, die unser Geld verschlingen. Was gedenkst du also, als nächstes zu tun?«
»Ich werde nach Leningrad reisen,« sagte Rita.
»In die Höhle des Löwen«, sagte Mac.
»Direkt aufs Ziel losgehen. So habe ich es bei Kaiser gelernt.«
»Kein schlechter Lehrmeister, dieser Kaiser.«
Ja, bei Kaiser hatte sie eine Menge gelernt. Sie eilte die Adrian Lane hinunter nach Shelbourne, wo sie die Abkürzung durch Kingwell Crescent zur Baggot Street nehmen

konnte, um sich dort ein Taxi zu besorgen. Es war bitterkalt wie schon die ganzen Tage über, wenn die Abenddämmerung hereinbrach. Sie schlug den Kragen ihres blauen Wollmantels hoch und drehte den Kopf zur Seite, damit ihr der Wind nicht direkt ins Gesicht blies. Sie trug eine irische Wollmütze, die sie sich über die Ohren gezogen hatte.
Aus dem Nachlaß von Pater Cunningham war nichts mehr herauszuschlagen. *Requiescat in pace.*
Kaiser.
Sie hatte immer wieder an ihren alten Lehrmeister denken müssen, als sie anhand von Pater Cunninghams Notizen, Tagebuch und einigen Erinnerungsstücken dessen Leben rekonstruierte. Kaiser kannte keine Skrupel, wenn er Material für eine Story brauchte. Da war ihr ein Foto in die Hände gefallen, das die Mühe zu lohnen schien: Cunningham, eine Frau, ein Mann. Die Abgebildete – die Aufnahme stammte vermutlich aus den späten dreißiger Jahren – mußte Mrs. Fitzroy als Mädchen sein. Sie waren alle drei noch sehr jung auf dem Foto, so um die Zwanzig herum.
Auf der Rückseite des Schnappschusses waren die Abgebildeten durch Spitznamen gekenntzeichnet. »Toby«, bezog sich auf Mrs. Fitzroy, und »Danny«, das mußte Cunningham selbst gewesen sein. Aber wer war »Scarsfield?«
Crohan. Es mußte sich um Crohan handeln. War Scarsfield nicht der Name eines irischen Rebellen?
Kaiser hätte ihr nicht geraten, sich Zeit zu lassen. »Bring die Geschichte heraus, kleine Rita«, hätte er gedrängt. Doch Rita mußte sich Zeit lassen. Sie war an einer Geschichte dran, die immer weitere Kreise zog, je länger sie wartete.
Beim American Express in der Grafton Street hatte man sie darauf hingewiesen, daß man von Helsinki Tagesausflüge nach Leningrad unternehmen könne. Das war vermutlich die schnellste Art, um in die Sowjetunion zu gelangen. Sie wollte das riskieren, auch wenn sie ein paar Tage untätig in

Helsinki herumsitzen mußte, bis genügend Leute für die Besichtigungstour zusammenkamen.
Eine der in Frage kommenden Linienmaschinen nach Cunninghams Tod war von Dublin nach Kopenhagen gestartet. War auch der Killer über Helsinki nach Rußland zurückgekehrt? War er ein Russe gewesen?
Nichts ist, was es zu sein scheint.
Verdammt, dachte sie. Sie war den ganzen Tag von den Erinnerungen an Kaiser geplagt worden, an Kaiser, der sich umgebracht hatte, als sie gerade das Material für die Geschichte über den anderen Priester beisammen hatte. Und nun mußte sie wieder an Devereaux denken, obwohl sie ihn fast drei Jahre aus ihrem Bewußtsein verdrängt hatte. Devereaux hatte gesagt, es könnte nichts Gutes daraus entstehen, wenn sie beisammenblieben. Devereaux hatte ihr den Stuhl vor die Tür gesetzt, und nun mußte sie sich fragen, ob er überhaupt noch am Leben war.
Verdammt, dachte sie. Ich möchte mich nicht an ihn erinnern. Doch jetzt war er die beherrschende Figur ihrer Gedanken. Devereaux war ein Mann des Geheimdienstes; und tatsächlich hatte sie ihn nie ganz durchschaut, hatte aber schließlich gewußt, daß sie ihn liebt. Und er hatte es abzustreiten versucht. »Nichts ist, was es zu sein scheint«, hatte er gesagt und sich von ihr weggedreht. »Sogar Geheimdienstagenten heiraten, denk dir nur! Oder halten sich Freundinnen, mit denen sie zusammenwohnen«, hatte sie halb aus Spaß und halb im Zorn am letzten Tag ihres Beisammenseins gesagt. Und er hatte sie so unglaublich traurig angeblickt. »Was siehst du in mir, Rita?« hatte er gefragt. »Einen Liebhaber? Beschützer? Die Güte in Person? Siehst du ein gutes Leben von dir?«
Sie rannte jetzt durch den heulenden Wind quer über den Platz von Kingwell Crescent, flüchtete vor den Gedanken, die sich in ihrem Kopf wie von einer Filmrolle abspulten.
»Ich sehe dich, das ist alles.«

»Nein. Nicht mich. Du siehst, was du sehen möchtest«, hatte er erwidert und ihr das nicht weiter erklären können. Er hatte sie in dieser Holzhütte in den Bergen allein gelassen, und sie hatte sechs Tage lang dort auf ihn gewartet, bis ihr klar wurde, daß er nicht mehr zu ihr zurückkommen würde. Da war sie zurück nach Washington gefahren und hatte die Fäden ihres Lebens, die sie seinetwegen bereitwillig gekappt hätte, wieder aufgenommen.

Sie spürte, wie Tränen ihre Wangen wärmten. Und dann wurden sie zu Eis im bitterkalten Wind.

Sie sah, wie ein Taxi um das Eckhaus herumkam und in die Baggot Street einbog. Sie winkte, und das Taxi hielt neben ihr am Bordstein. Sie öffnete die hintere Wagentür und setzte sich in den Fond, noch ganz außer Atem. Verdammt, dachte sie abermals, sich die Tränen abwischend, ich will mich nicht mehr an Kaiser und den toten Priester erinnern. Ich will nicht mehr an sie denken.

»Buswell-Hotel«, sagte sie, und der Chauffeur drehte sich um.

Er war ein Mann mittleren Alters mit hellblauen Augen und einem blonden martialischen Schnurrbart, wie ihn Leute von der Leibgarde trugen. »In Ordnung«, sagte er, und legte den Gang ein. Und Rita hätte schwören könne, daß der Mann einen englischen Akzent hatte.

12

Helsinki

Devereaux saß auf dem Stuhl beim Fenster und starrte hinaus. Es hatte wieder zu schneien begonnen, und die Flocken klammerten sich wie Schiffbrüchige an die Scheiben, bis sie kläglich zerschmolzen.
Der Polizist saß in einem Sessel neben dem Nußholzschreibtisch. In periodischen Abständen unterbrach er das endlose Verhör durch ein brütendes Schweigen, als hinge er Gedanken nach, deren Ursprünge weitab vom Hotelzimmer lagen.
»Ein Handlungsreisender, der zwei Monate in Helsinki verbringt, ohne ein Geschäft abzuschließen.«
»Die Zeiten sind hart«, sagte Devereaux.
»Sie entdecken einen toten Mann in der Sauna. Alles an Ihnen ist rätselhaft, Mr. Dixon oder Mr. Devereaux oder wie Sie auch heißen mögen.«
»Ich hasse es, ein Rätsel zu sein.«
»Keine Telefonate. Sie telefonieren nie. Aber vor zwei Tagen schickten Sie ein Telegramm an einen gewissen Derr . . . Derr . . .«
»Dougherty«, sagte Devereaux.
Der Polizist, der Kulak hieß, starrte ihn nur wieder an. »Ja. Sie erwähnten darin Arabia-Gläser.«
»Dort waren sie ja auch hergestellt, nicht wahr?«
»Das ist ein Mord, kein Witz. Warum brauchten Sie so lange für einen geschäftlichen Kontakt? Und wenn wir uns mit den Leuten der Manufaktur in Verbindung setzen, werden sie nichts von ihnen gehört haben. Ich bin überzeugt, die Leute dort kennen nicht mal Ihren Namen.«
»Ich habe noch keine Vollmacht, ihnen ein Angebot zu unterbreiten.«

»Warum telefonieren Sie nie? Ich weiß, daß Sie sich einsam fühlen. Sie haben eine Prostituierte mit auf Ihr Zimmer genommen. Ich weiß alles über Sie.«
»Haben Sie durchs Schlüsselloch geguckt?«
»Machen Sie keine Witze, Mr. Devereaux. Ich glaube, ich bleibe bei diesem Namen. Ich glaube, das ist Ihr richtiger.«
»Schön.«
»Zwei Morde.«
»Zwei?«
»Tun Sie nicht so, Mr. Devereaux. Sie haben die Prostituierte umgebracht. Natalie.«
»Ich weiß nicht, wovon Sie reden.«
»Sie haben Sie aufgeschlitzt wie ein Schlächter. Sie haben die Leiche in die Baugrube gegenüber gelegt.«
»Wann habe ich das getan?«
»Das wissen Sie besser als ich, Devereux. Und jetzt haben Sie diesen Mann in der Sauna ermordet. Diesen Mr. Sims. Auch ein Mann, aus dem ich nicht ganz schlau werde. Sind Sie geisteskrank?«
»Sind Sie ein Idiot?«
Kulak ballte die Hände zu Fäusten, und sein Nacken schien anzuschwellen. Seine Augen wuren hart und heiß. Wie Steine unter der Wüstensonne.
»Ich mache einen Termin in der Sauna, begrüße erst Ulla im Vorraum und töte dann Sims. Dann, ohne einen einzigen Blutstropfen auf meinen Kleidern, kehre ich in den Vorraum zurück und melde Ulla, daß da ein toter Mann in der Sauna liegt. Das mache ich, weil ich erst zwei Tage zuvor eine Prostituierte namens Natali auf die gleiche Weise ermordet habe und weil ich weiß, daß Ihnen jeder im Hotel sagen kann, daß ein Mann namens Dixon, der seit sieben Wochen im Hotel wohnt, eine Verabredung mit Natalie hatte.«
Kulaks Zorn ließ etwas nach; aber seine Hände blieben geballt. »Sie sind nicht, was Sie zu sein scheinen«, sagte er.
»Nichts ist so, wie es zu sein scheint.«

»Sie könnten wahnsinnig sein.«
»Alles ist möglich.«
»Ich habe Ihr Zimmer durchsucht.«
»Das vermutete ich bereits.«
»Sie haben eine Waffe. Das ist in Suomi nicht gestattet«, sagte Kulak, der sein Land mit dem finnischen Namen aussprach. »Warum haben Sie eine Pistole?«
»Feinde.«
»Feinde?«
»Ein Geschäftsmann hat immer Feinde. Er kann beraubt werden. Sie haben mir bereits zwei Beispiele genannt, die zeigen, daß Helsinki ein gefährliches Pflaster ist.«
»Ich nehme das nicht so gelassen hin, nicht bei einem Mord«, sagte Kulak bedächtig. »Ich glaube, ich werde Sie eine Weile in Haft nehmen und Ihnen auf den Zahn fühlen. Vermutlich werden Sie gesprächiger sein, wenn Sie eine Weile in einer Zelle gesessen haben.«
»Ich glaube, Sie machen einen Fehler«, sagte Devereaux. »Ich glaube, ich möchte mit Mr. Cleaver von der amerikanischen Botschaft sprechen.«
»Oh, Sie kennen jemand von der amerikanischen Botschaft? Wie nett.«
»Ich glaube, Sie werden mit Mr. Cleaver sprechen wollen.«
»Und wer ist das?«
»Der dritte Assistent.«
»Nun, was würden Sie sagen, wenn ich Ihnen erzählte, daß ich genau wüßte, was Mr. Cleaver wirklich ist? Was würden Sie dazu sagen? Würden Sie sagen, daß ein dummer Polizeibeamter in Helsinki ein bißchen klüger ist, als Sie es ihm zutrauten?«
»Er ist ein dritter Assistent bei der Botschaft«, sagte Devereaux, sorgfältig seine Worte wählend.
»Er ist ein gottverdammter Spion«, entgegnete Kulak.
»Das wußte ich nicht.«

»Ich glaube, Sie könnten auch so ein verdammter Spion sein«, fuhr Kulak unbeeindruckt fort.
»Zuerst bin ich ein Doppelmörder und jetzt auch noch ein Agent.«
»Sie könnten beides sein. Ich verstehe diese Geschichte nicht. Ich kann mir weder aus Ihnen noch aus Sims noch aus der armen Natali einen Reim machen.«
Devereaux zeigte keine Reaktion. Nicht einmal seine Augenlider zuckten. Sie war eine Prostituierte gewesen, die sich damals in der Nacht warm angefühlt hatte an seiner Seite. Sie hatte ihn an eine Zeit erinnert, wo es noch keinen Tod, keine Kälte und keine düsteren Nächte gegeben hatte. Er konnte eine Prostituierte lieben, weil er keine andere Frau lieben durfte.
»Die langen Winternächte haben Ihren Verstand verwirrt«, sagte Devereaux ruhig.
»Ich könnte Sie lange in einer Zelle schmoren lassen«, sagte Kulak.
»Meine Botschaft würde dagegen protestieren.«
»Wir haben schon öfter Proteste bekommen. Was ist ein Protest? Wir haben zwei Kriege gegen die Sowjetunion geführt und sie gewonnen. Also kommen Sie mir nicht mir Protesten. Das ist ein Stück Papier.«
»Sind Sie sicher, daß Sie gewonnen haben?«
»Zum Henker mit Ihnen, Mr. Devereaux. Ich glaube, Sie kommen jetzt mit.«
»Ich will mit der Botschaft telefonieren.«
»Vielleicht in ein paar Tagen. Vielleicht, wenn ich mich länger mit Ihnen unterhalten habe ...«
»Jetzt.«
»Nein, nicht jetzt. Ich möchte nicht, daß Mörder – oder Spione – sich einbilden, sie könnten meine Stadt in den Dreck ziehen.«
»Jetzt«, wiederholte Devereaux.
»Nein, Mr. Devereaux. Sie sind jetzt ein Häftling, Sie

können jetzt nicht über den Zeitpunkt bestimmen. Den bestimme ich, Mr. Devereaux, seit ich diese Pistole in Ihrem Zimmer gefunden habe. Glauben Sie, Ihr Protest würde etwas ausrichten, wenn ich denen diese Waffe zeigte?«

»Mir gehört diese Waffe nicht.«

»Sie sagten das Gegenteil. Ich fand die Waffe in Ihrem Zimmer.«

»Ich sagte gar nichts«, log Devereaux dreist. »Sie haben diese Waffe hierhergebracht. Sie werden sich nur selbst schaden, wenn Sie mir unterstellen, es wäre meine Waffe.«

»Nein, ich glaube nicht, daß ich mir ...«

Das Telefon läutete. Das Läuten war kurz und scharf. Kulak nahm den Hörer ab.

Er hörte einen Moment zu, und dabei wurden seine Augen schmal, und die Adern in seinem Nacken schwollen an.

»Ja«, sagte er auf finnisch. »Ja.« Und dann sprach er eine Reihe von Worten so rasch, daß Devereaux ihnen nicht zu folgen vermochte. Schließlich knallte Kulak den Hörer auf die Gabel zurück.

Kulak starrte ihn wieder an. Und sagte: »Das ist nur ein Spiel, das Sie treiben. Nicht wahr, Mr. Devereaux?«

»Was meinen Sie damit?«

»Nichts.« Kulak stand auf. Er nahm Deveraux' Pistole aus der Tasche und legte sie auf den Schreibtisch. Er schien plötzlich müde und traurig zu sein. »Eine junge Frau wird auf brutalste Weise ermordet. Bei lebendigem Leib aufgeschlitzt. Und ein Mann namens Sims wird auf dieselbe Weise umgebracht. Mord, Mr. Devereaux. Tod in scheußlichster Form. Wissen Sie, daß diese beiden Menschen vor kurzem noch sehr lebendig waren? Und nun sind sie tot. Sie redeten, sie atmeten, sie lachten ...« Kulak hielt inne und starrte Devereaux an. »Und Sie sitzen hier, und Sie kennen den Tod sehr gut, nicht wahr? Ich habe es an Ihren Augen gesehen. Sie haben Menschen getötet, Mr. Devereaux. Ich kann den Tod riechen. Der Geruch haftet an Ihnen, Mr. Devereaux.«

»Was werden Sie jetzt unternehmen?«
»Nichts. Ich kann nichts unternehmen. Sie wissen das. Sie wissen, daß ich meinen Befehlen gehorchen muß.«
Zum erstenmal war Devereaux erschrocken. Er hatte alles erwartet, nur das nicht. »Was meinen Sie damit?«
»Wenn man mich anweist, jemanden in Ruhe zu lassen, gehorche ich. Ich bin Polizist, habe einen guten Job und tue mein Möglichstes. Und zuweilen sagt jemand zu mir: Tun Sie gar nichts. Dann gehorche ich eben.«
»Das begreife ich nicht.«
»Nein, Mr. Devereaux. Ich begreife es auch nicht.« Kulak ging zur Tür, öffnete sie und wandte sich nach Devereaux um, der ganz still beim Fenster saß, das mit den Tropfen tauenden Schnees bedeckt war. »Aber Sie, Mr. Devereaux, treiben ein Spiel. Und ich versichere Ihnen, daß ich das nicht tue.«
»Aber wer hat Ihnen diese Anweisung gegeben?«
»Das ist nicht wichtig. Ich bin nicht befugt, Ihnen das zu sagen.«

13
London

Wickham war vor drei Stunden wie ein verwundetes Tier in das Haus gekommen. Nur trug er keine Wunden, die man sehen konnte.
Er war neun Tage fort gewesen. Maggie hatte ihn unter der Tür des Herrenhauses empfangen. Sie war eine zierliche Frau, gemeißelt wie eine Marmorstatue, mit spitzen Ohren

und scharfen Augen, die Wickham an einen Fuchs erinnerten. Sie war auf eine dezente und kühle Art sehr hübsch. Die erste Frage, die er an sie richtete, galt Rogers.
Maggie war zu schockiert gewesen, um seine Frage beantworten zu können. Wickham roch, als habe er in einem Kuhstall übernachtet, und seine Augen hatten einen gehetzten Ausdruck. Er hatte in neun Tagen erheblich an Gewicht verloren, und seine Wangen waren hohl geworden. Sein Haar, das immer so gepflegt aussah, daß man ihn nie an Kamm und Bürste erinnern mußte, war struppig und wüst. und er mußte sich seit Tagen nicht mehr rasiert haben.
»Rogers ist fort«, fand Maggie endlich ihre Sprache wieder, während Wickham in die Halle hineinwankte, die über zwei Stockwerke ging. Sie schrak vor ihm zurück, als wäre er ein Fremder.
»Natürlich ist er fort. Ihm blieb gar nichts anderes übrig.«
»Ich habe ihn entlassen«, sagte sie.
»Du hast – was?«
»Die Polizei. Dein Verschwinden. Das war alles so schrecklich, daß ich seinen Anblick nicht mehr ertragen . . .«
Wickham lachte, ging ins Wohnzimer, holte den Brandy vom Servierwagen und goß sich ein Glas Weinbrand ein. Er trank ihn pur.
Draußen kam der Schnee in dicken Flocken herunter. Er pappte in langen Streifen an den Ziegelmauern des Herrenhauses. Es sah aus, als wäre es mit silbernen Flechten überzogen.
Er sah aus, als hätte er den Verstand verloren.
»Wo bist du gewesen?«
»Ich weiß es nicht. Ich weiß nicht einmal, wie lange ich fortgeblieben bin . . .«
»Neun Tage.«
»Mein Gott«, sagte er zu sich, goß sich ein Glas Hennessey ein und trank ihn hastig. Die Farbe kehrte in seine blaugefrorenen Wangen zurück. Seine Kleider waren tropfnaß.

Der gelbe Orientteppich im Wohnzimmer würde Wasserränder bekommen, wenn er noch länger daraufstand.
»Zieh dir die nassen Sachen aus und was Warmes an . . .«
»Ja, ich muß George anrufen . . .«
»George? Kennen wir jemand, der George heißt?«
»Maggie, um Himmels willen, geh einen Moment hinaus, und laß mich telefonieren . . .«
Sie war aus dem Zimmer gegangen, ohne ihn aus den Augen zu lassen, wäre fast an der Schwelle gestolpert und machte dann die Tür zu. Er telefonierte, aber sie konnte kaum etwas davon verstehen. Dann öffnete er die Tür zum Salon, während er an seinen Kleidern zerrte. »Warm«, murmelte er. »Ein heißes Bad, saubere Sachen. Für George . . .«

Drei Stunden später kam ein schwarzer Rover von der Straße die kiesbestreute Einfahrt herauf zur Vordertür des Herrenhauses. Zwei Männer stiegen aus dem Fond. Ein dritter Mann blieb im Wagen, hinter dem Lenker. Er stellte die Scheinwerfer ab, ließ aber den Motor laufen, damit der Wagen nicht auskühlte.
Eine gewisse Normalität war wieder eingekehrt. Wickham hatte gebadet, sich rasiert und frische Sachen angezogen. Maggie hatte ihm ein paar Spiegeleier gemacht, denn die Köchin hatte heute ihren freien Abend.
Die Eier waren wenigstens eine Unterlage für den Brandy. Er hatte noch einen dritten doppelten Weinbrand getrunken, damit ihm nicht mehr so kalt war. Victor hatte ihn zwei Meilen vom Haus entfernt abgesetzt. Er hatte einen kalten, nassen Fußmarsch über ein Feld machen müssen, wo er niemandem begegnet war.
In der Wanne hatte Wickham alle ihm zur Verfügung stehenden Möglichkeiten überdacht. Er hatte beschlossen, George diesmal die Wahrheit zu sagen, ohne Rücksicht auf die Konsequenzen.

Er hatte sogar die Fotos in der Tasche. Er hatte sie Maggie nicht gezeigt.

George und der zweite Mann erwarteten ihn in der Bibliothek links neben der Halle. Sie lag dem Wohnzimmer gegenüber. Regale voller Bücher bedeckten die Wände bis zur Decke hinauf. Davor standen eine Sesselgruppe aus Leder und ein Schreibtisch mit lederverkleideter Platte aus poliertem Rosenholz. Im Kamin brannte ein Feuer, und die knisternden Scheite zeichneten kleine helle Muster auf den dunkelroten Orientteppich, ein Pendant zu dem gelben Orientteppich, der im Wohnzimmer lag.

Wickham kam in die Bibliothek und lächelte blaß. Doch die beiden Männer, die ihn dort erwarteten, gaben sein Lächeln nicht zurück. Er fing an zu reden, besann sich dann aber eines Besseren und schloß erst einmal die Tür hinter sich.

»Möchten Sie etwas trinken?« begann er dann.

George starrte ihn an. George war nicht groß, hatte aber breite Schultern und einen großen Kopf mit großen blauen Augen und weißen Brauen, die sich buschig und gesträubt über den Lidern hinzogen. Seine Augen schienen wie Dolche in Wickhams Seele einzudringen, der wie ein Schuljunge vor ihnen stand, dem man endlich auf die Schliche gekommen war. George hielt die Hände auf dem Rücken, daß sein Bauch sich vorwölbte, über den sich eine Weste aus hellroter Wolle spannte.

»Was ist mit Ihnen passiert, Bluebird?«

»Ich wurde entführt, natürlich.«

»Sie wurden entführt?«

»Selbstverständlich«, sagte Wickham. »Ich wußte nicht einmal, wie lange ich festgehalten wurde. Das Zimmer hatte keine Fenster . . .«

»Und die Entführer haben Sie wieder zum Haus und heimatlichen Herd zurückgebracht?«

»Ja.«

»Gegen Lösegeld?«

»Nein.«
»Warum dann?«
»Pardon?«
»Warum hat man Sie dann entführt, Bluebird?«
»Aus politischen Gründen.«
»Ah!«
Der zweite Mann, der mit George hierhergekommen war, kam um den Schreibtisch herum und stellte sich vor den Kamin. Auch er behielt die Hände auf dem Rücken, als wolle er sie am Feuer wärmen. Auch er schien Wickham mit seinen Augen zu sezieren. Er war größer als der Mann, der sich George nannte, und hatte ein härteres Gesicht. Er war glatt rasiert, seine Augen hatten eine weiche braune Tönung, und seine Haare waren entgegen dem modischen Trend auf Bürstenlänge zurückgeschnitten. Er sprach kein Wort, doch sein Gang zum Kamin hatte einen Moment den Dialog zwischen George und Bluebird unterbrochen.
»Kann ich Ihnen etwas zu trinken anbieten?« fragte Wickham zum zweitenmal.
»Gewiß. Einen einfachen Scotch.«
»Mit Eis?«
»Nein.«
»Und Sie?« fragte Wickham, sich dem anderen Mann zudrehend.
Der schüttelte nur den Kopf.
Wickham merkte, daß seine Hände zitterten, als er den Scotch für George und sich einen Weinbrand einschenkte. Als er sich mit den beiden Gläsern wieder vom Servierwagen wegdrehte, saß George auf dem Rand seines Schreibtisches. Wickham gab George das Glas mit dem Whisky und drehte sich wieder um, um sich einen Sessel auszusuchen.
»Setzen Sie sich, Bluebird«, sagte George, als sei er der Hausherr.

Wickham setzte sich.
Er starrte auf die beiden Männer, während er an seinem Brandy nippte.
»Wie wäre es, wenn Sie uns jetzt alles der Reihe nach erzählten?« sagte George. »Von Anfang an?« Und langsam, zögerlich, begann Wickham die Wahrheit zu beichten, von dem Augenblick an, als Mowbrey vor neun Tagen mit einem Funkspruch der Amerikaner aus Stockholm, den er abgehört hatte, in sein Büro gekommen war.

George reichte die Fotos dem anderen Mann weiter, der vor dem Kamin stand. Eine Dreiviertelstunde war verstrichen, seit Wickham mit seinem Bericht begonnen hatte. Er hatte sich einmal unterbrochen, um sich noch einen Brandy einzugießen. George hatte sich weder gerührt noch etwas dazu gesagt, er hatte nur hin und wieder eine scharfe, bohrende Frage gestellt, um den Bericht abzurunden. Der Mann vor dem Kamin hatte Wickham die ganze Zeit nur beobachtet, ohne ein Wort zu sprechen.
»Nun, Bluebird, das ist eine hübsche Story«, sagte George. Seine Stimme hatte einen Klang wie Eierbriketts, die über eine stählerne Rutsche in einen Blecheimer kollern. »Hübsch.«
»Es ist die reine Wahrheit«, sagte Wickham.
»Und Ihre Frau hat den Chauffeur entlassen.«
»Er hätte auf jeden Fall gekündigt. Ehe sie mich freigelassen hätten.«
»Die *Sun* hat diese Fotos?«
»Jedenfalls hat Victor das gesagt.«
»Sein Name war Victor?«
»Nicht eigentlich.« Wickham wurde rot. »Ich gab ihnen Namen. Es waren zwei.«
»Ja. Nun, wir können Ihnen natürlich einige Fotos zeigen. Vielleicht erkennen Sie die beiden wieder.«
»Ich werde alles tun, was in meiner Macht stehen.«

»Wir haben Rogers natürlich befragt, nachdem die Polizei ihn verhört hatte.«
»Sie müssen gewußt haben, daß er log.«
»Auf diese Idee sind wir allerdings gekommen«, knurrte George. »Wir sind ja nicht ganz mit Brettern vernagelt, wissen Sie? Wir haben auch die Leute in der Sonderabteilung verhört, Bluebird. Mowbrey inbegriffen. Ich bin froh, daß Sie sich ausnahmsweise dazu entschlossen haben, mir die Wahrheit zu sagen. Wer nämlich wirklich den amerikanischen Funkspruch aus Stockholm abgefangen hat. Das Signal über diesen Tomas Crohan.«
»Es war ein Mißverständnis, George. Ich hatte Zugang zu Ihnen, ich hielt es für wichtig, ich hatte vor, Ihnen mitzuteilen, daß . . .«
»Keine weiteren Lügen mehr, Wickham«, sagte George und verwendete zum erstenmal Wickhams echten Namen. Er stand auf. »Sie haben uns da was Schönes eingebrockt, mein Junge. Die haben saubere Arbeit geleistet.« George hätte fast gelächelt, unterdrückte aber diesen Impuls.
»Was kann ich tun?«
George sah ihn an, als wäre das eine Frage, die ihm zu allerletzt in den Sinn gekommen wäre. »Tun? Tun? Was meinen Sie damit?«
»Was kann ich tun?«
»Da gibt es nichts zu tun. Jedenfalls nicht für Sie.«
Wickham starrte ihn nur an, bis George begriff, daß er sich nicht klar genug ausgedrückt hatte. George machte nun Front zu Wickham und drehte dem Mann vor dem Kamin den Rücken zu.
»Sie haben einen bösen Schock erlebt, doch das meiste davon haben Sie sich selbst zuzuschreiben. Sie haben Rogers engagiert, ohne eine Sicherheitsüberprüfung durch Auntie vornehmen zu lassen und einen Unbedenklichkeitsbescheid abzuwarten.«
»Er war nur ein Chauffeur . . .«

»Nein, Wickham, ich glaube, Sie sehen jetzt ein, daß er mehr war als nur ein Chauffeur.«
Wickham ließ sein Brandyglas auf den dunkelroten Orientteppich fallen. Das Glas machte kein Geräusch. Er war so hypnotisiert von George, daß er nicht mal merkte, wie ihm das Glas durch die Finger rutschte. Der Weinbrand ergoß sich aus dem Glas auf den Teppich und zeichnete ein kreisförmiges, unregelmäßiges Muster darauf. Wickham saß ganz still da.
»Diese abscheulichen Fotos sind also an die *Sun* geschickt worden. Zweifellos werden wir binnen kurzem einen Anruf aus der Redaktion bekommen, und einer von Murdochs Leuten wird mir versichern, daß die *Sun* viel zu patriotisch eingestellt sei, um so was zu veröffentlichen, es sei denn, das Zeug wäre authentisch . . .«
»Aber sie sind nicht wahr. Mein Gott, für Maggie wäre es der Tod, wenn diese . . .«
»Mein lieber Wickham, nun reden Sie doch keinen Stuß. Wird die *Sun* die Fotos veröffentlichen? Keinesfalls. Sie sind obszön, alter Junge. Aber wir werden die ganze Sache unter Zensur stellen müssen, und das ist eine leidige Sache. Denn das ist geeignet, der Presse das Gefühl zu geben, als versuchten wir etwas zu verbergen, während wir in Wahrheit nur Ihre Haut retten wollen.«
»Ich bin Ihnen dankbar, George. Glauben Sie mir.«
George knurrte: »Sie haben mich belogen, Wickham. Bluebird ist tot. Sie haben keinen Status mehr. Ich muß Sie an die Geheimhaltungsklausel erinnern, die Sie unterschrieben haben, als Sie zu uns kamen . . . falls Sie auf die Idee kämen, als Pensionär Ihre Memoiren schreiben zu wollen.«
»Pensioniert?«
»Selbstverständlich. Worüber, glauben Sie, rede ich denn die ganze Zeit?«
»Aber ich habe doch nichts getan . . .«
»Sie sind ein Leck, Wickham. Sie sind gefährlich für uns.

Wir müssen Sie außer Dienst stellen, damit Sie harmlos für uns werden. Sie haben mich angeschwindelt, als ich Sie fragte, ob Sie den amerikanischen Funkspruch selbst aufgefischt und entschlüsselt hätten. Die Opposition hat Sie in ihre Gewalt gebracht und Sie auf plumpe Weise dikreditiert. Sie weiß, daß es eine plumpe Falle war. Das hat sie Ihnen ja selbst gesagt. Sie stellen ein zu großes Sicherheitsrisiko für uns dar, das ist das Problem. Die Opposition weiß das. Sie weiß, daß die Amerikaner sehr allergisch sind wegen unseres Unvermögens, Geheimnisse auch geheimhalten zu können. Kann man einem Geheimdienst etwas anvertrauen, in dem jeder zweite entweder ein Versager oder ein blutiger Verräter ist. Mein Gott, wir können ja nicht mal für die Sicherheit des Buckingham Palasts sorgen, ganz zu schweigen von der Königin.« George schnitt eine Grimasse. »Sie könnten uns schaden, Wickham, und deshalb entschärfen wir Sie. Für die nächsten Tage erwarten wir eine rückhaltlose Kooperation von Ihnen. Sie schauen sich Fotos an, und wir wären Ihnen dankbar, wenn Sie einen ausführlichen Bericht für uns verfaßten. Wir haben Ihre Verhältnisse überprüft. Sie fahren gar nicht so schlecht als Pensionär. Außer Ihrer Regierungspension erhalten Sie noch eine einmalige Abfindung. Dazu kommen noch die Erbschaft Ihrer Frau und die Zuwendungen, die Sie aus dem Nachlaß Ihres Vaters beziehen. Sie können also genauso bequem leben wie bisher.«
Wickham war wie vor den Kopf gestoßen. Er konnte nicht sprechen.
Der andere Mann mit den braunen Haaren und braunen Augen in dem ausdruckslosen Gesicht fuhr fort, über Georges Schulter hinweg Wickham anzustarren.
»Natürlich geben wir Ihnen auch eine Empfehlung mit, falls Sie sich außerhalb des Geheimdienstes wieder eine Stellung suchen wollen. Nur noch ein warnender Hinweis, nachdem ich Sie bereits an Ihre Geheimhaltungsklausel erinnert habe: Halten Sie erst Rücksprache mit uns, ehe Sie sich ein anderes

Betätigungsfeld suchen, ja? Falls es sich um einen sensiblen Bereich handelt, in dem Sie uns keine Sorgen machen sollen.«
»Bitte, George . . .«
»Schön. Ich glaube, das wär's. Wir fahren wieder, Wickham. Sie können Ihrer Frau von unserem Gespräch so viel mitteilen, wie Sie wollen, wobei Sie sich allerdings im klaren darüber sein müssen, daß Sie die Geheimhaltungsklausel auch für Ihre Frau unterschrieben haben. Ich rate Ihnen daher, ihr so wenig wie möglich zu sagen. Kehren Sie nicht nach Cheltenham zurück; ihre Sachen sind bereits in Kartons verpackt und werden Ihnen in ein paar Tagen zugestellt. Ihr Büro ist versiegelt und Ihr Paß entwertet.«
»George, um Gottes willen, nach allem, was ich durchgemacht habe . . .«
»Ja, alter Knabe«, sagte George ironisch, »nach allem, was Sie durchgemacht haben, müssen wir Ihre Suppe auslöffeln. Sie und Ihre verdammten Botschaften an George. Sie wollten sich anbiedern, und nun haben Sie alles verpatzt.« George starrte ihn kalt an, und seine knirschende Kiesstimme zischte nun wie heiße Kohlen. »Im Grunde sollten Sie sich noch beglückwünschen, Wickham. Es hätte viel schlimmer für Sie kommen können. Viel, viel schlimmer.« Der zweite Mann gab die Fotos an George zurück, und George betrachtete sie noch einmal.
»Die werden wir natürlich behalten. Ich bin sicher, Sie haben keine Verwendung dafür.«
Und dann verließen die beiden Männer das Haus, ohne noch ein Wort des Abschieds zu Wickham oder dessen Frau zu sagen. Das Auto wartete draußen, und sie stiegen ein. Es hatte zu schneien aufgehört, und der Nachthimmel war klar und kalt. Die Straße nach London war an manchen Stellen spiegelglatt.

Selbst zu dieser späten Stunde röhrten die Maschinen über

die Start- oder Landebahn von Heathrow. Die Sicht war schlechter und die Wolkendecke niedriger, als nach den Bestimmungen eines amerikanischen Flughafens für den Flugbetrieb erlaubt war. Doch Heathrow war die lebenswichtige Ader zwischen Britannien und dem Rest der Welt. Der Flughafen wurde selten geschlossen, und dann nur für kurze Zeit. Heathrow mußte offengehalten werden.
Der schwarze Rover stand tuckernd auf dem Parkplatz unmittelbar neben der Abfertigungshalle für Auslandsflüge. Im Fond sprach George mit dem Mann, der ihn zu Wickhams Haus begleitet hatte. Zu dem Mann mit den braunen Haaren, braunen Augen und dem ausdruckslosen Gesicht.
»Die Sache ist noch heikler geworden, weil die Russen offenbar wissen, daß wir an der Sache dran sind.«
»Ihre Leitungen waren angezapft«, sagte der zweite Mann.
»Scheint so, Sperling.« Die Decknamen für alle Agenten in der elektronischen Abteilung von »Tantchen« entstammten der Vogelwelt, während die Agenten der anderen, regulären Referate als Code die Namen englischer Städte trugen. nur die beiden Männer, die sich als »George« und »Q« bezeichneten, waren von dieser strengen Nomenklatur ausgenommen.
»Tatsächlich haben wir die Zapfstelle nicht gefunden.«
Sperling brütete eine Weile vor sich hin. »Die hätten Sie aber finden müssen.«
»Gewiß«, antwortete George ungeduldig.
»Vielleicht war das Leck innerhalb der Sonderabteilung in Cheltenham.«
»Das ist auch eine Möglichkeit und der Grund, warum wir Bluebird abhalftern mußten, diesen tolpatschigen Idioten.«
»Ich glaube, er hat uns die Wahrheit erzählt.«
George sah ihn überrascht an. »Natürlich. Ich bin davon genauso überzeugt wie Sie. Aber das ist nicht der springende Punkt.«
»Wo liegt dann das Problem?«

»In Dublin. Dort befindet sich zur Zeit ein Agent namens Ely. Q hat ihn vor einer Woche dorthin geschickt. Scheint, daß der Name Crohan dort ebenfalls auftauchte. Und inzwischen ist eine amerikanische Agentin dort eingetroffen, die sich als Journalistin ausgibt, und recherchiert in der selben Sache. Sie heißt Rita Macklin und arbeitet angeblich als Reporterin für ein amerikanisches Magazin. Offenbar gehört Sie jedoch zur CIA. Ich kann Ihnen nicht alles verraten; sie jedoch ausreichend instruieren. Wir wollen diese Crohan-Angelegenheit zum Schweigen bringen. Wir verlangen absolutes Schweigen.«

Sperling starrte den älteren Mann mit dem großen runden Kopf und den buschigen weißen Augenbrauen über den blauen Augen an.

Absolutes Schweigen. Das war die höchste Vollmacht, die »Tantchen« vergeben konnte. Absolutes Schweigen war mehr als eine Lizenz, im Vollzug eines Auftrags töten zu dürfen. Es war ein Befehl der totalen Vernichtung. Die Anweisung, eine Operation, die entweder vom eigenen Geheimdienst oder einem Außenstehenden eingeleitet worden war, unter einem Mantel des Schweigens zu ersticken.

»Absolutes Schweigen für die amerikanische Frau?«

»Auch das, auch das natürlich. Aber da sind zu viele darin verwickelt, und das macht mir Sorgen. Ely versucht gerade, sich mit ihr in Verbindung zu setzen, um herauszufinden, was sie weiß. Der Stationsleiter in Dublin stolperte vor ungefähr drei Monaten über diese Tomas-Crohan-Geschichte. Auch so ein Narr«, sagte George mit knarzender Stimme. »Er glaubt, Crohan wäre der Deckname für ein paar sowjetische Unterseeboote, die er vor der Westküste Irlands entdeckt hat.«

»Ich fürchte, ich kann Ihnen da nicht mehr folgen«, sagte Sperling ruhig.

George funkelte ihn an. »Ich verstehe ja selbst nur die Hälfte, zum Henker; aber ich kann Ihnen verraten, daß

jemand, irgendwo, anfängt, eine hübsche kleine Falle für uns aufzubauen. Eine Falle für ›Tantchen‹. Zu einer Zeit, wo wir so etwas überhaupt nicht gebrauchen können.«
»Was hat das mit diesem Tomas Crohan zu tun? Wer, zum Henker, ist das?«
George schwieg einen Moment. »Er war ein irischer Nationalist, den die Amerikaner 1944 und 1945 als Agenten in Österreich für sich arbeiten ließen. Angeblich lebt er noch im sowjetischen Gulag. Und nun erreichen uns diese Andeutungen, daß er in den Westen kommt.«
»Aus Dublin?«
»Aus Helsinki. Vor drei Tagen hat einer von Q's Leuten unter den Namen Sims versucht, einen amerikanischen Agenten in Helsinki auszuhorchen. Der Amerikaner wohnt unter dem Namen Dixon im Presidentii. Er nahm in Helsinki Kontakt mit der Opposition auf und schickte über die amerikanische Station eine Eilmeldung, in der er einen Mann namens Tomas Crohan erwähnte, der aus Rußland herausgeschleust werden soll. Das war die Meldung, die Mowbrey zufällig in Cheltenham aus dem Äther fischte und von der mir Wickham, dieser verdammte Idiot, auf der sicheren Leitung berichtete, nachdem der Schnüffler ihm die Auskunft über Crohan verweigert hatte.«
»Was sagt Sims dazu?«
»Sims sagt gar nichts mehr. Er wurde vor drei Tagen in einer Sauna umgebracht. Aus irgendwelchen Gründen haben die Finnen beschlossen, die Ermittlungen nicht fortzusetzen. Sie hatten den amerikanischen Agenten in Verdacht, pfiffen den mit dem Fall betrauten Beamten doch wieder zurück.«
»Da ist doch was faul, oder?«
»Das stinkt wie eine Liverpooler Hure, Sperling. Alles daran riecht nach einer Falle, einem Betrug, einer Verschwörung. Aber worin besteht die Falle? Und für wen ist sie bestimmt? Und wer stellt sie auf?«
»Der Amerikaner in Helsinki?«

»Würde passen. Unser Stationsleiter in Dublin hat diesen weiblichen Agenten namens Macklin aus den Staaten beschattet. Sie suchte in der vergangenen Woche die Filiale des American Express in der Grafton Street auf und erkundigte sich, ob man nach Leningrad reisen könnte, um die Stadt zu besichtigen. Und zwar von Helsinki aus.«
Sperling verzog das Gesicht. »Das gefällt mir nicht, George. Das klingt reichlich kurios.«
»Es wird von Tag zu Tag kurioser«, sagte George. »Sieht doch verdammt nach einer Falle aus. Als würde sie uns einladen, ihr zu folgen.«
»Und was macht Ely in Dublin?«
»Er ist ein Narr, hätte schon vor zwei Jahren gefeuert werden sollen, als er in Wien die Nerven verlor. Aber er hatte einen Fürsprecher in Q's Abteilung und bekam dort einen Job im Archiv. Q setzte ihn auf die Sache an, um ihn aus dem Weg zu haben, um dic Fliegen sozusagen mit dem Honig anzulocken. Wir wollten wissen, was die Amerikaner für ein Spiel trieben, und wir dachten, so ein Mann wie Ely ist genau der Richtige für diesen Job. Niemand hatte damit gerechnet, daß die amerikanische Agentin ebenfalls als Köder einschweben würde. Nun sind sie beide dort drüben damit beschäftigt, dem anderen eine Falle zu stellen, in die sie vermutlich auch tappen werden. Das Spiel ist zu verworren. Die Sache läuft aus dem Ruder. Q suchte gestern abend den Minister auf; wir bekamen die Genehmigung für absolutes Schweigen. Und Sie werden dafür sorgen, Sperling.«
»Ely?« sagte Sperling mit sanfter Stimme.
George seufzte. »Er steht uns im Weg, oder nicht? Wenn Ihnen etwas einfällt, wie Sie ihn da raushalten können – um so besser. Aber wenn Ihnen das nicht gelingt, dann wird er ebenfalls zu den Unfallopfern gehören müssen.«
Sperling versteckte die Augen hinter halbgesenkten Lidern wie ein Raubvogel, der ein Feld im grellen Sonnenlicht absucht.

»Das amerikanische Mädchen?«
»Unbedingt.«
»Der Agent in Helsinki?«
»Auch. Das sollte in jedem Fall eine leichtere Aufgabe für Sie sein. Sie werden glauben, die Russen hätten sie hintergangen . . .«
»Ich kann sie beide in Helsinki aus dem Verkehr ziehen. Ich weiß nicht, wie ich bei Ely verfahren werde.«
»Wenn Ely nicht dem Köder nach Helsinki folgt . . .«
»Können Sie ihn denn nicht aus Dublin zurückziehen?«
»Nein. Er gehört zu dem Köder, den wir den Amerikanern anbieten.«
»Aber wer oder was ist die Falle, George?«
»Tomas Crohan.«
»Aber wie können die Amerikaner ihn als Falle benutzen, wenn er ein verdammter Gefangener in der Sowjetunion ist?«
»Das ist Bestandteil ihrer Falle«, sagte George schlicht.
Sperling fand diese Antwort verwirrend. »Aber er ist doch nichts als ein verdammter Ire und ein amerikanischer Agent obendrein. Wie soll er uns da gefährlich werden können?«
Zum erstenmal seit dem Interview in Wickhams Landhaus bekam George wieder seinen stechenden Blick, fixierte er Sperling mit seinen blauen Augen, die im trüben Licht des Parkplatzes von Heathrow glitzerten. Flugzeuge röhrten über ihnen in den dichten Nebel des Nachthimmels hinein.
»Das ist die Frage der Fragen, Sperling, auf die ich Ihnen keine Antwort geben kann«, sagte George.
»Nicht können? Oder nicht wollen?«
George blinzelte. »Schon die Antwort auf diese Frage wäre zuviel. Um fünf startet eine Maschine nach Dublin, falls Sie die Sache schon dort regeln können. Ich glaube nicht, daß die irischen Behörden Ihnen Steine in den Weg legen.«
Sperling deutete Georges Weigerung, auf seine letzte Frage einzugehen, als Antwort. Sie lautete: »Ich will nicht.«

Sperling beschlich ein unbehagliches Gefühl. Einen Moment lang blieb er regungslos sitzen. Im Wagen war es warm, doch draußen frischte der Wind auf, und es würde ein unangenehmer kalter Fußmarsch werden vom Wagen bis zum Abfertigungsgebäude. Absolutes Schweigen. Nun, im Fall der Amerikaner spielte das keine Rolle; aber mit Ely fühlte er sich verwandt. Auch nur so ein armer Bettler im Feld draußen. Vielleicht konnte er Ely noch aus dem Weg schleudern, ehe es zu spät war.
Als Gnadenakt in dem blutigen Geschäft, das er verrichten sollte.

14

Dublin

Als der Chauffeur zum erstenmal falsch abbog, hatte Rita Macklin ihn mit scharfer Stimme zurechtgewiesen. Offenbar hatte sie schon öfter Taxifahrer in großen Städten wieder auf den richtigen Weg gebracht. Doch der Mann mit dem blonden Schnurrbart hatte sie nur angelächelt, und das empörte sie um so mehr. Als er dann zum zweitenmal in die verkehrte Richtung fuhr, nach Süden, auf die Ringstraße, also weg von der City, wies sie ihn abermals zurecht, diesmal jedoch mit einem bangen Unterton in der Stimme. Und diesmal zog er eine kleine Pistole, zielte damit auf sie und drehte sie dann, sich entschuldigend, zur Seite.
»Wer sind Sie?«
»Sie sind Rita Macklin, eine Journalistin aus den Vereinigten Staaten.«

»Was wollen Sie von mir?«
»Ich will wissen, was Sie aus Pater Cunningham herausbekommen haben.«
»Aber der ist doch tot . . .«
»Jedoch nicht stumm. Sonst hätten Sie wohl kaum so viel Zeit mit seinem Nachlaß verschwendet. Und warum wollen Sie nun weiter nach Helsinki?«
»Wer sind Sie?«
»Wir kommen gleich darauf zurück«, antwortete Ely mit sanfter Stimme, in die sich ein trauriger Unterton mischte. Er trug eine Chauffeursmütze.
Rita langte zum Türgriff und drückte ihn nach unten.
»Die Tür läßt sich leider nicht von innen öffnen«, sagte Ely. »Bleiben Sie bitte ruhig sitzen. Wir sind fast da.«
»Was haben Sie vor?«
»Ich möchte Informationen von Ihnen, Miss Macklin.«
»Ich habe keine Informationen . . .«
»Sie wollen nach Leningrad. Warum? Um sich mit Tomas Crohan zu treffen?«
Da war sie sprachlos. Sie rüttelte wieder an der Tür.
»Was ich eigentlich wissen will, sind die Absichten, die die Amerikaner mit diesem Spiel verfolgen. Sie sind Journalistin? Gehört es zu den Gepflogenheiten Ihres Berufstandes, zu lügen, um an Informationen heranzukommen? An den Nachlaß eines Toten?«
»Man tut, was man tun muß.«
»Ist das korrekt? Wir haben sehr zuverlässige Informationen, die darauf hinweisen, daß Sie eine Agentin der Central Intelligence Agency sind. Wir wollen nun wissen, was Sie mit Tomas Crohan vorhaben.«
Das Taxi hielt vor einem dreistöckigen Gebäude in einem Slumbezirk der Stadt. Die Fenster im Erdgeschoß waren mit Brettern zugenagelt. Niemand war auf der dunklen Staße zu sehen; die Laternen waren mutwillig zerstört worden, die Dunkelheit fast total.

Ely schaltete seine Taschenlampe ein und richtete den Lichtkegel auf die Vortreppe des baufälligen Gebäudes. Er öffnete die hintere Wagentür und packte Rita fest am Arm. Sie gab ihm eine kräftige Ohrfeige, und das kam so unerwartet für ihn, daß er die Taschenlampe fallen ließ. Rita riß sich los und rannte die Straße hinunter.
»Mein Gott, da war Musik dahinter«, sagte Ely leise und schmeckte Blut auf seinen Lippen. Er leckte es ab, wischte noch einmal über den Mund und schloß dann die hintere Wagentür. Er hob die Taschenlampe auf, ging zur Fahrertür und öffnete sie. Er stieg ein, ließ den Motor an und schaltete das Fernlicht ein. Er konnte Rita im Lichtkegel rennen sehen. Sie war einen halben Häuserblock von ihm entfernt. Er gab Gas, überholte sie, stoppte, sprang aus dem Wagen und blockierte den Bürgersteig.
Rita rief mit gellender Stimme: »Hilfe! Er will mich vergewaltigen! Hilfe!«
Ein Stück weiter die Straße hinunter ging ein Licht an. Eine Frau blickte durch die von gelbem Licht erhellte Fensterscheibe.
Ely hielt in der einen Hand die Pistole, in der anderen die Taschenlampe.
»Miss Macklin, ich möchte Ihnen nichts tun.«
»Sie würden es nicht wagen, auf mich zu schießen.«
»Natürlich würde ich auf Sie schießen.«
Sie trat ganz dicht an ihn heran und sah die fast schläfrige Ruhe in seinen Augen. Sie hatte so einen Mann gekannt, einen Mann mit stillen Augen und einer sanften Stimme, der sie nicht im Zweifel darüber gelassen hatte, zu welchen Gewalttaten er fähig war.
Sie öffnete die hintere Wagentür.
»Was, zum Teufel, ist da los?« rief eine Stimme aus einem Fenster irgendwo in der Nähe. Sonst blieb es still und bitterkalt.
Er führte sie die Treppe des dunklen, verlassenen Mietshau-

ses hinauf. Er brachte sie in eine Wohnung im zweiten Stock, in der ein Tisch, zwei Stühle und eine kleine Lampe standen. Er zündete die Lampe an – es war eine Petroleumlampe, denn der elektrische Strom war in diesen Häusern schon lange abgeschaltet worden –, und sie setzten sich. Die Lampe war warm, die einzige Wärmequelle in diesem Haus. Eine große graue Ratte betrachtete sie teilnahmslos von einem Wandbrett aus, das zwischen den vernagelten Fenstern hinlief. Schaben krochen im flackernden Licht der Petroleumlampe über den Fußboden.

Rita Macklin sah das alles; zwang sich aber dazu, den Blick davon abzuwenden, und dem Mann, der sie entführt hatte, in die blauen Augen zu schauen.

»Nun, Miss Macklin, ich bedaure, daß ich Ihnen nichts Besseres anbieten kann. Aber ich bin selber fremd in dieser Stadt.«

»Wer sind Sie?«

»Das ist nicht wichtig. Sagen wir, ich heiße Ely.«

»Das klingt nach einem falschen Namen.«

Er blinzelte und sah sie traurig an. Er sprach mit freundlicher, ruhiger Stimme: »In gewisser Weise ist er das auch. Sie gehören zur Central Intelligence Agency, und ich . . .«

»Ich bin ein gottverdammter Spion für die CIA«, sagte sie barsch.

Ely lächelte. »Das sagen Sie, wie ich merke, mit einer gewissen Heftigkeit. Vielleicht wurden wir nicht richtig informiert.«

»Warum hat der britische Geheimdienst Interesse an dieser Sache?«

Ely sah sie überrascht an. »Wer hat denn vom britischen Geheimdienst gesprochen?«

»Wer sind Sie dann? Sie sehen nicht aus wie ein Ire.«

»Und Sie sehen nicht aus wie eine Agentin der Amerikaner. Aber das Aussehen trügt zuweilen. Wir haben ein Foto bei Ihrer Ankunft in Dublin von Ihnen geschossen.

Sie kamen ja noch rechtzeitig zu der Beerdigung des Priesters.«
»Sie arbeiten für ›Tantchen‹«, sagte Rita Macklin.
»Also kennen Sie die kleinen Geheimnisse«, erwiderte Ely mit einem Lächeln. »Und je schneller wir die Sache nun hinter uns bringen, um so früher kommen wir wieder aus dieser elenden Gegend heraus und können in unsere Wohnung zurückkehren. Ich bin gern bereit, Sie vor Ihrem Hotel abzusetzen.«
»Ich dachte, das hatten Sie von Anfang an vor.«
»Richtig. Aber erst müssen Sie die Fahrt bezahlen, Miss Macklin.«
»Oder was sonst?«
Ely starrte Rita einen Moment an und lächelte dann traurig. Er hielt immer noch die Pistole in der Hand. Er sah sie kurz an. »Sie sind ein britischer Agent. Werden Sie mich erschießen?« fragte Rita empört, aber mit nervöser Hast.
»Wäre das so abwegig?« fragte Ely.
»Ich bin Amerikanerin.«
»Ja, eine amerikanische Agentin. Und Sie besitzen Informationen, die ich haben möchte. Was tue ich also in einem solchen Fall? Ich beschaffe sie mir, Miss Macklin. Ohne Rücksicht auf Ihre Person.«
»Also drohen Sie mir abermals!«
Das Lächeln erlosch. Elys Stimme war kalt. »Wenn Sie mir nicht helfen können, werde ich Sie ausliefern müssen, fürchte ich.«
»Wem ausliefern?«
»Den irischen Behörden. Sie stehen auf der Fahndungsliste, Miss Macklin.«
»Ich bin noch nie zuvor in Irland gewesen.«
»Sie werden gesucht im Zusammenhang mit einem Mord, der vor zwei Wochen in einem öffentlichen Gebäude in Liverpool verübt wurde. Es war ein Anschlag von Terroristen.«

Sie starrte ihn an, als wäre er plötzlich verrückt geworden. Ely fuhr gelassen fort: »Sie sind verdächtig, der Verbindungsmann zwischen der IRA, die für den Bombenanschlag in Liverpool verantwortlich war, und der Northern Aid Society in Washington zu sein.«
»Das ist so blödsinnig«, sagte Rita, »daß Sie mit dieser Behauptung nur einen Lacherfolg erzielen werden. Ich . . .«
»Sie werden in Dublin zunächst in Isolationshaft bleiben und anschließend nach Liverpool überstellt, wo man sie in einer unserer Dienststellen verhören wird.« Er sah sie traurig an. »Es wird ein sehr strenges Verhör sein, sollte ich meinen. Man wird Mittel anwenden, mit denen ich nichts zu tun haben möchte.«
»Das können Sie nicht mit mir machen«, sagte Rita. »Ich bin Journalistin, verdammt noch mal.«
»Ja, eine Journalistin – das behaupten Sie. Ich kann Ihnen versichern, daß Sie den Leuten in Liverpool alles sagen werden, was Sie von Ihnen wissen wollen. Und deshalb würden Sie uns beiden die Sache leichter machen, wenn Sie mir jetzt schon sagen, was ich von Ihnen wissen möchte.«
»Wir sind hier nicht in Rußland.«
»Und auch nicht in den Vereinigten Staaten«, sagte Ely. Er schob die Pistole in seine Manteltasche.
Rita zögerte nicht eine Sekunde. Sie drehte sich plötzlich um und rannte zur Tür.
Zu ihrer Überraschung bewegte Ely sich genauso schnell wie sie. Sie war ihm zwar einen Schritt voraus, doch die Tür klemmte. Er packte sie an der Schulter und riß sie herum. Er war nicht darauf vorbereitet, daß sie schon in der Drehung zum Schlag ausholte.
Ihre Faust traf ihn an der Schläfe. Er taumelte. Der zweite Hieb landete auf seinem rechten Jochbein.
Rita drehte sich wieder zur Tür. Doch diesmal schlug er ziemlich heftig zu. Er traf sie seitwärts am Kopf.
Der Schlag machte sie einen Moment lang schwindlig. Wie-

der drehte sie sich zu ihm um. Diesmal schlug er sie ins Gesicht. Und nochmals. Und ein drittes Mal.
»Ich werde Sie umbringen«, sagte sie, als ihr Gesicht vor Schmerzen und Tränen brannte.
»Nein, das werden Sie nicht, Miss Macklin«, sagte Ely. »Sie werden sich hinsetzen und Sie werden mir alles sagen, was ich von Ihnen wissen will.«
»Dann haben Sie keine Position mehr, auf die Sie sich zurückziehen können«, sagte sie. Sie lächelte. »Sie bekommen entweder die Information von mir, oder Sie müssen mich gehen lassen.«
»Nein, Miss Macklin, das stimmt nicht«, erwiderte Ely. »Ich bekomme, was ich wissen muß, oder ich lasse Sie nicht gehen. Ich kann mir keinen Mißerfolg leisten.«
»Mein Gott, Sie können doch nicht . . .«
»Miss Macklin, ich bin in den Sielen grau geworden und habe nicht das Verlangen, vorzeitig pensioniert zu werden, nur weil ich in einer verhältnismäßig unkomplizierten Operation mir nicht eine ziemlich bedeutungslose Information beschaffen konnte . . .«
»So bedeutungslos, daß Sie mich erst entführen und mir jetzt mit dem Tod drohen.«
Ely starrte sie an, die unfreiwilligen Tränen in ihren grünen Augen, ihr gerötetes Gesicht, auf dem noch der Abdruck seiner Hand zu sehen war. Er war vollkommen ruhig, vollkommen ausdruckslos.
»Und das alles wegen jemand, der vielleicht schon tot ist«, fuhr sie fort.
»Unser Stationsleiter in Dublin war mit dem alten Priester befreundet«, begann Ely.
»Ich weiß das. Parker.«
Ely war überrascht. »Woher wissen Sie das?«
»Noch wichtiger ist, wie Pater Cunningham das wissen konnte«, sagte Rita. »Er wußte, daß Parker ein britischer Agent ist. Der Priester war kein Schwachkopf.«

»Das klingt, als wäre Parker der Schwachkopf«, sagte Ely. »Haben Sie – haben Ihre Leute Pater Cunningham ermordet?«
»Natürlich nicht. Warum sollten wir ihn umbringen?«
»Ich weiß nicht. Ich weiß gar nichts über diesen . . .«
»Sein . . . Ableben kam für unsere Leute überraschend«, sagte Ely. »Sie wissen, daß ich keine Spionin, bin. Auch keine Terroristin . . .«
»Ich weiß nichts, Miss Macklin. Sie beteuern Ihre Unschuld, was bedeuten kann, daß Sie desto schuldiger sind. Ich weiß es nicht.«
»Zum Teufel mit Ihnen«, sagte sie. »Sie haben mir weh getan.«
Ely sagte eine Weile nichts. Dann mit sanfter, beharrlicher Stimme: »Warum wollen Sie nach Leningrad reisen, Miss Macklin?«
»Weil ich glaube, daß Tomas Crohan lebt. Und daß er dort im Kresty-Gefängnis festgehalten wird.«
»Wie tapfer von Ihnen. Wollen sie ihn aus dem Gefängnis befreien?«
»Ich weiß nicht, was ich dort tun werde. Ich muß erst einmal dorthin.«
»Warum soll Tomas Crohan noch am Leben sein?«
»Ich glaube es eben. Instinkt.«
»Nein, Miss Macklin. Der Instinkt bringt Sie über die Straße, treibt Sie aber nicht um die halbe Welt. Wollen wir doch lieber jetzt zur Sache kommen, Miss Macklin, damit ich Sie wieder nach Hause entlassen kann.«
Eine Weile sagte Rita nichts. Sie fühlte sich besiegt und zugleich eingeschüchtert. Ely war sanft, fast harmlos. Und doch hatte seine Stimme ehrlich geklungen, als er sagte, er würde nicht zulassen, daß er bei dieser kleinen Mission scheiterte. Selbst wenn es sie das Leben kosten sollte.
»Woher nehme ich die Gewißheit, daß Sie mich anschließend gehen lassen?«

»Weil ich keinen Grund hätte, Sie umzubringen.«
»Den haben Sie jetzt auch nicht.«
»Erzählen Sie mir von dem alten Priester«, sagte Ely sanft. Sie zögerte. »Und von Tomas Crohan«, sagte Ely. »Berichten Sie alles, was Sie über ihn wissen.«

15

Leningrad

Man hatte ihm einen Anzug gegeben, und er war noch einmal von den Ärzten untersucht worden. Er hatte sich gründlich rasiert, und das Rasiermesser steckte nun in der kleinen Ledertasche, die sie ihm zur Verfügung stellten. Zum Abschluß hatte es noch ein Gespräch unter vier Augen mit dem Mann namens Tartakoff gegeben.
Er hatte während des Interviews gestanden.
Zunächst hatte Tartakoff den Gefangenen nur schweigend angesehen mit einem amüsierten Zucken in den Mundwinkeln. Seine Augen glitzerten in dem kalkigen Licht. Tomas Crohan fühlte sich müde, als hätten sich seine einundsiebzig Jahre in ein Gewicht verwandelt, das um zwei Uhr morgens an seinen Schultern hing und ihn vor Tartakoffs Blick zusammenschrumpfen ließ.
»Weißt du, warum man dir einen Anzug gegeben hat?«
»Nein, Kommandant.«
»Du wirst in das Arbeitslager in Gorki versetzt. Ich habe entdeckt, daß du ein Talent für Sprachen hast.«
»Ja. Aber ich beherrsche sie nicht mehr so gut wie früher, Komandant.«

»Dein Russisch ist sehr gut. Sprichst du Englisch?«
»Englisch ist meine Muttersprache, Sir. Aber ich verwende sie nicht oft«, sagte Tomas Crohan auf englisch.
»Gut. Rede eine Weile auf englisch weiter«, sagte der Russe.
»Jawohl, Sir.«
»Bist du hier im Kresty schlecht behandelt worden?«
»Nein, Sir. Ich werde mit Bedauern von hier scheiden, Sir.«
»Ja. Vielleicht wirst du das bedauern«, sagte Tartakoff, und wieder spielte ein Lächeln um seine Lippen.
»Was soll ich in Gorki tun?«
»Das weiß ich nicht so genau. Aber du könntest dort als Dolmetscher verwendet werden. Wir haben viele Gefangene in Gorki, viele Nationalitäten.«
»Die Amerikaner . . .«
Tartakoff sah ihn scharf an; sein Gesicht, das eben noch so liebenswürdig schien, verwandelte sich in Eis. »Was ist mit den Amerikanern?«
»Entschuldigung, Sir. Da gab es ein Gerede. In den Krankenhaussälen. Daß die Amerikaner in dem Lager in Gorki festgehalten werden.«
»Solche Gerüchte sind zuweilen gefährlich«, sagte Tartakoff. Wie durch Zauberei kehrte diese Milde wieder zurück, wich diese finstere Strenge aus seinen Zügen. »In einer Stunde wirst du hier abgeholt werden, und du wirst alle Anweisungen ganz genau befolgen. Hast du mich verstanden?«
»Jawohl, Kommandant.«
»Und du darfst nur Russisch sprechen.«
»Jawohl, Kommandant.«
»Du sprichst Russisch mit einem polnischen Akzent. Ich hielt das für nützlich.«
»Ich lernte schon sehr früh Russisch von den Polen in meinem ersten Lager.«
»Tatsächlich? Nun, das ist nützlich. Denk daran. Nur Russisch sprechen. Und noch etwas.«

Er stand ganz still.
»Du bist Iwan Tiomkin.«
Tomas Crohans Augenlider zuckten. Er erinnerte sich an den wahnsinnigen Kommandanten in Sibirien. Er erinnerte sich an die Männer, die sich zu Tode froren, weil sie nackt im Schnee arbeiteten. Er starrte Tartakoff an, sah jedoch keinen Wahnsinn in dessen Augen. »Jawohl, Kommandant.« Er mußte bedingungslos den gerechten Befehlen des Staates gehorchen. Das war notwendig, wenn man überleben wollte: man widersetzte sich nicht dem Gesetz und wurde auch nicht bestraft. Es war sehr einfach.
»Du wirst jetzt in diesem Zimmer warten.« Tartakoff erhob sich von seinem Sessel. Er lächelte abermals und tätschelte Tomas Crohans magere Schulter wie ein Kind einen Vogel mit gebrochenen Flügeln. »Du wirst hier warten, Iwan Tiomkon. Und dann wirst du von hier fortgehen.

16

Washington, D. C.

Mrs. Neumann, die ihre obligate Wollweste trug, weil sie wußte, daß in Hanleys Büro immer sechzehn Grad Celsius herrschten, kam durch die Verbindungstür und warf einen Hefter auf seinen Schreibtisch. Er sah mit einem ärgerlichen Blick zu ihr hoch. Es war kurz nach ein Uhr nachmittags, und Hanley hatte wieder mal die Mittagspause durcharbeiten müssen.
»Das ist sie«, sagte Mrs. Neumann mit ihrer Reibeisenstimme. Sie ragte über dem grauen Metallschreibtisch, dem

Standardmodell für Regierungsbehörden, auf wie eine Siegesgöttin. Was Hanley noch mehr ärgerte.
»Was ist sie?«
»Nach der letzten Depesche von ›November‹. Aus Helsinki. Sie erinnern sich?«
»Ja. Ich gab ihm Anweisung, sich so rasch wie möglich aus Helsinki zurückzuziehen. Wir können jetzt keinen Ärger mit den finnischen Behörden gebrauchen.«
»Damals versprach ich Ihnen, daß ich sie bekomme.«
»Was bekomme?«
»Die Crohan-Akte.«
»Wie haben Sie das denn angestellt?«
»Ich fuhr hinüber und ließ sie mir aushändigen«, sagte Mrs. Neumann und lachte plötzlich los. Wie ein rostiges Maschinengewehr, das in kurzen Feuerstößen losrattert.
Hanley legte gelassen seinen Kugelschreiber aus der Hand und sah hinauf zu der großgewachsenen, hübschen Frau. Er wußte, daß sie das Frage-und-Antwort-Spiel liebte, und er hatte keine Lust, sich so zu benehmen wie ihr angetrauter Mann; doch diese Angelegenheit war zu faszinierend. Er faßte den Aktendeckel nicht an.
»Kein Wunder, daß sie die Akte nicht herausrücken wollten«, sagte Mrs. Neumann. »Daß selbst wir sie nicht sehen sollten.«
»Wie sind Sie an diese Unterlagen herangekommen, und warum sind sie noch akut? Die Sache mit dem Überläufer ist begraben. Devereaux verläßt noch heute abend das Operationsgebiet.«
»Ich bekam sie, weil ich stur bin. Weil ich mir doch von denen nicht vorschreiben lasse, welche Unterlagen ich sehen darf und welche nicht. Wir sitzen schließlich in der gleichen Regierungsbehörde . . .«
»Wir haben alle unsere Geheimnisse, Mrs. Neumann«, sagte Hanley mit milder Stimme.
»Aber nicht Geheimnisse, nur weil die behaupten, es wären

welche. Das ist nicht gut genug«, antwortete sie. Sie entschloß sich dazu, auf dem einzigen Holzstuhl Platz zu nehmen, der für Gäste des Einsatzleiters der Abteilung R reserviert war.
»Zudem«, fuhr sie fort, »hatten sie diese Crohan-Akte nur in ihrem Besitz, weil sie das OSS-Archiv geerbt haben, als dieser Laden aufgelöst und durch die neugegründete Central Intelligence Agency ersetzt wurde. Das ist ja nicht mal eine CIA-Akte.«
»Und warum wollte die CIA die Unterlagen trotzdem geheimhalten?«
»Verdammt kompromittierendes Material.«
»Für Langsley?«
»Zur Abwechslung mal für uns alle, Hanley. Für die ganze Nation.«
»Und Sie marschierten einfach durch das Tor von Langley und nahmen die Akte mit?«
»In gewisser Beziehung ja. Ich habe Ihnen schon damals prophezeit, daß ich sie bekommen werde. Also machte ich eine Computer-Anfrage.«
»Und auf die Anfrage hin haben die Ihnen die Akte ausgehändigt«, fuhr Hanley mit sarkastischer Stimme fort.
»Genauso war es. Obwohl das Verfahren etwas komplizierter ist, als Sie es darstellen. Ich könnte Ihnen alle Details schildern; aber wenn Sie nur eine Zusammenfassung hören . . .«
»Nur das Wichtigste, Mrs. Neumann. Ich bin mit der Materie von Computern nicht so vertraut wie Sie . . .«
»Ja, ich weiß. Ich mußte einen Umweg machen, indem ich erst die Anforderung an die Adresse des Nationalen Sicherheitsrates eingab und sie dann nach Langley umleitete; doch diesmal mit dem Erkennungscode des Nationalen Sicherheitsrates versehen.«
»Ich verstehe leider kein Wort.«
»Ich habe die Akte gestohlen. Sie werden inzwischen ver-

mutlich das Leck entdeckt haben. Sie Sache muß spätestens nach zwei, drei Stunden aufkommen, doch mir reichte diese Zeit. Die wissen inzwischen auch, daß wir die Anforderung manipuliert haben, Hanley. Also machen Sie sich auf etwas Publicty gefaßt. Aber ich sagte Ihnen ja, daß ich denen die Akte aus den Rachen reißen werde.«
Hanley war blaß geworden. »Mein Gott, Mrs. Neumann, sind Sie verrückt geworden?«
»Keinen Mum, Hanley?« Sie lächelte triumphierend.
»Was wird der Direktor der CIA unserem Neuen Mann erzählen?« sagte Hanley, womit er mit dem Neuen Mann den augenblicklichen Chef der Abteilung R meinte.
»Gar nichts, wenn Sie mich fragen, Hanley. Wird die CIA zugeben, daß man ihnen Geheimakten aus dem Archiv stehlen kann, direkt unter den Augen seiner Leute?«
»Aber woher wußten Sie, wonach Sie fragen mußten? In Computersprache, meine ich?«
»Ich wußte es nicht. Also forderte ich die Akte im Klartext an. Und auf meine offene Sprache hin haben sie mir die Akte auch gegeben.«
»Aber das Material war doch streng geheim . . .«
»Nicht für den Berater des Nationalen Sicherheitsrates«, sagte Mrs. Neumann.
»Mein Gott, das können Sie doch nicht tun!«
»Das kann ich nicht?« raspelte sie. »Was liegt denn auf Ihrem Schreibtisch?«
»Aber die Operation ist abgeschlossen!«
»Schauen Sie hinein, Hanley. Wissen ist Macht.«
»Sie bringen einen in Versuchung wie die Schlange, Mrs. Neumann.«
Sie lächelte.
Er öffnete den Hefter und begann langsam zu lesen, während Mrs. Neumann ihm gegenübersaß und auf seine Reaktion wartete.
Und dann waren da nur die Geheimnisse aus der Einsatzakte

eines Mannes Tomas Crohan, irischer Staatsangehöriger, der von dem OSS verführt worden war, für sie einen kleinen Auftrag niedrigster Sorte zu übernehmen und der zum Glück von der Roten Armee einkassiert worden war, als sie 1945 in Wien einmarschierte.
Hanley fühlte sich bestätigt, als er die Computerkopie las. Er hatte Devereaux nichts gesagt. Er hatte extemporiert, Devereaux auf Eis gelegt, ihn sogar noch hingehalten, als der sowjetische Deserteur namens Tartakoff die Abteilung damit ködern wollte, daß er ihnen Crohan als Mitgift anbot. Es spielte nun keine Rolle mehr, welche Motive ihn ursprünglich dazu veranlaßt hatten, Devereaux abzuschieben, ihn zur Einsicht zu zwingen, daß er keinen Fuß mehr auf die Erde bringen würde innerhalb der Abteilung. Er hatte das Richtige getan, wenn auch unter falschen Vorzeichen.
Crohan durfte nie mehr in den Westen zurückkehren, wenn er überhaupt noch lebte.
Und Devereaux. Hanley fand sich jetzt auch noch in seiner Taktik bestätigt, nichts zu unternehmen und Devereaux wieder nach Hause zu holen. Der Bürokrat in ihm war mit sich selbst zufrieden.
»Eine tolle Geschichte, nicht wahr?« sagte Mrs. Neumann und schnalzte dabei mit der Zunge wie ein Feinschmecker.
»Sie haben diese Anforderung ganz allein manipuliert, oder?«
»Selbstverständlich.«
»Kein anderer weiß davon oder hat diese Kopie gelesen?«
»Halten Sie mich für einen kompletten Idioten, Hanley?«
»Niemand darf dieses Dossier sehen.«
»Ich drehe es gleich anschließend draußen im Flur durch den Reißwolf. Ich wollte nur, daß Sie die ganze Geschichte erfahren.«
»Ich finde sie unglaublich«, sagte Hanley schließlich und klappte den Hefter wieder zu.

Mrs. Neumann sah ihn stirnrunzelnd an. »Ja. Wer würde glauben, daß wir im letzten Weltkrieg wußten, wann die Nazis Coventry bombardieren würden, und doch nichts unternahmen, aus Angst, wir könnten damit den Deutschen verraten, daß wir ihren Geheimcode geknackt haben? Eine Menge Leute mußten sterben, weil wir dieses Geheimnis bewahren wollten.«

»Und bei dieser Geschichte?«

»Doch niemand bis jetzt, oder?«

»Falls nicht dieser britische Agent in Helsinki ihretwegen umgebracht wurde.«

»Sie glauben, die Akte Crohan hat ihn das Leben gekostet?«

»Ich weiß es nicht. Ich weiß es wirklich nicht. Jedenfalls sollte Devereaux morgen in einem Flugzeug sitzen. Ich rufe ihn aus Helsinki zurück.«

»Und Tartakoff?«

»Da sind wir nicht tätig geworden. Ich fürchte, wir werden ihn zappeln lassen müssen.«

»Zusammen mit Crohan.«

Hanley runzelte die Stirn. »Wenn der überhaupt noch am Leben ist.«

17

Helsinki

Das Telefon läutete in Devereaux' Zimmer. Devereaux wandte sich von seinem gepackten Koffer ab und ging zum Schreibtisch. Er nahm den Hörer ab und wartete.

»Mr. Glass«, sagte die Stimme am anderen Ende der Leitung.
»Nein. Mein Name ist Dixon. Da sind Sie falsch verbunden.«
»Entschuldigung«, sagte die Stimme, und die Verbindung wurde getrennt.
Devereaux legte den Hörer auf die Gabel zurück und starrte den schwarzen Apparat eine Weile an. Glass. Und die falsche Verbindung vor zwei Wochen war für einen »Mr. Fellows« gewesen. Es hatte mit A begonnen und folgte dem westlichen Alphabet bis Z. Nur sollte es keine weitere Kontakte von Tartakoff mehr geben, ehe er morgen früh mit dem Flugzeug Helsinki verließ.
Hanley hatte es ihm deutlich genug gesagt: »Kommen Sie heim.«
»Nichts ist entschieden.«
»Kommen Sie nach Hause. Lassen Sie alles liegen. Lassen Sie jemand anders die Scherben aufkehren.«
»Tartakoff?«
»Nein.«
»Crohan?«
»Ist nicht unsere Angelegenheit.«
»Warum hat jemand den britischen Agenten getötet?«
»Ich weiß es nicht; es ist mir auch egal. Sie kommen heim.«
Er hatte sich befreit gefühlt und auch ein bißchen schuldig, wie ein Kind, das man nach Hause schickte, ehe der Unterricht zu Ende ist. Etwas war nicht zu Ende gebracht, und doch erlaubte man ihm, die Stadt zu verlassen, der Falle zu entrinnen.
Und jetzt dieser Anruf. Mr. Glass.
Aber es gab keine Möglichkeit, von hier aus Hanley zu erreichen. Nicht, seit die Polizei jedes Gespräch aufzeichnete. Auch das Gespräch des Verbindungsmannes zwischen ihm und Tartakoff.
Devereaux ging zum Fenster, dessen Schmutzstreifen an den

gestrigen Schnee erinnerten. Der Schnee war wieder geräumt worden. Unter dem Fenster lag die Baugrube, wo die Polizei Natalis Leiche gefunden hatte.
Zwei Tote, und niemand verstand, warum. Nicht Kulak, der Polizist. Nicht Devereaux.
Er berührte die Fensterscheibe. Sie war warm.
Tod und noch ein Tod. Der Polizist war frustiert gewesen. Wer hatte ihn bei seinen Ermittlungen zurückgepfiffen? Wer war Tomas Crohan? Und warum hatte Hanley ihn plötzlich zurückgerufen, nachdem er neun Wochen hindurch geschwiegen hatte?
Aus diesem Auftrag sollte nie etwas werden. Wie bei seinem Einsatz in Jamaika. Devereaux war auf Eis gelegt. Devereaux war irgendwo in einem vergessenen Schrank eingeschlossen, weil er die Verwaltung in Verlegenheit gebracht hatte, weil die Abteilung R sich die Wahrheit nicht leisten konnte. Und nun gab ihm Tartakoff ein Signal, und das bedeutete, daß er bereit war für seinen Zug, vielleicht schon in Helsinki eingetroffen war. Mit einem Gefangenen namens Tomas Crohan, der seit achtunddreißig Jahren als verschollen galt.
»Verdammt«, sagte Devereaux.
Die Entscheidung überstieg seine Kräfte. Der Flugschein für die Finnair-Maschine nach New York lag auf seinem eingebauten Schreibtisch.
Und er würde zurückkehren zu seiner Holzhütte in den Blue Ridge Mountains in Virginia und dort auf einen Posten in Asien warten, der nie genehmigt werden würde. Er mußte untätig bleiben, weil man kein Risiko eingehen durfte. Und die Zeit würde vergehen, ein Jahr nach dem anderen, und er würde ziellos im Westen herumtreiben wie bisher.
Er empfand plötzlich Sympathie für den unbekannten, unsichtbaren Gefangenen namens Crohan. Man hatte nichts für ihn getan, und die Zeit war vergangen, und der Gefangene hatte nur so lange durchgehalten, damit nun seine letzte

Hoffnung ausgelöscht wurde wie Kirchenkerzen von den Ministranten.
Devereaux starrte in die Baugrube hinunter. Warum sollte Natali auf die gleiche Weise umgebracht werden wie Sims? Kulak hatte recht. Das war kein Spiel, sondern Mord. Sie waren lebendig gewesen, und nun waren sie tot.
Devereaux wandte sich vom Fenster ab, ging zu seinem gepackten Koffer und schob ihn in das oberste Fach seines Kleiderschranks. Er ging zum Schreibtisch und steckte den Flugschein für die Finnair-Maschine in die Tasche. Er verließ sein Zimmer. Nun machte er keinen Schritt mehr vor die Tür ohne die häßliche Colt-Python, Kaliber .357, in dem Magnethalfter. Er brauchte nun nicht mehr den Schein zu wahren. Er hatte eine Entscheidung genausowenig gewollt wie Hanley. Doch die ihm auferlegte Untätigkeit und der Anruf soeben von dem Mittelsmann hatten ihn zu einer Entscheidung gezwungen. Wenn er nicht handelte, wenn er nach Hause flog, ohne dieses Geschäft erledigt zu haben, dann hatte er auch eine Wahl getroffen und sich zu einem Schritt entschlossen, der nicht weniger folgenschwer war als jener, den er sich nun vorgenommen hatte.
Er benutzte die Treppe statt des Aufzugs zur Lobby hinunter. Er ging zum Empfang und sagte dort Bescheid.
»Ich werde noch ein paar Tage bleiben . . .«
»Wir dachten, Sie würden morgen . . .«
»Ja. Aber ein neues Geschäft ist dazwischengekommen«, sagte Devereaux.
»Das geht in Ordnung«, sagte die Dame vom Empfang. Sie war ruhig und methodisch. Sie schrieb etwas auf einen Zettel und legte ihn in das Register. »Vielen Dank, Mr. Dixon. Ist sonst alles zu Ihrer Zufriedenheit?«
»Ja«, sagte er.
Er drehte sich um und durchquerte die Lobby. Er würde in jedem Fall tun, was getan werden mußte, umd zur Hölle mit Hanley.

Er drückte auf den Aufzugsknopf, und als sich die Türen öffneten, sah er nicht den anderen Gast, der mit ihm in den Aufzug trat. Er war viel zu sehr versunken in seinen Gedanken.
Die Türen schlossen sich.
Der andere Gast drehte sich um, sah hoch und sagte: Du?«
Ihre Stimme war leise, überrascht, sanft.
Da sah er sie an und wollte nicht glauben, was er sah. Er sagte nichts. Er fühlte sich geschwächt, als habe er einen Faustschlag ins Gesicht bekommen. Er vermochte sich nicht zu bewegen.
»Mein Gott«, sagte sie.
Er sagte nichts.
Und dann durchquerte sie den Fahrstuhl und stand dicht vor ihm. Er konnte ihren Atem riechen, wie er ihren Atem gerochen hatte in Florida an jenem Morgen, als sie sich kennengelernt und geliebt hatten. Ihr Atem duftete rein und süß. Ihr Atem roch wie der eines Säuglings, der eben seine Milch getrunken hat. Sie starrte ihn einen Moment lang an, und er hatte Angst vor ihr, vor ihrer Berührung.
Sie berührte seine Wange.
Sie küßte ihn nicht, sondern berührte nur seine Wange.
Und endlich fand er seine Stimme wieder und wrang sich ein Wort ab: »Rita.«
Die wiederzusehen er nicht erwartet hatte.

18

Amsterdam

»Alles ist ziemlich kläglich verlaufen.«
»Ich erledigte meinen Auftrag. Ich brauche mir nicht von Ihnen sagen zu lassen . . .«
»Doch, Antonio. Diesmal werden Sie mir zuhören. Ohne Kokain. Ohne Ihre Freundinnen. Sie brachten in Helsinki eine Frau um.«
»Das war eine Privatsache.«
»Sie standen unter Vertrag.«
»Sie mußte getötet werden.«
Der Bulgare namens Penev drehte sich um. Sie standen auf dem Marktplatz im Regen, umgeben von roten Häusern, die der Regen grau anstrich. Sogar die Hippys, die sonst auf diesem Platz wohnten, waren unter die Kolonnaden und in die Kellerbars entlang der Kalverstraße und den Gassen daneben geflüchtet.
»Es gibt keine Privatangelegenheiten, solange Sie bei uns unter Vertrag stehen.«
»Ich nehme von Ihnen keine Befehle entgegen.«
»Nein«, sagte der dicke Mann. Er verzog das Gesicht, und seine Augen glitzerten feucht im Regenlicht. »Das liegt auf der Hand.«
»Sie hatten ein Geschäft in Dublin.«
»Ich weiß nicht, ob wir Ihnen das anvertrauen können.«
»Ich mußte die Hure umbringen.«
»Warum?«
»Sie hatte mit einem Amerikaner geschlafen. Einem Geschäftsmann. Fast hätte ich ihn mit meinem Objekt verwechselt. Sie erzählte mir, er sei Engländer. Dann machte ich mir über ihn Gedanken, weil dieser Sims ihn ansprach.

Zum Henker, er war Amerikaner. Ein amerikanischer Geschäftsmann. Ich hatte Angst, sie würde sich an etwas erinnern, wenn die Polizei ins Hotel kam. Ich hatte ihr ja auch ein wenig weh getan. Nicht zu sehr. Die Amsterdamer Hure hat sich nie darüber beschwert.«
»Warum tun Sie Frauen weh?«
»Weil ich das will. Das geht Sie nichts an.«
»Sie sind zu gefährlich geworden.«
»Was erwarten Sie sich denn? Einen Pfadfinder?«
»Warum haben Sie die Frau umgebracht?«
»Ich wollte nicht, daß sie irgendwas der Polizei erzählt. Falls man sie in der Sache Sims verhört und nach dem Mann gefragt hätte, den sie für einen Engländer hielt.«
»Wie hieß dieser Mann?«
Dixon. Oder Nixon. So ähnlich jedenfalls. Es war nicht weiter wichtig.«
»War das der Mann?«
Der Bulgare hielt ein Foto in der Hand; der Regen fiel darauf und zog nasse Streifen darüber. Antonio betrachtete das Foto. Sein Haar war naß und verfilzt vom Regen.
»Ja. Wer ist das?«
»Das ist nicht wichtig.«
»Also war er kein Geschäftsmann.«
»In gewisser Hinsicht schon. Sie werden nicht zu viel wissen wollen. Meine Leute sind gar nicht glücklich. Sie haben sie in Schwierigkeiten gebracht.«
»Ich verstehe nicht, warum.«
»Aber ich verstehe es. Das genügt.«
»Was ist mit Dublin? Warum müssen wir hier im Regen stehen?«
»Weil ich Sie hier treffen wollte. Verstehen Sie das?«
»Versuchen Sie nicht, mir zu drohen.«
»Das habe ich nicht nötig. Wenn ich einen Finger höbe oder einen Pfurz ließe, würde man Sie in Atome zerlegen.«

»Klar. Ich bin beeindruckt. Sehen Sie nur: Ich schlottere vor Angst.«
»Gehen Sie nicht zu weit, Antonio.«
»Ich gehe zurück nach Paris. Ihre Leute treiben nur ein Spielchen.«
»Sie gehen nicht eher, bis Sie Ihren Vertrag erfüllt haben.«
Antonio schwieg. Er ging im Kreis um die massige Figur des Bulgaren herum. »Was verlangen Sie jetzt von mir?« Er klang müde, doch die Müdigkeit hatte mit dem Killen nichts zu tun. Killen lud ihn auf wie eine Batterie. Es waren die endlosen Tiraden des Bulgaren und die vagen Drohungen. Das ermüdete ihn.
»Ein letztes Objekt, und dann lassen wir Sie in Ruhe.«
Antonio lächelte. Sein brünettes Gesicht zeigte keine Spur von Heiterkeit. »Ich habe andre Auftraggeber.«
»Ein Mann in Dublin. Ich sprach damals schon davon. Aber der Job, den Sie in Helsinki erledigt haben, war zu kompliziert in der Ausführung.«
»Ich verstehe Ihre Lage«, sagte Antonio.
»Wirklich?«
»Wer ist der Mann?«
»Nicht wichtig. Aber er ist ein Profi.«
»Wie wollen Sie die Sache erledigt haben?«
»Das ist wichtig: Es muß aussehen wie IRA.«
»Ich soll ihn in die Luft sprengen?«
»Nein. Aber es muß aussehen, wie IRA. Hier ist etwas.«
Penev gab ihm eine Karte. Darauf stand in Druckbuchstaben: TOD DEN ENGLISCHEN HUNDEN.
»Das ist kindisch. Die IRA verteilt keine Visitenkarten, wenn sie jemanden umbringt.«
»Sie rufen die *Irish Times* an, wenn Sie das Objekt beseitigt haben. Und Sie sagen ihr diesen Satz.«
»Ich spreche nicht wie ein Ire.«
»Das spielt keine Rolle. Zeitungen sind Zeitungen. Der Mord wird sie überzeugen.«

»Und danach fahre ich wieder nach Hause?«
»Sie fahren anschließend nach Helsinki, Antonio. Noch ein kleines, letztes Geschäft nach Dublin.«
»Bei euch heißt es immer, es sei ein kleines, letztes Geschäft.« Der Mann, der sich Antonio nannte, zuckte mit den Achseln. »Mir soll es recht sein. Es war verdammt kalt in Helsinki.«
»Nicht mehr lange«, sagte der Bulgare. »Ist Ihnen nicht aufgefallen, daß die Tage länger werden?«
Antonio lächelte wieder, und diesmal lag ein düsterer Schimmer auf seinem Gesicht. »Sie sind ein Optimist. Die Tage werden niemals länger. Es ist immer die gleiche Zeit. Sie reden wie mein Vater. Lange Tage. Tage sind Tage, nur die Dauer des Tageslichts ändert sich. Ich hatte mal geschäftlich in Narvik zu tun, und die Sonne stand vierundzwanzig Stunden am Himmel. Im Juni. Aber es war immer noch derselbe Tag.«
»Das habe ich eben nicht verstanden.«
Antonio zuckte abermals mit den Achseln. »Es ist nicht wichtig.«
»Benutzen Sie kein Messer. Die IRA verwendet Schußwaffen.«
»Das geht schon in Ordnung. In Helsinki habe ich sie aufgeschlitzt.«
»Den Mann?«
»Die Frau auch. Ich hatte eine Rolle Plastikfolie bei mir. Sie blutete und blutete. Ich habe etwas von ihr die Toilette hinuntergespült. Das war vielleicht eine Schweinerei.«
»Sie mußten sie ja nicht töten. Das war die Schweinerei.«
»Sie war eine Schweinerei. Das kann ich Ihnen aber sagen.«
»Das Geschäft, Antonio.« Der Bulgare schlug seinen Mantelkragen hoch. »Sie halten sich strikt an unser Geschäft.«

19
Helsinki

Rita Macklin war mit blassem Gesicht und zitternden Händen mit Devereaux auf dessen Zimmer gegangen. Sie hatte sich in den Sessel vor den eingebauten Schreibtisch gesetzt, in dem auch der Polizist Namens Kulak gesessen hatte, als er Devereaux verhörte.
Eine lange Zeit sprachen sie nicht.
»Ich hätte nie gedacht, daß ich dich jemals wiedersehen würde«, begann sie schließlich fast traurig, als wäre es besser gewesen, mit den Erinnerungen weiterzuleben.
»Nein«, sagte Devereaux. Er ging zum Fenster und sah hinunter in die Baugrube.
Es war fast drei Uhr nachmittags. Er sollte jetzt gegenüber vom Spirituosenladen auf das Signal warten. Er spürte nun den Druck der Zeit, nachdem er all die Wochen hindurch in Helsinki mit seinem Gefühl der Zeitlosigkeit gelebt hatte. Er war jetzt frei und fühlte sich doch noch mehr als Gefangener als in allen Wochen zuvor. Er spürte ihre Gegenwart im Zimmer.
»Warum bist du hier?«
»Das kann ich dir nicht sagen.«
»Das Spiel«, sagte sie.
Er drehte sich um.
»Das Spiel«, wiederholte sie. »Es ist immer ein Spiel.«
»Nicht mit dir«, sagte er sacht. Seine Stimme war ausdruckslos, farblos wie Quellwasser. Und doch sehnte er sich danach, offener zu ihr zu sprechen. Er konnte es nicht.
»Ich hatte dich vergessen.«
Ich habe dich nie vergessen, dachte er.
Vor drei Jahren. Sie war eine Reporterin für eine zweitklas-

sige Presseagentur gewesen und hatte für einen Mann namens Kaiser gearbeitet. Da war ein Priester namens Tunney, der nach zwanzig Jahren aus Asien herausgekommen war. Er hatte sie benutzt, um hinter Tunneys Geheimnis zu kommen, und am Ende hatte er ihr das Leben gerettet. Eine einfache Sache, nur daß er sich in sie verliebte, während er sie als Werkzeug mißbrauchte. Er konnte sich nicht erinnern, daß er jemand in diesem kalten, seichten Leben, das er in den vergangenen zwanzig Jahren geführt hatte, geliebt hätte. Doch sie hatte er geliebt, und am Ende hatte er sie verlassen, weil sich keine gute Sache zwischen ihnen hätte entwickeln können.

Das hatte er sich eingeredet.

Nach einer Weile war es nicht mehr wichtig. Nach einer Weile kam sie nur noch in Träumen oder Alpträumen zu ihm.

»Warum bist du hier, Rita?«

»Urlaub.«

Er drehte sich vom Fenster fort und lächelte. »Die richtige Jahreszeit dafür.«

»Das erinnert mich hier an Wisconsin. Vielleicht hast du noch nicht vergessen, daß ich aus Wisconsin stamme.«

Er sagte nichts.

»Und du. Du bist des Spieles wegen hier«, sagte sie. Ihre Stimme war ein bißchen zu brüchig; sie verriet die Gefühle, die sich hinter den kalten Worten versteckten.

»Du zeigst mir dein Spiel, und ich werde dir meines zeigen«, sagte Devereaux.

»Klar. Das ist fair. Wirst du auch fair sein?«

Er wartete.

»Vor vierzehn Stunden wurde ich in Dublin von einem britischen Agenten entführt.«

»Hast du dich nicht in der Geographie geirrt? Ich dachte, die Agenten in Dublin wären Iren.«

»Er war Brite. Und er wollte von mir etwas über einen Mann namens Tomas Crohan wissen.«

Sie beobachtete, welche Wirkung ihre Worte auf ihn hatten. Ihre grünen Augen zogen sich lauernd in dem trüben Licht zusammen, das zu dieser Stunde im Hotelzimmer herrschte. Das Bett war noch ungemacht. Sie sah in dem zerknitterten Laken und der zurückgeworfenen Zudecke die Spuren einer schlaflosen Nacht.

Er bewegte nicht einen Muskel. Er wartete mit scheinbarer Langmut.

»Also sagte ich ihm, was ich wußte. Ich hatte nur die Wahl zwischen einer Beichte und einer Gefängniszelle oder vielleicht noch etwas Schlimmerem, obwohl ich nicht glaube, daß sie mich wegen dieser Geschichte umgebracht hätten. Bist du auch in dieser Sache hier?«

»Warum bist du hergekommen?«

»Ich gehe nach Rußland, sobald ich über die Finnair-Besichtigungsreisen ein Visum bekommen habe. Ich glaube, dieser Crohan ist in Leningrad und wird dort in einem Gefängnis festgehalten.«

Wieder geisterte ein kaltes Lächeln über Devereaux' Gesicht, und die grauen Augen blitzten auf wie Packeis unter der Wintersonne.

»Erkundige dich aber vorher, wann die Häftlinge ihre Besuchstage haben«, sagte er.

»Warum würde dich das interessierten?« fragte sie, als hätte er ihr einen ernstgemeinten Rat gegeben.

»Ich bin vielleicht auch auf Urlaub hier«, sagte er. Ihm wurde bewußt, daß das hier seit fast zwei Monaten sein erstes ausführliches Gespräch war, wenn er von dem Verhör durch den Polizeibeamten einmal absah. Er hatte diese leise, rauchige sehr entschiedene Stimme nie vergessen, auch nicht den leichten Überbiß, der ihrem Mund ein aggressives, sinnliches Aussehen gab – nie vergessen, was ihre Nähe bedeutete: Der Gegenpol von Wärme und offenem Leben zu seinem Pol des grauen, ungewissen Daseins, der erstarrten Unentschlossenheit.

Sie wäre während dieser Tunney-Sache zweimal fast ermordet worden, und er hatte ihr das Leben gerettet. Und dann, als sie ihm sagte, daß sie ihn liebte, hatte er sich von ihrer Offenheit und Gewißheit zurückgezogen in seine Welt der Schatten, der gedämpften Lichter, der grauen Tage und kalten Nächte.

»Ich habe dir meine Karten offengelegt«, sagte sie und lächelte. Das Gespräch hatte wieder Farbe in ihre Wangen gebracht. Sie beugte sich in ihrem Sessel vor, damit sie ihn besser sehen konnte im Gegenlicht vor dem Fenster. Es war immer so schwierig gewesen, ihn in den Blick zu bekommen, erinnerte sie sich, selbst wenn er sich im gleichen Zimmer mit ihr befand.

Devereaux faßte einen Entschluß.

»Du brauchst nicht nach Leningrad zu reisen«, sagte er langsam und leise, während seine Stimme sich hob wie eine träge Eisscholle, die in der Frühlingssonne auseinanderbricht.

Jetzt sagte Rita Macklin kein Wort, sondern saß nur ganz still da.

»Ich habe keine Ahnung, was das alles zu bedeuten hat. Ein britischer Agent hat dich in Dublin dazu gezwungen, ihm diese Geschichte zu erzählen?«

»Er hat mich gekidnappt. Aber er war gar nicht so übel.«

»Ja. Das hörte sich so an.«

»Du hast schlimmere Dinge getan«, sagte sie.

Er ignorierte das. »Warum waren die Engländer an diesen Crohan interessiert?«

»Das sagte er nicht. Leute deines Schlages geben in der Regel nicht so einfach ihre Motive preis.«

»Jedenfalls nicht Reportern gegenüber.«

»Er sagte, ich sei eine Spionin. Für die CIA.«

»Bist du das?«

»Sehr unwahrscheinlich.«

»Es gibt ausgefallenere Dinge.«

»Ich arbeite für . . .«
»Ich weiß, für wen du arbeitest, Rita.« Seine Stimme war immer noch ausdruckslos, ohne Emotion; aber seine Worte hatten nicht mehr diesen harten Klang, sondern sanfte Ränder.
»Ich habe mir nie viel von dieser Geschichte versprochen. Ich war mir nicht mal sicher, daß es eine Story wäre«, sagte Rita, nachdem es eine Minute lang still gewesen war im Zimmer.
Devereaux blickte hinunter in die Baugrube, wo sie Natali gefunden hatte. »Würdest du mir glauben, wenn ich dir sagte, es gäbe Schlimmeres als deine Entführung durch den britischen Agenten?« sagte er, während er immer noch durch das Fenster starrte.
»Was zum Beispiel?«
»Zwei Morde. Der eine an einer Frau. Der andere an einem anderen britischen Agenten. Wenigstens nehme ich an, daß er britischer Agent war. Und nun passiert etwas. An diesem Nachmittag. Ich weiß nicht, was; aber ich weiß, das es in diesem Augenblick geschieht. Wußte dieser Agent in Dublin, wußte er, daß du nach Helsinki reisen würdest?«
»Ja. Tatsächlich hat er mir das auf den Kopf zugesagt. Er wußte eine Menge, und eine Menge von dem, was er über mich wußte, hat er falsch gedeutet.«
»Tatsachen und Lügen, alles eine Soße«, sagte Devereaux, nicht zu ihr, sondern sich selbst. »Und wer ist Tomas Crohan? Ich bin offenbar der einzige, der das nicht weiß.«
Sie erzählte ihm in schlichten Worten alles, was sie über diesen Mann wußte, der 1944 und 1945 als amerikanischer Agent hinter den Frontlinien der Nazis arbeitete und schließlich von der Sowjetischen Armee gefangengenommen wurde, die Österreich überrannte. Sie erzählte ihm von Mrs. Fitzroy und dann von dem Priester in Dublin, der einmal in der Regierung des Freistaates Irland tätig gewesen war und an dem Tag, als Rita Macklin nach Irland kam, um ihn zu

besuchen, auf einer Straße in Dublin mutwillig überfahren und getötet wurde.
»Was hältst du davon?« fragte sie am Ende ihres Berichtes; aber er blieb ihr eine Weile lang die Antwort schuldig.
Sie starrte ihn an und erkannte die Logik hinter den verwirrenden Ereignissen der letzten Tage. Wenn Devereaux sich in Helsinki aufhielt und wartete, dann konnte er nur auf Crohan warten; wenn Devereaux glaubte, hier würde in diesem Moment etwas passieren, dann mußte Crohan in Helsinki sein. Der Gedanke erschreckte sie momentan, wie einen Skifahrer zugleich ein erhebendes und banges Gefühl überkommt, wenn er den Steilhang hinunterschießt; und all die mühseligen Schritte, die er machen mußte, um den Hang zu erklettern, sind in dieser Sekunde vergessen.
»Ist Crohan hier?« fragte sie schließlich.
»Ich vermutete es.«
»Hast du ihn gesehen?«
»Nein. Ich wüßte nicht, wie er aussieht.«
»Es scheint keine Fotos von ihm zu geben. Mrs. Fitzroy besaß einen Schnappschuß aus seinen Kindertagen, und in Pater Cunninghams Nachlaß fand ich ein Foto von einem jungen Mann, den ich für Crohan hielt. Es war schon fünfzig Jahre alt.«
»Seltsam, nicht wahr?«
»Was?«
Doch er antwortete nicht. Er dachte zum erstenmal seit mehr als zwei Monaten fieberhaft nach; er schüttelte die Lethargie ab, mit der er hier Tag für Tag unter dem Schweigen des Ostens oder des Westens gelitten hatte, untätig, abwartend. Kein Wunder, daß er sich vorgekommen war wie ein Gefangener. Es war tatsächlich eine Gefangenschaft gewesen wie damals die neun Monate, die er in der St.-Charles-Besserungsanstalt für Knaben westlich von Chikago hatte verbringen müssen, als er dreizehn Jahre alt gewesen war. Die neun Monate waren ihm wie neun Jahre vorge-

kommen. Er war in dem rauhen Klima der Straßenschluchten von South Side in Chikago aufgewachsen, mit einem Gefühl für Brutalität und dem Gespür, wie man überleben kann. Und er war nur von der Besserungsanstalt und der Richtung, die dort sein Leben nahm, von seiner Großtante Melvina gerettet worden, die ihm plötzlich ein Heim geboten hatte, und von seinem Intellekt, der ihn von der Straße weggehalten und ihm ein neues Leben geschenkt hatte. Nun würde sein Verstand ihn abermals retten; er spürte, wie die Gedanken sich in ihm auffädelten wie Perlen, die er sich aus einem alten Karton zusammengesucht und plötzlich ans Licht gebracht hatte, um ihnen ein neues Leben zu geben.

»Dev«, sagte sie mit weicher Stimme, stand auf und ging durch das Zimmer.

Er drehte sich um und sah sie an. Seine Augen waren Eis, seine Haare weiße, mit Schwarz vermischte Streifen, sein Gesicht zerklüftet und mit tiefen Linien schraffiert, die nicht vom Alter kamen, sondern von Erfahrungen.

»Es ist ein gefährliches Unternehmen«, sagte er ruhig.

»Natürlich«, sagte sie.

»Willst du mir vertrauen?«

»Ja«, sagte sie.

»Von ihrem Standpunkt aus betrachtet – ohne zu wissen, wer diese Leute sind –, werden Sie dich töten müssen, ehe das alles zu Ende ist. Das ist mein Eindruck«, sagte Devereaux. Sie erschauerte. Er berührte sie nicht.

»Ich glaube, so wird das Spiel ablaufen müssen. Etwas stimmt an beiden Enden nicht, und das britische Interesse an diesem Geschäft verstehe ich überhaupt nicht.«

»Aber worum geht es überhaupt?«

»Am allerwenigstens um einen alten Mann, der aus der Sowjetunion zurückkommt. Da ist eine Falle vorbereitet worden, aber ich weiß nicht, für wen und warum. Ich wurde gestern nach Hause gerufen. Ich sollte morgen früh mit dem Flugzeug das Land verlassen. Heute nachmittag bekam ich

mein Signal; ich bin sicher, daß Crohan jetzt in Helsinki ist.«
»Solltest du auf den Anruf hin etwas unternehmen?«
»Ja«, antwortete Devereaux. »Ich sollte in diesem Augenblick draußen auf der Plaza sein, drüben auf der anderen Seite, um dort auf ein Zeichen zu warten. Auf das Zeichen zum Kontakt.«
»Was wirst du jetzt tun?«
»Nichts. Ich muß eine Botschaft aus der Stadt hinausbringen.«
»Hinaus? Warum?«
»Helsinki ist ein Sieb für Spione«, sage Devereaux. »Jede Leitung kann angezapft sein, alles kann hier abgehört werden . . .«
»Eine schöne Demokratie«, sagte Rita.
»Es ist die einzige, die sie sich leisten können im Vorhof der Sowjetunion«, antwortete Devereaux. Er war von seiner Antwort überrascht; er hatte geglaubt, er habe überhaupt keine Meinung über die Finnen.
»Warum wartest du hier, statt deinen Kontakt aufzunehmen?«
»Weil ich glaube, daß sie mir noch einen Tag Zeit lassen«, antwortete Devereaux mit ironischer Stimme. »Ich bin mir dessen sicher.« Er ging zum Schreibtisch und schlug einen Flugplan der Finnair auf. »Bist du müde?«
»Nein.«
»In zwei Stunden startet eine Maschine nach Paris. Willst du nach Paris fliegen, dort die Nacht verbringen, meine Botschaft abschicken und am Morgen wieder hier sein? Ich treffe dich um zehn Uhr vormittags bei Stockmann.«
»Ich weiß nicht, wo das ist.«
»Der Taxifahrer, den du am Flughafen nimmst, wird es wissen. Du gehst in den vierten Stock, wo sie die Souvenirs verkaufen – Messer, Pelze, Tücher. Ich kann dort auf dich warten.«

»Ist das alles nötig?«
»Die Botschaft aus der Stadt hinauszubringen ist notwendig. Etwas ist verkehrt gelaufen mit den Depeschen, die ich von hier und von der Station in Stockholm hinausgeschickt habe. Wenn die Engländer über dich Bescheid wissen, muß das nicht für die Sowjets gelten. Ich bin ziemlich sicher, daß sie, was dich betrifft, noch ahnungslos sind. Du bist also verhältnismäßig sicher.«
Sie lächelte ihm zu. »Du möchtest mich zu einer Spionin machen.«
»Ich fürchte, da gibt es kaum eine andere Möglichkeit. Nicht in dieser Stadt, nicht mit Crohan. Die Engländer glauben, du seist eine Agentin.«
»Fehlinformation von jemandem.«
»Ja, aber wer hat sie ihnen gegeben? Und wenn jemand den Priester mit Absicht überfahren hat, dann hat er ihn nicht seiner politischen Überzeugung wegen getötet, sondern weil er etwas wußte.« Wieder erlaubte sich Devereaux ein frostiges Lächeln. »Du, Rita. Du bist wieder die Zielscheibe.«
»Aber wem soll ich die Botschaft übermitteln?«
»Ich werde es dir aufschreiben. Es ist eine Nummer in den Staaten. Rufe dort gegen sieben Uhr heute abend an, dann ist es ein Uhr nachmittags in Washington. Beantworte keine Fragen, und wiederhole dich nicht. Du sprichst nur klar und deutlich und hängst dann wieder auf. Dann legst du dich hin, ruhst dich aus und bist morgen früh wieder hier in Helsinki.«
»Dev«, begann sie.
Er sah sie an.
»Ich bin nie über diese Sache damals hinweggekommen.«
Er sagte nichts.
Sie berührte seine Hand.
»Für dich war es leichter«, sagte sie.
Nein, dachte er; aber eine Zustimmung würde zu viel von

der Wahrheit enthüllen. Was konnte er ihr sagen, das nicht wieder verschorfte Wunden aufreißen würde?
Sie schämte sich schrecklich in diesem Moment, unter seinem Schweigen. Er hätte etwas sagen sollen. Er hätte sie trösten sollen. Sie hatte ihr Herz sprechen lassen, und er hatte wieder nichts enthüllt. Sie kam sich wie ein Schulmädchen vor. Sie zog ihre Hand zurück und sah von ihm weg zum Fenster. Warum sprach sie, wenn er ihr mit Schweigen antworten konnte? Doch das war schon immer das Abkommen zwischen ihnen gewesen.
Er berührte sie.
Sie drehte sich ihm wieder zu.
Er berührte seine Lippen mit der Fingerspitze.
Sie verstand.
Er legte seine Arme um sie und hielt sie dann fest. Und sie ließ sich gegen ihn sinken und spürte die Wärme seiner Umarmung; eine Weile hielten sie sich umschlungen, ohne sich zu bewegen, ohne Worte, ja, ohne jeden Laut.
»Jetzt ist es eine Menge, vor dem wir auf der Hut sein müssen«, sagte Devereaux, sehr nahe bei ihr, während er sie immer noch festhielt.
Doch sie spürte nur seine Arme, die er um sie geschlungen hatte, und begrub ihr Gesicht in der Schulter seines Jacketts. Und sie hielt ihn eine lange Zeit so fest.

20
Dublin

Sperling saß in Elys Hotelzimmer auf dem Bett. Er hielt eine Pistole in der Hand. Er wartete bereits sechs Stunden. In vielerlei Hinsicht bedauerte er sogar, wenn Ely zurückkam. Er hoffte, daß Ely seine Mission aufgegeben und das Land verlassen hatte. Er wollte Ely nicht töten.

Die Frau war bereits abgereist, nach Helsinki. Rita Macklin. Georges Vermutung war richtig gewesen. Sperling würde beide, die Frau und den amerikanischen Agenten, in Helsinki zum Schweigen bringen. Und damit war das Geschäft dann abgewickelt.

Sperling war in den sechs Stunden des Schweigens und Wartens mancherlei durch den Kopf gegangen.

Er teilte Georges Meinung, daß Wickham noch gut weggekommen sei. Wickham würde sich hüten, den Mund aufzumachen, weil er wußte, was George ihm antun konnte, wenn er sein Schweigen brach.

Das einzige, was Sperling Sorgen machte, war Crohan. Das war doch nur ein Mick, ein lausiger Ire, der im Krieg für die Yanks gearbeitet hatte. Zuweilen regten sich diese Leute in den leitenden Positionen schrecklich auf wegen nichts. Sperling wußte das. Und daß es immer die kleinen Leute waren wie Ely, die am Ende die Zeche für die Großen bezahlen mußten.

Ely tat ihm leid. Ehrlich leid.

Sperling war ein harter Bursche, und daher konnte er sich Mitleid leisten. Er stammte aus Liverpool, und sein Alter war ein halber Ire gewesen. Liverpool war schon immer ein hartes Pflaster gewesen, obgleich früher nicht so viel Nigger in der Stadt gelebt hatten wie heute. Sperling hatte sechs

Jahre als Freischaffender für den Geheimdienst gearbeitet, ehe er von seinem Arbeitgeber übernommen wurde. Sperling war sehr hart aufgetreten damals: »Ich habe ein besseres Angebot, wenn ihr mich nicht auf eure Lohnliste setzen wollt.«

»Ein besseres Angebot?« das war so ein verdammter, arroganter kleiner Bürokrat gewesen wie Wickham, mit weißen schlaffen Händen und hochmütigen Augen. Die waren alle gleich.

»Klar. Von der IRA«, hatte Sperling gesagt, und das hatte Eindruck gemacht. Sie hatten eine Konferenz einberufen, wie sie das in solchen Fällen immer machen, und dann hatten sie ihn einen Monat lang überprüft und durchleuchtet und am Ende in den Dienst aufgenommen. Vor drei Jahren hatte George dann seine Talente erkannt. George wußte, was er an ihm hatte. George verließ sich auf ihn.

Sperling lächelte. Es war angenehm, wenn man gebraucht wurde.

Sperling war zu der Einsicht gekommen, daß es am leichtesten ging, wenn er Ely in seinem Zimmer abpaßte. Ely hatte das Zimmer noch nicht aufgegeben, seine Reisetasche stand immer noch im Schrank an der Wand, die dem Fenster gegenüberlag. Ely lebte sparsam, wie Sperling bemerkt hatte, obwohl er über ein Spesenkonto verfügte. Vielleicht wollte er etwas auf die hohe Kante legen für das Alter.

Was er in diesem Fall nicht mehr erleben würde, dachte Sperling. Wenigstens hatte er keine Order bekommen, die Parker betrafen, den Stationsleiter. Parker hatte sich ausgeklinkt, heftete seine kleinen Berichte ab über seine Beobachtungen an der Westküste von Irland, wo russische Unterseeboote aufgetaucht waren. George sagte, Parker schien nicht zu begreifen, worum es bei dem Fall Crohan überhaupt ging.

Was Sperling nicht überraschte. Er begriff es auch nicht. Er hatte nur verstanden, daß Ely zum Schweigen gebracht

werden mußte. Ein sauberer Fangschuß, sobald er ihn hier im Zimmer hatte.
Er hörte Schritte vor der Zimmertür. Er spannte die Muskeln an und griff unter sein Jackett zum Kolben der Walther.
Der Riegel drehte sich, und die Klinke bewegte sich nach unten. Die Tür ging rasch auf, so rasch, daß Sperling erschrak. Er hatte von Ely ein vorsichtigerers Verhalten erwartet.
Aber es war gar nicht Ely.
Der Mann im Türrahmen war schwarz gekleidet, sein Gesicht war dunkel und verschlossen, seine schwarzen Augen funkelten abscheulich. Er war barhäuptig, und seine Haare waren schwarz und wie angeklebt vom Regen.
Sperling bemerkte noch etwas. Es war das letzte, was er in seinem Leben wahrnahm. Der Mann im Türrahmen hielt eine sehr große schwarze Pistole in der Hand. Und er schoß schon, ehe die Tür gegen die Wand knallte, ehe Sperling die Walther ganz aus der Holster ziehen konnte.
Die ganze Aktion dauerte nicht einmal eine Sekunde, war jedoch so vollgestopft mit Details, daß Sperling sich sogar einen Moment lang wunderte über die verwickelten Zusammenhänge im Leben. Also würde Ely vielleicht doch nicht umsonst gespart haben, dachte er träge, als stünde ihm die ganze Ewigkeit zur Verfügung, über diesen Aspekt nachzudenken.
Er hörte den Schuß nicht mehr, weil sein Gehirn expoldierte, als die Kugel sein Gesicht zerschmetterte und durch seinen Schädel fuhr.
Antonio gab noch einen Schuß ab, ehe er sich von der Tür und der blutigen Szene abwandte. Er rempelte sogar einen Mann mit hellblonden Schnurrbart an, der gerade die Treppe heraufkam; hielt sich aber nicht damit auf, sich für sein Betragen zu entschuldigen.
Und so kam es, daß Ely die blutigen Überreste von Sper-

ling sieben Sekunden nach dem Mord in seinem Zimmer entdeckte.

21

Washington, D. C.

Mrs. Neumann hatte sich geirrt.
Hanley saß am Konferenztisch in dem Eckbüro in der CIA-Zentrale in Langley, Virginia. Das Gebäude war ziemlich häßlich und glich einem Motel auf Spinnenbeinen. Der nüchterne Zweckbau ruhte auf Betonpfeilern und versteckte sich nicht wie »Tantchen« in London hinter einer Wohnhausfassade. Die Central Intelligence Agency zeigte jedem Besucher schon in der Vorhalle seine Visitenkarte in Gestalt eines großen Spiegels, das im Fußboden der Vorhalle eingelassen war.
Hanley war noch nie in diesem Gebäude gewesen.
Er fühlte sich unbehaglich, als der Direktor der CIA bereits seine sechste Camel in einer Stunde rauschte und ihn schweigend anstarrte. Natürlich hatten sie die gestohlenen Unterlagen bis zur Abteilung R zurückverfolgt, wie Mrs. Neumann schon vermutet hatte. Doch sie hatte in dieser Angelegenheit keine Konfrontation erwartet, weil der CIA sich dabei nur blamieren konnte.
Auch der neue Leiter der Abteilung R war anwesend. Er war der Nachfolger von Konteradmiral Thomas Galloway (USN Ret.), der vor fast zwei Jahren nach dem Debakel in Paris, der Mitterrand-Geschichte, seinen Hut nehmen mußte. Hanley hatte eine Zeitlang die Abteilung geleitet, war aber

nicht zum Direktor ernannt worden, weil er nur ein Zivilbeamter war.
Der Neue Mann, wie sie ihn alle immer noch in der Abteilung nannten, damit er nicht mit dem Alten Mann, seinem Vorgänger Galloway, verwechselt wurde, hieß David Yackley. Yackley war ein energiegeladener Mann mit schwarzen Augenbrauen, mit seinen fünfundfünfzig Jahren der bisher jüngste Direktor eines bedeutenden Geheimdienstes der Vereinigten Staaten. Er war der Protegé eines alten Freundes des Präsidenten und hatte seinen neuen Posten mit frischem Enthusiasmus, neuen Ideen und neuen Plänen angetreten, wie man den Laden umkrempeln müsse. Zum Unglück der Abteilung R hatte er binnen sechs Monaten alle seine Pläne verwirklicht, und binnen eines Jahres hatten sie sich fast alle als vollkommen unbrauchbar erwiesen. Zurück blieb ein Scheiterhaufen, nicht nur in der Abteilung selbst, sondern auch in den Beziehungen zu den anderen Diensten, die unter dem Schirm des Nationalen Sicherheitsberaters zusammengefaßt waren. Der Neue Mann deutete die Mission der Abteilung R anders als sein Vorgänger, sah seinen Dienst, der weitaus kleiner war als die Central Intelligence Agency, in einer unterstützenden Rolle. Als Hanley ihm erklärt hatte, daß die Abteilung von Präsident Kennedy nach dem Schweinebucht-Fiasko, dem von der CIA verkorksten Einsatz auf Kuba, ins Leben gerufen worden war, hatte der Neue Mann das abgetan wie ein überholtes historisches Ereignis. Hanley hatte Kennedy zitiert: »Wer beobachtet die Beobachter? Wer spioniert bei den Spionen?« als Begründung für die Existenz der Abteilung R – als eine unabhängige Kontrolle des Geheimdienstes, damit keine der auf diesem Gebiet tätigen Behörden noch einmal so mächtig und anmaßend werden konnte, daß sie die Politiker zu täuschen vermochte, die für die Nation verantwortlich waren.

Und so war es zu dem Treffen mit dem Direktor der Central Intelligence gekommen.
Hanley erklärte zum wiederholten Male: »Wir mußten die Hintergründe kennen, Mr. Director. Wir hatten einen Agenten an Ort und Stelle. Er mußte eine Entscheidung treffen. Wir brauchten Informationen über Tomas Crohan.«
»Und die haben Sie sich dann mit einem billigen Computer-Trick beschafft.«
Hanley sagte: »Langley ist auf diesen billigen Trick hereingefallen.«
Der Neue Mann zuckte zusammen. Was ihn unter anderem so störte an der Abteilung R, war der dort grassierende Slang. Er hatte das Gefühl, als würde er durch diesen Jargon als Außenseiter abgestempelt, besonders von dem Klub der alten Hasen, den es in jedem etablierten Geheimdienst gab. Er hatte vorsichtig damit begonnen, die Altgedienten auszumerzen, sie von ihren Lehnsgütern zu befreien, ihre Macht zu brechen. Er hatte nicht einmal den Außendienst von diesem Prozeß verschont, obwohl er aus den Fehlern gelernt hatte, die Stansfield Turner gemacht hatte, als dieser auf einen Schlag fast alle Agenten im Außendienst in Pension schickte. Damals wäre fast die ganze CIA zusammengebrochen.
Der Neue Mann namens Yackley machte keine so dramatischen Schritte. Er bewegte sich langsam, suchte sich eine Begründung für seine Unzufriedenheit. Am langsamsten bewegte er sich in Hanleys Fall. Er hätte um keinen Preis zugeben wollen, daß er Hanley noch brauchte; Hanley kannte alle Geheimnisse, Hanley hatte immer noch die Macht. Aber selbst das würde sich mit der Zeit ändern, wenn er die Geheimnisse vorsichtig aufstemmte mit dem Meißel. So wie jetzt. Hanley hatte dem Kollegen die Zähne gezeigt.
»Wer ist dieser Mann in Helsinki?« fragte der Director der CIA.

»Wir haben jetzt keinen mehr dort«, sagte Hanley.
»Es war einer von den Altgedienten«, warf hier der Neue Mann ein. Hanley war entsetzt. *Das ist die Firma Langley. Das sind nicht unsere Freunde. Mit denen spricht man nicht über unsere Einsatz-Geheimnisse.*
Aber Hanley sagte nichts.
»Hanley hat ihn dort auf Eis gelegt, ihm einen langen Winterschlaf in Finnland verordnet«, sagte der Neue Mann mit Behagen. Er hatte eine ausgeprägte sadistische Ader. Aber die Leute, die ihn bewunderten, nannten das Durchsetzungsvermögen.
»Doch hinter dieser Sache steckt mehr, als wir zunächst vermuteten.«
»Ja. Direktor Yackley hat mich bereits informiert. Sie haben also in die Unterlagen über Tomas Crohan eingesehen. Begreifen Sie nun, warum sie geheimgehalten werden müssen?« fragte der Direktor der Central Intelligence.
»Wir gehören ja wohl kaum einer fremden Macht an«, entgegnete Hanley mit Würde. »Nach Absatz Drei unserer Charta haben wir freien und unbeschränkten Zutritt zu allen Unterlagen, die aus der Zeit vor der Gründung der Central Intelligence Agency stammen. Der CIA wurde 1947 ins Leben gerufen.«
Der Neue Mann drehte sich ihm zu: »Warum haben Sie mir das nicht gleich gesagt?«
»Weil Sie mich nie danach gefragt haben«, gab Hanley etwas unwirsch zurück.
»Wir wollen das jetzt nicht vertiefen«, meinte der CIA-Direktor. »Wir sitzen ja hier nicht zu Gericht. Was ich wissen muß, ist, was nun mit diesen Unterlagen geschieht?«
»Nichts. Ich habe sie im Reißwolf vernichtet, nachdem ich sie gelesen hatte.«
»Aber was gedenkt Ihr Agent in Helsinki jetzt zu unternehmen?«
»Er ist seit zwei Tagen abberufen«, sagte Hanley.

»Und wo ist er jetzt?«
»Das weiß ich nicht.«
»Das wissen Sie nicht?«
»Es ist schwierig, aus Finnland eine Nachricht zu schicken, ohne daß andere mithören. Das wissen Sie selbst.«
»Aber vor zwei Tagen? Reist er denn mit dem Schiff hierher?«»Eile war in seinem Fall nicht geboten.«
»Er hat es nicht eilig? Wofür wird er normalerweise verwendet?«
Hanley wandte sich dem Neuen Mann zu und weigerte sich, diese Frage zu beantworten. Der Neue Mann sagte: »Er ist Ersatzmann. Er muß warten, bis wir eine Verwendung für ihn finden.«
»Wäre es möglich, daß er – äh –, daß er den Rückrufbefehl nicht erhalten hat?«
»Nein«, sagte Hanley.
»Sie verstehen? Es wäre eine peinliche Situation für uns. Wenn er aus der Sowjetunion herauskäme.«
»Das Ganze liegt schon so lange zurück.«
»Aber es ist jetzt wichtig, verdammt noch mal«, sagte der CIA-Direktor.
»Warum?«
Der Neue Mann hatte Hanley angesehen und wandte sich nun dem CIA-Direktor zu: »Ja, warum jetzt?«
»Ich fürchte, es handelt sich um eine vertrauliche Information.«
»Tatsächlich?« Zum erstenmal bei dieser Konferenz schwang ein eisiger Unterton in Yackleys dünner Stimme mit. »Dann gibt es hier auch nichts mehr zu besprechen, nicht wahr?«
»Es ist eine heikle Sache«, fuhe der Direktor des Central Intelligence fort. »Eine Sache, die Ihre Abteilung nicht berührt.«
»Aber in die sich meine Abteilung offensichtlich einmischt. Ist das richtig?«

»Wenn Sie es so nennen wollen – ja.«
»Dann lassen Sie uns doch zusammenarbeiten.«
Der Direktor sah Yackley stirnrunzelnd an. Yackley war ein Strohkopf, eine Marionette. Der Direktor kam gut mit ihm aus, weil er überzeugt war, daß er ihn jederzeit manipulieren konnte. Hanley nicht. Hanley war ein alter Fuchs in der Abteilung; Hanley hatte sich schon mal mit der CIA angelegt.
Der Direktor – ein kleiner dicker Mann mit weißen Haaren und einer mit braunen Flecken gesprenkelten roten Haut – steckte sich wieder eine Camel an und hustete, wie üblich, beim ersten Zug.
Er kam zu einem Entschluß.
»Ist es Ihnen beiden vielleicht mal eingefallen, sich zu wundern, warum jeamand in der Sowjetunion ausgerechnet jetzt einen Gefangenen wie Crohan herausschmuggeln will?«
»Ja«, sagte Hanley, obwohl das eine Lüge war.
»Gut. Zu welchen Schlüssen sind Sie gekommen?«
»Welche Schlüsse haben Sie daraus gezogen?« hielt Hanley sich bedeckt.
»Irland.«
»Das verstehe ich nicht«, sagte der Neue Mann.
»Die Iren sind knapp bei Kasse und knapp an Rohstoffen, und der Wert der irischen Währung sinkt.«
»So steht es in den Zeitungen«, sagte Hanley.
Der Direktor überhörte diese Bemerkung. »Seit sechs Monaten gibt es an der westlichen Atlantikküste von Irland in Höhe der Blasket-Inseln eine rege Aktivität sowjetischer U-Boote.«
Hanley sagte nichts.
»Die Sowjets würden zu gern eine dieser Inseln pachten. Als Bunkerstation.«
Hanley sagte nichts; aber der Neue Mann erhob Einwände: »Warum sollten sie deswegen einen Gefangenen freilassen, der vierzig Jahre in ihrem Gulag eingesperrt war? Wäre das

nicht eher eine Dummheit? Wenn unsere Informationen richtig sind, kann die Freilassung von Tomas Crohan dem Ansehen der Sowjets in der Öffentlichkeit doch nur schaden, nicht wahr?«

»Der irische Freistaat ist neutral. Er gehört nicht zur NATO. Die sowjetische Marine hätte zu gerne so einen kleinen Stützpunkt für ihre Flotte im Nordatlantik.«

»Sie haben meine Frage nicht beantwortet«, sagte Yackley.

»Doch, das hat er«, sagte Hanley düster.

Der Direktor lächelte. Yackley saß mit offenem Mund da. Herrgott, dachte Hanley, was für eine vertrackte Sache, was für ein schmutziges Spiel! Aber nun hatte er es begriffen.

»Wir benützten Crohan als Werkzeug«, sagte Hanley. »Als Gegenleistung für die schmutzige Arbeit, die er für uns verrichten sollte, versprachen wir ihm einiges.«

»Das war in Österreich«, sagte der Direktor.

»Und wenn er herauskommt«, sagte Hanley, »strömt er nicht über vor Dankbarkeit . . .«

»Nein«, sagte der Direktor, »sondern wird der Welt sagen, was für üble Burschen doch die Amerikaner sind. Besonders den Iren wird er das sagen.«

»Und gleichzeitig gibt die irische Regierung ein Abkommen mit der Sowjetunion bekannt, die eine wertlose Insel gepachtet hat und dort Iren Arbeit und Brot gibt.«

»Meines Wissens bereiten sie auch ein Handelsabkommen vor«, sagte der Direktor. »Die sowjetische Regierung will irisches Getreide und Vieh kaufen.«

Der Neue Mann begriff nur die Hälfte. In solchen Momenten war das Schweigen für ihn eine hilfreiche Zuflucht.

»Würde es klappen?« fragte Hanley.

»Wie bei allen wichtigen Vorhaben ist das Timing entscheidend. Der Plan ist zwar nicht von bestechender Genialität, aber er könnte funktionieren. Das mindeste, was dabei für sie herauskommt, ist ein Propagandaerfolg. Je mehr wir die

Iren unter Druck setzen, um so weniger sind sie geneigt, unserem Druck nachzugeben.«
»Und deshalb mußte der britische Agent in Helsinki über die Klinge springen.«
»Ja. Wir wußten auch davon. Schließlich hören wir ja in Cheltenham mit. Wozu wären wir sonst Verbündete.«
»Und wir arbeiten sogar für die gleiche Regierung«, sagte Hanley bitter. »Sie hätten uns schon früher aufklären können, indem Sie uns . . .«
»Geheimhaltung«, sagte der Direktor und drückte seine Zigarette im überfüllten Aschenbecher aus. »Alles ist ein Geheimnis. Übrigens, eine Journalistin, die schon mal mit Ihnen zusammengearbeitet hat, hat vor drei Monaten bei uns angeklopft . . .«
Hanley sah hoch. »Rita Macklin. Klingelt es bei Ihnen?«
»Sie hat nie mit uns zusammengearbeitet.«
»Dann hat sie uns aber prächtig imitiert damals bei der Sache Tunney.«
»Was wollte die Dame von Ihnen?«
»Sie wollte die Akte über Tomas Crohan einsehen«, antwortete der Direktor. »Und Sie brauchen mir auch nicht den Namen Ihres Agenten in Helsinki zu verraten. Ich kenne ihn bereits. Der gleiche Mann, der auf Tunney angesetzt war. Das nenne ich aber einen Zufall, Hanley.«
»Es ist ein Zufall«, erwiderte Hanley schroff. »Wir stellten Erkundigungen an, weil wir fürchteten, daß man uns hereinlegen will.« Er klopfte den Nagel fest: »Wie man Sie im letzten Jahr mit dem Dechiffrierungsspezialisten hereingelegt hat. Was nicht passiert wäre, wenn Sie mit uns zusammengearbeitet hätten.«
»Das ist Schnee von gestern. Geheimnisse müssen Geheimnisse bleiben. Darauf kommt es an.«
»Das verstehe ich nicht«, sagte der Neue Mann.
»Ihr Mann muß raus, und Crohan muß drüben bleiben. Nimm dich in acht vor Russen, die Geschenke mitbringen.«

Schweigen füllte das Büro. Blasses Sonnenlicht kam durch die Doppelfenster und fiel auf die mit Büchern bedeckten Wände. Überall hingen gerahmte Fotos von dem Direktor mit dem Präsidenten, dem Direktor mit Generälen aller Waffengattungen, dem Direktor mit Senatoren. Er war ein Mann von nicht unbeträchtlichem Einfluß.
»Das ist alles Novembers Schuld«, sagte der Neue Mann schließlich, der sich wieder in den Dialog einzuschalten suchte, der an ihm vorbeigelaufen war.
Hanley erschauerte. Sprich nie den Namen eines Agenten aus. Niemals.
Der Direktor runzelte die Stirn. »Er kommt doch heraus, nicht wahr?«
»Soweit wir wissen, ja«, sagte der Neue Mann. »Hanley?«
»Ich habe ihm die Botschaft im Klartext übermittelt.«
»Sie haben mit ihm gesprochen?«
»Ja.«
»Er konnte Sie nicht mißverstehen?«
Hanleys schüttelte den Kopf. Er fühlte sich elend und schrecklich isoliert. Zwei Tage waren vergangen. Wo steckte Devereaux?
»Er hat seine Befehle verstanden?«
Hanley starrte den Neuen Mann an. Zum Henker mit ihm. Devereaux war der beste Mann der alten Garde, soweit sie noch nicht entlassen war. Zum Teufel mit Yackley, seinen Plänen, seiner Umorganisiererei, seiner Entschlossenheit, die alte Ordnung in der Abteilung zu vernichten.
Und nun das. Hätten sie doch nur früher die Wahrheit über Crohan erfahren und von den Gesprächen der Sowjets mit der irischen Regierung gehört!
Weil er ihnen nicht von der Nachricht erzählen konnte, die er vor zwei Stunden erhalten hatte.
Eine Frauenstimme, die ihm nur einmal deutlich die Botschaft telefonisch mitgeteilt und dann wieder eingehängt hatte. Hanley hatte das Transatlantikgespräch in seinem

kahlen Büro entgegengenommen, das im Bauch des Landwirtschaftsministeriums in der Vierzehnten Straße versteckt war.
»Mr. Hanley?«
»Ja?«
»Aus Helsinki. Wir kommen heraus. Wir alle.«
Und kein Wort mehr.
Konnte er ihnen das jetzt nicht sagen?
Aber der Direktor hatte doch eben gesagt, Geheimnisse müßten Geheimnisse bleiben.
Hanley saß da und starrte sie an und spürte nichts als die Kälte, die mit dem blassen Sonnenlicht in das Zimmer kam.

22
Paris

Rita Macklin starrte durch das kreisrunde Bullauge, während das Flugzeug sich träge hinaufschwang über die Wolken, die unter ihr Belgien zudeckten. Sie sah weder die Wolken noch das Land, das fleckenweise zum Vorschein kam, wenn die Wolkendecke aufriß. Sie war mit ihren Gedanken bei dem, was sie getan hatte.
Bist du jetzt eine Spionin?
Rita schloß für einen Moment ihre grünen Augen. Die stumme Frage hätte Kaiser mit seiner spöttischen, knarrenden Stimme an sie richten können.
Nein, hätte sie geantwortet. Und es wäre eine Lüge gewesen.
Keiner würde sie verstanden haben. Nicht den Grund, der

sie veranlaßt hatte, diese Mission für Devereaux zu übernehmen.
Sie war Journalistin, keine Agentin für ihr Land. Sie war nur der Wahrheit verpflichtet.
Sie lächelte, weil sie Kaisers Lachen hören konnte über diese Antwort. Es genügt nicht, sich auf Prinzipien zu berufen, kleine Rita, würde er gesagt haben. Prinzipien sind dünne Schilfrohre, wenn du dich dahinter verstecken willst.
»Sehen Sie etwas?«
Einen Moment lang verwirrte sie die Stimme – sie hätte aus ihrem Kopf kommen können. Rita drehte sich auf ihrem Sitz und sah den dunkelhaarigen Mann auf dem Sessel neben sich. Der war beim Start der Maschine noch leer gewesen. Der Mann hatte den Platz gewechselt.
»Sehen Sie etwas?« Der Akzent war nicht sehr ausgeprägt, doch sie erkannte, daß er Italiener sein mußte. »Nein«, sagte sie mit eisiger Höflichkeit und drehte sich wieder dem Fenster zu. Die Frage des Fremden hatte ihre Gedanken in alle Winde verstreut. Und nun krochen sie zu ihr zurück wie scheue Tiere des Waldes.
Ich tat, was er von mir verlangte, weil er mich darum bat, sagte sie in Gedanken zu Kaiser, zu Mac, zu dem Professor in Wisconsin, der sie zuerst auf die Idee gebracht hatte, Journalistin zu werden und dem sie ihre ersten Prinzipien verdankte. Prinzipien zählten jetzt nicht.
Kein logisches Argument hätte sie überzeugen können. Patriotismus hatte damit nichts zu tun, daß sie Devereaux geholfen hatte.
»Mein Name ist Antonio«, unterbrach der dunkelhaarige Mann wieder ihren Gedankengang. »Haben Sie etwas dagegen, wenn ich rauche?«
Sie sah ihn ärgerlich an. »Bitte, belästigen Sie mich nicht.«
Sein dunkles Gesicht wurde noch dunkler; die dunklen Augen wurden tückisch. »Ich wollte nur höflich sein.«
Sie antwortete ihm nicht.

Er zuckte die Achseln und steckte sich eine Zigarette an. Der Rauch ringelte sich in der dünnen Luft der Kabine und wurde von den Frischluftdüsen weggesaugt.
Im Winter vor drei Jahren. Er hatte sie benutzt, sie geliebt und dann ihr Leben gerettet, als ihr niemand hätte helfen könne. Sie war zuerst von ihm fasziniert gewesen und dann abgestoßen, als sie erkannte, daß er ein Agent war. Als sie begriff, daß er sie genauso zynisch als Mittel zum Zweck verwendet hatte, wie er das mit jedem gemacht hatte.
Warum war sie zu ihm zu dieser Blockhütte gefahren, die er auf einem Berg in der Nähe von Front Royal gebaut hatte? Es war mitten im Winter gewesen, die Straßen vereist, der Himmel so grau wie ein Feld voller Grabsteine.
Winter vor drei Jahren.
Sie schloß die Augen. Als er sie angefaßt hatte, war seine Berührung zuerst sehr behutsam gewesen, als wäre sie hinausgetreten aus seiner kalten Welt, und das da zu ihm gesagt und ihren Körper an den seinen gepreßt, während sie im Flur des Hauses standen, das er sich auf dem Berg gebaut hatte. Sie hatte sich so heftig an ihn geklammert, daß er wußte, sie war echt und kein zerbrechliches Schattenwesen. Und daß sie, ob nun innerhalb oder außerhalb seiner Welt, sich dazu entschlossen hatte, ihn zu lieben.
Sie hatten sich ohne Worte geliebt. Die Jahreszeit, die einsame Hütte: alles war so gänzlich eingehüllt in Schweigen, daß sie sich an die Exerzitien erinnert fühlte, die sie in Minnesota mitgemacht hatte – ein eigenartig friedliches Wochenende, das sie mit Kontemplation und schweigender Andacht verbracht hatte, in einer Welt, die nur von Gedanken und Gebeten bewohnt war. Sie war damals sechzehn Jahre alt gewesen.
Wenn sie schlief, streichelte er ihre Haare; sie wußte das, obwohl sie nicht aufgewacht war.
Einmal sagte sie: »Ich liebe dich«, um ihm die Wahrheit zu sagen. Er hatte nichts geantwortet, sie nur angestarrt, mit

stillen grauen Augen und ein wenig traurig, als erinnerte er sich an eine schöne Zeit, die der Vergangenheit angehörte und nie mehr wiederkehrte.
Sie lebte fünf Tage bei ihm in jenem Winter in den schweigenden verschneiten Bergen. Sie begriff am Ende, daß es eine Idylle war und daß sie ein Ende fand und nichts zwischen ihnen entschieden sein würde.
Rita hatte ihn fragen wollen, ob er sie liebte; aber sie brachte die Worte nicht über die Lippen. Sie fürchtete, er würde ihr nur mit Schweigen antworten oder, schlimmer noch, mit einer Lüge.
Als sie ihn an jenem Morgen verließ, hatte sie gewußt, daß sie ihn nie wiedersehen würde.
»Zum Teufel mit dir«, hatte sie zu ihm gesagt, als er sie auf dem Pfad durch den Schnee im Winter vor drei Jahren anstarrte.
Er hatte ihre Hand berührt, so behutsam wie am Morgen fünf Tage zuvor. Seine grauen Züge waren hart und verschlossen, doch seine Berührung hatte etwas von einem Kind, das tastend nach etwas sucht. Er hatte verstanden, und da war nichts, was sie dagegen machen konnten.
»Es ist über dich gekommen, Rita, das ist alles«, hatte er schließlich gesagt.
»Es muß nicht so sein.«
»Nein. Aber es ist nun einmal so.«
Und sie hatte ihm mit demselben Schweigen zugestimmt, mit dem er ihr geantwortet hatte, als sie ihm sagte, daß sie ihn liebte. Was war er denn außer einer Zufallsbekanntschaft, einer Episode in ihrem Leben? Devereaux. Er war allein, aus Überzeugung oder Notwendigkeit; vielleicht war das auch nur die für ihn einzig mögliche Existenz, um zu überleben. Es gab keine andere. Sie hatte das gewußt, als sie vor fünf Tagen aus Washington zu ihm gefahren war; aber sie hatte nicht gehört auf ihren Verstand, weil jede Liebe sich am Ende der Logik widersetzt.

Sie blinzelte, um sich von den Tränen zu befreien, die ihren Blick verschleierten. Verflixt, dachte sie, öffnete ihre Handtasche und tupfte sich mit einem Papiertaschentuch die Augen ab.

»Haben Sie Kummer?« zischelte die dunkle Stimme des dunkelhaarigen Mannes neben ihr.

»Der Rauch Ihrer Zigarette«, antwortete sie schroff.

»Oh, pardon, ich werde sie wieder ausmachen. Aber ich habe Sie vorher gefragt.«

»Ja. Sie müssen kein Drama draus machen.«

»Bleiben Sie in Helsinki? Oder reisen Sie weiter nach Leningrad?«

»Ja, ich reise weiter.«

Antonio lächelte. »Zu schade. Wir hätten eine schöne Zeit miteinander verbringen können, Miss Macklin.«

Ihr Name war wie ein Frosthauch. Sie drehte ihm das Gesicht zu.

»Wer sind Sie?«

»Antonio«, antwortete er. »Das habe ich Ihnen schon einmal gesagt.«

Seine Augen waren so starr und leblos wie bei einer Katze. Seine Wangen waren hohl, die Knochen unter den schwarzen Augen viel zu ausgeprägt, die Haut viel zu stramm über den Schädel gespannt. Ihr war, als sähe sie einen Totenkopf vor sich.

»Wieso kennen Sie meinen Namen?«

»Habe ich Ihren Namen erraten?«

Sie starrte ihn mit harten Augen an; aber sie hatte Angst. Sie wollte aufspringen und von ihrem Platz fortrennen. Das Flugzeug neigte sich nach rechts und zog eine Schleife über Deutschland. Die Wolken rissen auf und enthüllten ein schimmerndes Grau. Die halb zugefrorene Ostsee lag unter ihnen. Sie sah aus dem Fenster und kam sich vor wie ein Kind, das das Ende einer unerträglich langen Reise herbeisehnt.

War sie jetzt eine Spionin? Lebte er immer in diesem Bewußtsein? Hatte ihn das zum Schweigen gebracht, ihn in die Isolation getrieben, in eine Kälte, die es ihm unmöglich machte, die Gefühle zu akzeptieren, die sie ihm entgegenbrachte?
Einen Tag lang hatte sie ihre Ideale und sogar ihren Job verraten. Der Verrat brannte wie eine offene Wunde in ihr. Das war sein tägliches Handwerk, Verrat und kleine Mogeleien, die mit den Jahren zu Gespenstern wurden, die sein Leben beherrschten, so daß ihm nichts mehr blieb, nichts Wahres oder Gutes in Worten und Taten, nur noch der Selbsterhaltungstrieb, mit dem er sich ans Leben klammerte. Und sie war jetzt wieder nur ein Werkzeug für ihn.
Wieso kannte der dunkelhaarige Mann ihren Namen? Was tat Devereaux in diesem Augenblick?
Rita drehte sich vom Fenster weg und starrte wieder den Mann an, der neben ihr saß. Antonio gab ihren Blick mit einem trägen, unangenehmen Lächeln zurück, als wüßte er genau, was er mit ihr anstellen würde.

23

Helsinki

Er betrachtete die Stadt durch das Fenster des alten Hotels, in dem man ihn untergebracht hatte.
Er betrachtete sie schon seit dem frühen Morgen, als die ersten Busse mit dem ersten Licht aus den Vororten in die Innenstadt von Helsinki strömten, als die ersten Passanten sich auf den mit Ziegeln gepflasterten Straßen zeigten und

die ersten Schulkinder sich auf den Weg zum Unterricht machten. Er betrachtete die Autos, als hätte er noch nie in seinem Leben ein Automobil gesehen. Er befühlte die Laken in seinem Bett, und auch das erschien ihm wie ein Wunder. In einem kleinen Kühlschrank unter dem Schreibtisch entdeckte er Orangensaft. Er trank davon, verzog das Gesicht, und dann fand er den Geschmack herrlich. Das Zimmer war warm. Er zog sich aus, ging ins Bad und stellte sich so lange unter die Dusche, bis seine Haut ganz trocken war und prickelte. Er rieb seinen alten Körper mit dem Handtuch ab, bis er feuerrot wurde. Er drehte das Fernsehgerät an, aber da war nur Schnee auf der Mattscheibe. Er drehte das Radio an, verstand aber nur wenig von der Sprache, weil er im Gulag kaum Finnen angetroffen hatte. Die Finnen wollten sich wohl alle lieber selbst umbringen, als sich einsperren zu lassen. In einer Schreibtischschublade fand er Briefpapier. Er malte Muster darauf. Dann schrieb er ein paar englische Worte nieder:
Tomas Crohan.
Liverpool.
Dublin.
Michael Brent.
Diesen Namen hatte er lange nicht mehr geschrieben.
Der Kugelschreiber fühlte sich steif in der Hand an.
Er ging zurück ans Fenster. Es war ein sonniger Morgen. Nach einer Weile waren die Straßen schwarz von Menschen. Er lächelte auf sie hinunter, als wäre er Gott. Er sah Straßenbahnen und ergötzte sich an ihnen wie Kinder an einer elektrischen Spielzeugeisenbahn. Er sah Lastwagen durch die Straßen rumpeln.
Er sah einen Betrunkenen straucheln, zu Boden stürzen und sich torkelnd wieder erheben.
Er sah einen blauen Polizeiwagen an einer Ecke, der auf das Umschalten der Verkehrsampel wartete. Ein junger Mann ging vor dem Wagen vorbei.

Er lächelte über alles, was er sah.
Nackt stieg er wieder ins Bett und zog die weißen Laken über seinen sauberen Körper. Er streckte sich behaglich unter der sauberen Bettwäsche.
Er schloß die Augen, doch tausend Bilder überfluteten seinen Geist, und er konnte nicht einschlafen. Er erwachte und berührte seine Haare. Sein Körper duftete nach dem Parfüm der Seife.
Er stieg aus dem Bett und stellte sich vor den Spiegel.
Er ging zum Schrank und betrachtete die Kleider, die darin hingen. Er ging zurück ins Bad, stellte wieder die Dusche an und ließ das Wasser auf sich herunterprasseln. Er öffnete den Mund und trank das Wasser. Er ging aus der Duschkabine, suchte sich ein frisches Handtuch und rubbelte wieder seinen Körper ab, bis die Haut schmerzte. Er setzte sich auf die Toilettenschüssel und bediente die Spülung. Er entleerte seine Gedärme und wischte sich mit dem weichen Papier ab. Er duschte zum drittenmal, wusch sich die Genitalien und rieb sich abermals mit dem Handtuch trocken.
Er öffnete den Kühlschrank, nahm noch einen Orangensaft aus dem Fach und entdeckte die Bierflasche.
Er angelte sie schwerfällig heraus, stieß dabei eine andere Flasche um. Er öffnete die Bierflasche und trank daraus.
Das Bier wärmte ihn, und ihm war nach Weinen zumute. Er weinte und ließ die Tränen von seinen Wangen auf seinen blassen, flachen Bauch tropfen.
Als keine Tränen mehr kamen, wusch er sich im Badezimmer noch einmal das Gesicht. Er lächelte sich zu. Zwei Zähne waren schwarz, einer bestand aus rostfreiem Stahl. Drei leere Plätze für Zähne grinsten ihn im Spiegel an.
Und niemand störte ihn.

24
London

George nahm eine Zigarre zur Hand, betrachtete sie und legte sie wieder beiseite. Nach kurzem Schweigen nahm er sie wieder hoch. Es war eine holländische Zigarre der Handelsmarke Panter Mignon. Sie war in gelbes Stanniolpapier verpackt.

Endlich zündete er die Zigarre an.

Q saß neben ihm im Ledersessel in dem Zimmer, das sich hinter dem Raum befand, wo Q normalerweise seine Audienzen abzuhalten pflegte. Dieser Raum war nicht kahl; die Wände mit Stellagen aus Rosenholz verdeckt, die mit Büchern gefüllt waren. Der Boden war mit Teppichen belegt, und zwei Kamine wurden von jungen Männern versorgt, die alle drei Monate gründlich durchleuchtet wurden. Q war ein Fanatiker, was Sicherheitsüberprüfungen anlangte.

»Ich mag holländische Zigarren«, sagte George schließlich. Sein Gesicht war friedlich. Seine blauen Augen wirkten schläfrig, und das war ihre gefährlichste Perspektive.

»Ich mußte das Rauchen aufgeben«, sagte Q. »Herzrhythmusstörungen.«

»Ärzte«, sagte George. »Wir werden alt.«

»Das stört mich weniger als die Entbehrungen, die das Alter mit sich bringt. Selbst auf so kleine Freuden muß man verzichten. Andererseits wird mir doch angst und bange, wenn die Anfälle nachts kommen. Da merke ich, daß ich nicht sterben will.«

»Nun, das Sterben ist für mich kein so schrecklicher Gedanke«, sagte George.

Noch mehr Schweigen.

An der entfernten Wand des kleinen Zimmers hing eine Uhr mit einem deutschen Jauch-Schlagwerk. Immer zur vollen Stunde ertönte das Glockenspiel von Westminster. Alle Viertelstunde spielte sie eine unvollkommene Melodie. Die Musik und sonoren Glockenschläge störten nie. Das Zimmer war schalldicht und daher völlig still bis auf das Ticken der Minuten und den Gong jede Viertelstunde.

»Was ging schief?« frage Q ruhig.

»Ich weiß es nicht. Ely fand die Leiche in seinem Hotelzimmer. Er fand auch seinen Ausweis. Das war sehr unachtsam von Sperling.«

»Ja.«

»Wer hat ihn getötet, frage ich mich.«

»Ely?«

»Dazu fehlte ihm der Schneid. Und er hatte keinen Grund. Sperling war ein Kollege. Zwei Tote, für die wir nun geradestehen müssen, Q.«

»Der Minister ist beunruhigt.«

»Kann ich ihm nicht verdenken.«

»Was haben Sie nun gemacht?«

»Ely nach Helsinki geschickt. Ich möchte in dieser Phase keinen anderen mehr hineinziehen. Zudem könnte es zu spät sein. Er wollte auf jeden Fall nach Helsinki. Um der amerikanischen Agentin auf der Spur zu bleiben. Diesem Mädchen.«

»Ja. Ich bekam seinen Bericht. Sie wußte eine Menge.«

»Warum, glauben Sie, führen sie uns so an der Nase herum?«

»Die Russen?«

»Die Amerikaner.«

»Die Falle.«

»Genau. Aber warum das alles?«

»Sie wollen die Kontrolle über Cheltenham. Das lassen sie seit über einem Jahr durchblicken. Seit den Skandalen deuten sie das immer wieder dem Minister für Auswärtiges an.

Sie meinen, unsere Sicherheitsmaßnahmen seien unbefriedigend. Und nun beabsichtigen sie, uns diesen ... diesen Tomas Crohan in den Pelz zu setzen. Verdammtes Cheltenham. Darum auch diese Affäre Wickham und seine Entführung durch diese sogenannten Russen. Sie wollen den Laden übernehmen, beweisen, daß wir geheimdienstliche Nieten sind.«
»Die Premierministerin wird das nie zulassen.«
»Die P. M. hat ein dickes Fell. Es geht um unseren Hals«, sagte George.
»Auch um ihren Hals. Die Spionageskandale haben ihr keine Lorbeeren eingebracht.«
Noch mehr Schweigen. Die Uhr schlug die Viertelstunde.
»Was kann Ely tun?«
»Uns aus der Schlinge ziehen. Er war schließlich früher unser Feuerwehrmann.«
»Das war vor Wien. Seither hat er schwache Nerven.«
»Die Amerikaner hatten Ely von Anfang an im Visier. Und diese blödsinnigen Berichte, die uns Parker von Dublin über Cheltenham zukommen ließ. Über diese russischen U-Boote, die angeblich bei den Blasket Islands herumgeistern. Unsinn! Und die Amerikaner wußten das und spielten uns die Information zu.«
»Ich lasse mich nicht gern zum Narren halten.«
»Was wird Ely tun?«
»Sie zum Schweigen bringen.«
»Wird er das?«
»Das liegt bei ihm.«
»Es hängt also ganz allein von ihm ab?«
»Leider.«
»Verflixt! Aber in der Eile fiel mir kein anderer ein. Ehe ich einen anderen Feuerwehrmann nach Helsinki schicken kann, ist die Sache gelaufen. Ich bin sicher, daß diese Geschichte jetzt rasch zum Abschluß kommt.«
»Ich verstehe nur nicht, wie die Amerikaner es fer-

tigbrachten, Crohan aus den Klauen der Russen zu befreien.«
»Teil eines Kuhhandels. Sie holten doch im letzten Jahr diesen Chiffrierungsspezialisten heraus, der sich dann als Doppelagent entpuppte. Vielleicht werden die Amerikaner jetzt dafür entschädigt.«

25

Helsinki

Als die Maschine am Flugsteig von Vantas Airport anhielt, war die Hälfte der Passagiere schon aus den Sitzen, holte ihre Taschen aus den Fächern für das Handgepäck, steckte die Arme durch die Ärmellöcher ihrer Mäntel und Pelze.
Rita Macklin stand auf und drückte ihre kleine Handtasche gegen den Busen. Antonio war im Sessel neben ihr sitzen geblieben, die Beine bequem ausgestreckt, die den Durchgang blockierten.
»Entschuldigen Sie«, sagte Rita und zwängte sich an ihm vorbei. Ihre Beine scheuerten an den seinen, als sie versuchte, den Mittelgang zu erreichen. Sie wußte, daß er mutwillig den Körperkontakt mit ihr herstellte, und als sie sich an ihm vorbeischob, berührte er, nicht gerade sanft, ihr Gesäß.
Sie bekam einen roten Kopf, sagte aber nichts. Sie mußte weg von diesem Mann; er gehörte zu diesem Spiel, für das sie sich freiwillig hergegeben hatte, als Devereaux sie dazu aufforderte.
In vierzig Minuten sollte sie Devereaux treffen.

Dann war sie in Sicherheit.
Antonio stand hinter ihr auf und preßte seinen Körper gegen den ihren, als die Passagiere sich im überfüllten Mittelgang langsam zum Ausgang hinbewegten. Er lächelte, und Rita Macklin wußte das. Aber sie würde sich nicht umdrehen. Sie würde nicht ein Wort zu ihm sagen.
»*Merci, madame*«, sagte die Stewardeß der Air France am Ausstieg. Rita bedankte sich mit einem gemurmelten *merci* und ging dann rasch durch den Balgengang zum Korridor des Flugsteiges. Sie folgte dem Schild zur Zollabfertigung und passierte dann die Paßkontrolle.
Scheinbar mühelos blieb Antonio ständig in Sichtweite, wenn sie sich nach ihm umsah. Er war immer nur eine Türe hinter ihr. Er bewegte sich langsam. Wie eine Raubkatze, die sich im hohen Gras anschleicht, den Blick immer auf sie gerichtet.
Sie rannte förmlich aus dem Flughafengebäude in die bittere Kälte von Helsinki hinaus. Der beißende Wind rötete ihre Wangen. Sie stellte sich nach einem Taxi an und ließ sich in den Rücksitz fallen. Sie verriegelte die Tür von innen und sah sich wieder um. Doch diesmal konnte sie Antonio nicht mehr entdecken.
»Zum Kaufhaus Stockmann«, sagte sie rasch.
Der dunkelhaarige Chauffeur murmelte etwas und schaltete das Taxameter ein. Der Wagen schoß über die durch die Glatteisstreifen seifige Fahrbahn und machte sich auf den langen Weg zur Innenstadt von Helsinki.
Rita atmete tief durch, einmal, zweimal. Sie hatte Angst wie damals vor drei Jahren, als sie Devereaux kennenlernte und sie in Lebensgefahr schwebte. Mußte er immer mit diesem Gefühl leben? War das der Preis, den sie zu zahlen bereit war, wie sie ihm sagte?
Wer war dieser Mann?
Wieso kannte er ihren Namen?
Wieso hatte sie dieses Gefühl einer akuten Bedrohung?

Der nächste Gedanke entsetzte sie. Sie spürte, daß ihre Augen sich weiteten: Devereaux. Benützte er sie als Köder? *Mein Gott, das ist Wahnsinn, Rita.*
Doch der Gedanke wollte ihr nicht aus dem Kopf. Devereaux hatte getötet; er wußte, wie man tötete, und er machte das so fachmännisch wie ein Chirurg, der einen Tumor entfernt. Devereaux hatte einen Mann auf den Gehsteig in Green Bay getötet, als sie vor drei Jahren von diesen Killern verfolgt wurde. Sie wußte, daß Devereaux danach auch den Bankier in New York umgebracht hatte, obwohl es dafür keine Beweise gab. Sie wußte es und sagte nichts, und als er sie dann in seinem Asyl in den Bergen so zärtlich in den Arm genommen hatte, hätte sie fast vergessen, was er war.
Und wie konnte sie ihn denn lieben, wenn sie kein Vertrauen zu ihm hatte?
Sie schloß die Augen. Der Gedanke brannte in ihr. Als wäre sie ein Kind, das von unreinen Vorstellungen geplagt wird, die ewige Höllenstrafe bedeuteten, wenn sie starb, ohne daß ihr diese Todsünde vergeben worden war. Solche Gedanken waren in den Frühlingsnächten in dem alten Haus in Wisconsin über sie gekommen, einer sinnlicher als der andere, während sie sich, auf der Grenze zwischen Wachsein und Schlummer, bemühte, ihren Geist so rein zu waschen, wie die Nonnen es von ihr verlangt hatten. Doch die Vorstellungen wollten sich nicht vertreiben lassen, bis sie schließlich darin versank, sich hineinziehen ließ in den Strudel sündiger Lust, sich ihm öffnete und hingab. So erging es ihr nun mit ihren nagenden Gedanken an Devereaux: Daß es in seiner Schattenwelt nur die Lüge gäbe, aber kein Vertrauen, keine Wahrheit, keinen Anstand, keine Ideale, kein Recht und kein Unrecht. Da gab es nur den Selbsterhaltungstrieb, den Willen, die nackte Existenz zu retten.

Antonio sah sie aus dem Taxi steigen und die belebte Mannerheimintie überqueren. Sie ging auf die imposante Fassade des Kaufhauses Stockmann zu. Ein Jammer, dachte Antonio, daß mir keine Zeit mehr bleibt, noch ein bißchen mit ihr zu spielen. Doch diesmal waren ihre Anweisungen sehr strikt gewesen. Die Agentin, hatten sie zu ihm gesagt, müsse unverzüglich beseitigt werden, damit es keine Komplikationen gäbe.

Seine Auftraggeber waren in den letzten Tagen zu der Überzeugung gekommen, daß Rita Macklin keine Journalistin sei, sondern ein Mitlgied der Abteilung R, die ihren Beruf nur als Tarnung benutzte. Eine andere zufriedenstellende Erklärung für ihren zweiten Einsatz mit dem Agenten, der den Codenamen November führte, gab es nicht. Um nun die Operation nicht zu sabotieren, in die November verwickelt war, sollte er die ihn unterstützende Agentin namens Macklin aus dem Verkehr ziehen, damit keine Gegenoperation eingeleitet werden konnte.

So hatten sie es ihm erklärt, und ihre Erläuterungen hatten ihn nur gelangweilt. Antonio interessierten weder die Motive noch die Details. Er war ein einfacher Mann, der ein Zielobjekt brauchte und dann in Ruhe gelassen werden wollte, damit er die Operation nach bestem Vermögen ausführen konnte.

Rita Macklin überquerte mit langen Schritten den Bürgersteig.

Antonio war ungefähr zehn Meter hinter ihr. Er spürte die Schneide des Messers auf der Haut seines rechten Unterarms.

Das Messer war eine simple Waffe, deren Auslöser wie ein Ring auf seinem rechten Handteller ruhte. Das Messer war unter den Messingbeschlägen seines Aktenkoffers versteckt gewesen, als er die Sicherheitsschleuse in Paris passierte und das Gepäck elektronisch untersucht wurde. Im Flugzeug hatte er das Messer in der Toilette an seinem Unterarm befestigt und sich dann auf den Sessel neben Rita gesetzt, um mit ihr zu spielen wie ein Kind mit seiner Puppe.

Die Spiele waren nun zu Ende. Er brauchte nur die Finger, die jetzt locker auf dem Abzug lagen, zur Faust zu ballen, und die Schneide kam aus seinem Ärmel heraus, während sich ein Bügel fest um sein Handgelenk legte. Es war eine wirksame Waffe. Damit hatte er diese Hure Natali getötet, als er mit ihr fertig war. Natali hatte ihn bis zuletzt, wie er das erwartet hatte, angefleht, ihr Leben zu schonen, und es hatte ihm Spaß gemacht, so zu tun, als würde er sich von ihrer Bettelei umstimmen lassen. Sie hatte ihm die nackten Füße geküßt. Sie waren im Badezimmer gewesen, und Natali hatte seinen Körper geküßt, während sie vor ihm auf dem kalten Kachelboden kniete. Als er seine Lust an ihr gestillt hatte, hatte er sie beim Namen gerufen, und sie hatte zu ihm hochgesehen, die Arme um seine Hüften gelegt, die Augen voller Tränen. Er hatte sie mit einer raschen, flachen Bewegung vom Hals bis zum Schambein aufgeschlitzt.

Antonio hatte das Auge eines Chirurgen. Er hatte das anatomische Handbuch von Gray studiert und sich im Leichenschauhaus von Reggio Calabria als Student der Medizin ausgegeben, um bei der Sektion von Leichen zuschauen zu dürfen. Er wußte, welche Körperteile sofort und welche erst nach qualvollen Schmerzen den Tod brachten.

Natali hatte nicht viel gespürt. Sie hatte ihn überrascht angesehen und dann auf englisch gesagt: »Du hast es mir versprochen.« Was für eine alberne Bemerkung. Er hätte sie langsam sterben lassen können; aber er hatte Spaß an ihr gehabt, und deshalb erledigte er sie mit einem raschen Stich ins Herz. Ihr Blut war über ihn und den Boden geschossen. Er hatte sie in die Duschwanne gelegt, das Blut aus ihrem Körper gewaschen und sie in Plastik eingewickelt. Dann hatte er die nackte Leiche in der Baugrube hinter dem Presidentii in den Schnee gelegt.

Rita Macklin würde ganz anders sterben.

Er ging durch die Glastüren ins Kaufhaus und dann die Treppe in den ersten Stock hinauf. Er würde den Schnitt flach führen. Sie würde qualvoll leiden, ehe der Tod sie erlöste. Sie würde sich schreiend auf dem Boden des Kaufhauses wälzen, und die Leute würden sich entsetzt um sie versammeln, während ihr die Gedärme aus dem Bauch quollen und ihre Schreie schließlich in dem Blut erstickten, das ihr aus Mund und Nase sprudelte. Sie hatte sich diese Todesart selbst ausgesucht, weil sie nicht mit ihm reden und nicht einsehen wollte, daß ihr Tod sowieso eine beschlossene Sache war und sie daher ebensogut auf das Spiel eingehen konnte, das er mit ihr treiben wollte. Der Gedanke an den Mord – seine Ausführung und qualvollen Begleitumstände – erregten Antonio und seine Augen weiteten sich, während er auf ihrer Spur blieb.

Das Kaufhaus war fast leer. Eine kraftlose Sonne und ein bitterkalter Wind beherrschten noch immer den finnischen Winter, wenn auch das Eis an der Küste schon bröckelte und der Frühling vor der Tür stand.

Er folgte Rita Macklin von einem Stockwerk zum anderen. Zwei Verkäuferinnen – Mädchen in bestickten Blusen und gleichfarbigen Röcken – standen in einem entfernten Winkel des dritten Stockwerkes bei einer Vitrine mit russischen Schachfiguren und schwatzten miteinander. Rita Macklin verließ die Rolltreppe und sah sich in der fast menschenleeren Etage um. Sie betrachtete flüchtig einen Schaukasten mit traditionellen lappländischen Hirschfängern. Die Griffe bestanden aus Horn, das mit Leder umwickelt war, die Klingen waren kunstvoll graviert mit komplizierten Mustern oder Szenen vom Auftrieb der Rentiere. In einer anderen Ecke funkelten finnische Gläser unter der grellen Deckenbeleuchtung. Noch fünfzehn Minuten vor der verabredeten Zeit. Sie blickte sich um und sah Antonio bei der Rolltreppe. Er lächelte.

Sie wurde leichenblaß. Sie fühlte ihre Knie weich werden und stützte sich auf eine Vitrine. Sie blickte hinüber, wo die beiden Verkäuferinnen miteinander plauderten. Doch diese

hatten sich inzwischen entfernt. Niemand vom Personal war in ihrer Nähe.
Antonio suchte den direktesten Weg zu ihr. Rita gab einen Laut von sich, der sich fast wie ein Schrei anhörte, drehte sich um und nahm ein gewaltiges lappländisches Jagdmessre aus dem Schaukasten. Sie rannte mit dem Messer hinter die Vitrine und flüchtete in eine andere Abteilung. Die Verkaufsräume waren wie Speichen eines Rades um den zentralen Treppenschacht angeordnet.
»Willkommen in Finnland« grüßte ein Plakat von der Wand. Sie lief einen Gang hinunter, durch ein Spalier von Ständern, an denen Pelzmäntel hingen. Sie erreichte das Ende des Ganges, drehte sich um und bemerkte zu spät, daß sie sich in eine Sackgasse geflüchtet hatte.
Am andern Ende der Sackgasse ragte die dunkle Gestalt von Antonio auf.
»Miss Macklin«, sagte er.
Ihre Nasenlöcher waren gebläht, ihre Augen geweitet, ihr Gesicht blutrot; ihr Atem ging schwer, als wäre sie meilenweit gerannt. Sie hielt das Messer vor sich, den Griff gegen den Unterleib gestemmt.
»Lächerlich«, sagte Antonio, machte eine Faust und öffnete sie wieder. Mit einem schnarrenden Laut schnellte die Klinge nach vorn und schloß sich der Bügel um sein Handgelenk. Das Messer war dünn und spitz wie ein Stilett; die geschliffenen Kanten glitzerten im Licht der Neonröhren.
»Ich töte Sie«, sagte Rita. Antonio machte einen Schritt auf sie zu. Sie spannte die Muskeln an und roch die Todesangst. Ein einziges Mal dachte sie an Devereaux, doch sein Bild war nur eines von Tausenden aus tausend Tagen ihres Lebens, die nicht vor ihr Revue passierten, sondern sich vor ihr auftürmten wie ein Berg und schreiend um ihre Aufmerksamkeit baten, ehe sie in der Flut anderer Erinnerungen ertranken. Das ist der Tod, dachte sie und wartete.
Antonio stach einmal zu, zog die Klinge mit einer fast

spielerischen Bewegung über ihren rechten Arm, schlitzte den Mantel bis zum Handgelenk auf und hinterließ eine blutrote Kerbe auf ihrem Handrücken. Sie ließ den Hirschfänger fallen, der klirrend auf den gekachelten Boden fiel. Sie drängte von ihm weg, doch da war kein Platz mehr zum Ausweichen. Ein Glasengel auf einem Wandbrett über den Pelzen stürzte herunter und zerbarst auf den Fliesen.
Berstendes Glas und dann wieder Stille.
Rita spürte keinen Schmerz; aber sie sah das Blut auf ihrer Hand.
Ich lege mich nun zum Schlafen nieder, Herr, nimm meine Seele gnädig bei Dir auf.
Rita holte mit dem rechten Bein aus und trat ihn heftig gegen das Schienbein. Antonio verzog das Gesicht, und dann hieb er mit dem Messer zu wie mit einer Sichel. Rita, von dem Schwung ihres Beines mitgerissen, verlor das Gleichgewicht und fiel gegen ihn. Das rettet ihr das Leben. Das Messer traf den Pelzmantel, der hinter ihr am Ständer hing, und die Klinge verfing sich im Futter.
Rita wich wieder vor ihm zurück.
»Wenn du stirbst, du Hure, wirst zu schreien. Und dann wirst du aufhören zu schreien; aber nicht, weil du keine Schmerzen mehr spürst, sondern weil du an deinem eigenem Blut erstickst«, sagte Antonio. Sie sah, wie seine Augen vor Lust aufleuchteten.
Sie klammerte sich an den Kleiderständer. Ein Bolzen löste sich, und plötzlich lag ein Berg von Pelzen zwischen ihnen im Mittelgang.
Antonio wich zurück. Sie waren jetzt sechs Schritte voneinander entfernt.
»Du dreckigte, blöde Hure«, sagte er, kam einen Schritt näher und rutschte auf einem Blaufuchs-Cape aus. Er machte noch einen Schritt.
Er packte sie bei der rechten Hand, die heftig blutete.
»Knie dich hin!« befahl er.

Sie war wie gelähmt. Sie konnte weder sprechen noch ihre Glieder bewegen. Das Entsetzen hatte sie nun in einen kraftlosen, somnambulen Zustand versetzt. Sie war wie ein Tier, das ein Löwe im Genick gepackt hatte und das zwischen seinen Zähnen den Geist aufgibt. In der Sekunde des Todes sind der Schlaf und die Ruhe stärker als die Angst. Ihre Hand war kraftlos geworden.

Ein zweiter Mann füllte den Gang hinter ihnen aus; Antonio hob die Hand mit dem Messer.

Kulak schoß zweimal, und der Knall wurde von den Pelzen gedämpft, so daß die Verkäuferinnen im Hinterzimmer die Schüsse nicht hörten.

Beide Kugeln trafen Antonio in den Rücken; die erste zerschmetterte sein Rückgrat, die zweite blieb im rechten Lungenflügel stecken.

Antonio, der hoch aufgereckt vor ihm stand, verlor das Gleichgewicht und taumelte nach hinten, Kulak schoß zum dritten Mal. Die Kugel traf den Taumelnden in den Hinterkopf. Antonios Augen wurden ganz groß. Er drehte sich um, und das Messer, das fest mit seinem Handgelenk verbunden war, amputierte die Pelzmäntel, die an einer Stange neben ihm hingen. Er fiel gegen ein Regal über den Rauchwaren und räumte eine ganze Galerie von gläsernen Engeln und Wasserspeiern ab. Er fiel zwischen die Glasscherben, die wie zersplittertes Eis um ihn herum lagen. Glassplitter ragten wie Stacheln aus seinem toten Fleisch.

Rita war sprachlos. Sie stand da und starrte auf die Leiche, die Pelze und die zerbrochenen Engel. Stille kehrte wieder ein.

Kulak kam durch das Spalier der Pelzmäntel, stieg über den Toten hinweg, nahm Ritas blutige Hand und rieb sie mit einem Taschentuch ab.

»Nicht schlimm«, sagte er mürrisch. »Nur ein Kratzer.«

»Er wollte mich töten«, sagte sie mit tonloser Stimme. Ihr Gesicht war blaß, ihr Mund trocken.

»Ja. Wissen Sie, warum?«

»Ich weiß nicht«, sagte sie, während sie auf das Taschentuch starrte, das er um ihre Hand wickelte. »Er war im Flugzeug . . .«

»Ja. Sie kamen heute morgen mit dem Flugzeug aus Paris.«

Sie erschrak und sah Kulak zum ersten Mal an. »Wer sind Sie?«

»Ich bin die Polizei, Madam. Ich bin Chefinspektor Kulak.«

»Ich bin . . .«

»Bitte, sagen Sie jetzt nichts mehr. Kommen Sie. Ich bringe Sie zu einem Ort, wo wir uns setzen und ungestört unterhalten können.«

»Ich bin eine Touristin . . .«

Kulaks Augen wurden schmal. »Madam, Sie sind eine Journalistin. Wenigstens behaupten Sie das. Ich glaube, daß Sie auch eine Spionin sind. Bei dem dort bin ich mir sicher. Das ist der Mann, der Natali umbrachte. Ich wünschte mir, ich hätte ihn genauso aufschlitzen und ausweiden können, wie er das mit Natali gemacht hat. Und wie er es mit Ihnen gemacht hätte.«

»Ich verbringe hier meinen Urlaub und . . .«

»Sie lügen, Madam, aber darauf bin ich vorbereitet. Ich will nicht, daß man hier Leute umbringt. Ich will keine Leute wie Sie hier haben. Habe ich mich klar genug ausgedrückt? Aber nun muß ich Sie verhören. Zuerst bringe ich Sie in ein Krankenhaus, um diesen Kratzer behandeln zu lassen, und dann fahren wir zum Polizeipräsidium, wo wie beide uns unterhalten werden, Madam.«

»Aber ich . . .« Und sie konnte ihm nicht mehr sagen. Devereaux würde herkommen, und sie würde fort sein. Lange würde man sie im Revier nicht festhalten können; aber alles hing jetzt vom Timing ab, hatte Devereaux gesagt.

Zum zweitenmal an diesem Morgen stellte sie in Gedanken

Devereaux mit dem Toten auf eine Stufe. Nein, sie wollte nicht glauben, daß er sie verraten könnte; er hatte ihr das Leben gerettet.
Und dann begriff sie plötzlich. Das war der Grund, weshalb er ihr vor drei Jahren in Virginia einen Korb gegeben hatte. Er konnte ihr nicht diese Welt des Verrats und der Schatten anbieten. Jeder Gedanke trug den Keim des Argwohns in sich; jedes Bündnis war von begrenzter Dauer; jede Wahrheit war nur eine reformierte Lüge. Gleichgültig, was sie sich gelobten oder einander bedeuteten, da blieb immer der nagende Rest eines Zweifels, der sich in ihr festgesetzt hatte wie der Keim einer schleichenden Krankheit, die zwar nicht tötet, aber allmählich alles Gute vergiftet.

Ein Uhr nachmittags. Schmelzwasser lief in die Gosse am Rand der Plaza. Devereaux stand unter den Arkaden eines Hauses mit vielen kleinen Läden, in denen man alles kaufen konnte, vom Kaffee bis zu handbedruckten Marimekko-Stoffen, und beobachtete den Spirituosenladen gegenüber.
Etwas war bei dem Rendezvous schiefgegangen. Im Kaufhaus hatte es nur so gewimmelt von Polizisten. Devereaux hatte vor dem Eingang kehrtgemacht und eine nervöse Stunde auf dem Gehsteig gegenüber verbracht, bis sie um elf Uhr mit Kulak aus dem Kaufhaus herausgekommen war. Er war ihr nicht gefolgt. Sie würden sich später im Hotel wieder treffen. Das hatte er vorsorglich mit ihr vereinbart, obwohl er nicht geglaubt hatte, daß das Rendezvous bei Stockmann scheitern würde.
Ein großer Mann mit glitzernden, arroganten Augen betrat Punkt zehn nach eins den Spirituosenladen und kam neunzig Sekunden später mit einer in braunes Papier eingewickelten Flasche wieder heraus. Er sah sich auf der Straße um, riß die Verpackung auf und brachte eine teure Flasche finnländischen Wodkas zum Vorschein.

Er stellte die Flasche neben der Ladentür auf den Gehsteig und entfernte sich.
Ein Stadtstreicher, der sich erst Minuten zuvor die Nase an der Scheibe plattgedrückt hatte wie ein Kind, das ein Schaufenster zu Weihnachten bestaunt, starrte verwundert auf die Flasche, die nur ein paar Schritte entfernt nackt auf dem Bürgersteig stand. Er sah dem Mann nach, der sie dort hinterlassen, dann zurück auf die Flasche und schließlich in alle Himmelsrichtungen.
Endlich gab er sich einen Ruck, ging entschlossen zur Ladentür, bückte sich und ließ die Flasche in seiner Tasche verschwinden. In einem torkelnden Trab entfernte er sich über die Plaza.
Devereaux folgte dem großen Mann mit den hochmütigen Augen, der die Flasche gekauft hatte, um ihm ein Signal zu geben. Der Mann war Tartakoff.
Tartakoff ging über den Parkplatz auf den Busbahnhof zu, durchquerte dessen Schalterraum, überquerte die Straße dahinter, ging im Schatten der Häuser weiter zum Hauptbahnhof und stieg vor dem roten Granitgebäude die Treppe zur unterirdischen Ladenstraße hinunter.
Devereaux folgte ihm in einem bestimmten Abstand. Er sah sich immer wieder um, ob ihnen jemand folgte. Doch keiner schien ihm mehr Beachtung zu schenken als den übrigen Passanten. Er befühlte die kalten Griffschalen des Colt Python, Kaliber .357, der in der Tasche seines erdbraunen Wollmantels steckte. Er hatte fast immer einen Wollpullover unter dem Jackett getragen während der Wintermonate, die er hier im Wartestand in Helsinki verbracht hatte, und heute trug er einen braunen Rollkragenpullover, der eigentlich zu warm war für diesen Nachmittag. Doch zu warm konnte es ihm gar nicht mehr werden, überlegte Devereaux. Dafür hatte er zu lange in der Kälte leben müssen.
Tartakoff bog in den Korridor ab, der zum Hinterausgang des Kaufhauses in der unterirdischen Ladenzeile führte. Der

Korridor war belebt, aber nicht überfüllt. Das ließ sich nun nicht ändern. Tartakoff hatte schon vor langer Zeit diesen Korridor als Treffpunkt für ihre entscheidende Begegnung bestimmt. Er drehte sich um, und als er Devereaux auf sich zukommen sah, lächelte er.

»Du hast gestern das Rendezvous versäumt. Ich dachte schon, du wärst abgereist.«

»Hast du den Gefangenen mitgebracht?«

»Also doch. Er ist für dich also wichtig genug.«

»Hast du ihn?»

»Er ist in Sicherheit.«

Devereaux musterte den Russen mit einem kalten Blick. Etwas stimmte nicht, etwas hatte von Anfang an nicht gestimmt. Warum waren heute morgen Polizisten bei Stockmann?

»Er ist keine Zeit mehr für Spiele«, sagte Devereaux.

»Für mich war es nie ein Spiel«, antwortete Tartakoff von oben herab. »Du warst es, Postbote, der den Kontakt so lange aufgeschoben hat.«

»Wo ist er?«

»In Sicherheit.«

»Das könnte bedeuten, daß er sich noch in der Sowjetunion aufhält.«

Tartakoff schüttelte den Kopf. »Hier. Er ist in Helsinki. Wir sind bereit. Wir waren schon gestern bereit.«

Ja, dachte Devereaux. Du warst schon gestern bereit und kannst dir den Luxus leisten, zu warten. Dir sitzt nicht die Angst im Nacken. Also bin ich es, der sich fürchten muß.

»Alles ist arrangiert«, sagte Devereaux leise. »Wir werden euch trennen . . .«

»Nein.«

»Ja«, sagte Devereaux mit ruhiger, entschiedener Stimme, während seine Augen den anderen Mann abtasteten. »Es ist die einzige Möglichkeit. Der alte Mann wird nach Stockholm reisen. Heute abend mit der Silja-Line. Du wirst heute

nachmittag mit der Finnair direkt nach New York fliegen. Du hast eine Stunde Zeit.«
»Nein«, sage Tartakoff plötzlich und wich vor ihm zurück. »Das ist zur früh. Das paßt mir nicht.«
»Zu früh?« Devereaux legte den Zeigefinger an den Abzug des Colts. Er hatte sich diesen Mantel ausgesucht, weil die Taschen keine Patten hatten. Er konnte die Pistole blitzschnell ziehen und sie genauso rasch wieder verschwinden lassen.
»Zu früh. Ich muß dir zeigen, wo der alte Mann untergebracht ist ...«
»Ich vertraue dir. Du nennst mir sein Versteck, und hier hast du deinen Flugschein und deine neue Identität.« Er griff in seine Westentasche.
»Aber ich hatte eigentlich erwartet, daß du mich begleitest ...«
»Hör zu. Du bist bereits in der Luft, ehe der alte Mann heute abend um sechs an Bord der *Finlandia* geht«, sagte Devereaux in ruhigem Ton. »Damit hast du die Garantie, daß wir dich nicht betrügen können. Es sei denn, du betrügst uns. Ist das der Fall?«
»Du traust mir nicht? Ich werde dich selbst zu dem alten Mann bringen.«
»Dein Flugzeug startet in einer Stunde«, sagte Devereaux.
»So eilig ist es nicht«, sagte Tartakoff. »Um vier Uhr geht ein zweites Flugzeug in die Vereinigten Staaten. Ich weiß das. Ich habe alle Flugpläne der Finnair studiert ...«
»Also gut. Bring mich zu dem alten Mann.«
»Du weißt, wie wichtig er ist?«
»Eigentlich nicht.«
Tartakoff sah ihn überrascht an.
Devereaux lächelte. »Aber ich bin schließlich nur der Laufbursche.«

26

Amsterdam

»Die Bücher«, sagte der Russe, und Penev, der Bulgare, öffnete das große Kontobuch.

Sie saßen im Hinterzimmer der Agentur für Balkanreisen, die Penev in Amsterdam betrieb. Die Agentur hatte bereits geschlossen. Es regnete wieder in Amsterdam; aber der Tag war warm gewesen, und Dampf stieg von den Fenstern auf. Langsam, fast widerstrebend, kündigte sich der Frühling auf dem europäischen Festland mit Tauwetter an.

Penev hatte den Russen noch nie zuvor gesehen. In der Regel wurden seine Bücher von dem sowjetischen KGB-Stationschef in Rotterdam überprüft. Doch dieser Mann kam aus Moskau. Es mußte sich um eine wichtige Angelegenheit gehandelt haben, und Penev hatte keine Ahnung davon gehabt.

Im Kontobuch waren Namen, Zeiten und Orte eingetragen, alles mit einer sauberen Handschrift.

Die Namen konnten sich auf Kunden beziehen, die bei der Agentur eine Reise buchten. Tatsächlich waren auf jeder Seite sechs Namen von legitimen Kunden eingetragen mit dem Datum ihrer Abreise. Und dann folgte ein Name mit Reisedaten, der zu einer anderen Geschäftssparte von Penevs Unternehmen gehörte. Zu der Sparte, die Mordaufträge erteilte.

»Kann ich laut sprechen?« fragte Penev.

»Glauben Sie, daß Sie abgehört werden?« mockierte sich der Russe. »Natürlich können Sie laut sprechen, weil ich Sie sonst gar nicht verstehe.«

»Es blieb unklar, welche Verfahrensweise Ihnen dabei vorschwebte, Genosse; das ist alles«, sagte Penev ein wenig

pikiert. Schließlich hatte er den Auftrag ordentlich abgewikkelt. Er hatte noch nie versagt. Selbst wenn bei der Ausführung Fehler gemacht wurden.
Penev hatte ganz warme, klebrige Hände. Schweißflecken bildeten sich unter seinen Achseln.
»Ich befolgte meine Befehle«, begann Penev.
Der Russe saß ihm am Tisch gegenüber und wartete.
»Ich nahm Antonio aus Reggio Calabria unter Vertrag. Wir hatten bisher nur gute Erfahrungen mit ihm gemacht. Er ist etwas ... exzentrisch ... in seinen Gewohnheiten. Schnupft Kokain. Ich hatte jedoch keinen Grund, anzunehmen, daß er seinen Auftrag verpatzen würde. Er hatte bisher noch nie versagt.«
»Aber diesmal hat er.«
»Zunächst brachte er den Priester in Dublin um.«
»Das war zufriedenstellend.«
»Ich verstand nicht, welche Rolle der Priester ...«
»Der Priester wußte, welchen Auftrag Crohan im Krieg durchführen sollte. Das ist alles. Er war zu geschwätzig. Er korrespondierte mit der alten Dame in Chikago. Es war besser, ihn gleich am Anfang zu beseitigen.«
»Von dort ging er nach Helsinki. Da machte er seinen Fehler.«
»Zwei Fehler«, sagte der Russe bedächtig. Er nahm eine Zigarette und befestigte sie in einer Zigarettenspitze. Als er die Spitze in den Mund steckte, zündete der Bulgare die Zigarette für ihn an.
»Die Hure versetzte ihn in Panik. Also brachte er sie um und deponierte die Leiche blödsinnigerweise direkt neben dem Hotel. Und dann arrangierte er den Mord an dem britischen Agenten auf eine Weise, daß dieser amerikanische Agent, Devereuax, ihn finden mußte. Das stimmte nicht mit den Anweisungen überein, die Sie ihm mitgaben.«
»Ich wußte nichts von diesem amerikanischen Agenten. Darüber wurde ich nicht informiert«, sagte Penev.

»Nein, Genosse. Aber deswegen bleibt es doch ein Fehler. Fahren Sie fort.«
»Der dritte Fehler. Er sollte Ely, den britischen Agenten in Dublin, eliminieren. Ely war mit dem Auftrag nach Dublin gekommen, um in der Sache Cunningham zu ermitteln. Der Tod von Ely sollte lediglich die Briten erschrecken und sie glauben machen, die Amerikaner steckten dahinter. Statt dessen tötete er den falschen Mann. Einen Agenten namens Sperling.«
»Und darauf schickten Sie ihn nach Helsinki, damit er dort die amerikanische Journalistin umbringen sollte. Der vierte Fehler. Er hätte sie vermutlich getötet, wenn ihn nicht bereits die finnische Polizei am Flugplatz erwartet hätte.«
»Die Polizei war das Problem«, stimmte Penev ihm zu. »Kulak, sagten Sie, mußte zurückgepfiffen werden, als er diesen amerikanischen Agenten, Devereaux, verdächtigte. Er hätte ihn vielleicht festgenommen. Aber es war ungeschickt.«
Der Russe hörte die Kritik heraus und sah Penev stirnrunzelnd an. »Es war direkt. Wir mußten eingreifen. Kulak durfte nichts gegen Devereaux unternehmen. Er war der Kurier.«
»Antonio machte zu viele Fehler«, fuhr Penev fort. »Die Polizei in Helsinki darf ihn gern behalten. Und Kulak kann zufrieden sein. Er hat seinen Doppelmörder.«
»Wir haben nicht damit gerechnet, daß die amerikanische Journalistin nach Helsinki kommt. Für uns jetzt eine glückliche Fügung. Das erlaubt uns, die Fehlinformation rasch unter die Leute zu bringen, ehe die Briten uns daran hindern können. Crohan wird ihr die Wahrheit erzählen, sobald er sich in Sicherheit weiß.«
Penev blickte von den Büchern auf.
»Wie lautet die Wahrheit, Genosse?«
Der Russe lächelte. »Sehr einfach. Die Briten gaben, vier Monate bevor wir Wien befreiten, der SS in der Stadt einen

Hinweis. Wir haben die entsprechenden Unterlagen in der Stadt gefunden. Die Deutschen haben ja alles aufgehoben, selbst ihre Staatsgeheimnisse. Die Briten verrieten den Deutschen die Identität von Crohan. So einfach ist das. Das ist der Grund, weshalb wir Crohan verhaften konnten.«

»Aber warum . . .«

»Das OSS schickte Crohan nach Wien, um dort die Juden vor dem Abtransport in die Konzentrationslager zu retten. Deswegen war er trotzdem ein Spion. Und die Engländer waren entsetzt, als sie erfuhren, was das OSS gemacht hatte. Crohan wäre nach dem Krieg als Nationalheld in Irland gefeiert worden. Er war ein Agitator gegen die Briten; er war ein Sozialist. Er hätte den Briten nach dem Krieg großen Schaden zufügen können. Deshalb wollten die Briten, daß die Deutschen ihn töteten. Sie verrieten ihn. Das ist das große Geheimnis.«

Penev runzelte die Stirn. »Aber wie hängt das nun mit der Bunkerstation für U-Boote zusammen?«

»Es gibt keinen derartigen Plan«, sagte der Russe.

»Das verstehe ich nicht.«

»Lassen wir doch die Briten bei dem Glauben, wir wollten vor ihrer Haustür eine Basis für unsere Unterseeboote einrichten. Das lenkt sie von der wahren Bedrohung ab. Die eigentliche Bedrohung kommt aus dem Mund von Tomas Crohan, der enthüllen wird, daß er von den Briten verraten wurde, als er für die Amerikaner hinter den Linien der Nazis tätig war.«

Penev begriff endlich, und ein Lächeln breitete sich auf seinem Gesicht aus. »Ein alter Mann hat fast ein Leben lang im Gefängnis schmachten müssen, weil die Briten ihn verrieten, um ihre eigensüchtigen Interessen zu wahren.«

»Und dann, nach dem Krieg, als wir den Briten sagten, daß wir diesen Mann freilassen würden, spielten sie uns Beweise für seine antisowjetischen Aktivitäten zugunsten

der Nazis zu. Bis in die jüngste Zeit hinein waren wir überzeugt, die Beweise gegen ihn seien echt.«
Beide Männer lächelten jetzt. »Und woher bekamen wir diese Beweise? Die getürkten Beweise?«
»Von unserem Maulwurf im britischen Geheimdienst. Ein sehr, sehr bedeutender Mann. Ich kann Ihnen seinen Namen nicht verraten.«
»Und das Unternehmen wird jetzt abgeschlossen?«
»Ja. Heute abend wird der Amerikaner den irischen Gefangenen in seine Heimat zurückbringen, und die Journalistin wird alles enthüllen, was Crohan ihr sagen wird . . .«
»Und damit ist das Vertrauen der Amerikaner zu den Briten endgültig zerrüttet . . .«
»Natürlich. Sie werden den Briten die Zusammenarbeit aufkündigen. Auch in Cheltenham. Was uns die Arbeit erheblich erleichtern wird.«
»Aber Tartakoff?«
»Oh. Er wird noch heute abend wieder in Leningrad sein, denke ich. Wenn nichts schiefgeht in letzter Sekunde. Er hat jetzt eine Vollmacht, die wir ihm verweigern mußten, bis diese amerikanische Journalistin auf der Bildfläche erschien.«
»Welche Vollmacht?«
»Wenn er in Verdacht gerät, ist es ihm freigestellt, den Kurier zu töten.«

27

Washington, D. C.

»Ich habe keine Zeit mehr«, sagte Devereaux.

»Wo sind Sie?«

»Genau dort, wo Sie mich vermuten.«

»Mein Gott.« Hanley machte eine Pause. »Es gibt Schwierigkeiten.«

»Unsere Leute sind heraus.«

»Und Sie sollten längst zu Hause sein.«

Devereaux sagte nichts.

»Sie wissen, daß die Leitungen in Helsinki nicht sicher sind«, sagte Hanley. »Das scheint mir noch die geringste Sorge für alle Beteiligten zu sein. Warum haben Sie mir in all diesen Wochen nie geantwortet?«

»Es gab nichts zu sagen«, erwiderte Hanley. »Sie haben sich nicht an Ihre Order gehalten.«

»Nein. Aber jetzt rede ich, und Sie hören zu«, sagte Devereaux. In seiner leisen, gemessenen Stimme schwang ein zorniger Unterton mit. Er war wie ein stiller See, unter dessen Oberfläche gefährliche Strömungen herrschen. »Neun Wochen haben Sie mich hängen lassen, weil bei meiner Mission nichts herauskommen sollte. Sie hielten Tartakoff für eine Falle und brauchten einen Vorwand, um mich für eine Weile auf Eis legen zu können.«

Knisterndes Schweigen in der internationalen Leitung. Das Schweigen bestätigte alles, was Devereaux sagte, und beide Männer wußten das.

»Doch mit dem Namen Tomas Crohan ändert sich plötzlich alles. Hanley findet endlich seine Stimme wieder, wenn auch nur, um die Wahrheit zu verschleiern. ›Heimkommen, November‹. Aber das kann ich jetzt nicht mehr.«

»Wo ist Tartakoff?«
»Zehn Schritte von mir entfernt. Ich kann ihn sehen. Er trinkt ein Glas Bier.«
»Mein Gott. Wo sind Sie?«
»Im Hauptbahnhof von Helsinki.«
»Das ist . . . das ist ein öffentliches Gebäude.«
»Alles hat sich geändert. Das sagte ich bereits. Zwei Menschen wurden hier ermordet. Der eine war der britische Agent Sims. Der andere war meiner Ansicht nach ein Versehen. Aber eines ist sonnenklar. Ich sollte nur ein Köder sein. Ich bin immer noch ein Köder . . .«
»Sie wußten, daß es keine Falle ist . . .«
»Ich bin doch kein Schwachkopf, Hanley«, antwortete Devereaux.
»Aber ich brauche jetzt Ihre Unterstützung.«
»Ich kann nichts für Sie tun. Der Neue Mann . . .«
»Der kann mich mal . . .«
»Ich habe meine Order.«
»Und ich habe Tomas Crohan«, sagte Devereaux. »Und Tartakoff dazu.«
»Lassen Sie die Finger davon. Lassen Sie die beiden, steigen Sie in das nächste Flugzeug, und kommen Sie nach Hause.«
»Das kann ich nicht.«
»Das ist ein Befehl.«
»Nein. Diesmal nicht.« Er sagte es sanft, aber mit einer Drohung dahinter. »Erinnern Sie sich an eine Frau namens Rita Macklin?«
»Was? Sie meinen diese Reporterin? Die in der Sache Tunney recherchiert hat?«
»Ja.«
Ein langes Schweigen folgte. »Was ist mir ihr?«
»Sie ist hier.«
»Was haben Sie gesagt?«
»Daß sie hier ist. Sie will die Wahrheit über Tomas

Crohan wissen.« Devereaux machte eine Pause. »Ich ebenfalls, Hanley.«
»Ich weiß nichts über ihn.« Hanley überlegte kurz und korrigierte seine Lüge. »Die Information ist nicht . . .« Er besserte die Lüge noch einmal nach: »Die Information ist für Ihre Mission nicht von Bedeutung, da Ihre Mission ja beendet ist. Sie haben keinen Anspruch darauf, eine Aufklärung zu verlangen.«
»Sie wollen wohl nicht zuhören, Hanley.«
Ein empörtes Geprassel in der internationalen Leitung; aber Hanleys Stimme war viel zu schwach, um sich den gewünschten Respekt zu verschaffen: »Wollen Sie mich jetzt erpressen, November? Haben Sie den Vorstand verloren? Hier ist die Abteilung, verdammt noch mal . . .«
»Die Abteilung kann mich mal«, sagte Devereaux. Seine Stimme blieb ruhig und sachlich. »Und Sie können mich ebenfalls, Hanley.«
Da lagen die Karten plötzlich offen auf dem Tisch. Die Loyalität war aufgekündigt.
Und Devereaux sprach im gleichen ruhigen Tonfall weiter. Seine Stimme war wie ein reißender Fluß, der alle Hindernisse aus dem Weg räumt. »Zwei Jahre lang haben Sie mich zappeln lassen. Seit dieser Geschichte in Paris. Ich wollte es mit Geduld schaffen; ich sah keine andere Möglichkeit, Ihnen beizukommen. Aber jetzt ist es aus mit dem Marionettentheater. Ich spiele nicht länger den Hanswursten für Sie oder den Neuen Mann. Jetzt geht es um mein Leben, Hanley. Und Sie haben gar keine andere Wahl, als mir zu helfen.«
Stille in der Leitung.
»November«, begann Hanley. Doch Devereaux ließ ihn nicht zu Wort kommen:
»Ich will die Wahrheit über Tomas Crohan wissen. Und ich will wissen, was hier wirklich gespielt wurde . . .«
Hanleys Stimme klang plötzlich müde. »Wir wissen das

selbst nicht. Jedenfalls nicht alles. Können Sie sich die beiden denn nicht vom Hals schaffen? Ist es dafür denn schon zu spät?«

»Ich bin nicht Ihr Killer vom Dienst, Hanley«, sagte Devereaux. Und seine Stimme klang genauso müde, als würden sich zwei alte Freunde nach einem langen, anstrengenden Tag an einen Tisch setzen. Oder zwei alte Feinde. »Ich werde Tartakoff nicht für Sie umlegen.«

»Ein Anfall von Moral?« fragte Hanley.

Das sollte wohl ein Witz sein, überlegte Devereaux. Er sah die Liste der Toten vor sich, die in all diesen Jahren zusammengekommen war – die ihm persönlich bekannten Opfer und die Unbekannten –, und allmählich hatte er sein Gewissen dagegen abgestumpft, bis die wenigen, die auf sein Konto kamen, ihn nicht länger berührten. Aber er war kein Killer, nicht für Hanley, nicht für die Abteilung, nicht für ein kleines Spiel, an dem er mitwirken sollte, ohne es zu verstehen. Er starrte durch die Scheibe der Telefonzelle auf Tartakoff, der ruhig an einem Tisch saß, sein Bier trank und auf ihn zurückstarrte.

»Ich spreche nicht von der Journalistin«, sagte Hanley. »Aber sie ist ein wesentlicher Teil unseres Problems.«

»Was ich nicht zu verantworten habe«, sagte Devereaux.

»Uns sind die Zügel entglitten.«

»Deshalb wollen Sie Tartakoff, dann den alten Mann und schließlich Rita Macklin ins Gras beißen lassen . . .«

»Das habe ich nicht gesagt.«

»Sie deuten es vage an und stehlen sich dann davon. Über die Details wollen Sie nichts wissen.«

Hanleys Stimme antwortete kalt: »Sie haben es erraten.«

»So einfach werden Sie dieses Problem nicht aus der Welt schaffen können, Hanley.«

»Sie sind nicht in einer Position, daß Sie uns Bedingungen stellen können, November. Wir könnten vergessen, daß dieses Gespräch stattgefunden hat. Überlassen Sie uns die

Details. Wir können jemand schicken, der für Sie das Problem mit den Russen löst.«

»Und das Problem Rita Macklin.«

»Wie sind keine Barbaren, November. Sie ist amerikanische Staatsbürgerin.«

»Ein schwacher Trost. Soll sie dem Killer ihren blauen Paß zeigen?«

»Kommen Sie nach Hause, November. Lassen Sie die Finger von dieser Sache.«

»Warum? Warum ist das wichtig?«

»Wir können uns nicht einlassen auf dieses Geschäft.«

Devereaux seufzte. Es gab eine Erklärung, nie Tatsachen, nie logische Zusammenhänge. Geheime Dienstsachen der Regierung wurden sogar zu geheimen Verschlußsachen innerhalb einer Abteilung, damit ein Geheimnis nicht in Verbindung gebracht werden konnte mit Geheimnissen, die ihm vorausgingen, oder Lügen, die hinterher verbreitet wurden. So konnte er mit Hanley nicht weiterverhandeln.«

»Wer hat Sie auf der Sonderleitung angerufen, Hanley?«

Hanley, der fast fünftausend Meilen entfernt zuhörte, faßte den Hörer fester und sagte nichts.

»War es eine Frau, die sagte: ›Wir kommen heraus?‹«

»Der Anruf kam aus Paris.«

»Ich weiß«, sagte Devereaux.

»Mein Gott, was haben Sie getan? Das ist ein Bruch unserer Geheimhaltungspflicht . . .«

»Hier gibt es nichts mehr geheimzuhalten, Hanley.«

»Es war also diese Frau, diese Macklin, die mich anrief. Sie haben unsere Operation einer . . . einer gottverdammten Journalistin offengelegt.«

»Oh, sie war schon vor zwei Monaten beim CIA, weil sie dort in Akten über Tomas Crohan einsehen wollte. Das erlaubte man ihr nicht. In den Zeitungsarchiven hat sie auch nichts gefunden, weil alles, was über ihn Auskunft geben konnte, aus den Archiven entfernt worden war. Sie wollte zu einem alten Priester in Dublin, der ihr etwas über Tomas Crohan erzählen konnte, aber er wurde umgebracht, ehe sie mit ihm sprechen konnte. Sie wundern sich, daß diese Frau neugierig ist auf Tomas Crohan?«

»Sarkasmus«, räumte Hanley ein.

»Was werden Sie nun machen?«

»Was wird sie machen?«

»Bei mir sind die Geheimnisse sicher«, sagte Devereaux mit leiser Ironie in der Stimme.

Da mußte Hanley an das beschämende Interview mit dem Neuen Mann am Nachmittag zuvor denken. Yackley hatte gesagt, daß die Abteilung mit der CIA zusammenarbeiten würde. Daß man ihm in dieser Sache rückhaltlos vertrauen müsse. Und er konnte nicht mal seinem eigenen Agenten vertrauen, den er einen langen Winter hindurch in Helsinki hatte versauern lassen.

»Mrs. Neumann hat sich die Akte von der CIA besorgt. Die Unterlagen über Crohan.«

Devereaux lächelte. »Wenn das jemand konnte, dann sie.«

»Ich habe die Akte gelesen. Danach habe ich die Kopie vernichtet.«

»Wo ist das Original?«

»In Langley. Im ehemaligen OSS-Archiv.«

»Warum befaßt sich die CIA mit dem Fall?«

»Ich weiß es nicht.« Hanley machte eine Pause, und dann sprudelten die Worte nur so aus ihm heraus, als wollte er damit etwas wegwaschen, das ihn wurmte. »Der Neue Mann kriecht der CIA in den Hintern.« Sie waren beide überrascht, wie sich der Ton ihres Gesprächs veränderte. »Mir paßt das überhaupt nicht.«

»Aber das kann Ihnen doch jetzt egal sein«, sagte Devereaux.

»Ja. Ich glaube, da haben Sie recht. Wenn Sie nicht allein herauskommen wollen . . .«

»Das kann ich nicht mehr. Von dem Moment an, als ich Rita

nach Paris schickte, habe ich mir diese Möglichkeit verbaut.«

»Das war sehr unüberlegt«, sagte Hanley niedergeschlagen.

»Alles, was ich getan hätte, wäre ein Fehler gewesen.«

»Da haben Sie vermutlich recht.« Nach einer Pause fuhr Hanley fort: »Ich will es Ihnen sagen, November. Jetzt. Es tut mir leid.« Die Entschuldigung kam für ihn ebenso überraschend wie das drastische Urteil über den neuen Chef. Offenbar hatte er keine Gewalt mehr über seine Worte. Er hatte nichts falsch gemacht, empfand jedoch eine bittere, schwere Scham.

»Tomas Crohan war ein Sympathisant der Nazis. Er organisierte sogar eine neonazistische Splitterpartei in den späten dreißiger Jahren in Irland, die Fianna Fail. Er stammte aus einer wohlhabenden Familie. Großer Landbesitz. Er besuchte mit seinem Vater Hitler, 1938, vor der Besetzung der Tschechoslowakei durch die Nazis. Sie werden verstehen, in welcher Lage sich damals die irische Regierung befand . . . ein junger, noch nicht gefestigter Staat, Depression, entschlossen, einen Kurs einzuschlagen, der von der britischen Herrschaft wegführte. Viel Sympathie für die Nazis in Irland, nur weil sie gegen die Briten waren . . .«

»Ich verstehe.«

»Als der Krieg ausbrach, entschied sich Irland für die Neutralität. Beide Seiten nutzten das Land zu ihrem Vorteil aus. Nazispione in Dublin, wie sie auch in Portugal, Schweden und in der Schweiz während des Krieges zu finden waren. Das OSS entwickelte einen Plan, wie man Crohan umdrehen, ihn hinter den Nazilinien als Agenten verwenden und ihn mit dem Versprechen einer großen Belohnung nach dem Krieg ködern könnte.«

»Was hat man ihm versprochen?«

»Das Übliche. Was wir auch den Diktatoren in Lateinamerika anbieten. Wir sagen ihm, wir würden ihm das Land nach dem Krieg überlassen. Wir würden ihn zum *Taoiseach* – Premierminister – von Irland machen . . .«

»Konnten wir ihm so etwas überhaupt versprechen?«

»Sie stellen die Frage falsch. Konnte Crohan glauben, daß es in unserer Macht lag, unser Versprechen einzulösen? Er war bereits Mitglied der Regierung, war reich, eine bekannte und populäre Persönlichkeit im Land wegen seiner antibritischen Einstellung. Die Briten hatten eine geradezu paranoide Angst vor ihm. Sie fürchteten, daß er in Irland zum Premierminister gewählt werden könnte . . .«

»Was hat er während des Krieges für uns in Österreich gemacht?«

»Woher wissen Sie das?«

»Rita Macklin hat es mir gesagt.«

»Eine Journalistin? Sind Sie sicher, daß sie nicht mehr ist? Woher kann sie wissen . . .«

»Ich bin mir in keinem Fall sicher. Das gilt für Rita, für Sie, für alles hier.«

»Sie müssen vorsichtig sein.«

»Nein, Hanley. Jetzt ist die Zeit gekommen, wo Sie vorsichtig sein müssen. Die Marionette hat die Drähte durchgeschnitten. Sagen Sie das dem Neuen Mann.«

»Wenn Sie diesc Informationen preisgeben, haben Sie Staatsgeheimnisse verraten. Ich kann vertuschen, daß die Journalistin mich auf der geheimen Leitung angerufen hat. Aber Sie bekommt große Schwierigkeiten, wenn sie Informationen über unser internes Sicherheitssystem veröffentlicht . . . ganz zu schweigen von Ihnen, November. Und alles, was Crohan betrifft, ist geheime Kommandosache . . .«

»Sie haben der CIA die Unterlagen gestohlen.«

»Oh, zum Henker . . .«

»Keine Drohungen mehr, Hanley. Drohungen und Versprechen bedeuten mir nicht mehr sehr viel.«

Wieder eine Pause. »Wir brauchten die Unterstützung der

Briten für unseren Plan. Schließlich hatten sie den besseren Apparat und die größere Erfahrung. Zudem behielt ein Teil ihrer Dienste selbst im Krieg Irland im Auge. Wir bekamen die Genehmigung von ihnen, Crohan als Geheimagent bei den Nazis einzuschleusen. Wir sagten den Briten, daß er für eine Gruppe von Juden, die für uns interessant war, Pässe besorgen und sie aus Wien herausschmuggeln sollte.

»Bestimmt keine Putzfrauen und Bauern«, sagte Devereaux.

»Es gibt immer Prioritäten. Vor allem Wissenschaftler ...«

»Weiter.«

»Das erzählten wir, wie gesagt, den Briten. Aber Crohan hätte nicht einen Finger krummgemacht, um Juden zu retten. Überdies wußten wir, daß die Juden, die auf unserer Liste standen, schon in den Vernichtungslagern umgebracht worden waren. Das wußten wir.«

»Was sollte Crohan dann für uns in Österreich erledigen?«

»Einen Zwischenfall, der Irland in unsere Arme trieb, ihre Neutralität beendete. Wir stifteten ihn zu einem Attentat auf Hitler an.«

Devereaux bewegte die Augenlider. Es prasselte in der Leitung. Tartakoff starrte ihn immer noch an. Devereaux erlebte so etwas wie eine Bewußtseinsspaltung. Die eine Hälfte seines Ichs war hier in Helsinki, wollte heraus aus dieser Stadt, während die andere Hälfte jetzt in der Vergangenheit weilte, bei Crohan, im Wien der letzten Kriegsjahre, und ein Attentat vorbereitete. Ein unmöglicher Auftrag.

»Lächerlich. Wir hätten doch niemals einen Amateur mit so einer wichtigen Sache betreut.«

»Selbst wenn wir jemals ernsthaft erwogen hätten, Hitler von einem Attentäter beseitigen zu lassen«, sagte Hanley, »hätten wir diesen Plan am Anfang des Zweiten Weltkriegs aufgegeben. Der schlimmste Feind von Adolf Hitler war Hitler selbst. Wir wollten ihn daher am Leben erhalten, bis der Krieg vorüber und gewonnen war.«

Devereaux empfand Hanleys Enthüllungen als schwere

Last. Sie machten ihn zum Mitwisser eines schmutzigen Komplotts, eines so zynischen Spiels, daß er eine Gänsehaut bekam. Aus solchem Stoff waren seine Alpträume gemacht.
»Wir wollten, daß die Abwehr ihn rechtzeitig festnahm, ihn vor Gericht stellte und liquidierte. Die Anklage, die man gegen ihn erhob, wäre so phantastisch gewesen, daß niemand sie geglaubt hätte.«
»Das ist Wahnsinn. Warum sagte man den Briten nicht, was wir wirklich mit ihm vorhatten?«
»Geheimhaltungspflicht«, sagte Hanley, als erklärte das alles.
»Es konnte nicht funktionieren.«
»Es sind schon verrücktere Pläne gelungen. Erinnern Sie sich an die Gleiter, an die unbemannten Segelflugzeuge, mit denen wir im Krieg Saboteure in Norwegen absetzten?«
»Die Kisten zerschellten bei der Landung; die Männer wurden sinnlos geopfert.«
»Und eine Frau namens Madeleine, die wir mit dem Fallschirm über Frankreich absetzten und damit die Nazis, ohne es zu wollen, auf die Widerstandsbewegung aufmerksam machten, ehe sie verhaftet und hingerichtet wurde?«
»Also hat der Plan nicht funktioniert.«
»Es war nicht meiner, er stammte vom OSS, und das alles passierte vor über vierzig Jahren. Unglücklicherweise traf unser irischer Faschist in Wien ein, als die deutschen Generäle bereits einen Kurier nach Ostpreußen schickten, der Hitler in seinem Bunker in Ostpreußen in die Luft sprengen sollte. Crohan saß in Wien in der Falle und versuchte, den Krieg zu überleben. Wir ließen ihn zappeln. Er hatte durchaus eine Chance, ihn zu überleben.«
Devereaux verstand. »Was uns in arge Verlegenheit gebracht hätte. Falls er uns die Schuld gab, daß wir ihn sinnlos in Gefahr gebracht hatten.«
»Das hätte er uns ganz bestimmt vorgeworfen.«
»Also haben wir ihn verraten.«

»Wir ließen unseren Verbündeten, den Russen, auf Umwegen die Nachricht zukommen, daß er ein Spion sei, der für uns arbeitete.«
Devereaux schloß einen Moment die Augen. Er fühlte sich schrecklich müde. Als er die Augen wieder aufmachte, hatte sich nichts verändert. Tartakoff starrte ihn immer noch an.
»Wir überließen es den Russen, Crohan aus dem Weg zu räumen«, sagte Devereaux.
»Aber den Gefallen haben sie uns offenbar nicht getan, nicht wahr, November? Und jetzt haben Sie ihn am Hals. Was werden Sie mit ihm anfangen?«
»Er ist immer noch eine Hypothek für uns.«
»Ja. Wir verfolgen bestimmte Interessen in der Republik Irland. Sie haben Öl vor der Küste. Und jetzt haben die Russen Ansprüche angemeldet und verhandeln mit den Iren, damit sie ihnen eine Insel als Bunkerstation für ihre Flotte überlassen.«
»Ist das wahr?«
»Wir glauben es nicht; aber in diesem Geschäft ist ja nichts unmöglich.«
»Also war es doch eine Falle«, sagte Devereaux.
»Ja. Scheint so.«
»Sie hätten diesem Problem von Anfang an aus dem Weg gehen können.«
»Verdammt, November, wir kannten das Problem ja gar nicht. Langley hat uns nichts gesagt. Manchmal gibt es zu viel Geheimhaltung.«
»Wir müssen uns aus dieser Falle herauswinden.«
»Ich sehe nur nicht, wie.«
»Der Neue Mann wollte mich aus Helsinki heraushaben.«
»Ja.«
»Sie sagten ihm, ich wäre schon heraus.«
»Ich dachte, daß Sie schon heraus wären.«
»Nein«, sagte Devereaux. »Sie wußten, daß ich noch hier war. Sie wußten es und haben ihn bewußt belogen.«

Hanley protestierte: »Nein, das habe ich nicht.«
»Doch, und diesmal werden Sie meinen Hals retten, weil es Ihnen sonst selbst an den Kragen geht.« Wieder hatte sich der Ton geändert; er war leise und barsch, wie das Fauchen eines Tieres, das sich nachts in den Büschen versteckt. »Sie werden das alles verantworten müssen.«
»Warum ich?«
»Weil ich nichts mehr rückgängig machen kann. Weil ich Rita Macklin am Hals habe, Crohan und Tartakoff. Sie wollen das Problem dadurch lösen, daß Sie sich von der Operation distanzieren. Die Finger davon lassen, sagten Sie. Was, meinen Sie, wird Rita dann tun? Das ist eine Story, und wenn sie auch nicht alle Antworten weiß, kennt sie doch die Fragen. Und sie weiß von Crohan.«
»Und von Ihnen«, sagte Hanley. »Sie weiß von der Abteilung und Ihrer Operation. Sie weiß verdammt zuviel.«
»Also beseitigen, wie? Und Crohan? Und Tartakoff? Und wer ist dann als nächster dran, Hanley? Ich?«
Hanley sagte nichts; an diese Möglichkeit hatte er auch schon gedacht, und er war soch nicht sicher, ob er sie verworfen hatte.
»Wenn ich hier rauskomme, bin ich fertig mit Ihnen«, sagte Devereaux. »Wenn nicht, bin ich tot.«
»Ja«, sagte Hanley, »das scheint die Alternative zu sein.«
»Ich habe Sie satt. Ich winde mich hier raus, und Sie verantworten das vor dem Neuen Mann. Sie überlegen sich, wie Sie Ihren Hals retten. Wahrscheinlich haben Sie sich schon lange überlegt, wie Sie Ihre Haut retten können in so einem Fall.«
»Und Sie verlassen die Abteilung.«
»Wir nennen es Pensionierung, Hanley, mit maximaler Versorgung und allem, was dazugehört.« Devereaux lächelte. »Mit all den Annehmlichkeiten, die einem pensionierten Beamten des gehobenen Dienstes zustehen. Ich möchte, daß Sie das für mich regeln.«

Hanley schwieg einen Moment, und dann sagte er mit leiser Stimme: »Das kann ich für Sie deichseln.«
»Ich möchte, daß nichts mehr nachbleibt, wenn dieses Geschäft erledigt ist«, sagte Devereaux. »Ich will den totalen Bruch.«
»Ich verstehe.«
Devereaux sagte kalt: »Keine Killer. Weder bei mir noch bei Rita.«
»Was werden Sie mit ihr anstellen?«
»Das ist nicht mehr Ihr Problem. Hören Sie lieber zu. Ich sagte, keine Killer. Auch nicht, wenn ich mich von der Abteilung getrennt habe.«
»Sie bekommen einen Paß, der Ihnen freies Geleit zusichert«, sagte Hanley.
»Ich vertraue Ihnen, weil Sie mir vertrauen müssen. Wenn Sie gegen die Vereinbarungen verstoßen, sobald ich mich von der Abteilung abgenabelt habe, wird jeder dafür büßen müssen.«
»Von uns haben Sie nichts zu befürchten, November.«
»Nicht von Ihnen, nicht von Langley und auch nicht von den Leuten des NSA. Das werden Sie für mich deichseln müssen. Für mich und die Frau.«
Devereaux sprach jedes Wort langsam in die Muschel, als habe er sich seine Bedingungen lange überlegt; obwohl sie ihm tatsächlich erst einfielen, als er sie formulierte. Es war der einzige Ausweg für sie, die einzige sichere Möglichkeit, der Falle zu entrinnen. Sie mußte sich mit ihm abstimmen, wenn sie heil aus dieser Sache herauskommen wollte. Er mußte dafür sorgen, daß man ihr die gleichen Sicherheiten gewährte wie ihm. Allein konnte keiner von ihnen überleben.
»Können Sie eine Garantie für sie übernehmen?«
»Vertrauen Sie mir«, sagte Devereaux.
Ja, dachte Hanley plötzlich, ich habe gar keine andere Wahl.

Zwei Stunden später saß Hanlay in der Abteilung für Computer-Analyse und informierte Mrs. Neumann in vorsichtig formulierten Worten von seinem Gespräch mit Devereaux in Helsinki.
Mrs. Neumann hörte stumm zu.
Einmal stand sie von ihrem Schreibtisch auf und sah vor die Tür ihres fensterlosen Büros, als müsse sie sich überzeugen, daß es noch eine andere Welt mit alltäglichen Sorgen und Pflichten gab, die nichts mit der Geschichte zu tun hatten, die Hanley ihr erzählte.
Alles war friedlich dort draußen; Frauen standen vor den Videoschirmen der Computerterminals, gaben endlose Reihen von Codenummern ein, speicherten Dokumente oder riefen sie ab, versahen die Daten mit Geheimvermerken oder vernichteten sie, indem sie mit einem Tastendruck Informationen aus dem Speicher löschten. Alles war wie sonst; alles war in Ordnung.
Mrs. Neumann schloß die Tür und blickte sich in ihrem kleinen Büro um. An der entfernten Wand hing ein Schonerdeckchen, das ihr eine Frau aus ihrer Abteilung vor fünf Jahren zu Weihnachten geschenkt hatte. Sie hatte mit archaischer Schrift darauf gestickt: »Mülldeponie und Abfallbeseitigung.«
Mrs. Neumann betrachtete stirnrunzelnd diese ironische Selbstdarstellung ihres Aufgabengebietes. Alle Informationen aus Helsinki und über diesen Gefangenen hatten etwas Anrüchiges. Das hatte schon mit einer Lüge angefangen, die man den Briten über den Auftrag erzählte, den Crohan im Krieg durchführen sollte. Und wer belog jetzt wen?
»Devereaux hat recht, wenn man es von seiner Warte aus betrachtet«, sagte sie schließlich.
»Wieso?«
»Er hat gar keine andere Wahl. Sie haben ihn zu lange hängenlassen, Hanley – das wissen Sie genausogut wie er. Als Sie sich endlich dazu bereitfanden, ihm zu sagen, was er

tun sollte, war es schon zu spät. Er konnte sich nicht einfach absetzen. Er mußte sich mit diesem Crohan und dem Russen auseinandersetzen. Es war eine Falle; aber nicht nur für ihn, wie Sie zunächst glaubten. Er sorgte dafür, daß Sie auch drin sitzen.«
»Dazu hat er diese Journalistin angestiftet.«
»Glauben Sie?« fragte Mrs. Neumann mit ihrer rauhen Stimme und sah ihn skeptisch an. »Rita Macklin wurde beim CIA vorstellig und wollte die Akte Crohan einsehen, als Devereaux längst in Helsinki war.«
Hanley seufzte. »Der reinste Wahnsinn. Ein Problem mit zu vielen Facetten.«
»Ein Problem mit moralischem Aspekt.«
»Moral? Das Argument kommt ein bißchen spät«
»Sehen Sie mich nicht so entrüstet an, Hanley. Wir haben ein übles Spiel mit diesem Crohan getrieben, schickten ihn im Krieg hinter die feindlichen Linien und verurteilten ihn praktisch zum Tod. Nun hat er die Chance, in die Freiheit zurückzukehren, und wir wollen ihn zum zweitenmal töten, weil er eine Organisation in Mißkredit bringt, die längst aufgelöst ist – das OSS. Wir wollen ihn umbringen, um den Ruf einer Horde von Gespenstern zu retten. Wie ich mich in diesem Fall entscheiden würde, ist klar.«
»Mrs. Neumann, wir unterhalten uns nicht über Ethik und Moral, sondern über praktische Maßnahmen.«
»Larifari«, sagte sie.
»Maßnahmen, bei denen es um meinen Hals geht. Ich muß das alles vor dem Neuen Mann verantworten.«
»Jeder muß im Leben Opfer bringen«, sagte Mrs. Neumann.
Hanley sah sie gekränkt an. »Ich weiß nicht, was ich tun soll.«
»Blödsinn«, antwortete sie mit ihrer heiseren Flüsterstimme. »Sie wissen ganz genau, was Sie tun werden, und November weiß es auch. Er hat Sie in die Enge getrieben, Hanley, und

Sie wollten nur mit mir darüber sprechen, damit ich Sie zu dem überrede, was Sie ohnehin tun müssen.«
»Es ist immer noch eine Falle – eine russische Falle.«
»Das ist es nicht mehr«, sagte sie. »Eine Falle funktioniert nur, wenn man ahnungslos hineintappt.«
»Ich habe das nicht gewollt«, sagte Hanley.
»Aber Sie haben diese Situation heraufbeschworen.«
Er schien überrascht von ihrer Antwort. »Ich? Aber ich wollte doch, daß überhaupt nichts geschieht.«
Mrs. Neumann nickte. »Eben, Hanley. Sie haben die Sache zu lange treiben lassen.«

28

Moskau

Stolinaya klopfte an die Bürotür des dritten Direktors des Komitees für externe Observation und Disposition. Normalerweise kamen Besucher durch die Vordertür und mußten eine Reihe von Sicherheitsschleusen passieren, doch Stolinaya und noch ein paar privilegierte Bürokraten des Komitees konnten quasi durch die Hintertür direkt beim dritten Direktor vorsprechen.
Stolinaya war Direktor für Klassifizierung und Identifizierung ausländischer Agenten für das Komitee. Innerhalb der riesigen Abteilung für Dokumentation hatte er den kreativsten Job. Er war der Mann, der darüber zu entscheiden hatte, wer der Feind war und was er war.
In diesem Fall, wer sie war.
Stolinaya war ein großer, hagerer Mann mit schwarzem

Schnurrbart und großen, leuchtenden Augen. Er war ein perfekter Bürokrat und ein hundertprozentiger Moskowiter. Sein behutsames, umsichtiges Taktieren auf einem Gebiet, wo eine zu große Entfaltung schöpferischer Fähigkeiten ihm nur Mißtrauen einbringen konnte, bestätigte ihn als überragenden Beamten; seine lässige Arroganz, eine angeborene Überzeugung, daß die Sowjetvölker sich freuen durften über das russische Element in ihrem Staatenbund, weil sonst ihre Union zerbrach, machten ihn zum lupenreinen Moskowiter.
Ein gedämpftes Herein auf sein Klopfen hin.
Er öffnete die Tür und betrat das Büro. Über dem Heizkörper kochte die Luft. An dem einzigen Fenster in dem großen Raum rüttelte der Wind. Die Scheiben vibrierten im Rhythmus des Verkehrs vor dem Haus.
Er setzte sich an den Schreibtisch des Sekretärs neben den großen Tisch, der dem dritten Direktor vorbehalten blieb, und schlug, ohne eine Erklärung vorauszuschicken, seinen Aktendeckel auf. Jede Woche wurde die Liste der Feinde auf den neuesten Stand gebracht. Der Vortrag beim dritten Direktor war gewissermaßen nur eine Formsache, denn Stolinaya genoß das volle Vertrauen der Komitees. Trotzdem ließ sich der dritte Direktor die Freude nicht nehmen, bei der Statusänderung der Personen mitzuwirken, die sich ihm nur als Namen auf Stolinayas Liste vorstellten.
»Der erste ist Abdul Raj-Hassadi aus Sudan«, begann Stolinaya im perfekten Moskauer Akzent. Er fuhr mit der Beschreibung dieser Person fort und erklärte dann ausführlich, warum der zweite Stellvertreter des Transportministers von Sudan nun als bezahlter Spionageagent von Oberst Khaddafi von Libyen eingestuft werden sollte. Der dritte Direktor hörte zu, nickte dann, und Stolinaya trug die Statusänderung in seiner Kartei ein. Bis zu einer Revision seiner Klassifikation wurde Abdul Raj-Hassadi, der bisher als »Bürokrat/Ausländer/ kein politischer Status« geführt

wurde, in den Rang eines »Bürokraten/Maulwurfs/Geheimdienstagenten vierter Klasse/politischer Status fragwürdig« erhoben. Stolinaya hatte das komplizierte Kodifizierungssystem erfunden, mit dem die vierhunderttausend Namen ausländischer Agenten und Politiker, die in der gewaltigen Datenbank des Komitees gespeichert waren, klassifiziert wurden. Er war stolz auf diese Leistung.

»Rita Catherine Macklin«, fuhr er fort. »Seit 1975 als amerikanische Journalistin tätig. Alter: Dreißig; Zunächst in Green Bay, Wisconsin, bei der *Press-Gazette* tätig, dann beim Universal-Pressedienst in Washington, dann als freischaffende Journalistin unter Vertrag bei der *Washington Post*. In dieser Zeit stand sie mit der Abteilung R des amerikanischen Geheimdienstes in Kontakt, als sie an dem Fall Leo Tunney arbeitete, Aktenzeichen vierunddreißig Querstrich neun-neun-acht-zwei Querstrich neunundsiebzig C.«

»Was war das für ein Fall?« fragte der dritte Direktor.

Stolinaya händigte ihm eine Kurzfassung der Akte aus, die auf einem Bogen Papier ausgedruckt war. Eine Minute lang las der dritte Direktor still vor sich hin und reichte dann das Papier Stolinaya zurück.

Stolinaya setzte seinen Vortrag fort, nannte ihren derzeitigen Arbeitgeber und berichtete ausführlich über ihre jüngsten Tätigkeiten in Dublin und Helsinki.

»Sie arbeitet also wieder für die amerikanische Abteilung R?« fragte der dritte Direktor.

»Daran besteht nicht der geringste Zweifel«, antwortete Stolinaya. »Sie hat Zugang zu ihren Geheimcodes. Sie telefonierte von Paris aus mit der Zentrale der Abteilung R. Das geschah auf Anweisung des Agenten November, mit dem sie schon vor drei Jahren zusammengearbeitet hatte. Wir nahmen deshalb eine Revision ihres Status vor und erhoben sie in den Rang einer ›Journalistin/Amerikanerin/Geheimdienstagentin im Untergrund‹.«

»Das scheint gerechtfertigt.«
Stolinaya runzelte die Stirn. »Dieser Fall wirft noch andere Probleme auf, die ich zu bedenken bitte.«
»Ja?«
»Sie und der Agent November haben sich als *agents provocateurs* betätigt, bereits zum zweitenmal. Sie überschritten in beiden Fällen die Kompetenzen, die ihnen normalerweise und erwartungsgemäß von der Abteilung R zugebilligt wurden. Zudem war der Agent November dafür verantwortlich, daß unser Agent Tiomkin vor drei Jahren unfreiwillig die Seite wechseln mußte. Er hat unseren Maulwurf in der Abteilung R enttarnt. Ich bitte daher zu überlegen, ob sein Name nicht auf die Abschußliste gesetzt werden sollte.«
»Und die Frau?«
»Nein, noch nicht. Ihre Effektivität scheint sich auf Operationen zu beschränken, die sie unter der Anleitung dieses Agenten ausführt. Sie ist eine Propagandistin der schlimmsten Sorte; eine Pest.«
»Aber bei einem Abschuß müssen wir mit Vergeltung im gleichen Umfang rechnen«, sagte der dritte Direktor mit umwölkter Stirn.
»Vor zwei Jahren schied der Agent November aus der Abteilung R aus und trat später wieder in den Geheimdienst ein. Wir verstehen zwar nicht, aus welchen Gründen; aber vielleicht trennt er sich abermals von der Abteilung R. Und von ihrem Schutz.«
Der dritte Direktor seufzte. Er nahm das Papier entgegen, das Stolinaya ihm reichte, und legte es mit der beschriebenen Seite nach unten auf seine leere Schreibtischplatte. Er seufzte abermals. »Das muß auf höchster Ebene entschieden werden«, begann er.
»Ich verstehe, Genosse Direktor.«
»Im Augenblick genießt dieser November doch noch den Schutz seiner Abteilung, oder nicht?«
»Doch, Genosse Direktor.«

»Dann müssen wir behutsam vorgehen«, sagte der dritte Direktor. »Wir warten erst mal ab und entscheiden dann, ob es sich für uns lohnt, ihn zu beseitigen, in Anbetracht der Gegenmaßnahmen, die wir zu gewärtigen haben.«

29
Helsinki

George hatte sich mit Ely auf dem Flugplatz in London getroffen und ihm eine letzte mündliche Anweisung gegeben. Ely war erschrocken über diese Order.
»Ich bin überzeugt, daß sie nur als Journalistin arbeitet«, sagte Ely.
»Sind Sie das?« hat George mit einem überlegenen Lächeln geantwortet. »Mein lieber Ely, wir haben einen anderen Eindruck von ihr bekommen. Sie sabotiert unsere Operation. Es haben sich Dinge ereignet, von denen Sie nichts wissen.«
»Warum beauftragen Sie dann nicht einen Agenten, der die Gründe versteht, warum sie zum Schweigen gebracht werden muß«, sperrte sich Ely.
»Ely, Sie arbeiten nur noch für ›Tantchen‹, weil Sie seine Fürsprecher hatten. Ich hoffe, Sie haben das nicht vergessen. Hier gibt es nichts zu feilschen.«
»Sie ist Zivilistin, George. Sie hat uns alles erzählt.«
»Dafür hat Sie Ihnen die Quittung in Ihrem Hotelzimmer hinterlassen. Sperling. Der geht auf das Konto Ihrer verdammten Freundin. Sie haben ihn ja selbst gefunden, Ely. Mit abgeschossenem Kopf.«
Natürlich mußte er sie zum Schweigen bringen. Bei solchen

Aufträgen hatte er nie die Möglichkeit, sich anders zu entscheiden. Nicht, nachdem er als Agent bei »Tatsachen«, Karriere gemacht hatte und mit der Sondervollmacht L ausgestattet worden war, der Erlaubnis, nicht nur in Notwehr töten zu dürfen. Er hatte schon früher von dieser Erlaubnis Gebrauch gemacht, ob berechtigt oder nicht. Er war überzeugt, daß es ein Unrecht war, Rita Macklin zu töten. Aber Ely hatte gar keine andere Wahl.
Er tastete nach der kleinen Beretta-Automatik in seiner Manteltasche. Seine Hände waren kalt, die Pistole war kalt. Er war deprimiert gewesen auf dem Flug von London nach Helsinki. Er hatte daran denken müssen, was vor zwei Jahren in Wien passiert war. Er hatte einmal seine Nerven verloren; das war seine zweite Chance, und eine dritte würde es nicht geben.
Er versuchte, Rita Macklin zu hassen, weil sie Sperling auf dem Gewissen hatte, merkte jedoch, daß er gar nichts empfand, weder Haß noch Abscheu oder gar Rachegefühle. Alles in ihm war leer.
Er fuhr mit dem Aufzug in die fünfte Etage hinauf. Sie bewohnte ein Zimmer im fünften Stockwerk des Presidentii. Er ging den stillen Korridor hinunter und legte die Finger um den Kolben der Pistole in seiner Tasche.
George hatte natürlich recht. Der Dienst konnte nicht zulassen, daß seine Agenten ungestraft hingemordet wurden. Aber war sie tatsächlich die Ursache von Sperlings Tod? War sie eine Spionin? Wieder mußte er George recht geben. Alles deutete darauf hin.
Ely hatte sich einen Übergangsmantel angezogen, und dafür war es hier zu kalt. Sein Gesicht hatte rote Flecken von der Kälte. Seine blaßblauen Augen wirkten müde. Sein blonder Schnurrbart war nicht mehr keck gezwirbelt. Seine Enden baumelten traurig herab, legten sich wie eine Klammer um die Winkel seines dünnen Mundes. Er fühlte sich schrecklich müde. Er hatte sogar dieses Spiel satt.

Aber es war das einzige Spiel, das man ihm erlaubte.
Er entsicherte seine Pistole und klopfte an ihre Tür.
Rasch.
Er zog die Pistole aus der Manteltasche.
Der Korridor war leer und hell.
Vielleicht war sie geflüchtet, dachte er plötzlich. Vielleicht konnte er seine Order gar nicht ausführen.
Die Kette rasselte an der Innenseite der Tür. Die Klinke bewegte sich.
Er brachte die Pistole in Brusthöhe in Anschlag.
Rasch. Schmerzlos für sie, nur für ihn ein nachhaltiger Horror als Nachwehen seiner Tat.
Rita Macklin öffnete die Tür weit. Ihr Gesicht war blaß und hohlwangig. Sie starrte mit grünen, ängstlichen Augen auf ihn und seine Pistole.
»Es tut mir leid, Miss Macklin«, sagte er mit einer Höflichkeit, die ihm schrecklich abgeschmackt erschien. Er wollte noch etwas zu ihr sagen, aber sie wich vor ihm zurück in den schmalen Flur zwischen Zimmer und Tür. Er hielt die Pistole vor sich hin und sah, daß sie zitterte.
»Mein Gott«, sagte sie.
»Es tut mir leid«, wiederholte er wie ein Automat, »es tut mir so schrecklich leid.«
»So leid tut es Ihnen nun auch wieder nicht.« Die barsche, zupackende Stimme kam von der Seite her. Ely stand auf der Höhe der Badezimmertür und konnte doch das Gesicht nicht der Stimme zudrehen, weil der Lauf einer großkalibrigen Waffe in seinem Ohr steckt. Die Kälte des Metalls war ein Schock für ihn.
Ohne einen Befehl abzuwarten, senkte er die Pistole, obwohl Rita noch einen Schritt vor ihm zurückwich in ihr Zimmer hinein.
»Er«, sagte sie mit bebender Stimme, »der britische Agent.«
»Mach die Tür zu«, sagte Devereaux. Rita zwängte sich an

den beiden Männern vorbei, schloß die Zimmertür und verriegelte sie.
»Warum sind Sie hierhergekommen?« fragte Devereaux.
»Ich wollte mich nur vergewissern . . .«
»Keine Lügen mehr«, sagte Devereaux. »Ich will die Wahrheit wissen.«
»Aber ich kann Ihnen doch nichts sagen.«
»Ich schieße Ihnen den Kopf ab.«
»Wie melodramatisch . . .«
»Nur die Wahrheit.«
»Ja, so kommt es wohl«, sagte Ely traurig. Er starrte immer noch vor sich hin, konnte sich Devereaux nicht zudrehen. »Das war die Methode, die Sie bei Sperling in Dublin anwendeteten. Sie und Miss Macklin. George hatte recht.«
»Wer ist Sperling?«
»Tun Sie nicht so. Das war der, den Sie in Dublin umbrachten. In meinem Hotelzimmer.«
»Also kamen Sie hierher, um Rita zu töten.«
Ely fühlte sich sehr müde. Wenigstens das hatte jetzt ein Ende. Er war ruhig. Sie würden ihn in der nächsten Sekunde töten, ohne Worte, ohne Bedauern. Es war besser zu sterben, als noch einmal töten zu müssen; besser, dieses schmutzige Dasein von einem anderen beenden zu lassen, als weiter so durchs Leben zu stolpern.
»Ja«, sagte er leise. »Ich kam, um sie zu töten. Sie hat einen unserer Agenten umgebracht. Wir können das nicht durchgehen lassen.«
Ely schloß die Augen und wartete auf den Tod.
Doch die Pistolenmündung wurde aus seinem Ohr herausgezogen.
Er öffnete die Augen und blinzelte. Er drehte den Kopf zur Seite und sah das winterharte Gesicht eines Mannes mit grauen Augen im Rahmen der Badezimmertür.
»Gehen Sie ins Schlafzimmer«, sagte Devereaux. »Und setz-

ten Sie sich. Ich möchte jetzt mit Ihnen reden, Ely. Über Sperling. Und über George.«

Es wurde ein langes Gespräch, und die drei saßen ruhig in dem kleinen Schlafzimmer beisammen, während einer redete und die anderen ihm zuhörten. Nach einer Stunde ging Devereaux zum Telefon und führte ein Ortsgespräch.

Ely saß fasziniert dabei, als Devereaux erst mit dem Mädchen von der Vermittlung und dann mit einer weiteren Person im gestelzten Schwedisch verhandelte. Devereaux gehörte zu jenen Leuten, die keine Sprache vergessen, die sie einmal gehört haben, und sich die Grundkenntnisse einer fremden Sprache spielend leicht aneignen; er war vor fast fünfzehn Jahren in Schweden gewesen, nach seiner Mission in Vietnam, um dort einen Verräter aufzuspüren, der sich nach Schweden geflüchtet hatte. Devereaux sprach neun Sprachen und Dialekte mehr oder weniger fließend – am besten Französisch, das er in Vietnam gelernt hatte, und die vietnamesischen Mundarten. Während seiner langen Isolation in Helsinki hatte er festgestellt, daß alle Finnen die schwedische Sprache beherrschten, obwohl einige nur ungern schwedisch sprachen. Als Devereaux wieder auflegte, drehte er sich zu Rita und Ely um.

»Der alte Mann ist hier.« Es war das letzte Geheimnis, das in dieser Runde enthüllt wurde. Sie waren drei Spione, die sich gegenseitig ihre Geheimnisse gebeichtet hatten, weil sie sich verbünden mußten, wenn sie überleben wollten.

»Du hast ihn gesehen«, sagte Rita.

»Ja. Solange ich Tartakoff in meiner Gewalt habe, wird es vermutlich keine Probleme geben. Ich glaube, sie wollten den alten Mann auf jeden Fall loswerden.« Er schrieb etwas auf ein Blatt Papier. »Das ist die Adresse, wo sie den alten Mann untergebracht haben.« Er gab Rita das Blatt Papier.

Sie starrte darauf und sah dann Devereaux an. Sie sagte nichts, aber er las die Frage in ihren Augen.

»Ely und ich werden jetzt hier warten müssen.«
»Und was soll ich jetzt tun?« fragte sie.
»Du verschwindest aus Helsinki. Rasch. Aber nicht mit dem Flugzeug. Der Flugplatz ist in den letzten Tagen zum Tummelplatz für Spione geworden. Die *Finlandia* läuft heute abend um sechs nach Stockholm aus. Du und der alte Mann werdet an Bord sein. Er ist jetzt Amerikaner; hier ist sein Paß. Geht an Bord und haltet euch von den Salons fern, bis das Schiff ausgelaufen ist.«
»Wirst du später zu uns stoßen?«
Er lächelte sie an. »Vermutlich. Wenn alles läuft wie geplant.«
»Warum mußt du hierbleiben?«
»Tartakoff befindet sich im Augenblick in seinem Zimmer. Das gehört zu unserem Abkommen. Ich bin der Laufbursche, und ich schaffe ihn heraus, wenn der alte Mann in Sicherheit ist. Unser britischer Freund hier hat die Sache etwas kompliziert; aber ich kann ihn an unserem Unternehmen teilnehmen lassen.«
Ely sagte kein Wort.
»Und wenn der Plan nicht funktioniert?«
»Oh, unsere Kleingläubige«, sagte Devereaux und lächelte. Rita funkelte ihn an, doch sein spöttisches Lächeln spielte leicht über seine dünnen Lippen hin, und schon Sekunden später war ihr Zorn verraucht.
»Wird er mir denn zum Schiff folgen?«
»Wenn er nicht gehorcht, schlägst du ihn.«
»Dev.«
»Rita, er ist ein Gefangener, ein Lebenslänglicher.« Seine Stimme verfiel mühelos in eine rauhere Gangart. »Wenn du ihm sagst, daß er in die Hocke gehen soll, wird er dich fragen, wie oft. Für ihn gibt es keinen Ort, wo er hingehen kann, wenn man ihm nicht sagt, wo er hingehen soll. Hol ihn jetzt, während ich inzwischen Tartakoff beschäftige. Ehe uns andere Sachen dazwischenkommen.«

»Was wird aus ihm?« fragte sie.
»Tartakoff? Man wird sich um ihn kümmern.«
Ely platzte plötzlich mit der Frage heraus: »Warum sagen Sie das alles in meinem Beisein?«
»Weil Sie nur überleben können, wenn Sie tun, was ich Ihnen sage«, antwortete Devereaux. »Sie müssen das Spiel verstehen und die Falle. Wenn du nach Stockholm kommst . . .«, wandte er sich wieder an Rita. »Hier habe ich einen Namen und eine Adresse. Da gehst du am zweiten Tag hin, wenn ich nicht komme. Es ist ein sicheres Haus.«
»Sie ist eine Spionin«, sagte Ely.
»Nein, Ely. Sie irren sich, und George irrte sich.« Er sah Rita an, die auf dem Rand ihres Bettes saß. »Sie ist nur in die Falle getappt.« Er sprach mit weicher Stimme, als sähe er sie in diesem Moment nicht. »Wie Sie, Ely. Nichts war so, wie es zu sein schien.« Er sah hoch. »Nun geh.«
»Ich verstehe nicht, warum du hierbleiben mußt, wenn ich den alten Mann habe«, sagte sie.
»Um die Hintertür abzusperren«, sagte Devereaux. »Ich muß das Geschirr abwaschen und das Haus zuschließen. Wir haben die Halle nur für eine Nacht gemietet.«

Neun Minuten später betraten Ely und Devereaux im dritten Stock das Zimmer von Devereaux. Ely hatte das Gefühl. Ely hatte das Gefühl, als nähere sich ein Drama jetzt rasch seinem Ende. Es war der letzte Akt.
Devereaux fühlte nichts als Erleichterung. Das Zimmer war einen langen, toten Winter hindurch sein Grab gewesen. Jetzt wurde es geöffnet.
Ely hatte er die Beretta weggenommen. So weit ging das Vertrauen zwischen ihnen nicht.
Tartakoff stand am Fenster und starrte hinunter in das Loch im Boden, die Baugrube auf der anderen Straßenseite, wo man Natalis nackte, gefrorene Leiche gefunden hatte.

Er drehte sich um, als die beiden hereinkamen. Seine Augen weiteten sich ärgerlich, als er Ely vor Devereaux stehen sah. Und dann sah er die Pistole in Devereaux' Hand.
Er bewegte die Hand zur Jacke hin, ließ sie dann aber herabhängen.
»Was soll das bedeuten, Postbote?«
»Setz dich, Tartakoff. Dorthin. Auf den Stuhl.«
»Es ist schon nach fünf. Das Schiff nach Stockholm läuft in ...«
»Setz dich.«
Devereaux machte einen Schritt an Ely vorbei. Er stand vor Tartakoff und sah, wie Tartakoffs Hand zu einer Bewegung ansetzte. Mit scheinbarer Mühelosigkeit schlug Devereaux zu, zog dem Russen den Lauf seiner Pistole über die Wange. Der Schlag ließ einen blutigen Riß auf Tartakoffs Gesicht zurück.
Der Russe wich einen Schritt zurück, und Devereaux stieß ihn auf den Stuhl hinunter. Die Mündung der Pistole war gegen die Wange des Russen gepreßt.
Devereaux langte mit der Linken in die Jackentasche des Russen und zog eine große automatische Waffe hervor, eine abgewandelte Uzi-Maschinenpistole.
»Eine Leistung, so ein großes Eisen durch den Zoll zu schmuggeln«, sagte Devereaux. »Wie hast du das nur geschafft?« Er lächelte und zog das Magazin aus der Waffe. Er warf beides auf den Boden. »Setzen Sie sich dorthin, Ely.«
»Wir werden das Fährboot versäumen«, sagte Tartakoff mit erhobener Stimme.
»Richtig«, sagte Devereaux.
»Laufbursche, du hast keine Vollmachten.«
Devereaux drückte die Pistolenmündung in die hohle Wange des Russen hinein, bis sie sich gegen die Zähne preßte, die sich unter der Haut abzeichneten.
»Du bist ein toter Mann, Russe. Wie hast du diese Waffe

durch den Zoll bekommen? Warum brauchtest du hier eine automatische Pistole?«
»Ich schmuggelte die . . .«
»Du bist ein Lügner, Russe. Du bist ein verdammter, gemeiner Lügner.« Jedes Wort kam langsam. Wie Steine, die in einen stillen Teich fallen. »Du hast vom ersten Treff an gelogen.«
Tartakoff schwieg. Er starrte mit wilden Augen den grauen Mann an, der vor ihm stand.
»Es war eine Falle, Russe.«
»Ich bin ein Renegat. Wo ist da die Falle?«
»Du bist ein Dreifacher. Einer von denen, die auf unsere Seite hinüberwechseln und immer noch zu den anderen gehören. Das beginnt mit einer Fehlinformation, und später würdest du dann ein Maulwurf werden.«
»Das beginnt mit einer Fehlinformation, und später würdest du dann ein Maulwurf werden.«
»Das ist nicht wahr.«
»Russen spielen ein schwerfälliges Spiel, weil es bei ihnen immer Tote geben muß«, sagte Devereaux mit gleichbleibend ruhiger Betonung. »Jeder, der mir Knüppel zwischen die Beine werfen konnte, wurde beseitigt. Der Laufbursche mußte geschützt und in Ruhe gelassen werden. Deine Leute brachten die Prostituierte um, weil sie mit mir und dem britischen Agenten geschlafen hatte. Ihr hattet Angst vor ihr, weil ihr nicht glauben konntet, daß sie nur eine einfache Hure wäre. Aber sie war nichts als eine Prostituierte. Deine Leute brachten den britischen Agenten in der Sauna um. Als der Bulle, dieser Kulak, hierherkam, um mich wegen eurer primitiven Mordtaten zu verhaften, wurde er zurückgepfiffen. Deine Leute können so etwas in Finnland machen, nicht wahr? Ihr brachtet den Priester in Irland um, weil er zuviel über Tomas Crohan wußte; vielleicht würde er widerlegt haben, was euer Kandidat für Tomas Crohan der Öffentlichkeit mitteilen sollte. Ein Mord nach dem anderen, und

alles daran war verkehrt, so plump, so sinnlos. Ihr habt vermutlich den britischen Agenten Sperling umgebracht, weil er der falsche Mann war. Vielleicht sollte Ely das Opfer sein. Nichts durfte mich oder die Falle behindern oder das Operationsziel, Tomas Crohan aus eurem Land zu schaffen. Und heute morgen nun kam ein schmutziger kleiner Italiener namens Antonio in das Kaufhaus Stockmann, um Rita Macklin zu töten, weil ihr Angst hattet, sie wäre eine Spionin, keine Journalistin, und daß die Falle in der verkehrten Richtung zuschnappen würde. Ihr hattet Angst, was man ihm zu sagen aufgetragen hatte. Das macht mich wütend, weil sie bis zu jenem Augenblick überhaupt nicht in dieses Spiel verwickelt war. Sie war keine Agentin; aber ihr habt sie zu einer gemacht, und nun muß sie das Spiel nach den Regeln spielen, an die auch wir uns halten müssen. Verstehst du nun, warum du ein toter Mann bist, Russe?«

Schweißperlen hatten sich auf Tartakoffs gerötetem Gesicht gebildet. »Du kannst mich nicht töten. Ich bin immer noch ein Überläufer. Ich kann euch vieles erzählen . . .«

»Dann erzähl es mir.«

»Du hast mir Asyl versprochen . . .«

»Versprechen sind überholt. Erzähle.«

»Bitte, die Pistole tut weh . . .«

»Nur eine Sekunde lang, Russe. Die Kugeln sind aus weichem, gekerbtem Blei. Sie zerplatzen beim Einschlag, und ein Teil davon wird dir den Gaumen wegreißen und in deinem Gehirn explodieren. Andere Stücke reißen dir den Nacken weg und den Schädel auf. Du verstehst mich, Russe; du hast ja in deiner Laufbahn auch etliche Leute umgebracht.«

Devereaux' Gesicht war der absolute Winter, das Maximum an Eis und Kälte. Seine Augen waren klare arktische Eisfelder; sein gefurchtes Gesicht war der Schrecken eines weißen Winterhimmels.

Ely bewegte sich nicht; niemand bewegte sich einen Augenblick lang.
»Ich sollte nicht überlaufen«, sagte Tartakoff.
»Das ist eine Lüge. Du solltest ein Dreifacher sein, und du hast für den Fall, daß die Rechnung nicht aufgehen sollte, eine Stellung vorbereitet, in die du zurückziehen kannst.«
»Ich weiß über den alten Mann Bescheid.«
»Erzähl es mir.«
»Ich kann es dir nicht erzählen. Ich brauche Sicherheiten.«
»Ich kann dir nur versichern, daß du ein toter Mann bist, Russe.«
»Tomas Crohan ist der Mann, den ihr im Krieg nach Österreich geschickt habt. Ein amerikanischer Spion«, sagte der Russe.
»Das weiß ich.«
Tartakoffs Augen weiteten sich. »Warum hast du das vorher nicht gesagt?«
»Ich bin es jetzt leid, Russe.«
Devereaux drückte die Pistole ab.
Klick.
Der Russe erschauerte. »Eine leere Kammer. Eine Sicherheitsmaßnahme. Die nächste Kammer ist geladen. Du weißt, daß sie geladen ist.«
»Mein Gott, du willst mich töten!«
»Du bist bereits tot.«
»Was kann ich dir erzählen?«
»Die Wahrheit.«
»Ich . . .«
»Erzähl mir von den Briten. Erzähl mir, warum ihr sie so perfekt manipuliert.«
»Ich weiß nicht, wovon du redest.«
»Der Maulwurf«, sagte Devereaux sanft. Elys Augen weiteten sich vor Faszination. Er saß kerzengerade auf dem Stuhlrand.
»Der Maulwurf?«

»Du sollst nicht meine Worte wiederholen, Russe. Du sollst erzählen, was ich nicht weiß. Das ist das einzige, was ich nicht verstehe. Wie manipuliert ihr die Briten? Wieso hingen sie ständig wie die Kletten an mir? Warum glaubte dieser britische Agent, Rita Macklin wäre an unserer Operation beteiligt? Warum war denn überhaupt ein britischer Agent hierhergekommen? Ich kann die Mordtaten an den britischen Agenten verstehen, wenn ich einen Maulwurf im Hintergrund sehe. Irgendwie solltest du und Crohan mit der Geschichte, die ihr euch ausgedacht habt, einen Keil zwischen uns treiben. Gegenseitiges Mißtrauen. Deine Fehlinformation sollte Zwietracht zwischen uns säen.«

»Ich weiß nichts von einem Maulwurf . . .«

»Das ist eine Lüge, Russe. Es muß eine Lüge sein. Nichts von allem konnte funktionieren, wenn nicht jemand im britischen Geheimdienst das alles in Gang gesetzt hätte. Wie konnten die Briten plötzlich, ganz zufällig, unsere Sendestation in Stockholm abhören, als ich meine verschlüsselte Anfrage wegen Crohan in den Äther schickte? Ich wußte nicht, wer Crohan war, aber ihr wußtet es. Und ihr habt dafür gesorgt, daß die Briten es auch wußten. Wer ist der Maulwurf?«

Doch es war nicht der Russe, der antwortete, sondern Ely. Mit betroffener Stimme murmelte er einen Namen: George.

Der Russe wurde blaß. Er schüttelte plötzlich den Kopf.

»George«, wiederholte Ely. »Das ist der Maulwurf, nicht wahr?«

Devereaux starrte den Russen an. »Mach zum letzten Mal in deinem Leben den Mund auf, Tartakoff.«

»Ja«, sagte Tartakoff schließlich. »George.«

Die Spannung entwich aus dem Raum wie aus einem geplatzten Ballon. Devereaux nahm die Pistole von Tartakoffs Wange. Sie hinterließ einen häßlichen roten Fleck auf der Haut.

»Wer ist denn nun dieser George?« fragte Devereaux den Briten.
»Er ist die einzige logische Erklärung«, entgegnete Ely mit verwunderter Stimme. »Er sagte mir, Rita Macklin wäre die Agentin, die Sperling in eine Falle gelockt habe. Sie und die Macklin hätten ihn umgebracht. Er hat mich mißbraucht.«
»Er hat alle mißbraucht.«
»Aber er muß gewußt haben, daß ich scheitere.«
Devereaux sagte nichts darauf.
»Mißbraucht. Einfach so«, sagte Ely.
»Crohan war das wichtige Bindeglied, nicht wahr, Russe?«
Der Russe starrte nur auf Devereaux' Waffe und sagte nichts.
»Was warst du?«
»Ich war nicht wichtig«, sagte Tartakoff.
»Crohan war nicht der Köder für die Falle. Du bist der Köder gewesen. Crohan sollte die Falle nur zuschnappen lassen.«
»Ja.«
»Und dann hättest du ihn umgebracht. Oder dafür gesorgt, daß ein anderer das erledigt. Damit die Story auch stand und niemand zu grübeln anfing. Crohan würde die Geschichte erzählen, die er erzählen sollte, und dann hättest du ihn liquidieren lassen. Oder mich. Oder Rita. Oder uns alle. Und dann wäre dir immer noch die Möglichkeit geblieben, dich entweder für die Rolle des Überläufers zu entscheiden oder in die Sowjetunion zurückzukehren.«
Der Russe zuckte die Ackseln. Etwas wie ein Lächeln spielte über seine arroganten Züge. Die Pistole in Devereaux' Hand schreckte ihn jetzt nicht mehr.
»Wer ist George?« fragte Devereaux Ely zum wiederholten Male.
»Der Mann, der die Computerabteilung bei 'Tantchen' leitet.
Er ist der britische Kommandeur von Cheltenham.«

»Eine nette Basis für Verräter«, sagte Devereaux.
Tartakoff machte plötzlich eine Bewegung auf die Pistole zu. Devereaux hatte nur darauf gewartet, wie eine Katze darauf lauert, daß die Maus aus ihrem Loch kommt und über den Boden huscht. Mit einer fast trägen Bewegung holte er mit der Waffe aus und schlug den Lauf der Pistole gegen das Jochbein des Russen. Tartakoff sackte auf seinen Stuhl zurück.
»Sitz still, Russe«, sagte Devereaux. »George. Begreifst du es jetzt, Ely?«
»Ja«, antwortete Ely. »Nicht alles; aber genug, um das Spiel zu durchschauen.«
»Und nun werden wir diesen Russen verarzten.«
»Was werdet ihr mit mir machen?« fragte Tartakoff.
»Soll ich dich nach Rußland zurückschicken? Das würde für dich kein angenehmer Empfang werden.«
Tartakoff sagte nichts. Er sah den Horror seiner Alternative; ihm standen keine Möglichkeiten mehr offen. Die sorgfältig vorbereitete Falle war plump gehandhabt worden. Nun war sie über ihm selbst zugeschnappt.
»Oder du kannst überlaufen«, sagte Devereaux.
Es klopfte an der Tür.
Devereaux rief auf schwedisch: »Herein!«
Ein untersetzter Mann mit Stiernacken und schwarzen Augen stand im Durchgang. Er kam in das Zimmer.
»Nun, Mr. Devereaux, werden Sie mir endlich sagen, was hier wirklich passiert ist?«
»Natürlich«, sagte Devereaux. »Setzen Sie sich. Es ist eine interessante Story. Eine Geschichte von Spionen und Morden und Irrtümern.« Zu dem Russen und Ely gewandt, sagte er: »Das ist Inspektor Kulak.«
Und wieder zu dem Finnen: »Heute morgen haben sie Ihren Mörder bekommen; doch der da ist der Mann, der hinter dem Mörder stand. Aber bitte, nehmen sie doch Platz. Es ist eine lange Geschichte, und manchmal ist sie etwas verwir-

rend. Doch wir haben ja jetzt Zeit; und wenn Sie etwas nicht verstehen, sagen Sie es ruhig.«

30
London

Der Mann, der George genannt wurde, betrat das Mietshaus, das drei Blocks vom Trafalgar Square entfernt im lärmenden, geschäftigen Herzen von Westend lag. Er hatte die üblichen Sicherheitsmaßnahmen durchgeführt, wozu routinemäßig das Abfahren einer bestimmten Strecke in zwei Taxis gehörte, eine ziellose Reise durch das U-Bahn-Netz auf der Baker-Loo-Linie und am Ende der Fußmarsch von der U-Bahn-Station Piccadilly Circus durch die belebten Straßen der City zum Trafalgar.
George war ein Meister im Versteckspiel, weil er es schon seit siebenundzwanzig Jahren in einer zuweilen brillanten Karriere beim britischen Geheimdienst erfolgreich betrieb. Ganz zu schweigen von seiner fünfzehnjährigen Karriere als »Externer Offizier« im Range eines Obristen beim sowjetischen Komitee für Staatsicherheit.
Die beiden Rollen waren ihm nie als miteinander unvereinbar erschienen, und sie hatten ihn auch nie in eine Zwickmühle gebracht, bis vor zwei Jahren, als die jüngsten Spionageskandale sich abzuzeichnen begannen. Die verspätete Enttarnung eines Doppelagenten in Cheltenham – unter seiner Nase gewissermaßen – im Jahre 1982 hatte ihm Kummer gemacht. Nicht weil ihm verborgen geblieben war, daß der Verräter namens Pine auch der Sowjetunion

Geheimnisse lieferte, sondern weil die Entdeckung dieses Spions zu große Aufmerksamkeit auf eine Dienststelle gelenkt hatte, die für ihn stets ein kleines, sicheres Lehnsgut gewesen war, von dem aus er regelmäßig Informationen nach Moskau schicken oder die amerikanischen Kollegen abhören konnte, die diese Station ebenfalls benützten. Und weil er trotzdem geachtet und von seinen Kollegen mit Respekt behandelt wurde, ohne Angst haben zu müssen, daß einer von ihnen ihm auf die Schliche kommen würde. Ein geheimes Leben führte man am besten in aller Öffentlichkeit, hatte George sich gedacht.

»Was werden Sie am Ende denn von uns verlangen, George?« war er einmal von einem hochrangigen Mitglied des KGB gefragt worden, der später unter Andropow zum Untersekretär befördert werden sollte.

»Nichts. Überhaupt nichts.«

Diese Antwort hatte den Russen Kopfschmerzen bereitet; Georges charmante Unbekümmertheit hatte ihnen schon immer Kummer gemacht. Sie glaubten, sie hätten George vor fünfzehn Jahren in eine Falle gelockt und somit gezwungen, für sie zu arbeiten. In Wahrheit hatte ihre Falle nichts bewirkt. George war nur zu gern ein Maulwurf für die Russen im Apparat von »Tantchen« geworden, und zwar aus einem Grund, den die Russen nie verstanden hätten: aus Langeweile.

George hatte sich sein Leben lang gelangweilt.

Er war als Privilegierter auf die Welt gekommen. Privilegien hatten ihm alle Wege im Leben geebnet; obwohl George diese Mühelosigkeit gar nicht zusagte. Von Kindesbeinen an, mütterlich betreut von seiner Säuglingsschwester und umsorgt von Dienern, war George stets darauf vorbereitet gewesen, daß gesichtslose Leute ihm die Türen aufmachten, und das war auch in Oxford nicht anders gewesen, wo eine brillante, wenn auch wenig befriedigende Karriere auf ihn wartete.

Er hatte nicht geheiratet, weil Sex ein Mittel gegen Langeweile war und der Ehestand dieses Mittel abstumpfte. Er hatte mit der Homosexualität experimentiert und dieses Mittel als unzulänglich verworfen, weil in seinem Stand ein Homosexueller eine hochangesehene Persönlichkeit war. Er hatte mit den Jahren mehrere Affären angebahnt und ergötzte sich daran, die Frauen in seinem Leben gegeneinander auszubalancieren, wobei er zur Auflage machte, daß jede in dem Nest blieb, das er ihr eingerichtet hatte. Er genoß den Gedanken, daß eines Tages die eine oder andere seiner Mätressen ihm nachspionieren würde und ihn dann im Nest einer anderen ertappte.

Er empfand Verachtung für seine Klasse, für ihre Trägheit, ihre Arroganz und ihren Müßiggang; aber ein ebenso großes Maß an Verachtung empfand er für die kleinen Streber, die dank harter Arbeit, guter Zeugnisse und einer tüchtigen Portion Glück seine Kollegen in Oxford waren. »Napoleon hatte recht«, sagte er einmal zu vorgerückter Stunde bei Brandy und Zigarren zu jenen Schulfreunden, denen er erlaubt hatte, mit ihm in Kontakt zu bleiben: »Wir sind ein Volk von Krämern; doch diese Beschreibung geht nicht weit genug. Die niederen Instinkte der Mittelklasse sind auch in unsere Klasse verpflanzt worden; und nun sind wir gezwungen, den Krämer ob seines Fleißes und seiner Sparsamkeit zu bewundern, wenngleich wir und auch der Krämer wissen, daß es sich um wertlose Tugenden handelt. Es gibt nichts Erstrebenswertes mehr, und doch scheinen wir alle vor Ehrgeiz zu platzen. Es gibt kein Ziel, für das unser Opfer sich lohnte; und doch heben wir regelmäßig die Schwurhand, uns für derlei Ziele einzusetzen.«

Nein. Die Russen konnten ihn nicht verstehen und wurden nie recht warm in seiner Gesellschaft. Obwohl George das nicht wußte, hatten sie vor zehn Jahren Ermittlungen angestellt, um herauszufinden, ob er nicht in Wahrheit ein Dreifachagent sei – einer, der für die Briten arbeitete, als

Doppelagent scheinbar für die Russen arbeitete, tatsächlich aber auf der Lohnliste der Briten weitergeführt wurde. Wenn George von diesen Ermittlungen erfahren hätte, hätte ihn das nur amüsiert. Für ihn war lediglich das Spiel wichtig, die wenigen Schrecksekunden bei dem Gedanken, daß man ihm auf die Schliche kam; der Nervenkitzel.

»Werden Sie am Ende des Spiels nach Moskau kommen?« hatte der Russe ihn gefragt.

»Nein, du liebe Güte, Mann. Dort könnte ich es nicht aushalten. London ist mein Zuhause, und dort fühle ich mich wohl. In fünf Jahren werde ich aus dem Dienst Ihrer Majestät ausscheiden – und vermutlich auch aus Ihrem Dienst – und mich auf den Landsitz meiner Vorfahren in der Nähe von Canterbury zurückziehen. Das wird meine Krise werden: den Rest meiner Tage im vollkommenen Frieden absoluter Langeweile verbringen zu müssen.«

»Was werden Sie so treiben?«

»Ich werde vermutlich eines Morgens hinausgehen, um Vögel zu schießen, und es dann für passender halten, die Mündung der Flinte in den Mund zu stecken und mir den Kopf abzusprengen«, hatte George im gemütlichen Ton gesagt.

Für George hatten die zurückliegenden achtundvierzig Stunden etwas Beglückendes, weil das Spiel nun ein sehr gefährliches Stadium erreicht hatte, gesättigt mit Terror, der ihn belebte. Die Dinge waren aus dem Leim gegangen, und deshalb hatte man ihn in das Haus bestellt, das drei Blocks vom Trafalgar Square entfernt war.

Der Mann, der ihn in diesem Haus erwartete – eine Deckadresse für konspirative Treffs –, nannte sich Latvia (was natürlich ein falscher Name war) und war mit dem Mann, der sich George nannte, bereits zweimal zusammengetroffen – im letzten Sommer in Nizza und einmal in Liverpool, im Verlauf einer hastig anberaumten Konferenz, wo George mit dem Plan des KGB vertraut gemacht

wurde, Tomas Crohan aus der Sowjetunion herauszuschmuggeln.
George war der Schlüssel zum Erfolg dieses Plans und viel zu intelligent, sich an einem Unternehmen zu beteiligen, dessen strategisches Konzept er nicht gründlich studiert hatte.
Aber das Konzept war offensichtlich nicht aufgegangen. Der KGB konnte nur noch versuchen, George um jeden Preis zu retten. Als Maulwurf war er zu wertvoll.
George wußte das; ihn schreckten solche Vorladungen nicht.
Er war so von sich überzeugt, daß er fest daran glaubte, er würde auch diesen Flop überleben.
»Wieso?« fragte der Russe, der sich Latvia nannte, als sie sich in einem nackten Zimmer an einen nackten Tisch zu einer dampfenden Tasse Tee niedersetzten. »Wieso wird Sie das nicht berühren?«
»Mich berühren?« George zog die Augenbrauen in die Höhe, und in seine stechend blauen Augen, mit denen er das bekümmerte Gesicht des Russen betrachtete, kam ein triumphierendes Funkeln. »Natürlich wird es mich berühren. Aber es wird mich nicht abschrecken, und das ist der entscheidende Unterschied.«
»Tartakoff ist übergelaufen.«
»Das bezweifle ich sehr. Meiner Meinung nach wurde er von diesen beiden amerikanischen Agenten in Helsinki zum Abfall gezwungen – von dieser Macklin und diesem November. Ihre Leute machten zu viele Fehler. Nehmen wir zum Beispiel diesen Antonio. Wie konnte man nur so einen Mann rekrutieren.«
»Loyalität und Präzision werden von solchen Jobkillern verlangt«, sagte der Russe und vermengte das britische und amerikanische Idiom. »Man kann kaum erwarten, daß so ein Mann in jeder Hinsicht normal ist.«
»Ja, aber dieser war schrecklich pervers. Ich vermute, daß

Tartakoff mit Unterstützung der Behörden aus Helsinki herausgeschmuggelt wurde. Ich verdächtige diesen Polizeiinspektor, der sich mit den Morden befassen mußte.«
»Das vermuten wir alle«, sagte der Russe. »Einen Beweis dafür gibt es nicht. Unser Einfluß auf die Finnen ist nicht unbegrenzt.«
»Was Ihre Leute bereits wußten«, sagte George lächelnd und zündete sich eine Panter Mignon an. »Aber – zur Sache. Was, glauben Sie, wird geschehen?«
»Tartakoff hat ihnen alles erzählt.«
»Sie meinen damit auch meine Enttarnung?«
»Ja.«
»Das war leichtsinnig von Ihnen, alter Junge.« George inhalierte den Rauch der leichten Zigarre und ließ ihn langsam wieder in der stillen, feuchten Luft des Zimmers versikkern.
»Tartakoff war eine Schlüsselfigur wie Sie, George. Er war von Anfang an bei der Planung beteiligt.« Der Russe nahm stirnrunzelnd einen Schluck von dem brühheißen Teeaufguß.
»Wie können Sie so etwas ohne Milch trinken?«
»Ich mag keine Milch«, sagte der Russe.
»Somit stellt sich das Problem: Was fangen wir mit George an?«
»Das ist das Problem«, sagte der Russe.
»Sie werden nichts mit mir anstellen, alter Junge, weil mir nichts passieren wird.«
»Aber die Amerikaner haben Tomas Crohan . . .«
»Sie werden nichts unternehmen«, sagte George mit einem Lächeln. »Sehen Sie, Latvia, keiner von uns begriff zuerst, daß wir uns gegenseitig beschwindelten. Von Anfang an, bereits im Krieg. Und ich bezweifle sehr, daß wir uns jetzt noch über ungelegte Eier aufregen müßten.«
»Was meinen Sie damit?«
»Achtundvierzig Stunden sind verstrichen, seit Tartakoff

nach Amerika entführt wurde. Begleitet, möchte ich hinzufügen, von unserem ehemaligen britischen Agenten Ely. Ich frage mich, was sie mit ihm anstellen werden. Das Fatale an diesen Amerikanern ist die Gründlichkeit, mit der sie eine Sache bereinigen. Die können sich das leisten mit ihrem Geld. Ely wird zweifellos ein neues und vernünftiges Leben als Orangenzüchter in Kalifornien beginnen oder an einem anderen genauso scheußlichen Ort. Aber Tartakoff. Nun ist er ein wichtiger Überläufer, wenn auch ein unfreiwilliger. Er behauptet, ich sei ein Maulwurf, und er behauptet, ich habe bei diesem Plan, einen Keil zwischen uns und unsere amerikanischen Vettern zu treiben, eine wichtige Rolle gespielt. Besonders in Cheltenham. Schön. Was werden die Amerikaner mit dieser Aussage anfangen?«

»Sie haben Tomas Crohan.«

»Sie hacken immer auf diesem Namen herum, aber die Amerikaner tun es nicht. Er ist nicht wieder aufgetaucht, seit diese Amerikanerin ihn aus Helsinki herausgeschafft hat.«

Der Russe schien zu stutzen. Er starrte auf seine Teetasse. George lächelte abermals und wedelte mit seiner Zigarre, um die Aufmerksamkeit des Russen auf seine Ausführungen zu lenken: »Wir schickten Michael Brent 1945 nach Wien, damit er dort Tomas Crohan liquidierte. Die Amerikaner hatten Crohan seinem Schicksal überlassen, obwohl er sich vielleicht immer noch an das leere Versprechen seiner Auftraggeber klammerte, die Amerikaner würden ihm nach dem Krieg die Herrschaft über Irland zuschanzen. Wir wissen es nicht. Nur konnten wir vom Standpunkt unserer eigenen Sicherheit aus Crohan nicht tolerieren. Also schickten wir Brent nach Wien. Er sollte Crohan töten. Das hat er auch prompt erledigt.«

George paffte ein paarmal an seiner kleinen Zigarre. »Was für ein Pech für Brent, daß er damit seinen Zweck erfüllt hatte. Nicht, daß er uns untreu geworden wäre; denn wir

machen ja nicht die gleichen Fehler wie Sie und mieten uns Mörder, wenn wir welche brauchen. Wir ließen den Russen eine Botschaft zukommen, daß Tomas Crohan – in dessen Haut nun Michael Brent geschlüpft war – ein amerikanischer Spion sei, und Ihre bewundernswerte Armee erledigte den Rest für uns, als sie in Wien einmarschierte.«
Der Russe runzelte wieder die Stirn, diesmal beim konzentrierten Nachdenken. George genoß dieses Meeting.
»Nun wollen wir mal das amerikanische Problem betrachten, alter Junge. Es scheint gewiß, daß es auch nicht in deren Sinne war, wenn Crohan nach dem Krieg aus Österreich heimkehrte, nachdem die Yanks ihn dort zwei Jahre lang hatten schmoren lassen. Sie waren sehr erleichtert, als die Russen ihn verhafteten.«
»Wir entdeckten, daß er tatsächlich ein amerikanischer Spion war.«
»So? Sorgten die Amerikaner dafür?« George wedelte wieder mit der Zigarre. »Jedenfalls gab es nach dem Krieg Proteste aus Irland, von der Familie Crohan, von einigen Leuten im Außenministerium der Vereinigten Staaten, die dieses Fiasko angerichtet hatten. Auch einige OSS erregten sich, weil jeder glaubte, Crohan sei noch am Leben.
Nun, mein Guter, was konnten wir unseren amerikanischen Vettern sagen? Daß wir ihr Problem gelöst hatten, indem wir selbst Crohan umbringen ließen?
Und deshalb machte das OSS einen raffinierten Schachzug, wie er sich einbildete: Es spielte euch Beweise zu, daß Crohan ein Kollaborateur der Nazis gewesen war. Fotos aus der Vorkriegszeit, die ihn zusammen mit Hitler zeigten; gefälschte Dokumente über Absprachen mit den Nazis während des Krieges. Nur deshalb hatte er sich in Wien aufgehalten. Doch diese Beweisstücke waren verwirrend, weil der Mann, den ihr verhaftet hattet, offensichtlich nicht Crohan war. Und daher verhieltet ihr euch abwartend, und die Amerikaner dachten, ihr seid auf die gefälschten Beweise

hereingefallen, während wir natürlich zufrieden waren, daß wir von der ganzen Angelegenheit nichts mehr hörten. Mein Gott, wir glaubten, jeder habe den anderen ausgetrickst.«
George lachte – ein tiefes, schepperndes Glucksen, das mit einem Hustenanfall endete. Er legte die Zigarre beiseite und griff nach seinem Tee, der mit Milch versetzt war.
»Wir hatten keine Ahnung, wer dieser Mann war. Das erfuhren wir erst zwei Jahre nach Kriegsende.«
»Natürlich. Er war ein verdammter britischer Agent. Solange er den Mund hielt, solange er sich als Crohan ausgab, meinte er, eine Chance zu haben, daß er eines Tages die Freihheit wiedererlangen könnte. Schließich war er ein Ire, ein Neutraler. Ein britischer Agent wäre doch niemals mehr aus eurem so bewundernswerten Gefängnisapparat herausgekommen.«
»1947 gab er sich zu erkennen. Er behauptete jetzt, Michael Brent zu sein.«
»Was ihr ihm nun natürlich nicht mehr geglaubt habt.«
»Nein.«
»Wobei wir euch in eurem Unglauben bestärkten, indem wir durchsickern ließen, es habe bei uns niemals einen Agenten namens Michael Brent gegeben. Seine Akte wurde getilgt. Das war keine so schwierige Sache. Im Gegensatz zu Crohan hatte er keine Angehörigen. Niemand trauerte um den Vermißten.«
Schweigen füllte einen Moment das kahle Zimmer aus. Die beiden Männer warteten, daß sich ihnen wieder Worte auf die Lippen drängten.
»Tartakoff sollte den Gefangenen so lange begleiten, bis er seine Geschichte der amerikanischen Journalistin erzählt hatte . . .«
»Die Geschichte, daß er Tomas Crohan sei . . .«
»Und dann würde Tartakoff ihn getötet haben.«
»Und nötigenfalls auch den amerikanischen Agenten, der als Kurier in Helsinki fungierte.«

»Und Ely hätte für den Mord geradestehen müssen.«
»Ja. Er wäre der Hammel gewesen, der für die anderen geopfert wurde. ›Framed‹. wie die Amerikaner so schön sagen. Weil die Regierung Ihrer Majestät die Wahrheit über Michael Brent wußte.«
»Wir haben Crohan ein Jahr lang im Kresty-Hospital auf seine Rolle abgerichtet. Er konnte nicht ohne Tabletten leben.«
»Nach vierzig Jahren nennen wir ihn Crohan, obwohl wir wissen, daß er es nicht ist. Vermutlich glaubt er zuweilen tatsächlich, daß er Crohan sei, weil er so lange in der Haut des Toten gelebt hat.«
»Aber die Falle schnappte zu, und es sitzt niemand darin.«
»Ja. Zu schade.« George griff wieder nach seiner Zigarre. Sie war ausgegangen. »Eine Menge Arbeit vergeudet. Zu schade. Aber verstehen Sie jetzt, alter Knabe? Selbst wenn ich von dem Russen belastet werde, was schadet mir das? Wenn ich von ›Tantchen‹ überprüft werde, gehe ich mit makellos weißer Weste aus dem Examen. Ich bin schließlich der Chef der Computerabteilung; ich bin der Mann, dessen Kontrolle der Schnüffler untersteht, und ich weiß genau, was er über mich gespeichert hat. Erstklassige Unterlagen, die ein Loblied von meiner Loyalität singen. Falls nötig, bringen wir bei der Premierministerin den Fall Bluebird zur Sprache. Wir haben diese Affäre recht ordentlich abgewikkelt, sie stellt mir ein gutes Zeugnis aus, wenn man bedenkt, daß unsere Leute den armen Liebling selbst entführt haben.« George lächelte abermals. »Armer, alter Wickham. Aber wenn wir Wickham den Wölfen zum Fraß vorgeworfen haben, werden sie zufrieden sein, und in einem halben Jahr bin ich wieder so unangreifbar, wie ich es stets bei ›Tantchen‹ gewesen bin. Und vergessen Sie auch nicht den Aspekt der amerikanischen Zusammenarbeit mit uns – die Yanks wollen, daß wir ihre Raketenbasen mit unserem Personal betreiben, brauchen die Unterstützung der Briten, um die

NATO vor dem Zusammenbruch zu bewahren. Es ist nicht in ihrem Interesse, wenn sie Zweifel am Geheimdienst Ihrer Majestät anmelden, die sich auf das Geschwafel eines sowjetischen Überläufers stützen, dessen Aussagen zuverlässig sein können oder auch nicht. Selbst wenn der alte Mann es bis in die Staaten schaffen sollte, was ich ernsthaft bezweifle – wer ist er denn, und warum sollte man auf seine Stimme hören?«

»Die Journalistin?«

»Diese Macklin? Sie ist eine Spionin, Latvia, um Himmels willen! Sie ist doch an ihre Order gebunden.«

»Können wir dessen sicher sein?«

»Nichts ist sicher.« George machte eine Pause. »Die Unsicherheit ist der einzig interessante Aspekt, der uns geblieben ist.«

»Aber die Amerikaner werden Sie verdächtigen.«

»Die Amerikaner hatten Philby bereits 1948 in Verdacht und haben nicht das geringste gegen ihn unternommen. Die Amerikaner verdächtigen eine Menge Leute; aber Verdacht und Beweis sind zwei Paar Stiefel, und Tartakoff ist kein Beweis. Die Regierung Ihrer Majestät ist ziemlich allergisch, wenn man sich in ihre inneren Angelegenheiten einmischen will; wir wollen uns nicht von den Amerikanern vorschreiben lassen, wie wir unseren Laden zu führen haben. Nein, Latvia, nichts wird passieren, weil niemand sich blamieren möchte mit der Aufdeckung der Geheimnisse von Tomas Crohan oder Michael Brent – Sie nicht, wir nicht, die Amerikaner auch nicht. Keiner von uns.«

Und George hatte absolut recht.

31

Stockholm

Die Sonne stand niedrig im Westen. Ihr Licht tanzte über das Kupfer der spitzen Kirchtürme hin, die wie Lanzen über die massiven Gebäude hinausragten. Dicht gedrängt standen sie auf den Inseln der Stadt – ein in Eis gebettetes steinernes Mosaik, das sich bis in die graue Ostsee dahinter hineinerstreckte.

Devereaux und Rita Macklin liebten sich.

Die Rouleaus waren hochgezogen, um das letzte Licht einzulassen, das das große,. stille Hotelzimmer mit einem milden Schimmer erfüllte. Nebenan, in einem abgesperrten Raum, schlief der alte Mann. Als die Fähre aus Finnland sich dem Hafen von Stockholm näherte, war der alte Mann plötzlich in Tränen ausgebrochen und hatte Rita gestanden, daß er Michael Brent sei, nicht Tomas Crohan. Diese Enthüllung hatte sie fasziniert, Devereaux jedoch deprimiert.

Die Geschichte des alten Mannes schien ihren Untergang zu bedeuten, dachte Devereaux. Jede Seite würde sich nun gegen sie wenden. Aber er sagte Rita nichts von dem, was ihn bewegte, als sie endlich allein waren. Er war immer noch der große Schweiger, doch seine Hülle aus Eis hatte sie zerbrochen. Devereaux hatte einsehen müssen, daß er sie liebte. Es war absurd; aber es war wahr.

Er küßte zärtlich ihre Brüste. Er liebkoste sie mit der Zunge. Er küßte ihren Mund. Er schmiegte sie in die Höhlungen seines Leibes und hielt sie in seinen Armen. Er wärmte sie, als er spürte, daß die Wärme, die er in seinen Armen hielt, langsam in die eisigen Spalten seines eigenen Gefühls einsikkerte. Er liebte sie bedächtig, und als sie ein einzigesmal etwas sagte, legte er die Hand auf ihren Mund, weil er Worte haßte. Worte gaben den Dingen einen brüchigen Überzug aus Arglist und Täuschung. Worte waren stets Lügen, immer darauf abgestellt, etwas zu verdrehen, wenn sie auch die Wahrheit enthielten; die Wahrheit der Dinge war nicht in der Rede, war in der Berührung und nicht im Wort.

Als sie fertig waren, legten sie sich auf das Bett zurück, Seite an Seite, die Arme ausgestreckt, und nur ihre Hände berührten sich, nicht ihre Körper. Sie waren wie erschöpfte Überlebende einer Schiffskatastrophe, die das Meer an einen fremden Strand gespült hatte. Sie starrten an die Decke, und das letzte Licht des Nachmittags überzog die Wände mit schattigem Gold.

»Was werden wir tun?« fragte sie schließlich. Sie mochte diese Frage ihretwegen stellen oder um des alten Mannes willen, der nebenan eingeschlossen war; die Frage hätte viele Antworten haben können, die zu ihr paßten.

»Ich weiß es nicht. Warten.«

»Das ist eine brandheiße Story, falls ich das noch nicht erwähnt habe.«

Er sah sie nicht an. Er starrte auf einen Fleck an der Decke, der sich mit keinem anderen Fleck vergleichen ließ. Er starrte darauf, bis es gar kein Fleck mehr war, sondern eine Trance; er hatte diese Begabung von Reisenden und Spionen, in eine Trance zu verfallen, um sich den Zwängen einer ständig fortschreitenden Zeit zu entziehen. Es war auch der Trick von Gefangenen, die überlebten.

»Tatsächlich?«

»Als ich dich kennenlernte, Dev, hast du dich als Reporter ausgegeben. Tu wenigstens jetzt so, als hättest du die Möglichkeiten erkannt, die in diesem Material stecken. Ein Mann namens Michael Brent wird vom britischen Geheimdienst nach Wien geschickt, um dort einen Agenten zu töten, der für uns arbeitet, Crohan heißt und ein irischer Patriot ist. So eine Geschichte hat man lange nicht mehr gehört.«

»Es gibt keinen Beweis.«

»Ich bin keine Anwältin, ich bin Journalistin. Außerdem – ist der alte Mann nebenan nicht Beweis genug?«
»Nein.« Die kalten Augen sahen nichts; die kalte Stimme schwebte unpersönlich im Raum. »Das einzige, was er beweist, ist, daß er unseren Tod bedeuten kann. Er ist ein verlorengegangenes Sprengstoffpaket, Rita. Die Briten müssen sich wünschen, daß er tot wäre; die Russen wünschen ihm ganz bestimmt den Tod. Und was uns betrifft, wünschen wir ihm wohl dasselbe.«
»Warum haben sie ihn dann herausgelassen?«
»Es war von Anfang an eine Falle. Dafür habe ich auch keinen Beweis; aber es muß einen logischen Zusammenhang geben. Der Priester in Dublin; den haben sie wohl dazu angestiftet, Kontakt mit der alten Frau in Chikago aufzunehmen. Vielleicht mit einem Brief, einem Foto oder ähnlichem, das ihm die Opposition zuspielte. Die alte Dame setzte sich mit einer Journalistin in Verbindung, und das ist ebensowenig ein Zufall: Sie war mit dem Herausgeber deines Magazins befreundet. Du gehst der Sache nach und beißt erst richtig an, als der Priester ermordet wird. Das alles ist so subtil und plump zugleich.«
»Wovon redest du eigentlich?«
Er drehte sich auf die Seite und sah sie an. Sie waren nackt. Ihr Körper war mager und ohne Makel; seiner war mager und blaß und mit Narben bedeckt. Ihr Gesicht war weich, dachte er, obgleich es nicht so war – er sah nur das goldene Licht, das darauf fiel. Ihre roten Haare rahmten die Blässe ihres Gesichts, und er dachte, daß sie so jung wirkte, kam nur daher, daß er sich so alt fühlte. Ihre grünen Augen erwiderten seinen Blick offen und arglos. Er berührte ihr Haar mit einer schweren Hand, die nicht gewohnt war, eine Frau zu streicheln. »Rita Macklin schreibt eine zündende, gut recherchierte Reportage, die die bösen Machenschaften und die Verderbtheit des amerikanischen Abwehrsystems anprangert. Das versetzt die Regierung in Verlegenheit, die

den Briten peinliche Fragen stellt, sobald du enthüllt hast, daß der alte Mann nicht Tomas Crohan ist. Vielleicht wollte man den alten Mann umbringen, nachdem er mit dir geredet hatte. Vielleicht trieben die Russen gleichzeitig ein Intrigenspiel mit den Briten, machten sie mißtrauisch, daß das Ganze nur ein Komplott der Amerikaner sei, um sie in Mißkredit zu bringen. Wahnsinn ist die Münze in diesem Geschäft. Man kann sie in diese oder jene Richtung in Umlauf bringen. Was bezweckten die Russen mit ihrem Manöver? Sie wollten vermutlich Cheltenham vernichten, es für die Amerikaner und die Engländer unmöglich machen, weiterhin vertrauensvoll zusammenzuarbeiten. Vielleicht ist das der Grund, warum Sims in Helsinki war, und vielleicht auch der Grund, warum die Prostituierte sterben mußte. Sie wußte nicht, daß sie eine Gefahr für die Russen darstellte, weil sie mit mir und Sims geschlafen hatte.«

Rita drehte sich von seiner Hand fort. Sie starrte auf die Wand ihm gegenüber.

»Warum hast du mit ihr geschlafen?«

Er starrte auf ihren Rücken und lächelte sie an, liebevoll und doch zugleich mit einem spöttischen Ausdruck in seinen grauen Augen. »Weil ich müde war. Weil ich eine Frau lieben wollte.«

»Das war keine Liebe.«

»Rita, sei still.«

»Nein. Ich liebe dich. Ich habe es dir gesagt. Du hättest nie eine andere Frau nötig gehabt.«

Er sagte nichts.

Sie drehte sich plötzlich und sah ihn an. Ihre grünen Augen loderten im späten Sonnenlicht. »Hast du gehört, was ich sagte?«

»Ist das ein Test?« fragte er spöttisch.

»Nein, verdammt noch mal, es gibt nicht irgendeinen Test. Ach, zum Teufel mit dir!«

Er sagte nichts.

»Zur Hölle mit dir. Was bringt dich in Gang? Was macht, daß du fühlst? Was bringt dich zum Weinen, in Rage oder überhaupt zu was?«
»Du.«
»Wie?«
Die Trance war zerbrochen, merkte er. Was er zu Hanley gesagt hatte, würde jetzt wahr werden. Er spürte keine Emotionen, nur Erleichterung, als wäre alles, was er empfand, von seinem Schweigen wie von einem Damm aufgestaut worden.
»Ich liebe dich, Rita.« Devereaux sagte es zum ersten Mal, und sie wußten beide, daß sie nur darauf gewartet hatten, daß ein paar Worte sie beide festlegten auf eine gewisse Zukunft. Er hatte es ernst gemeint, als er Hanley sagte, diesmal würde er endgültig ausscheiden, und er hatte Rita als Bedingung aufgeführt, als er mit Hanley darüber verhandelte, wenn auch nur, um sie vor dem Zorn der Abteilung zu schützen – wenigstens hatte er damals geglaubt, das wäre der Grund.
Sie griff jetzt nach ihm. Sie hielt sein Gesicht in ihren weichen Händen und küßte ihn sacht, und sie bewegten sich zueinander, berührten sich und hielten sich umschlungen. Das Licht blieb jetzt zwischen den Häusern stecken, und der Himmel färbte sich purpurrot; Wolken zogen von der Ostsee her am Horizont auf; aber sie sahen sie nicht. In der Dämmerung lagen sie sich in den Armen. »Ich würde alles für dich tun«, sagte sie. Er wußte, daß das wahr war, und es machte ihm Angst.
Was konnte er ihr jetzt sagen?«
»Ich hatte Angst«, sagte sie. »Als dieser Mann mich verfolgte, als er versuchte, mich zu töten. Ich hatte einen Moment lang Angst, daß du ihn geschickt hättest. Ich muß dir das sagen.«
»Nein«, sagte er. »Du mußt mir gar nichts sagen. Ich werde dir nichts sagen. Ich habe Geheimnisse, die du nie erfahren wirst. Ich will deine Geheimnisse nicht wissen.«
»Müssen wir einander denn nicht verstehen?«

»Nein.« Er küßte sie, daß sie stumm wurde. »Nein. Keine Worte. Keine Geheimnisse. Kein Verrat. Ich wollte dich nicht haben, Rita. Ich wollte dich nicht wiedersehen. Einmal konnte ich dich wegschicken; aber ein zweitesmal nicht mehr.«

»Was wirst du nun tun?«

»Mich von diesem Job befreien. Ich habe ein Versprechen von Hanley. Ich verlasse die Abteilung.«

»Ich dachte, der Job wäre das einzige, das dich am Leben erhielt.«

»So war es.«

»Wird er das Versprechen halten? Wird er dich ziehen lassen?«

»Ja.«

»Warum glaubst du ihm?«

»Weil die Alternative nicht akzeptabel ist, für ihn oder für mich.«

»Wie kannst du diese Sache zu einem guten Ende bringen?«

»Unternimm nichts«, sagte er. »Du erzählst die Geschichte von Tomas Crohan, und sie wird kein Geheimnis mehr bleiben. Und da ist noch etwas.«

»Was?«

»George.«

»Der britische Doppelagent?«

»Ja. Diesen Teil der Geschichte kannst du nicht berichten.«

»Warum nicht?«

»Weil sie uns dann niemals in Ruhe lassen werden«, sagte Devereaux. »Berichte, was du mit dem alten Mann an Material hast, und behalte das übrige für dich.«

»Ich bin Reporterin«, sagte sie, »und keine gottverdammte Spionin. Ich fange nicht an, eine Geschichte so umzukrempeln, bis sie mir in den Kram paßt . . .« Sie verstummte genauso plötzlich, wie sie mit ihrer Anklage begonnen hatte. *Mein Gott, ist das alles nicht mehr wahr? Ändert das alle Regeln für mich wie für ihn?*

»Du bist das, wofür die Leute dich halten, Rita«, sagte er behutsam. »George glaubt, du seist inzwischen eine Spionin geworden. Davon bin ich überzeugt. Wer glaubt das noch?« Antonio glaubte es.«
»Ich würde alles für dich tun.«
Er lächelte. »Sogar all deine ethischen Prinzipien als Journalistin verraten?«
Ihr Gesicht wurde ernst. »Ich würde alles für dich tun. Lügen oder stehlen oder sogar für dich töten.«
»Wie heftig du bist«, sagte er, wieder mit dieser behutsamen Stimme. Seine Worte waren ohne Betonung, und doch sprach er, wie ein Kind spricht, das etwas Wunderbares beschreibt und nicht recht weiß, wie es das in Worte kleiden soll. »Ich liebe dich.« Und sie kamen plötzlich wieder zusammen, ohne daß noch irgendwelche Worte zwischen ihnen standen. Sie berührte seinen Körper und fuhr mit den Fingern an seinem Bauch entlang, und als sie sich vorbeugte, um ihn da und dort zu küssen, berührte er abermals ihr Haar, hielt ihren Kopf zwischen den Händen und sagte wieder ihren Namen. Er öffnete ihre Beine und lag in ihrem Schoß, und sie liebten sich wieder, als die Dämmerung hinter ihren Fenstern sich über Stockholm in eine kalte Nacht verwandelte.
Rita schlief neben ihm auf dem Bauch, ihren Kopf in den Kissen vergraben. Sie schlief wie ein Kind, tief und vertrauensvoll. Sie war nackt, und er konnte die Rippen auf ihrem Rücken sehen, als ihr Körper sich hob und senkte, hob und senkte mit schweren Atemzügen. Lange saß Devereaux im glitzernden Mondlicht, das durchs Fenster kam, im Bett und beobachtete Rita im Schlaf.
Er hatte sich immer sein eigenes Überleben als Lebensziel gesetzt, von Vietnam bis hier. In diesen zwanzig Jahren hatte es tausend Hotelzimmer, tausend Plätze wie diesen gegeben. Er hatte Frauen gekannt, sobald ihn nach Frauen verlangte, und kleine Freuden genossen wie ein Priester, der

am Sonntag seinen Brandy trinkt; doch er hatte sich von der Welt und ihren Bindungen fernhalten. Er hatte es vorgezogen, ein Fremder zu sein, weil es die einzige Möglichkeit war zu überleben.

»Ich weiß, was du bist. Du bist ein gottverdammter Agent, ein Spion.« Sie hatte ihm das einmal auf ihre sonderbar harte Kleine-Mädchen-Art gesagt, wobei ihr leichter Überbiß ihrem aggressiven Gesicht noch eine bedrohliche Note gab, die wiederum gar keine echte Bedrohung war – sie war eine, die damit angab, daß sie hart sein könnte.

Ja, dachte er, war sie hart genug?

Glaubte er Hanley?

Nein. Ganz und gar nicht. Aber die Zeit des Überlebens war nun für ihn vorbei, erkannte er. Sie bedeutete ihm nichts, wenn da nichts blieb, für das man weiterlebte. Devereaux erkannte, daß er vor Rita Macklin Angst hatte, weil sie sich ihm zum zweitenmal angeboten hatte, und wenn er sie zum zweitenmal abgewiesen hätte, dann wäre alles für ihn zu Ende gewesen. Ein seltsames Schicksal bescherte ihm eine zweite Chance, und er hatte sie instinktiv ergriffen, sie in diese Operaton verwickelt, bis sie damit untrennbar verbunden blieb. Bis sie ihn nicht mehr verlassen konnte.

Aber was würde in einem Monat passieren oder in einem Jahr, wenn sie mit ihm gelebt und mit ihm geschlafen hatte und entdeckte, daß es nicht genug für sie war? Auch davor hatte er Angst. Aber schließlich hatte er auch vorher Angst gehabt und mit dieser Angst gelebt ohne einen Lohn dafür, nur aus Selbsterhaltungstrieb. Jetzt war das anders.

Devereaux sah zu, wie der alte Mann aß. Es war Morgen, und Rita schlief in ihrem Zimmer; aber Devereaux hatte den alten Mann mitgenommen in ein Restaurant des Hotels im Erdgeschoß. Das Restaurant war mit Grünpflanzen dekoriert, und mit seinen riesigen Fenstern glich es einer Art von Gewächshaus, das im Winter geschlossen blieb. Ein stürmi-

scher Morgen rüttelte an der feierlichen Fassade der Stadt hinter den breiten Flachglasfenstern. Die Scheiben waren mit Frost bedeckt.
Wieder, wie auf der *Finlandia*, aß der alte Mann Eier, aber diesmal hatte er sich weniger geben lassen, weil er vorher zu viele gegessen hatte. Er aß zwei Eier und verspeiste sie mit Genuß, als wären Eier ein seltenes Nahrungsmittel.
»Was für eine Geschichte werden Sie Rita Macklin erzählen?« sagte Devereaux. Vor ihm dampfte eine Tasse Kaffee; aber er aß nichts dazu. Devereax aß nur, wenn sein Körper nach Nahrung verlangte. Essen war für ihn Kraftstoff; er fand kein Vergnügen daran.
»Über Tomas Crohan?«
Devereaux wartete.
Der alte Mann hatte Eigelb an den Lippen. Er leckte sich die Lippen, und die gelbe Schmiere verschwand. Er leckte sich die Lippen mit seiner dünnen Zunge. Sein dünner Hals war eine einzige Bewegung, wenn er aß – der Adamsapfel hüpfte, Muskelbänder bebten, wenn er schluckte.
»Ich sollte Ihnen die Wahrheit erzählen, als ob ich Tomas Crohan wäre. So lauteten mein Instruktionen. In jedem Fall die Wahrheit bis auf die eine, daß ich nicht Tomas Crohan bin.«
»Und was werden Sie jetzt tun?«
»Meinen Sie, daß ich noch ein Ei essen sollte?«
Devereaux starrte ihn an und sagte nichts.
»Käse«, sagte der alte Mann. »Ich könnte Käse haben und Obst. Sogar im Winter – schauen Sie nur!«
Der alte Mann griff sich einen Apfel und biß hinein. Er langte nach einer Käseplatte auf dem Tisch und schob sich ein Stück Käse in den Mund, obwohl er noch am Apfelstück kaute. Seine Augen wurden plötzlich traurig, beschlagen wie Fensterscheiben.
»Ein Mann konnte für so eine Mahlzeit wie diese jemanden töten in den Lagern. In Sibirien. Wissen Sie das?«

»Ist das die Wahrheit?«
»Ja. Wir sind alle wilde Tiere, wenn der Selbsterhaltungstrieb es von uns verlangt.«
Devereaux starrte auf den Teller mit dem Essen und versuchte sich vorzustellen, wie hungernde Männer sich für diese Brosamen auf Leben und Tod bekämpften.
»Als ich ein junger Mann war, Genosse Bürger, glaubte ich, daß die Welt wenigstens ein paar Vollkommenheiten enthielte. Daß irgendwo das Gute war und natürlich auch das Böse. Und daß es die Freiheit gab. Aber nun bin ich alt und sehr weise.« Der alte Mann lächelte.
»Sie sind jetzt frei«, sagte Devereaux.
»Nein. Verzeihen Sie mir, wenn ich Ihnen widerspreche.« Der alte Mann riß mit seinen gelben Zähnen an einem Stück Schwarzbrot. »Ich bin nicht frei, und das wissen Sie auch. Das Gefängnis ist nur größer geworden. Sie wollen mich nach Dublin bringen, wo ich wieder in ein anderes Gefängnis gesteckt werde, weil ich Michael Brent bin, der ihren Tomas Crohan 1944 umgebracht hat. Warum habe ich ihn umgebracht? Weil ich mir so sicher war über das Gute und das Böse. Ich war ein Agent, und ich würde für König und Vaterland töten, und Crohan mußte getötet werden für die Sicherheit der Nation. Ha!« Er ließ das Brot fallen und nahm sich noch einen Apfel.
Seine Augen schimmerten feucht. »Ich hätte in Sibirien einen Mann für ein Stück Brot getötet, und das war wichtiger, als einen Mann zur Rettung meines Vaterlandes umzubringen. Verstehen Sie, was für ein Betrug alles ist?«
Devereaux wartete, ohne ihn zu drängen. Seine Hände ruhten vor ihm auf dem Tisch. Er hatte noch keinen Schluck von seinem Kaffee getrunken.
»So eine Verschwendung von Leben. Sehen Sie mein Leben an, Sir. Mein ganzes Leben ist vergeudet. Sie sehen, ich habe Tränen in den Augen. Ich kann mich immer noch selbst beweinen, denn wer weint sonst um mich? Mein Leben ist

fast am Ende, und ich war so lange ein Gefangener, und nun gibt es immer noch keine Freiheit oder Frieden für mich.«

»Wer sind Sie?« fragte Devereaux schließlich. Der alte Mann schien überrascht.

»Ich sagte es Ihnen, Sir. Ich bin Michael Brent.«

»Nein«, sagte Devereaux.

Der alte Mann starrte ihn an.

»Sie sind Tomas Crohan.«

»Ich tötete ihn.«

»Nein. Achtunddreißig Jahre lang sind Sie Tomas Crohan gewesen. Sie haben das Leben gelebt, das Sie genommen haben.«

»Aber wer wird das glauben?«

»Ich. Wer wird es nicht glauben? Bis auf die erste Tatsache ist es größtenteils die Wahrheit; enthält wahrscheinlich mehr Wahrheit als die meisten Geschichten. Die Engländer werden sie glauben. Jeder, der sie widerlegen könnte, ist tot; sogar die alte Frau in Amerika, die so sicher ist, daß Sie leben, wird glauben, daß Sie am Leben sind, wenn Sie ihr sagen, es ist wahr. Es gab keinen britischen Sabotageakt; Sie waren Tomas Crohan, der im letzten Krieg für die Amerikaner eine Mission der Barmherzigkeit erfüllte. Sie gingen nach Wien, um Juden zu retten, und als sie feststellten, daß sie bereits tot waren, konnten sie nicht mehr aus Wien heraus und wurden schließlich von den Russen gefangengenommen.«

»Warum ließen sie mich frei?«

Devereaux lächelte. Der alte Mann war schlau genug, nach dem Grund der Lüge zu suchen, die Devereaux ihm erzählte. Es würde klappen.

»Ich weiß nicht«, sagte Devereaux. »Vielleicht sind Sie ihnen entwischt.«

»Ich konnte ihnen gar nicht entwischen.«

»Wir können andeuten, daß Tartakoff Sie mitnahm, als er in den Westen desertierte. Vielleicht ist das die beste Lösung.«

»Wo ist er?«
»Er ist jetzt in Washington bei seinem ersten Orientierungsgespräch mit meiner Dienststelle. Er wird mit allem einverstanden sein, was Sie dem Reporter erzählen, glauben Sie mir.«
»Aber Sie kennen die Wahrheit. Und Miss Macklin, sie kennt die Wahrheit ebenfalls.«
»Ja. Einige Geheimnisse lassen sich eben nicht vermeiden.« Der alte Mann biß wieder in ein Stück Brot. »Dann ist es ein Geheimnis?«
»Ja.«
»Und die Frau ist damit einverstanden?«
Devereaux zögerte nicht eine Sekunde. »Ja.«
»Warum?«
»Das ist mein Geheimnis.«
»Was hat mein Land mir angetan? Sollte ich nicht Rache an ihnen nehmen, wenn das so wichtig ist?«
»Spüren Sie das Bedürfnis nach Rache?«
»Lange spürte ich es.« Er machte eine Pause. »Es hielt mich am Leben. Sie haben mich aufgegeben.«
»Nein. Sie haben Sie verraten.«
»Ja. Da ist ein Unterschied, nehme ich an. Es dauerte lange, bis ich begriff, was sie mir angetan hatten. Warum sollte ich jetzt nicht Rache an ihnen nehmen und die Wahrheit über das erzählen, was sie mir angetan haben?«
»Wen kümmert das?«
Der alte Mann blickte scharf auf zu dem Mann mit dem eisigen Gesicht, der ihm am Tisch gegenübersaß.
»Mich kümmert es. Ich blutete. Ich litt.«
»Und nun werden Sie sterben, wenn sie Rache nehmen wollen. Ihre ›Wahrheit‹ führt zum Tod oder zu noch mehr Gefangenschaft für Sie; meine ›Wahrheit‹ wird Ihnen die Freiheit geben.«
»Aber ich spüre, wie es mich danach drängt. Ich bin ein Mann. Ich bin ein Mann.«

»Schön.« Devereaux kostete endlich seinen Kaffee und verzog das Gesicht. »Ich werde mich um Ihre Rache kümmern. Sie kümmern sich darum weiterzuleben.«
»Ich verstehe das alles nicht«, sagte der alte Mann. »Sollte ich mich dazu entscheiden, Ihnen zu vertrauen, Sir?«
Der alte Mann sah zu ihm hoch; es war der schräge Blick des ewigen Gefangenen, der ständig überwacht wurde und doch überlebte, weil er seine Stärke vor jenen verborgenhielt, die ihn schwach machen würden.
»Ja, Tomas. Diese Sache ist nicht von mir oder von Ihnen angestiftet; und doch stecken wir beide mittendrin. Und Rita Macklin auch. Ich habe keine andere Wahl, und Sie ebenfalls nicht.«
»Dann sind wir beide Gefangene, Sir«, sagte der alte Mann.
Devereaux sagte nichts.
»Aber es ist ein größeres Gefängnis als das, aus dem ich gekommen bin«, sagte der alte Mann. »Ja, ich werde das tun, was Sie mir empfehlen.«

32

Moskau

Stolinaya war es nicht gewohnt, daß der Mann ihn zu sich bestellte, der Gogol war, der Operationsleiter und Chef jener Abteilung des KGB, die sich als das Komitee für externe Observation und Disposition bezeichnete. Es war unter solchen Umständen noch nie zuvor geschehen.
Gogol war ein kleiner Mann mit asiatischen Zügen, und er saß hinter einem gewaltigen Schreibtisch in einem fensterlo-

sen Raum, umrahmt von gewaltigen General-Electric-Klimaanlagen. Sie waren in diesem Augenblick eingeschaltet, obwohl die Temperatur außerhalb des Gebäudes fünf Grad unter Null betrug; das Heizungssystem arbeitete so sprunghaft, daß die Gebläse zugeschaltet werden mußten, damit die Hitze sich etwas gleichmäßiger im Haus verteilte.
Gogol hatte Stolinayas Berichte über die Vorfälle in Helsinki bekommen und dessen Empfehlung, einen neuen Spion in die Kartei des KGB-Zentralcomputers einzutragen.
Stolinaya war sehr nervös. Gogol war der ranghöchste Vertreter der bürokratischen Hierarchie, mit dem Stolinaya es bisher zu tun bekommen hatte. Während er darauf wartete, daß er aufgerufen wurde, ging er in Gedanken immer wieder seinen Bericht durch und seinen Antrag, Rita Macklin und den Spion mit dem Decknamen November in der Agentenkartei höher einzustufen. Vielleicht hatte er den Fall überbewertet; schlimmer noch, vielleicht hatte er ihn unterbewertet. Er schwitzte, während er wartete, bis Gogol die Berichte, die vor ihm auf dem Schreibtisch lagen, noch einmal durchgelesen hatte.
»Warum ist die Frau wichtig?«
»Wie war das bitte, Genosse Direktor?«
»Warum ist die Frau wichtig?«
»Sir, weil sie eine Spionin ist. Sie muß in Anbetracht ihrer Arbeit für die Abteilung R in den Vereinigten Staaten vor drei Jahren und ihrer Tätigkeit als Agentin für diesen November in Helsinki umgestuft werden. In beiden Fällen, Sir« – hier stockte er, weil er husten mußte –, »in beiden Fällen führte das zum Abfall eines unserer Agenten. Das ist nicht das Werk einer Journalistin; es ist das Werk einer Agentin.«
Gogol lächelte dünn. Seine braunen Lippen entblößten gelbe Zähne. Er glich einer Schlange, die lächelt, ehe sie zustößt.
»Ich bin nicht Ihrer Meinung.«
»Genosse«, sagte Stolinaya stoisch und automatisch.

»Aber Ihrer Bewertung des Falles November kann ich nur zustimmen. Sein Name ist Devereaux.«

»Jawohl.«

»Er ist mir in der Vergangenheit schon ein paarmal unangenehm aufgefallen. Sicher, die Frau wurde von ihm als Werkzeug benutzt, aber er ist der *agent provocateur*. Er ist kein Spion, sondern ein Rebell, ein Störfaktor bei allen unserer Operationen. Und jetzt quittiert er den Dienst.«

Stolinaya starrte ihn sprachlos an.

»Wir haben darüber zuverlässige Informationen. Er wird die Abteilung verlassen, sobald diese Geschichte abgeschlossen ist. Ich denke, dann würde es sich lohnen, eine Veränderung seiner Position in Betracht zu ziehen. Eine bedeutende Veränderung.« Und Gogol lächelte; denn er hatte den letzten Satz auf englisch gesagt, weil er in dieser Sprache eine so schillernde Bedeutung annahm. Nur verstand der Mann, der vor seinem Schreibtisch stand, sie nicht.

»Sir?«

»Diese Frau Macklin ist nicht wichtig für uns. Wir haben keine Beweise gegen sie. Aber der Mann. Er wird zum Abschuß freigegeben werden.«

»Werden Sie die Agentin Macklin höherstufen?«

»Ja, natürlich. Sie leisten vorzügliche Arbeit für uns, Stolinaya; aber diese Macklin ist nicht wichtig für uns. Es sei denn, sie stellt sich uns in den Weg. Wir müssen November nicht nur für seine Erfolge bestrafen, die er gegen uns errungen hat, sondern vor allem für seine Unverschämtheit. Zweimal hat er einen unserer Agenten entführt, einmal in den Vereinigten Staaten und nun in Finnland. Er ist ein schlechtes Beispiel. Er setzt sich über die Anweisungen seiner eigenen Abteilung hinweg. Ich habe nicht den Eindruck, daß es zu Vergeltungsmaßnahmen gegen uns kommen wird, wenn wir ihn abkassiert haben.«

»Warum nicht, Genosse Direktor?«

»Wir operieren mit Maßen, ihre Seite und unsere. Doch er

hält sich nicht an diese Regel. Er entzieht sich ihrer und unserer Kontrolle. Er befolgt ihre Anweisungen nicht; aber er hat immer Glück gehabt, wenn er seine Kompetenzen überschritt. Nein, ich glaube, die Zeit für November ist jetzt abgelaufen.«

»Welche Maßnahmen soll ich jetzt ergreifen, Genosse Direktor?«

»Nehmen Sie sich die Akten über November und diese Macklin vor. Sie werden überarbeitet werden müssen, denke ich, in Anbetracht dessen, was geschehen wird.«

»Überarbeitet, Sir?«

Gogol musterte Stolinaya mit einem harten Blick. »Wir brauchen einen Vorwand, und ich bin sicher, daß Sie ihn finden werden. Als November vor fünf Jahren in dieser IRA-Sache in Irland war, könnte er da nicht Geld und Waffen unterschlagen haben, während er für seine Regierung arbeitete? Er war vor zwei Jahren in Frankreich. Ich glaube, damals hat er Kokain auf dem Schwarzmarkt verkauft.«

Stolinaya starrte auf den Computerausdruck, der vor ihm lag. Er schüttelte den Kopf. »Das geht aus seinen Unterlagen nicht hervor.«

»Ja, weil diese Tatsachen noch nicht in seine Akte aufgenommen wurden. Das wird jetzt geschehen. Damit dann, wenn wir mit November abgerechnet haben und die Opposition eine milde Anfrage an uns richtet, eine ebenso milde Erwiderung unsererseits erfolgt in Gestalt der Akten, die Sie für uns aufbereitet haben. Unterlagen über November und, falls notwendig, auch Unterlagen über die Journalistin. Verstehen Sie mich jetzt?«

Und Stolinaya, der die Akten führte und stolz war auf seine gewissenhafte Arbeit, begriff, daß er den Computer zur Rechtfertigung eines Mordes mißbrauchen sollte. Er nickte dem kleinen gelben Mann vor sich zu. Ja, er verstand, und ihm wurde ganz übel dabei.

33

Washington, D. C.

Hanley nahm den schwarzen Hörer ab, der mit der Zerhakker-Anlage verbunden war, und hielt ihn ans Ohr, ohne etwas zu sagen.

»Wie steht's?« kam die Stimme vom anderen Ende der Leitung. Da in dieses Telefonsystem Apparate eingebaut waren, die es abhörsicher machten, klangen die Stimmen, besonders bei Ferngesprächen, verzerrt; doch Hanley erkannte Devereaux an der monotonen, unpersönlichen Sprechweise.

»Wo sind Sie?« Hanley lehnte sich in seinem Stuhl zurück. Washington lag in den Frühjahrswehen; der Himmel war trüb, mit einem Raster schwarzer Wolken; der Wind war warm; der Boden um den Reflecting Pool herum schwammig und naß. Hanley war ein Spiegelbild der trüben Stimmung in der Stadt.

»Es spielt keine Rolle, wo ich zur Zeit bin. Haben Sie meine Sendung bekommen?«

»Das ist ein verfluchtes Geschenk, das Sie uns geschickt haben. Ein britischer Agent auf der Flucht und ein widerwilliger russischer Überläufer. Wie haben Sie die beiden aus Finnland herausgebracht?«

»Ich half einem Polizisten in Helsinki, und er revanchierte sich dafür. Wir sollen in derartigen Fällen ja mit den örtlichen Behörden zusammenarbeiten«, sagte Devereaux mit einer ironischen Anspielung auf Hanley und die Ausbildungsvorschrift für Geheimdienstagenten, die an die Rekruten der Abteilung verteilt wurden.

»Zum Henker mit Ihnen, November. Sie haben mich zwischen zwei Stühle gesetzt.«

»Eine ganz neue Erfahrung für Sie«, räumte Devereaux ein. »Willkommen in unserem Klub.«
»Tartakoff hat uns da was eingebrockt.«
»Das war zu erwarten.«
»Das Problem ist George.«
»Ja, so habe ich Tartakoff verstanden.«
»Verdammt, es ist jetzt nicht die Zeit zum Scherzen.«
»Was sagt der Neue Mann dazu?«
»Yackley ist wie von der Tarantel gestochen. Er läßt es mich ausbaden. Er ist wütend auf Sie.«
»Er kann mich mal.«
»Ja, Sie kratzt es ja nicht. Sie steigen aus . . .«
»Haben Sie das mit meiner Pensionierung geregelt?«
»Wir sind gerade dabei, wenn Sie es ernst meinen.«
»Dachten Sie, ich würde meinen Entschluß umstoßen?«
Ja, dachte Hanley. Darauf hatte er gebaut. Trotz der Gefährlichkeit dieses Mannes hatte Hanley zwei Jahre lang gehofft, Devereaux wieder in vorderster Linie einsetzen zu können; doch Yackleys Abneigung gegen November war unüberwindlich. Yackley sah nicht, was Hanley nur zu klar erkannte: die Abteilung war schlaff geworden; sie brauchte eine belebende Spritze, zündende Ideen, einen kühnen Streich, um sich zu erneuern. Hätte er jemandem Rechenschaft ablegen müssen, hätte er zugegeben, daß die Abteilung es sich nicht leisten konnte, Devereaux ziehen zu lassen.
»Was ist mit Crohan?«
»Er ist in Sicherheit.«
»Aber wo ist er?«
»Ich vermute, daß er in diesem Moment in Dublin eintrifft«, sagte Devereaux. »Mit Rita Macklin.«
»Mein Gott, Sie müssen den Verstand verloren haben.«
»Er ist in Sicherheit.«
»In Sicherheit? Das haben Sie schon einmal gesagt; aber sicher vor wem?«

»Vor Ihnen zum Beispiel. Oder den Leuten in Langley. Oder den Russen. Vermutlich hat Tartakoff Ihnen inzwischen erzählt, daß Crohan in Wahrheit Michael Brent ist – aber lassen Sie sich deswegen keine grauen Haare wachsen. Wir sind gerade dabei, die Geschichte abermals zu revidieren. Das kriegen wir hin, Hanley; ich verstehe gar nicht, warum Sie oder der Neue Mann sich so aufregen – Sie haben doch einen netten kleinen Überläufer in den Händen.«

»Und einen netten kleinen britischen Agenten, der nicht mehr nach Hause zurückkehren kann.«

In Devereaux' Stimme schwang der Hauch eines Lächelns mit. »Wir haben ein großes Land, Hanley. Seien Sie großzügig. Ein pensionierter Spion mehr oder weniger in Kalifornien sprengt doch nicht die Haushaltskasse.«

Hanleys Stimme bebte vor Zorn, als genügten bloße Worte nicht, seine Gefühle dem Teilnehmer zu vermitteln: »Sie haben mich mit dieser Operation erpreßt, November; Sie haben die Abteilung damit erpreßt, daß Sie diese Macklin in diese Geschichte hineingezogen haben. Die Abteilung läßt sich nicht von Ihnen als Geisel behandeln. Sie sind ein gottverdammter Agent im Außendienst, und wir sind die Regierung der Vereinigten Staaten . . .«

»Sie können mich wo, Hanley, und jetzt hören Sie mir mal gut zu: Sie haben sich und der Abteilung das alles selbst eingebrockt. Wenn Sie mich aus Helsinki heraushaben wollten, wäre ich schon vor Wochen nur zu gern abgereist; aber Sie mußten ja den Angler spielen mit mir als Köder. Sie wollten wissen, was die Russen ausbrüteten. Und als das eine Falle war und sie zuschnappte, saß ich nicht darin. Die Russen haben sich mit ihrem eigenen Speck gefangen, und Sie können diesen Erfolg nicht verdauen.«

»Aber wir haben das Problem mit George«, wiederholte Hanley.

»Ist er unser Problem? Oder ein Problem für die Briten?«

»Unser beider Problem. Was können wir den Briten sagen? Wir brauchen Cheltenham, glauben Sie mir, und die einzige Möglichkeit, uns diese Lauschstation zu erhalten, ist die Zusammenarbeit mit den Briten. Wenn wir jetzt noch einen Spionageskandal erleben, bricht uns das das Genick. Besonders wenn dieser Skandal durch uns ausgelöst wird; es ist schon schlimm genug, wenn die Briten ihre Verräter ohne fremde Hilfe aufspüren. Zudem haben wir nur das Wort eines Überläufers als Beweis. Es kann lange dauern, bis wir George auf frischer Tat ertappen – Monate, Jahre. Und was ist, wenn George sich nicht ertappen läßt? Das ist eine sehr heikle Sache.«

»Ist es das? Ich verstehe nichts von Politik«, sagte Devereaux. »Sie werden tun, was Sie tun müssen . . .«

»Nein, diesmal nicht. Diesmal werden Sie uns aus der Klemme helfen müssen, fürchte ich . . .«

»Inwiefern?«

Es folgte eine Pause. Hanley begann am linken Daumennagel zu kauen. Er mußte seine Karte sehr geschickt ausspielen. Ein Glück, daß er November nicht hier in seinem Büro gegenübersaß.

»Ich kann hier alles für Sie klarmachen . . . sogar für die Frau . . . garantieren, daß keiner von euch beiden von unseren Leuten gejagt wird nach Ihrer vorzeitigen Pensionierung . . .« Hanley lauschte in den Hörer.

Es blieb stumm in der Leitung. Schließlich fuhr Hanley fort: »Wir müssen George auf irgendeine Weise aus dem Verkehr ziehen.«

»Was werden Sie unternehmen?«

»Nicht ich, November; das wird Ihre Sache sein.«

»Ich bin kein Killer. Für so was haben Sie andere Leute in der Abteilung:«

»Nein, Sie sind kein Killer; aber sie sind im Begriff, einer zu werden.«

»Ich werde niemanden für Sie umbringen, Hanley.«

»Ich fürchte, das werden Sie müssen. Sie wollen die Abteilung verlassen, sie verlangen Schutz für Ihre Freundin. Ich fürchte, Sie müssen die Sache unter diesem Aspekt betrachten.«

»Warum können Sie nicht einen dafür bestellten Agenten schicken?«

»November, das ist doch kein gewöhnliches Zielobjekt, oder?« Hanleys Stimme war jetzt kalt, so kalt wie die seines Teilnehmers – zwei Eisstürme, die sich in einer dunklen, sternenlosen Nacht über einer Eiswüste begegnen, fernab jeder Zivilisation. Hanley schloß die Augen, und Washington war nicht mehr in seinem Blickfeld. Er hätte jetzt ein Mensch auf einem toten Planeten sein können, der sich mit dem einzigen anderen Überlebenden am anderen Ende der Welt unterhielt.

»Wir haben keine Beweise gegen George; aber unser Verdacht ist groß genug, daß wir ihn aus dem Weg haben wollen. Ich habe mit dem Neuen Mann gestern abend darüber geredet; das ist unser einziger Ausweg. Wir können nicht zum Sicherheitsberater gehen, uns bei ihm eine Genehmigung und seine Unterschrift für eine Vollmacht holen. Niemand würde sie uns geben. Aber wir können George nicht länger sein schmutziges Handwerk treiben lassen . . .«

»Falls George ein Maulwurf ist«, sagte Devereaux.

»Alles spricht dafür, daß er ein Maulwurf ist«, sagte Hanley. »Wir haben nicht nur den Russen, sondern auch Ely in dieser Sache befragt; diese Macklin ist ja über ein ganzes Nest tückischer Spione gestolpert, wie? Kein Wunder, daß Sie sich solche Sorgen ihretwegen machen. Ich würde meinen, das Leben könnte sehr gefährlich für sie werden.«

Devereaux nahm die Drohung hin, die Hanley so kühl aussprach. Er hatte ihm nichts darauf zu erwidern. Er wartete.

»November, Sie sind einfach deshalb der richtige Mann für diesen Job, weil Sie bereits bis zu den Ohren in diesem

Sumpf stecken. Wir müssen nicht erst jemand hinzuziehen und ihm erklären, warum er ein hochrangiges Mitglied des Britischen Geheimdienstes umlegen muß; Sie kennen ja bereits den Grund. Sie haben uns damals ausgetrickst, als es um den alten Boß ging, aber diesen Käfig haben Sie sich ja selbst gezimmert. Sie wollen wieder nach Hause kommen zu Uncle Sam mit Ihrer Freundin, und Sie möchten, daß Uncle Sam Ihnen nicht böse ist für das, was Sie ihm angetan haben. Schön, Uncle Sam ist durchaus bereit, zu vergeben und zu vergessen; aber dafür müssen Sie Uncle Sam auch einen Gefallen tun.«

»Und wenn ich ihn umbringe, haben Sie etwas gegen mich in der Hand«, sagte Devereaux. »Sie haben etwas, um mich fünf oder zehn Jahre lang bei der Stange halten zu können. Sie verstehen, warum ich das nicht für Sie erledigen kann? Weil ich Sie dann nie mehr loswerde.«

»Sie haben doch schon getötet.«

»Ja, aber nicht als bestellter Killer. Die Männer, die ich umbrachte, mußte ich aus Notwehr töten.« Sie starben, damit ich überleben konnte, dachte Devereaux.

»Das gehört zu ihren Berufspflichten, wenn ich es Ihnen befehle . . .«

»Machen Sie sich nicht lächerlich, Hanley. Es gibt keinen dienstlichen Befehl zu töten. Das verstößt gegen die Charta der Abteilung, wie es grundsätzlich gegen jede Charta aller Geheimdienstorganisationen verstößt. Sie werden mir lediglich eine mündliche Anweisung geben, jemanden zu töten, und wenn es Ihnen in den Kram paßt, werden Sie mich beim nächsten Mal daran erinnern, damit ich Ihnen wieder ein paar Kastanien aus dem Feuer hole. Nein, das zieht bei mir nicht, Hanley.«

»Sie haben vor drei Jahren bei der Operation Tunney diesen Bankier in New York getötet.«

»Falls Sie das glauben, müssen Sie mir das beweisen.«

»Schön. Sie wollen etwas von uns, sind jedoch zu keiner Gegenleistung bereit.«

»Wir werden zum Status-quo zurückkehren«, sagte Devereaux. »Ich komme morgen nach Hause.«

Hanley lächelte. Genau das hatte er erreichen wollen. Er hatte seine Karten geschickt ausgespielt und gewonnen. Er hatte überhaupt nicht daran gedacht, George von einem Agenten umbringen zu lassen, und wenn, dann bestimmt nicht von Devereaux.

»Fein, Fein. Wie Sie sehen, könnten Sie uns gar nicht verlassen, bis wir Sie freiwillig ziehen lassen.«

Es folgte eine dumpfe Pause, und als Devereaux sich wieder meldete, klang seine Stimme hohl und erschöpft: »Wie steht es mit Rita?«

»Ich bin sicher, ihr wird nichts passieren. Ich kann natürlich nicht für die Russen sprechen; aber was uns betrifft, kann ich Ihnen garantieren, daß wir sie in Zukunft nicht behelligen werden.« Hanley klang plötzlich vergnügt: »Wenn Sie zurückkommen, können wir einen Urlaub für Sie arrangieren, damit Sie mit ihr turteln können.«

»Sie sind ein Miststück, Hanley.«

Hanleys Gesicht wurde weiß. »Und Sie sind ein gottverdammter Agent, November, nicht Gott selbst. Sie haben Ihre Befehle zu befolgen wie jeder andere auch; Sie werden marschierenm, wenn wir ›marsch!‹ sagen, und Sie zappeln, wenn wir Sie zappeln lassen wollen. Und wenn Sie verbraucht sind und für uns nicht mehr von Nutzen, werden wir uns von Ihnen trennen.«

»Und Sie würden mich ziehen lassen, wenn ich George aus dem Verkehr ziehe«, sagte Devereaux.

»Das ist die einzige Möglichkeit, fürchte ich. Dann hätten Sie etwas gegen uns in der Hand, und wir etwas gegen Sie.«

Wieder Schweigen in der Leitung.

»Aber ich habe Tomas Crohan.«

»Eine Hypothek, wie Sie bereits feststellten. Aber die können wir ertragen. Das Ganze liegt schon so lange zurück . . .«

»Sie sahen das aber vor ein paar Tagen noch ganz anders.«
»Das war, ehe wir wußten, daß dieser Mann eigentlich Michael Brent ist. Unser russischer Überläufer hat uns da eine interessante Geschichte erzählt. Es scheint, daß wir hier auch etwas gegen die Briten in der Hand haben. Wir mögen zwar Crohan hintergangen haben; aber die Briten haben alle hintergangen, als sie diesen Brent nach Wien schickten, um Crohan zu töten. Und da ist, was Sie jetzt in der Hand haben – nichts. Sie haben einen gottverdammten englischen Killer.«
»Sie irren sich, Hanley«, sagte Devereaux.
»Wie bitte?«
»Wir haben Tomas Crohan.«
»Aber das ist eine Lüge«, sagte Hanley.
»Werden Sie beweisen, daß es eine Lüge ist? Werden Sie für Tartakoff eine Pressekonferenz einberufen, damit er erklärt, daß der Mann, den sie achtunddreißig Jahre lang eingesperrt hielten, in Wahrheit ein britischer Spion war, der hinter die deutschen Linien geschickt wurde, damit er dort einen amerikanischen Agenten umbrachte? Was für Fragen, glauben Sie, werden Sie zu hören bekommen, wenn die Abteilung so etwas der Öffentlichkeit mitteilt?« Nun war Devereaux an der Reihe, mit Worten zu geißeln, die kalt und scharf wie Eis waren. »Sie haben Ihr Spiel, und ich habe meines, und wenn es zur Zeit unentschieden steht, ist die Partei noch nicht vorbei.«
»Verdammt, wir arbeiten auf der gleichen Seite!«
»Tatsächlich?«
»Ja, verdammt noch mal«, schrie Hanley wütend.
Aber dann kam eine Stimme zurück wie der Hauch eines Eisbergs: »Wenn man in der Mitte steht, sehen alle Seiten nach einer Weile gleich aus – oder nicht?«

34
Dublin

In Stephens Green im Zentrum der Stadt stand eine Frau mit einem schmutzigen Kind auf dem Arm und bettelte die Passanten an. Nur ein paar blieben stehen und ließen einen Schilling in ihre ausgestreckte Hand fallen. Ihr Gesicht war schmutzig und ihr Kopf mit einem schmutzigen schwarzen Schal bedeckt; ihre Augen waren dunkel und voller Schmerzen. Doch es war ein Betteltrick, und sie hatte ihn von ihrer Mutter gelernt, und die hatte ihn bereits ihrer Mutter abgeschaut. Die Frau würde ihn dem Kind weitergeben, das sie jetzt auf dem Arm trug. Nicht, daß die Frau nicht wirklich arm gewesen wäre; das war sie, und es war eine Möglichkeit, sich durchs Leben zu schlagen, wie es seit Generationen in ihrer Familie Brauch war.

Rita Macklin ging an ihr vorbei, ohne sie anzusehen, dann blieb sie plötzlich stehen, kehrte um und ließ eine Münze in die Hand der Frau fallen. Der Schmerz auf dem Gesicht der Bettlersfrau änderte sich nie, wurde nicht kleiner oder größer. Rita Macklin wandte sich wieder von ihr ab und ging durch den Park zurück. Er hatte sich verspätet, und sie fühlte sich einsam und hatte Angst.

Sie hatte die Hände in die Taschen ihres lohfarbenen Regenmantels geschoben. Es war bitterkalt und feucht, aber seit gestern abend hatte es aufgehört zu regnen. Sie schritt einen Weg ab, machte kehrt und ging einen anderen Weg zurück. Stephens Green war kein großer Park; aber es gab viele Wege darin und viele Bäume, und vielleicht hatte sie ihn nur verfehlt. Sie konnte ihren Gedanken nicht entrinnen, und allmählich kam sie sich in dieser fremden Stadt, in dieser schmutzigen grauen Welt vor wie eine Gefangene.

Sie sah Devereaux erst, als er schon neben ihr war und plötzlich im Gleichschritt neben ihr herging.
Sie nahm seinen Arm und vergrub ihr Gesicht an seiner Brust.
Er hielt sie mitten im Park umschlungen und merkte, daß sie am ganzen Körper zitterte.
Als sie sich von ihm löste und ihn ansah, fragte er: »Hat alles geklappt?«
»Wie du es gesagt hast«, antwortete sie.
»Wo ist er jetzt?«
»Die Priester nahmen ihn im Stift auf. Er hielt sich genau an seine Anweisungen. Ich habe heute morgen die Story telefonisch durchgegeben. In zwei Tagen wird die ganze Welt von Tomas Crohan erfahren.«
Devereaux hielt ihre Arme fest und sagte nichts.
»Verdammt, Dev. Ich werde diesen üblen Geschmack nicht mehr los. Ich erzählte dem Chefredakteur eine Lüge. Ich habe mit dem alten Mann seine Lüge geprobt . . .«
»Es war keine Lüge«, sagte Devereaux behutsam.
»Natürlich war es eine. Er ist Michael Brent . . .«
»Nein. Er ist ein alter Mann, der achtunddreißig Jahre im Gefängnis verbracht hat, und jetzt ist er frei.«
»Er ist ein Killer, ein gedungener Mörder, und etwas anderes ist er nie gewesen«, sagte Rita Macklin. »Du vergißt, daß Tomas Crohan jemand umbringen sollte und Michael Brent jemand umbringen sollte. Es spielt keine Rolle, wer der alte Mann war; er ist ein Killer, nichts als ein Killer!«
»Er ist ein alter Mann«, sagte Devereaux. »Er ist nichts als ein Stück Geschichte, das eines Tages ans Tageslicht kam. Wir können ihn vergessen.«
»Ich kann das nicht«, sagte sie. »Und was werden wir jetzt tun?« Ihre grünen Augen sahen ihn voller Ironie an. »Hast du bereits das nächste Kapitel Geschichte entworfen?«
»Ja«, sagte er, und seine Stimme war bleiern und stumpf wie die Farbe des Himmels über ihnen.

Sie standen sich auf einem stillen Pfad gegenüber, den niemand außer ihnen benützte.
»Was ist passiert?« fragte sie ihn.
Ich weigerte mich, einen Mann zu töten, dachte er, aber er sagte eine Weile nichts. »Ich kann die Abteilung noch nicht verlassen.«
»Oh, zum Teufel, zum Teufel mit dir«, sagte sie.
»Ich wurde...«, er wählte das Wort, »gezwungen. Gezwungen, noch eine Weile dabeizubleiben.«
»Sie können dich zu gar nichts zwingen. Es ist immer noch ein freies Land...«
»Nein. Nur ein größeres Gefängnis«, sagte Devereaux, der sich an die Worte des alten Mannes erinnerte.
»Was werden wir tun?«
»Ich weiß es nicht, Rita.«
»Du sagtest, du liebst mich...«
»Ja«, sagte er, und er sagte es so leise, als bestätigte er eine Wahrheit, die so ungeheuer war, daß man von ihr nur im Flüsterton sprechen durfte.
»Oh, Dev, was werden wir tun?«
»Du wirst sicher sein. Ich ließ mir das von ihnen noch einmal versprechen. Daran hat sich nichts geändert. Du kannst zu deinem Magazin zurückkehren und...«
»Und wir können ein paar Rendezvous haben, wenn du wieder im Lande bist – ist es das?« Sie stand da mit geballten Fäusten und blutrotem Gesicht; ihr leichter Überbiß war plötzlich stark ausgeprägt.
»Nein«, sagte er, wieder mit sachter Stimme.
»Nein? Was hast du dir dann für mich ausgedacht? Ich meine, du hast mich dazu benutzt, aus dieser Scheiße wieder herauszukommen, und nun gibt es einen Abschiedskuß für die kleine Rita, richtig? Hinauf in die Berge für ein Schäferstündchen, und dann schick sie wieder nach Hause, richtig?«
»Sei still, Rita«, sagte er mit tonloser, stumpfer Stimme.

»Zur Hölle mit dir, Devereaux, ich liebe dich und würde alles für dich tun. Ich sagte dir das – Himmel, ich tat das alles für dich . . .«

»Und ich tat es für dich«, sagte Devereaux schließlich.

»Was?«

»Dabeizubleiben. Sonst wäre dein Leben nicht mehr sicher . . .«

»Warum ging es nicht anders?«

»Ich kann dir das nicht erklären. Da war etwas, das ich tun sollte; aber das konnte ich nicht, und da blieb mir nur noch die Möglichkeit, dabeizubleiben, damit dir nichts passiert . . .«

»Was konntest du nicht tun? Was konntet du nicht für mich tun, Dev?«

»Einen Menschen töten.«

Es war einen Augenblick so still im Park, daß sie beide nicht atmen konnten aus Angst, diesen Frieden zu zerstören. Und dann wich plötzlich alle Farbe aus Ritas Gesicht, und sie zitterte wieder am ganzen Körper. Und sie ging zu ihm, hielt ihn fest, schlang die Arme um ihn und vergrub ihr Gesicht an seiner Brust. Da gab es nichts mehr zu sagen, und sie wußten es beide, und mit dem Schweigen hüllte die Trauer sie ein.

35
London

Was als nächstes passierte, hatte keiner erwartet, der in diese Affäre verwickelt war, am wenigsten der Mann, der George genannt wurde.

In Wahrheit war George Sir Adrian Hugh-Fuller, KCB und KCE, vierter Anwärter auf die Baronie von Giles.

George hatte überlebt, obwohl er in den letzten Tagen viel Beinarbeit hatte leisten müssen, um sich im Ring zu behaupten.

Die Amerikaner hatten die Sache von Anfang an verpatzt, und George hatte sich amüsiert über ihre Plumpheit.

Nur die Eröffnung war raffiniert. Die Abteilung R in Amerika schickte ein langes verschlüsseltes Telegramm an Q mit einer Durchschrift für die Premierministerin. Darin bedankte sie sich herzlich, wenn auch nicht offiziell, für die Kooperation der Briten bei der Ergreifung des KGB-Offiziers Tartakoff und bedauerte, ebenfalls nicht offiziell, den Verlust eines britischen Agenten namens Sims, der bei der Operation Helsinki mitgewirkt hatte.

Die Premierministerin zeigte sich an der Sache interessiert. Sie wurde am folgenden Tag bei einer privaten Unterredung voll über die Hintergründe der Operation informiert, und zwar von Q und George persönlich. Das Meeting mußte um ein paar Stunden verschoben werden, weil Q nicht die leiseste Ahnung hatte, was das für eine Operation gewesen sein soll, bis die Amerikaner ihm nähere Einzelheiten dazu übermittelten und wieder ein Dankeschön einfließen ließen, diesmal für die Hilfe, die ihnen Ely leistete, ein britischer Agent, der der amerikanischen Abteilung großzügig als Verbindungsoffizier ausgeliehen worden war.

»Ich hatte keine Ahnung von alledem«, sagte Q mürrisch, und George mußte erst diesen alten Strohkopf davon überzeugen, daß George von Anfang an von dieser Operation gewußt habe, jedoch nicht zu viel davon preisgeben konnte, falls es nötig wurde, »bei einem Mißerfolg die Konsequenzen ziehen zu müssen«. Er wollte sie auf seine Abteilung beschränkt sehen. Diese Erklärung stellte jedermann zufrieden, von der Premieministerin bis hinunter zu George.

Aber George hatte immer noch Angst vor einem Endspurt der Amerikaner und verstärkte seine Bemühungen, den Aufenthalt des britischen Agenten Michael Brent zu ermitteln. Unglücklicherweise tauchte Michael Brent vier Tage später als Titelbild eines amerikanischen Nachrichtenmagazins in der Öffentlichkeit auf, und zwar als Tomas Crohan. Er war in einem Altersheim für Geistliche in Dublin versteckt worden, bis diese lange, bizarre Geschichte von seiner Verhaftung und Leidenszeit im Gefängnis veröffentlicht war.

»Das ist wieder das Werk dieses amerikanischen Agenten«, sagte Latvia zu George an dem Tag, als die Geschichte auf der Titelseite der britischen Zeitungen erschien. »Das Werk beider.«

»Ja. Aber dieser Miss Macklin können wir jetzt wenig anhaben. Was auch für unseren Michael Brent gilt. Jedenfalls kann er schwerlich sein jüngstes Lügenwerk widerrufen, wenn er sich nicht eine Anklage wegen Mordes einhandeln will.«

Tomas Crohan wurde über Nacht ein nationaler Held in Irland, und die *Irish People* berichtete in ihrer Sonntagsausgabe, daß Tomas Crohan zum Frühstück am liebsten Eier und Äpfel aß.

George hielt schließlich die Gefahr für gebannt, als die Amerikaner nach ihrem ersten Telegramm keine weiteren Schritte unternahmen, um eine Sicherheitsüberprüfung von George einzuleiten. Die Story von Rita Macklin hatte sie

genauso lahmgelegt wie die Briten; keine Seite konnte Widerspruch gegen die Lügen von Tomas Crohan und der Journalistin einlegen, weil sie hätten preisgeben müssen, daß sie nur ein Eigentor geschossen hätten.
Nichts hatte sich verändert, dachte George; nichts für ihn, nichts für die Leute, für die er arbeitete. Er bedauerte nur die Langeweile, die jetzt wieder einkehrte, wenn er ungefährdet seine Doppelrolle als Computerdirektor und Sowjetagent weiterspielen durfte.
Daher wäre George der letzte gewesen, der für möglich gehalten hätte, was sich sechs Tage nach der Veröffentlichung von Tomas Crohan Leidensgeschichte und drei Tage nach seiner lobenden Erwähnung in der *Times* zutragen sollte. Die *Times* hatte von seinem Empfang bei der Königin berichtet, die ihm persönlich ihre Glückwünsche aussprach für die erfolgreiche Beendigung einer anglo-amerikanischen Operation, und dabei die Freundschaft der beiden Nationen und deren hervorragende Zusammenarbeit hervorgehoben. Von der Operation selbst hatte die Zeitung natürlich nichts erwähnt.
Es war eine stürmische und regnerische Nacht in London. Die Theatergänger huschten durch die Straßen von Westend, die Gesichter gerötet von den frischen, prickelnden Brisen, die ihnen den Geruch der Themse zutrugen. Es war ein eigenartig belebender Abend, voller Blitze und plötzlicher Schauer, die von Perioden größter Stille abgelöst wurden.
Der Mann namens George stieg vor seinem Privathaus in der Gloucester Road Nr. 29 aus dem Fond seines schwarzen Rover-Dienstwagens und wartete einen Moment, bis der Chauffeur hinter ihm die Autotür wieder geschlossen hatte. Er gab Anweisung, ihn am nächsten Morgen bereits um sieben Uhr abzuholen. George mußte nach Brüssel fliegen und hatte dort den ganzen Tag dienstlich zu tun, erst mit amerikanischen Offizieren von der NATO, später dann mit

dem sowjetischen Kontrolloffizier für den Bereich Westeuropa, der in Liège wohnte und dem er Bericht erstatten sollte.
George stieg die Vortreppe hinauf, während sein Dienstwagen sich wieder vom Bordstein löste. Er blieb oben einen Moment vor der Haustür stehen, um den rötlich angehauchten Nachthimmel über London zu betrachten. Blitze warfen ein düsteres Licht über die Mauern der alten Häuser, und er dachte, daß die Empfindungen, die dieser Abend in ihm auslöste, ihn von seiner Langeweile erlösen konnten – wenigstens für ein paar Minuten. George lächelte sogar, als am Himmel immer wieder Blitze aufflammten, denen nur gelegentlich ein gedämpftes Grollen folgte.
Der Donner, dachte er. Er ist der langsame, aber treue Diener des strahlenden Götterboten. Der Satz, der sich in seinen Gedanken fügte, gefiel ihm, und sein Lächeln erlosch nicht, während er oben auf seiner Treppe stand und die Welt betrachtete.
»George.«
Er blickte hinunter zum Bürgersteig und sah eine Gestalt, die an der steinernen Brüstung seiner Treppe lehnte. Er blinzelte, um den Mann im schwachen Licht der Straßenbeleuchtung besser sehen zu können, als wieder ein Blitz aufzuckte und knatterte wie berstendes Glas.
»Wieso . . .Bluebird! Was machen Sie denn hier?« fragte George erstaunt. Er hatte Wickham von der Minute an, als er ihn vor fast sechs Wochen feuerte, nicht mehr gesehen. Armer alter Wickham. Er sah furchtbar aus.
»George, ich mußte mit Ihnen sprechen; beim Ministerium wollten sie mich nicht einlassen . . .«
»Natürlich nicht, Bluebird. Sie sind ein Sicherheitsrisiko.«
»Aber ich fand trotzdem Zugang«, sagte Wickham und lächelte eigenartig. »Nicht durch die Türen, aber durch die die Computer in Cheltenham. Ich brauchte nur einen klei-

nen Heimcomputer dafür und ein Telefon. Und George, diesmal kam ich sogar zu den Akten vom Schnüffler durch, weil ich Ihren Codenamen verwendete . . .«

George stand ganz still. Er hatte nichts zu befürchten, aber Bluebird war offenbar wahnsinnig geworden. Seine Augen glitzerten in dem eigenartigen Licht dieses Abends, und er lächelte zu viel.

»Sie haben die Daten geändert, George. Sie sind der einzige, der die Akten fälschen konnte. Meine Akten. Die Daten der Entführung. Sie wußten im voraus, daß ich entführt werden sollte.«

»Sie reden totalen Unsinn, Wickham. Sind Sie betrunken oder verrückt?«

»Beides, George. Sie haben mich entführen lassen, George. Ohne jeden Grund haben Sie mein Leben ruiniert.« Wickham schluchzte, machte aber keine Anstalten, die Treppe hinaufzusteigen zu der Stelle, wo George stand und ihn mit mildem Interesse beobachtete.

»Ich dachte, daß es keinen Grund dafür gäbe«, fuhr Wickham plötzlich in verändertem Tonfall fort. Die Stimme war viel zu ruhig für seine Worte. »George, Sie sind nicht das, was Sie zu sein scheinen, nicht wahr?«

»Ich fürchte, daß ich Ihnen nicht folgen kann, Bluebird. Und ich fürchte, ich habe nicht die Absicht, dieses Gespräch fortzusetzen . . .«

George drehte sich der Haustür zu.

»Nein, George«, sagte Wickham. Er hielt einen metallenen Gegenstand in seiner rechten Hand; er war vorher noch nicht dort gewesen. George fühlte sich plötzlich mit Strom aufgeladen. Er drehte dem Mann am Fuß der Treppe wieder das Gesicht zu.

»Ist das ein Messer, Wickham?«

»Nein, George. Es ist eine Pistole.«

»Wo, zum Kuckuck, haben Sie sich eine Pistole besorgt?« fragte George mit jäh erwachter Neugierde. Was für eine

seltsame Frage, dachte er verträumt, sobald sie ihm über die Lippen gekommen war.
»Das ist nicht wichtig, George. George, ich will meine Stellung wiederhaben. Ich möchte wieder eingestellt werden in . . .«
»Ich meine, Sie sollten jetzt besser wieder nach Hause gehen und Ihren Rausch ausschlafen . . .«
»Meine Frau hat mich verlassen. Begreifen Sie, was Sie mir angetan haben?«
»Ich habe Ihnen überhaupt nichts angetan.«
»Verdammt, George . . .«
»Aber ich werde Ihnen gleich etwas antun, wenn Sie nicht sofort gehen. Sie bedrohen einen Vertreter der britischen . . .«
»Halten Sie den Mund, George. Das ist mir egal.« Seine Ruhe wurde von einem Schluchzen unterbrochen. »Mir ist alles egal.«
»Mein Gott, Bluebird, benehmen Sie sich wie ein Erwachsener«, befahl George mit barscher Stimme. Er machte einen Schritt zu Bluebird hinunter, und Bluebird reagierte nicht. Er erreichte die unterste Stufe der Treppe und sah, das Bluebird hemmungslos schluchzte.
Keinen Mumm, dachte George. Sie hatten doch nie die Schneid für so was.
Er nahm den Lauf der Pistole und begann, sie vorsichtig aus Wickhams rechter Hand zu befreien.
Wickham, der keine Erfahrung mit solchen Waffen hatte, hatte den Zeigefinger zu weit in das Abzugsgehäuse hineingeschoben. Der fleischige Teil des zweiten Gliedes hakte am Abzug fest, als George Wickham die Pistole abnehmen wollte. Keiner von beide wollte das, was nun passierte; es war ein kleiner Akt der Vorsehung, vergleichbar dem Schicksal, das in jener Nacht eine vierhundert Jahre alte Eiche im Hyde Park weiter westlich erlitt, die vom Blitz getroffen und zerstört wurde.

Vom Schuß war kaum etwas zu hören; Georges dicker Wintermantel wirkte wie ein Schalldämpfer. Wenn es nicht zufällig eine Pistole vom Kaliber .45 gewesen wäre, hätte George vielleicht eine Überlebenschance gehabt. Die Kugel durchschlug seine Leber, prallte von einer Rippe ab, zerriß einen Lungenflügel und hatte noch genügend Fahrt, um seine linke Herzkammer zu zerschmettern.
George lebte ungefähr noch vier Sekunden. Das letzte Bild, das er von der Erde mitnahm, war Wickham, der mit schreckgeweiteten Augen und unrasiertem Gesicht dicht vor ihm stand.
Und George dachte im letzten Moment, bevor er zusammenbrach, daß die Unsinnigkeit seines Todes sich recht gut mit der Absurdität seines Lebens vertrug.

36

Washington, D. C.

»Ich sagte Ihnen doch, Hanley, daß ich mit ihm sprechen wollte.«
»Ja«, antwortete Hanley geistesabwesend. Er hatte seit fünf Minuten immer nur auf den gleichen Fleck auf seinem Schreibtisch gestarrt. Er hatte nur einmal von diesem Standardmöbelstück der Regierungsbehörden aufgesehen, als der Neue Mann, Yackley, ohne anzuklopfen, in sein fensterloses Büro gekommen war. Der Neue Mann hatte sich auf den unbequemen Stuhl aus rostfreiem Stahl vor dem Schreibtisch des Einsatzleiters gesetzt.
»Mein Gott, ihm gehört doch nicht dieser Laden«, sagte

Yackley. »Er kann nicht einfach hier hereinschneien und wieder gehen, wann es ihm paßt ...«
»Devereaux hat vor einer halben Stunde gekündigt.«
»Haben Sie nicht zu mir gesagt, er würde nicht kündigen?«
»Das glaubte ich auch. Aber jeder kann sich mal täuschen.«
»Nachdem Sie mich überzeugt hatten, wie wertvoll dieser Mann für uns ist! Wie konnte das nur passieren?«
»Es ist ein freies Land«, erwiderte Hanley mit einem bitteren Lächeln. »Zeitweilig wenigstens.«
»Aber er brauchte uns doch ...«
»Nein. Nicht mehr. Und wir hatten kein Druckmittel mehr, ihn von einer Kündigung abzuhalten.«
»Aber das hatten wir doch auch vorher nicht«, sagte der Neue Mann verwirrt. Er fühlte sich unbehaglich auf diesem harten Stuhl, in diesem Mäuseloch von Büro, bei jeder Auseinandersetzung mit Hanley, der nie genau sagte, was er meinte.
Auf dem Schreibtisch zwischen ihnen lag eine Ausgabe der *New York Times* mit einem Foto von Sir Adrian Hugh-Fuller und einem Bericht vom Ableben des berühmten Direktors der Geheimdienstzentrale von Cheltenham in England, der am Abend zuvor auf der Vortreppe seines Hauses von einem Angestellten erschossen worden war, der sich ungerecht behandelt fühlte. Es war ein flauer Tag für Nachrichten; sonst wäre dieser Mord wohl kaum auf der Titelseite gebracht worden; und der Bericht machte Andeutungen, daß der Mörder im Auftrag einer terroristischen Vereinigung gehandelt haben könnte, deren sich auch der sowjetische KGB bediente. Nirgendwo in diesem Bericht stand etwas von einer vierhundert Jahre alten Eiche, die in derselben Nacht im Hyde Park vom Blitz getroffen und verbrannt war.
Es war das letzte Druckmittel, das Hanley gegen Devereaux in der Hand gehabt hatte, und sie hatten das beide gewußt.

»Von jetzt an werden Sie mich in Ruhe lassen«, hatte Devereaux gesagt.
»Ja. Und was werden Sie mit ihr anstellen?«
»Das geht Sie nichts an. Mischen Sie sich nie mehr in mein Leben ein«, hatte Devereaux gesagt. Er hatte die Plastikkarte ohne Foto oder Erkennungszeichen aus der Tasche genommen. Er hatte sie auf Hanleys Schreibtisch gelegt. Und dann, als wäre ihm plötzlich etwas Besseres eingefallen, hatte er sie wieder hochgenommen, sie einmal durchgebrochen, dann noch einmal und die Stücke auf den Boden geworfen.
»Ich glaube, ich sollte mich wegen Helsinki entschuldigen«, war es Hanley herausgerutscht.
Und Devereaux hatte ihn nur einen Moment angestarrt, mit ausdruckslosem Gesicht, während sich seine kalten Augen in die teigigen Züge des kleinen Angestellten bohrten. Er hatte nichts gesagt. Er war durch die Tür des kleinen Büros gegangen, ohne ein Wort zu sagen.
»Ein Glück für uns, dieser Todesfall«, sagte der Neue Mann, plötzlich das Thema wechselnd. Hanley blickte die Zeitung an, die auf seinem Schreibtisch lag. Ein Glück, dachte er verdrossen.
»Nun brauchen Sie nicht mehr diesen ... diesen kleinen Plan in die Tat umzusetzen«, sagte der Neue Mann.
»Der Plan wurde bereits vor vier Tagen ausgeführt. Wir hatten uns mit dem höchsten Geheimcode Zugang zum Schnüffler verschafft, und Mrs. Neumann hat die belastenden Daten selbst eingegeben«, sagte Hanley mit gleichbleibend verdrossener Stimme.
»Glauben Sie, das Ganze war arrangiert? Vom britischen Geheimdienst, meine ich?«
»Nein. Die Daten, die wir in den Computer von Cheltenham hineinschmuggelten und George belasteten, sind jetzt wertlos. Aber es hätte keinen Sinn gehabt, sie wieder zu löschen. George ist tot, und er wird ein hübsches Staatsbe-

gräbnis bekommen, und der arme Tölpel, der ihn umbrachte, eine lebenslängliche Gefängnisstrafe.« Hanley schwieg einen Moment, um seinen bitteren Gedanken nachzuhängen: Da hatte man nun ein Netz gesponnen, wie es raffinierter nicht sein konnte, und da kam ein so kleiner dummer Niemand daher, der nicht die leiseste Ahnung hatte, was George wirklich war, brachte ihn um und schlug Hanley die letzte Waffe aus der Hand, mit der er einen Agenten namens November unter Druck setzen konnte.
Schön, dachte Hanley seufzend, jetzt ist es endlich vorbei.

Zur selben Stunde, als sich wieder eine kalte, klare Nacht auf Moskau herabsenkte, saßen sich in einem Büro des Komitees für externe Observation und Disposition – wie die passive Bezeichnung für die Abteilung des KGB lautete, die für Operationen gegen die amerikanischen Geheimdienste im Ausland zuständig war – ein Oberst der Roten Armee und zwei dunkelhaarige Männer gegenüber. Die beiden lasen sich ihre in kyrillischer Schrift verfaßten Einsatzbefehle durch und stellten dann in schlechtem Russisch zwei Fragen. Beide Männer waren Bulgaren.
»Wird die Frau bei ihm sein?«
»Das wissen wir nicht. Das ist für uns nicht relevant.«
»Wenn sie bei ihm ist, was sollen wir mit ihr machen?«
»Das müssen Sie im gegebenen Fall selbst entscheiden«, erwiderte der russische Oberst. Die Sache war keine Routineangelegenheit, interessierte ihn aber nicht sonderlich; er war nur ein Laufbursche für Gogols Abteilung, der dessen Anweisungen an die Unterabteilung weitergab, in der das Büro für Vollstreckungsaufträge untergebracht war. Er hatte noch nie zuvor etwas von Rita Macklin oder diesem Devereaux gehört. Er führte nur Befehle aus, obwohl er dabei an ein spätes Abendessen mit einer Frau dachte, die seines Wissens heute morgen aus Leningrad

gekommen war und nun geduldig in seinem Bett in seiner Wohnung im Süden der Stadt auf ihn warten würde.

Am nächsten Morgen, während Hanley an seinem Entwurf für die neuen Decknamen der Agenten im Außendienst arbeitete und dem neuen Kontrollsystem für Osteuropa, und ein russischer Oberst der Roten Armee nackt neben einer Frau schlief, die ihm die ganze Nacht die Zeit vertrieben hatte, ging Mac, der Ressortchef, den mit Teppichen ausgelegten Korridor von seinem Büro zu dem Kabuff hinunter, wo Rita Macklin gerade die letzte Schublade ihres Schreibtischs ausräumte.

Rita schloß die Tür und ließ die Schlüssel für das Büro und den Schreibtisch auf die Schreibtischplatte fallen. »Das wär's«, seufzte sie.

»Das hört sich so an, als gingst du für immer«, sagte Mac lächelnd.

»Nur für drei Monate; nur um das Buch über den alten Mann zu schreiben«, sagte Rita, und das Lächeln, mit dem sie seines erwiderte, kam so rasch, daß sie beide wußten, es war eine Lüge.

»Ich verliere dich ungern, Rita. Ich habe das Gefühl, daß du tatsächlich nicht wiederkommst.«

Der Ressortchef stand wie ein kleiner Junge, die Hände in den Hosentaschen, vor dem leeren Bildschirm der Textverarbeitungsanlage. Sie hatte ihre Sachen in einen Karton geworfen, in dem früher einmal Waschmittel verpackt gewesen waren.

»Danke, Mac; aber ich will nicht wortbrüchig werden.«

»Okay, Kind«, sagte Mac mit spröder Stimme. »Vergiß nicht, daß wir immer flinke Schreiber brauchen können«

»Klar. Ich habe das meiste schon aufs Band aufgenommen. Es ist kaum zu glauben, daß ein alter Mann so viele schreckliche Dinge so deutlich im Gedächtnis behalten konnte.«

»Gespenster«, sagte Mac. »Schlimme Träume oder Gespenster vergißt man nie.«
»Man kann es versuchen«, sagte Rita.
»Schon. Aber die Gespenster lauern überall auf einen. Der alte Mann hat Gespenster, die er nicht loswerden kann.«
»Vielleicht ist er dafür zu alt.«
»Das ist keine Frage des Alters«, meinte der Ressortleiter und merkte, daß Rita ihn gar nicht ansah, sondern etwas in ihrer eigenen Erinnerung betrachtete. Er lächelte abermals, sagte etwas, das sie beide nicht hörten, und schlenderte dann den stillen Korridor hinunter, zurück zu seinem Büro.
Rita verließ kurz vor elf das Verlagsgebäude. Die Sonne schien, aber sie achtete nicht darauf. Sie brauchte keine Sonne, seit dieses Gefühl am Morgen über sie gekommen war. Seit er mit ihr gesprochen hatte; seit sie wußte, welchen Schritt er unternommen hatte.

37

Front Royal, Virginia

Die Berge waren wieder grün und die Morgennebel bis zum Mittag weggebrannt, so daß sie die Skyline Drive sehen konnten, die durch die Blue Ridge Mountains führte, an der Wirbelsäule Virginias entlang bis hinunter nach Tennessee.
Morgens pflegten sie gemeinsam in den Wald zu gehen, suchten dort nach Bäumen, die der Winter gefällt hatte, und schleppten sie zur Blockhütte, wo er sie mit der

Motorsäge zerlegte. Waren die Bäume zu groß, zersägte er sie gleich an der Stelle, wo sie umgestürzt waren, und sie trugen sie dann stückweise zur Hütte hinunter.
Das war harte Arbeit; doch sie sah, daß sie ihm Spaß zu machen schien. Und daß er offenbar immer zufriedener mit sich wurde, je länger er hier in der Hütte in den Bergen lebte. Er träumte noch heftig, und die Träume, über die er nicht sprechen wollte, schreckten sie am meisten. Sie pflegte ihn dann zu schütteln und immer wieder seinen Namen zu rufen, bis er erwachte und begriff, daß sie ihn wieder beim Träumen ertappt hatte. Das machte ihn zuerst verlegen, als habe er ihr eine Schwäche verraten, über die sie niemals sprechen sollten. Er wollte ihr nichts von den Dämonen oder Geistern der Toten sagen, die seine Träume bevölkerten.
In diesen gefürchteten Augenblicken, in der Mitte der dunklen Nacht, war er schrecklich verstört. Nicht der Träume wegen, mit denen zu leben er gelernt hatte, sondern aus Angst, daß er sich nie von seinem vergangenen Leben werde trennen können, selbst mit ihrer Hilfe nicht, selbst mit ihrem Körper neben sich, selbst fern von allem auf diesem Berg in der Mitte der Shenandoah.
»Ich liebe dich«, sagte Rita dann zu ihm, als könnte sie seine Gedanken lesen. Und er ließ sich trösten von ihr und hielt sie, wie ein Kind seine Mutter hält, voller Vertrauen und Sehnsucht.
Weil alle Worte logen, sprach er nie zu ihr über das, was er jetzt für sie empfand. Nur ihren Namen sagte er. Sie würde das mit der Zeit verstehen.

Sie pflegten jetzt in der Hitze des Tages zu arbeiten. Zuweilen gingen sie zusammen im Wald spazieren, auf unmarkierten Pfaden, die sie mit Bären und Hirschen teilten, mit Beutelratten und Dachsen und anderen Kreaturen, die nach dem langen Winter wieder zum Leben erwachten.

Abends zündeten sie dann ein Feuer im Kamin in der alten Blockhütte an, nahmen ein schlichtes Mahl ein und plauderten.
Sie wurde seiner nie müde. Sie pflegte als erste aufzuwachen und betrachtete ihn dann, wie er neben ihr schlief. Sie fuhr mit dem Finger über die Narben an seinem Körper, aber wenn sie ihn fragte, woher sie stammten, wollte er ihr das nicht verraten.
Sie suchte seine Geheimnisse zu erforschen; aber er wollte sie nicht enthüllen.
»Nichts, was ich getan habe, war so geheim oder so wichtig«, sagte er einmal zu ihr. »Sie gehören nur zu meinem früheren Leben, und dorthin will ich nicht zurückkehren. Es geht mir wie Crohan, wenn er über sein Leben in Rußland spricht. Er hat Angst, darüber zu reden.«
»Aber er erzählt es mir.«
»Aber ich nicht. Das kann ich nicht. Ich kann dich nicht in meinen Gedanken vermischen mit dem, was in der Vergangenheit war. Laß es ruhen, Rita.«
»Ich möchte alles von dir haben.«
Und damit er nicht weiter mit ihr darüber sprechen mußte, zog er sie an sich, küßte und berührte sie an Stellen, die sie ihm öffnete. »Rita«, sagte er dann. Und damit sagte er genug.

»Ich kaufte ein, und sie sagten mir es unten im Laden.«
Sie sah verstört aus. Ihr Gesicht war blaß. Devereaux hielt in seiner Arbeit inne, als sie die leichte Steigung heraufkam zu der Stelle, wo er Holz spaltete.
Er legte den eisernen Keil beiseite, nahm ihr die Einkaufstüten ab und trug sie in die Blockhütte. Er stellte die Tüten auf den Küchentisch und drehte sich zu ihr um. Sein Gesicht war rot von der Sonne, seine grauen Augen wirkten auf sie nicht mehr wie Felder aus Eis; er trug ein kariertes Hemd, und seine Hände waren wieder rauh geworden von der harten Arbeit.

»Wer hat dir etwas gesagt?«
»Mrs. Gibbons in der Gemischtwarenhandlung. Sie sagte, ein paar Männer hätten nach dir gefragt.«
»Was für Männer?«
»Ausländische. Das ist es, was sie sagte.«
»Männer in Anzügen?«
»Ja, in Anzügen. Vor zwei Tagen. Was hat das zu bedeuten?«
»Was hat sie dir noch erzählt?«
»Das war alles. Nur von zwei Männern in Anzügen, die fragten, wo du wohnst.«
»Hat sie es ihnen gesagt?«
»Sie hat sie angelogen. Sie sagte, du wohntest im Westen der Stadt, auf der anderen Seite des Flusses.«
»Du kannst sie nicht belügen«, sagte Devereaux.
Sie hielt seine Arme fest. Ihr Gesicht war weiß, als wäre plötzlich eine Krankheit bei ihr zum Ausbruch gekommen.
»Mein Gott. Das habe ich auf den ganzen Weg hierher denken müssen. Ich hatte solche Angst, daß ich den Jungen bat, mir die Tüten zum Auto zu tragen, nur damit ich nicht allein zum Parkplatz gehen mußte. Ich fuhr wie eine Wahnsinnige durch die Stadt. Ich habe nicht auf die Ampeln geachtet. Ich wollte nur hierher zurück. Ich hatte solche Angst.«
»Ja.«
Sie blickte ihn an und sah, daß in diesem Moment wieder dieser Schatten in seine Augen trat, daß dieses winterliche Grau sich nicht verzogen, sondern sich nur für eine Weile verändert hatte in ihrer Gesellschaft.
Ich werde in drei Monaten zurückkommen, wenn ich das Buch fertiggestellt habe.
Aber es war eine Lüge gewesen, nur eine bequeme Lüge für Mac. Sie hatte nie beabsichtigt zurückzukommen.
Und er hatte ebenfalls beschlossen, nie mehr umzukehren.
Sie würden gemeinsam fliehen vor ihren Welten, solange sie

das konnten; sie würden keine Vergangenheit haben, kein Morgen, keine Versprechungen machen, sich keine Lügen sagen.
Sie hörte das häßliche Schnappen von Metall. Sie drehte sich um.
Er hatte die Läufe der Schrotflinge heruntergeklappt. Er füllte die beiden Kammern mit einer Patrone und klappte die Läufe wieder hoch. Er griff nach dem Revolver und ließ die Trommel rotieren. Er schob den Revolver in den Gürtel. Er nahm Patronen für die Flinte aus der Schublade und schob sie in seine Hemdtasche.
»Wer sind die Männer?«
»Ich weiß es nicht.«
»Was können wir machen?«
»Nichts. Nichts, bis sie kommen.«
»Mein Gott, Dev, laß uns von hier wegfahren.«
»Man kann sie nicht belügen, und man kann nicht vor ihnen davonlaufen.«
»Aber das ist Amerika. Das ist Virginia.«
»Manchmal müssen sie sich außerhalb der Gesetze bewegen. Schließlich bestimmen sie ja die Spielregeln. Ich bin nicht mehr bei der Abteilung; du auch nicht. Vielleicht ist das der Grund.«
»Aber sie können das doch nicht machen.«
Er starrte sie an. »Sie können alles machen, was sie wollen, es sei denn, du bist bereit, sie daran zu hindern.«
»Was werden wir jetzt tun?«
»Es hat nicht geklappt, wie?«
»Bitte, sag das nicht.«
»Steig aus, Rita. Geh zurück nach Washington. Steig in den Wagen und fahr wie der Teufel . . .«
»Nein, verdammt noch mal. Du ziehst mich nicht in so etwas hinein und sagst mir dann, daß ich davonrauschen soll wie eine Leinwandheldin. Außerdem habe ich Angst. Ich will nicht allein sein. Nicht jetzt, nicht morgen. Niemals.«

Er sah aus dem Fenster. »Ich glaube, wir haben es uns zu einfach gemacht. Vielleicht hätten wir warten sollen.«
»Dev. Ich liebe dich, egal, was kommt«, sagte sie. »Egal, was kommt.« Ihre Stimme klang standhaft; aber sie war dicht vor einem Zusammenbruch, und sie wußten das beide.
Sie gingen hinaus in die Sonne, und da war nichts zu sehen bis zur Haarnadelkurve hinunter, wo ein Wagen wenden konnte, wenn er aus Versehen in den Fahrweg eingebogen war. Aber am Fuß des Berges, wo der Pfad mit dem Asphaltband der Schnellstraße zusammenstieß, stand ein grauer Wagen auf der Böschung, der vorher nicht dort gewesen war.
Er nahm ihre Hand und führte sie über die Lichtung bis zum Waldrand. Sie gingen stumm ungefähr dreißig Meter in den Wald hinein, bis sie zu einer Mulde kamen, durch die bei der Schneeschmelze das Wasser ins Tal floß. Er half ihr in die Mulde hinunter. Schlamm klebte an ihnen. Er schob das Schrotgewehr über den Rand der Mulde.
Sie sagte nichts.
Sie warteten eine lange Zeit.
Die beiden Männer waren am Rand des Fahrwegs entlang den Berg heraufgekommen. Er sah sie, und Rita hätte beinah laut aufgestöhnt; hielt sich aber den Mund mit der rechten Hand zu. Sie fühlte sich kalt und elend.
Sie begriff, daß er sich immer so gefühlt haben mußte; jedoch meistens nachts, wenn die Träume zu ihm kamen und er nackt war im Schlaf, zu schwach, um sich gegen sie wehren zu können.
Ein Mann flüsterte laut dem anderen etwas zu. Der andere nickte.
Bulgaren, dachte Devereaux.
Er drehte sich Rita zu. Sie starrte ihn an. Sie wußte so gut wie er, was das zu bedeuten hatte. Einen Moment lang konnten sie sich nur stumm ansehen, voller Verlangen, sich etwas Wahres mitzuteilen, das dies alles fortwischen würde,

das die Tatsache dieser beiden Männer, die sich den Pfad entlangpirschten, unwirklich machte. Er zog leise die Hähne der beiden Läufe zurück.

Die beiden Männer in den Anzügen kamen ungefähr sechzehn Meter vor ihnen vorbei, am Waldrand, sich deutlich abzeichnend auf der Lichtung in der hellen Sonne.

Devereaux hielt das Gewehr auf dem Rand der Mulde wie ein Soldat, der es auf die Brüstung eines Schützengrabens auflegt . Die beiden Männer waren ungefähr drei Meter voneinander entfernt, von der Hütte aus betrachtet. Aber von der Seite gesehen waren sie dicht beieinander. Nahe genug jedenfalls für eine Schrotladung, überlegte Devereaux.

Die Schrotflinte stieß mit dem Kolben gegn seine Schulter, und das Dröhnen des Schusses hallte durch den Wald.

Beide Männer lagen am Boden. Blut war auf dem Pfad, auf ihren Kleidern, an den Bäumen um sie herum.

Devereaux stieg aus der Mulde und lief vorwärts. Er lud seine Schrotflinte nach, während er rannte.

Rita gab ein würgendes Geräusch von sich, ein Wimmern oder einen halb erstickten Schrei. Sie hielt sich beide Ohren zu, als dröhnte der Schuß in ihrem Kopf fort, nachdem das Echo der detonierenden Treibladungen längst in der Stille des Waldes untergegangen war.

Als er die Stelle erreichte, wo die beiden zu Boden gestürzt waren, stand er über ihnen. Der eine war untersetzt und dunkelhaarig und offensichtlich tot.

Der andere lebte noch.

Er stöhnte. Sein Bauch war aufgerissen.

Devereaux griff in dessen Jacke, zog eine tschechische Pistole heraus und warf sie fort. Er suchte nach Ausweisen. Balkan-Exportgesellschaft.

Er warf die Ausweise zu der Pistole, und der Sterbende sagte leise etwas, während Rita zu der Stelle rannte, wo die beiden lagen. Es wurde ihr übel. Sie drehte sich um, weg

von den beiden blutenden Leibern, und übergab sich im Wald.
Devereaux hörte dem sterbenden Mann zu.
Dann stand er auf und zog den schwarzen Colt-Python aus dem Gürtel. Sein Gesicht war ausdruckslos.
Sie sagte: »Dev.«
»Tod den Spionen«, sagte er ruhig. »Er hat es auf russisch gesagt.« Er starrte sie einen Moment an; aber er konnte jetzt nicht einmal ihren Namen aussprechen, nicht jetzt. Und dann hielt er den Colt über das Gesicht des Sterbenden und drückte ab.
»Mein Gott, mein Gott«, seufzte sie.
Aber er sagte kein Wort. Er spürte nur das Gewicht der Waffe in seiner Hand. Es war, als hinge sie wie eine Kette an seinem Arm.
Sie vergruben die beiden Männer im Wald. Als alles vorüber war, konnten sie nicht miteinander sprechen.
Sie saßen im großen Zimmer der Blockhütte vor dem prasselnden Feuer. Sie froren, und es war, als stünde eine Wand zwischen ihnen.
»Ich kann dich morgen früh zurückbringen«, sagte er.
»Ja«, sagte sie dumpf. Sie starrte in die Glut und sah die Leichen von zwei Männern. Sie sah Devereaux, der mit einem Revolver über einem Mann stand und ihm ins Gesicht schoß. Sie sah einen Mann am Ende eines Korridors in einem Kaufhaus, der ihr mit einem langen dünnen Messer den Weg versperrte.
»Wir müssen mit zwei Autos fahren. Ich nehme den Mietwagen und stelle ihn auf der Hinfahrt irgendwo in Fairfax ab. Du kannst nachkommen, und ich steige dann zu.«
»Ja«, erwiderte sie tonlos.
»Du hast gesehen, wie es war«, sagte er.
»Ich kann . . .« Und dann konnte sie plötzlich nicht mehr sprechen. Sie begann zu weinen. Er bewegte sich nicht.
»Dev, hilf mir.«

Und dann kam er zu ihr.
»Mir ist so kalt«, sagte sie. »Mir ist so kalt.«
Es ist diese Kälte, dachte er, die dich nicht mehr losläßt, bis du nie mehr etwas anderes empfindest.
»Ich will dich nicht verlassen«, schluchzte sie, an ihn gelehnt. »Ich liebe dich , ich liebe dich; aber ich habe solche Angst.«
Kalt und immer wieder kalt, dachte er. Die Kälte würde nie mehr aufhören. Die Hölle war kein Feuer; die Hölle war ein Ort aus Eis. Die Hölle war Dunkelheit und Kälte, Trennung und Leere.
»Ich liebe dich«, sagte sie.
»Rita«, antwortete er. Sie hielten sich fest, während die Nacht heraufzog, den Berg einhüllte, und den Wald verdunkelte, bis die Bäume und Schatten untrennbar verschmolzen. Die Dunkelheit hielt Einzug im Haus, wurde nur noch von den flackernden Flammen niedergehalten, die ihnen noch etwas Wärme gaben, ehe die Kälte sie umfing.

Thriller

Als Band mit der Bestellnummer 17 049 erschien:

Bill Granger

DER NOVEMBERMANN

»So spannend wie DER SPION, DER AUS DER KÄLTE KAM.« Publishers Weekly

Der amerikanische Geheimagent Devereaux wird nach Schottland geschickt, um einen rätselhaften Fall zu klären. Noch ahnt er nicht, daß der Auftrag für ihn ein wahrer Alptraum werden wird. Er stößt auf eine Gruppe fanatischer irischer Terroristen, auf Verräter innerhalb des CIA, auf einen russischen Agenten und sieht sich sogar plötzlich mit einem Amerikaner konfrontiert, der unter seinem, Devereaux', Namen operiert. Und dann ist da noch die schöne Elisabeth . . .
Schließlich führt ihn sein Auftrag auf ein Fährschiff, das Attentäter in die Luft jagen wollen. Mit ihm an Bord: Lord Slough, der reichste und mächtigste Mann Englands, und hohe politische Persönlichkeiten.